国家社科基金重大项目
"东亚汉诗史（多卷本）"（项目编号：19ZDA295）阶段性成果

眉湖
文库

高丽后期诗学研究

孔英民　著

郑州大学出版社

图书在版编目（CIP）数据

高丽后期诗学研究 ／ 孔英民著. — 郑州：郑州大学出版社，
2022.8
　（眉湖文库）
　ISBN 978-7-5645-8522-8

Ⅰ.①高… Ⅱ.①孔… Ⅲ.①诗学－诗歌研究－朝鲜－高丽
（918-1392） Ⅳ.①I312.072

中国版本图书馆 CIP 数据核字（2022）第 002271 号

高丽后期诗学研究

GAOLI HOUQI SHIXUE YANJIU

策划编辑	李勇军	封面设计	孙文恒
责任编辑	孙精精	版式设计	孙文恒
责任校对	暴晓楠	责任监制	凌　青　李瑞卿

出版发行	郑州大学出版社	地　　址	郑州市大学路40号（450052）
出 版 人	孙保营	网　　址	http://www.zzup.cn
经　　销	全国新华书店	发行电话	0371-66966070
印　　刷	河南新华印刷集团有限公司		
开　　本	710 mm×1 010 mm　1／16		
印　　张	20.5	字　　数	317 千字
版　　次	2022年8月第1版	印　　次	2022年8月第1次印刷

| 书　　号 | ISBN 978-7-5645-8522-8 | 定　　价 | 48.00元 |

本书如有印装质量问题，请与本社联系调换。

目　录

绪　论

　　朝鲜半岛是东北亚的一个半岛，三面环海，有着悠久的历史，在古代历经多个王朝，王朝名称也多次变更，不同领域的学者对于"朝鲜"这个名称也有着不同的解读与界定。本研究中所言"朝鲜"参考"朝鲜"名称中的地域内涵，所截取的时间段仅限于朝鲜半岛古代社会时期，起自殷末周初箕子朝鲜建立，止于1910年李氏王朝灭亡。朝鲜古代文学分为国语文学和汉文学两种，所谓汉文学指用汉文字书写的文学，种类繁多，包括诗、词、文、小说等。

　　朝鲜半岛的汉诗创作虽然由来已久，但是至高丽朝，汉诗的发展才蔚为大观，真正意义上的汉诗批评也是自高丽朝确立并繁盛起来的。"吾东方诗学大盛，作者往往自成一家，备全众体，而评者绝无闻焉，及益斋先生《栎翁稗说》，李大谏《破闲集》等编作，而东方诗家精粹，得有所考，厥后百余年间，莫有继之者，岂非诗学之一大慨也。"①姜希孟指出《栎翁稗说》《破闲集》之前，朝鲜半岛鲜有汉诗批评，《栎翁稗说》《破闲集》的出现标志着朝鲜半岛汉诗批评的崛起。

　　中国学者多用"诗学"表述关于诗歌的批评。因为朝鲜的民族诗歌仅称为歌与调等，不称为诗，高丽以来朝鲜半岛诗人通常用"诗学"一名指称汉诗批评和

---

　　① [朝]姜希孟：《私淑斋集》卷八《东人诗话序》，载《韩国文集丛刊》第12册，景仁文化社，1990，第118页。本书以下所引《韩国文集丛刊》皆出自此版本，不再一一注明。

模仿汉诗批评的作品，如"四佳相公以诗学登坛，为一代之所宗"①，"博究坟典，而尤逐诗学，其著述真得杜甫之三尺，声名擅于当时"②。因此在本研究中，我们沿用朝鲜古代学者的观点，把高丽汉诗批评简称为高丽诗学。

高丽王朝建立于 918 年，灭亡于 1392 年。刘强在《高丽汉诗文学史论》一书中，根据高丽朝的发展状况及高丽汉文学发展的特点，把高丽文学分为前期、中期、后期、末期四个阶段。高丽前期、中期虽然推行试策制度，掀起了诗文创作的热潮，但朝鲜半岛诗歌真正崛起，并出现高质量的诗歌创作，却是在爆发了武人之乱后这一阶段，即明宗（1170—1197）至高宗（1213—1259）约 100 年的时间，韩国学者通常称这一时期为"诗人受难期"（金台俊《朝鲜汉文学史》，社会科学文献出版社 1996 年版），之后"元朝的入侵促成了高丽武人政权的终结"③，刘强把这一阶段称为高丽末期。这一时期虽然隶属于元朝，但创作总体上是延续高丽后期文学的发展，因此在本研究中我们把这一时期归并到高丽后期。我们所言的高丽后期指从 1170 年开始至 1392 年高丽王朝灭亡，主要对应着中国的宋、元两朝，元朝诗学有宗宋的一面。总体来看，高丽后期诗学受宋诗学的影响较深。

一、研究内容

东亚汉文学一般是指东北亚汉文学，以中国为中心，辐射的范围包括朝鲜、日本、越南等国。古代朝鲜半岛由于与中国特殊的地缘关系和密切频繁的文化交流，其汉文学带有鲜明的中国印记，但是朝鲜民族又是一个崇奉个性的民族，汉诗人往往把民族特色作为自己的创作追求，因此朝鲜汉诗创作及朝鲜诗学虽是在古代中国基础上发展起来的，但因受朝鲜半岛社会环境及民族心理的影响，又有其鲜明的个性特色。

---

① [朝] 金守温：《拭疣集》卷二《东人诗话序》，载《韩国文集丛刊》第 9 册，第 107 页。
② [朝] 朴彭年：《朴先生遗稿·三绝诗序》，载《韩国文集丛刊》第 9 册，第 464 页。
③ 刘强：《高丽汉诗文学史论》，厦门大学出版社，2008，第 135 页。

　　朝鲜汉诗的发展源远流长，但是真正形成气候的时期却是自高丽实施诗赋策论取士制度后。在这一时期，汉诗创作成为诗人的日常。高丽前期的汉诗受科举推行、文治政策的影响以晚唐体和应制唱和为主，高丽汉诗因此出现了风骨缺失、刻意雕琢、模仿抄袭等问题；1170 年的武人之乱改变了诗人的地位和创作心态，政治上的失意使诗人把目光更多地转向了社会现实和内心，也更加专意于诗歌创作。前期形成的文风和后期社会格格不入，对诗歌的深入钻研使高丽后期的诗人迫切想要扭转汉诗创作中存在的弊端。

　　高丽后期诗人结合高丽汉诗创作现状，在作家、创作、批评、风格等方面接受了中国诗学理论并在创作中加以实践。对于高丽后期诗人来说，他们接受中国诗论是要给高丽汉诗"治病"，给高丽诗人提供操作性强的创作法则，因此这一时期在以上四个领域中对诗学的论述更具有个性特征和实践意义，和中国诗学相比，其指导诗学实践的目的性更强。

　　本书结合高丽后期特殊的时代背景、高丽后期汉诗变革的契机和高丽后期诗人在创作上对民族个性的追求，从四个领域围绕气、学、意、法、境等内容展开论述，分析其时诗人在诗学范畴概念方面对中国诗学的接受和发挥，及构建出的汉诗学体系，了解高丽后期诗学和诗风之间的关系，概括高丽后期诗学发展的特点。

二、研究意义

　　研究朝鲜诗学，最多的疑问是朝鲜半岛诗学的价值。朝鲜汉文学是在中国文学的基础上发展起来的，朝鲜诗学更是以吸收学习中国诗学为其特点。诗学的中国特色是大家对朝鲜诗学的普遍看法，以中国诗学为主要内容的朝鲜诗学到底有何研究价值？朝鲜半岛汉风颇盛，多源于中国，大多是对中国文学的模仿和借鉴，从这个角度看，朝鲜汉文学与诗学似乎没有什么可以研究的价值，如此来看，似乎没有研究朝鲜诗学的必要；但是诗学的发展有其阶段性和个性化，中国诗学在不同时期有不同特色，并且往往因人而异，诗学的开放性特色使得诗学源源不断地被注入新鲜血液，虽然古代中国各个阶段的诗学发展有快有慢，诗学水平有高有低，但是中国古代诗学一直在不断发展是个不争的事实。

古代东亚诗学的核心是中国诗学，东亚诗学是在中国诗学的基础上发展起来的，学习并实践中国诗学是中国周边国家诗学发展的特色。东亚各国在接受中国诗学时往往会融入自身的个性化认识，而使本国的诗学呈现出个性特色，这对于中国古代诗学发展来说，是一个重要的补充，也是不容忽视的一个方面。忽略中国周边各国对诗学的认识，中国古代诗学的研究就显得不太完整、全面，从这个角度来看，高丽后期富有个性的诗学发展，还是有一定的研究价值和意义的。

另外，对于朝鲜的诗学价值我们也不能单纯从发展中国诗学的角度作单一评判，李齐贤（1287—1367）对其家族的文学成就曾无比自豪，认为仅次于苏轼，与中国其他诗人相比也毫不逊色。"吾大人三昆季俱以文笔显于东方。伯父、季父相次仙去，唯公无恙，年今七十有奇。若使北来，得与中原贤士夫进退词林间，虽不敢自比于苏家父子，亦可以名动一时。"① "东人仰之如泰山，学文之士去其靡陋而稍尔雅，皆先生化之也。"② 李穑（1328—1396）在评述李齐贤的文学成就时，也认为他的创作泽被高丽文士，推进了高丽汉诗文的发展。高丽后期诗人并不否认中国诗歌对朝鲜汉诗的影响，但更多地认为朝鲜汉诗是作为独立于中国诗歌之外的一个整体存在的，相较于中国诗人所产生的影响，更为看重的是本土诗人对汉诗发展所做的贡献，在寻求突破、突出自身特色方面，也一直在努力。

高丽后期诗人的自信与努力确实使高丽后期诗学呈现出了一些个性与民族特色，对于诗歌创作规律的认识也不完全同于其所学习的中国诗人。高丽后期诗歌转型的需求使诗人重点关注气、学、意、法、境等范畴、概念；扭转创作弊端，指导诗人创作的需求使得这一时期的诗学认识更加精细化，与社会、创作实践的紧密结合使这一时期汉诗学呈现出了鲜明的民族、地域、时代特色。

---

① ［朝］李齐贤：《益斋乱稿》卷一《眉州》，载《韩国文集丛刊》第 2 册，第 508 页。

② ［朝］李穑：《牧隐文稿》卷七《益斋先生乱稿序》，载《韩国文集丛刊》第 5 册，第 52 页。

　　高丽后期诗学是朝鲜诗学发展的代表，有其开放学习的一面，也有其创新进取的一面，带有鲜明的中国诗学共性和朝鲜诗学个性特征，鲜明地体现了在多种因素作用下的朝鲜半岛诗学发展特色，其不同于中国古代诗学，也不同于东亚其他国家诗学，从对中国诗学接受的角度及从朝鲜诗学发展的个性化角度来看高丽后期诗学，其都有着一定的研究意义和价值。

　　对于朝鲜诗学的发展而言，朝鲜诗学的基本范畴、概念在高丽后期基本确立，之后朝鲜诗学的发展基本未脱离这一时期确立的范畴、概念，并且这一时期诗人在作家、创作、风格、批评四个方面的诗学成果丰富、细致，自然构建了一个诗学体系。高丽后期诗学最能体现朝鲜诗学的发展特色，是朝鲜诗学发展的重要阶段，同时这一时期诗学体系的确立和发展又具有很强的示范意义，因此在研究的过程中，以这一阶段的诗学体系构建为研究对象，以这一阶段的诗学为例深入探讨就显得尤为重要。

　　本书拟在高丽后期诗学研究基础上探讨高丽后期诗学发展的个性特征及规律，这对于研究朝鲜半岛诗学发展特色、中国古代诗学在东亚的发展、东亚各国诗学发展的个性化特征都有着积极的意义。

三、研究现状

　　汉学是近年来的研究热门。由于中国文字的广泛传播，古代东亚各国普遍把汉字作为通用文字。习汉字、读汉籍，用汉文书写成为东亚各国的习惯，尤其是韩国，直到 20 世纪 40 年代才废除了汉字，在此之前，汉语是其官方场合的通用语言，政府公文纯用汉文书写，汉语在上层阶级中使用广泛，因此古代朝鲜留下了数量可观的汉文典籍。域外汉籍研究专家张伯伟曾对韩国汉文典籍数量做过一个大致统计："以汉城大学奎章阁所藏韩国本为例，据 1981 年出版的《奎章阁图书韩国本综合目录》，就达三万三千八百零八种。其中除少数如小说类中的'国文'部分，绝大多数是汉籍。韩国的汉籍中，文集占有相当大的比重。如《韩国文集丛刊》已出版二百八十册，收文集七百多种；《韩国历代文集丛书》三千册，平均以一集一册计算，也达三千种。"① 在废除汉字之后，由于语言不通，韩国的汉文典籍慢慢地乏人问津，现今，韩国本国精通汉语的学者虽致力于韩国汉文典籍研究，但在韩语取代汉语的当今，韩国国内精通汉语的韩国学者毕竟是少数。在韩国本土研究韩国古代汉籍略显困难的时候，中国一些学者发现了这块未被开垦的处女地，并开展了一系列系统、深入的研究。

在古代东亚，中国诗歌创作兴盛，诗学在中国率先成熟，因中国和东亚其他国家文化、学术交流的频繁，中国诗学被输出到中国周边国家，其中朝鲜半岛较早接受中国诗学。朝鲜、日本等国汉诗论诗体例、结构形态和论诗宗旨都与中国大致相同；其概念、理论体系，也都打上中国传统文化的烙印，表现出独具特色的东方民族文化性格和审美心态。近年来，由于国与国之间文化、学术交流的频繁，东亚诗学研究成为中国众多学者关注的焦点。

朝鲜古代诗学分为高丽和李朝两个阶段。高丽后期诗学是朝鲜诗学发展的重要阶段，其对于朝鲜诗学中基本范畴、概念的确立，对李朝诗学的发展都起着一定的示范作用；同时，其在接受中国诗学时所呈现出来的民族特征、时代特征对于中国接受诗学研究来说也是重要的补充。从这两个角度来看，高丽后期诗学具有一定的研究意义和价值。

诗话是诗学的主要载体，目前相关的朝鲜诗话文本资料有玄默子、洪万宗的《诗话丛林》（亚细亚文化社），洪万宗的《小华诗评》（奎章阁写本），任廉的《旸葩谈苑》（亚细亚文化社），李钟殷的《韩国历代诗话类编》（亚细亚文化社），赵钟业的《韩国诗话全编》（太学社），《修正增补韩国诗话丛编》（太学社），蔡镇楚编的《域外诗话珍本丛书》（北京图书馆出版社），张伯伟的《韩国历代诗学文献总说》（《文献》2000年第2期），赵季和赵成植笺注的《诗话丛林笺注》（南开大学出版社），蔡美花和赵季主编的《韩国诗话全编校注》（人民文学出版社），

---

① 张伯伟：《域外汉籍与中国文学研究》，《文学遗产》2003年第3期。

邝健行等编的《韩国诗话中论中国诗资料选粹》（中华书局），等等。朝鲜诗学成就不仅通过诗话体现出来，诗文集中也散落了大量的诗学观点，随着东亚学者对韩国汉诗、诗学的日渐关注，韩国古诗文集的整理逐渐丰富而多样，如标点影印《韩国文集丛刊》（景仁文化社）、徐居正《东文选》影印版（朝鲜古书刊行会）、《大东诗选》影印版（朝鲜古书刊行会）、《韩国历代文集丛书》（韩国景仁出版社）等。

　　"研究重心由过去的文献深入思想和文化，研究方法由过去的传统考据或沿袭西方转变为寻求现代东方的、亚洲的、中国的知识生产方式"①是未来域外汉籍的研究方向。综观如今的朝鲜诗学研究，多是采用传统的方式，把重点放在梳理朝鲜诗学著作中出现的中国诗学资料，研究朝鲜诗学著作中涉及的中国诗人、中国诗歌作品、中国诗论。不容忽视的是，朝鲜诗学虽在中国诗学的基础上发展起来，它却有自己的个性体系，有自己的带有个性特色的范畴、概念，我们可以把它作为一个相对独立的个体对象来观照和探讨其内涵及发展特色。

　　目前高丽后期诗学研究存在的问题有以下几个方面。

（一）对朝鲜诗学的整体研究居多

　　高丽后期的诗学研究成果多出现在对朝鲜诗学作整体研究的专著中，只是以极少的篇幅涉及，且研究不太系统。

　　韩国目前相关的诗学研究著作有《韩国古代诗论史》（赵钟业，太学社）、《中韩日诗话比较研究》（赵钟业，学海出版社）、《韩国文学思想史试论》（赵东一，知识产业社）、《韩国古典诗学史》（全蓥大等，麒麟社）、《韩国古典批评研究》（全蓥大，书世界）、《韩国古典文学批评的理解》（郑大林，太学社）、《韩国文学思想史》（金相洪等，启明文化社）、《韩国文学批评史论》（金周汉，学士院）、《汉诗批评体例研究》（李炳汉，通文馆）、《中韩诗学研究的历程》（刘晟俊，新星出版社）等。

　　目前国内的朝鲜诗学研究也取得了一些成绩。如任范松、金东勋主编的《朝

---

① 张伯伟：《"域外汉籍与古代文论研究"主持人语》，《文艺理论研究》2013年第7期。

鲜古典诗话研究》（延边大学出版社，1995），这本书"在绪论中论述了诗话的概念、朝鲜诗话的起源与演变、朝鲜诗话的基本特征以及研究朝鲜诗话的目的与意义，接着分成四编分别论述了高丽时期、李朝前期、李朝中期、李朝后期诗话的思想文化背景、诗话的产生与发展以及诗话的主要内容（诗歌本质论、诗歌创作论、诗歌批评论等）"①，这部专著在梳理朝鲜诗话发展阶段、介绍朝鲜诗学内容方面功不可没。李岩的《朝鲜中古文学批评史研究》（人民文学出版社，2015）在探讨高丽后期诗学内容时，以林椿等诗人为代表分单元探讨单个诗人的诗学主张。李岩的《朝鲜诗学史研究》（山西人民出版社，2016）一书前两章《高丽时期的汉文化思潮和文学思想》《李奎报文学个性论和民族审美观》探讨了高丽后期诗学中的一些问题。马金科的《朝鲜诗学对中国江西诗派的接受》（民族出版社，2006）从朝鲜诗学对中国江西诗派代表作家的接受和对江西诗派诗法的接受两个方面探讨高丽后期李朝初期诗学的相关内容。综观国内涉及高丽后期诗学的研究著作，多是以代表诗人或以《破闲集》《白云小说》《补闲集》《栎翁稗说》四部诗话为主要研究著作探讨单个诗人的诗学主张，全面系统地把握高丽后期诗学内容和诗学发展特征的研究并不多见。本书以高丽后期诗学所侧重的主要内容气、学、意、法、境等为研究对象，系统研究高丽后期诗人在诗学上的共性追求，概括高丽后期诗学乃至朝鲜诗学发展的特征。

（二）气、学、意、法等范畴的相关研究

1. 高丽后期诗学中"气"的相关研究

孙德彪的《朝鲜"文气说"对中国文气理论的接受》[《南京师大学报》（社会科学版），2014年第1期]从"奇人吐奇气""学诗养气""慕圣人气象""气骨"四个方面总体观照朝鲜文气理论的内涵，这篇文章以李朝诗人与诗话为主要研究对象，高丽诗学相关内容涉及较少。马也《朝鲜作家李奎报对曹丕"文气"论的阐发与变异》（《绵阳师范学院学报》，2017年第36卷第6期）重在辨析李奎报的

---

① 任范松：《近年来中国研究朝鲜古典诗话综述》，《延边大学学报》（社会科学版）1997年第4期。

文气说和曹丕的文气说不同的概念内涵。刘阳的硕士论文《论韩国古代诗学中的"气"》（延边大学，2015）从审美的角度观照"气"的发展流变、"气"与"言"的关系、"气"的审美价值。何海云的硕士论文《"文气说"与朝鲜半岛的文学理论与实践》（南京大学，2016）选取了朝鲜"文气说"中的"文以气为主""意以气为主""气象说""神气说"四个方面与中国的文气理论相参照，试图勾勒出朝鲜"文气说"的诸多理论内容，展现朝鲜"文气说"的思想内涵和文化特质。

目前对于高丽诗学中"气"的研究，多集中在概念的辨析上，且相关的断代专门研究是没有的。而对于高丽后期诗人重视"气"的原因，养"气"的原因和养"气"的途径，"气"与高丽后期刚健诗风关系这几个方面的细致深入的探讨几乎是没有的，这为本书提供了拓展研究的足够空间。

2. 高丽后期诗学中"学"的相关研究

高丽后期受统治者崇文政策、科举制度、学校教育、宋代积学观的影响有着浓郁的积学风气，此类研究除了李岩的《中韩文学关系史论》（社会科学文献出版社，2003）中对高丽后期的崇文政策、科举制度有相关的论述，其他研究专著中几乎没有相关的探讨。刘强《高丽君臣的文学活动对其汉诗兴盛的影响》（《古典文学知识》，2000 年第 1 期）虽然论述了高丽后期君臣相和的良好文学氛围，但并没有探讨高丽君主的崇文政策、科举、教育及文化交流对积学风气所产生的影响。高丽后期诗人喜欢读书积学，在积学内容上有自己史、儒、佛三方面的侧重，这对高丽后期的史论文学、思辨文学、山人体诗的创作均产生了一定的影响。目前对高丽后期积学内容的相关研究及高丽后期积学内容对创作产生的影响的相关研究资料较少，本书力图在这些方面有所突破。

高丽后期诗人在所热衷的读书积学中总结出了一些积学的方法和技巧。《朝鲜古典诗话研究》论述用事之法时提到了李仁老辨析接受江西诗派观点的做法，除此之外，专门探讨高丽后期诗人积学方法和技巧的论文、论著比较少见。笔者认为，高丽诗人在积学时总结出了识记法、融通法、神交法等，这些内容在前人的著作及论文中很少涉及，本书力图在这些方面有所创新。

3. 高丽后期诗学中"意"的相关研究

"意"是中国诗学中探讨较多的一个内容，也是高丽后期诗学中探讨较多的一个内容。《韩国古典诗学史》中有专门的章节论"气"与"意"的关系及高丽后期"新意论"。《韩国古典诗话研究》在《破闲集》《白云小说》《补闲集》《栎翁稗说》四部诗话的基础上论李仁老的"托物寓意"说、李奎报的"新意"说、崔滋的"气骨意格"说及李齐贤的"意在言外"说。邹志远、刘雅杰《李奎报对中国诗歌创作的"主意"论》(《东疆学刊》，1997 年第 14 卷第 4 期)从新意、讽喻立意、含蓄表意三个方面探讨李奎报诗文对中国诗学中"意"的接受。在前人研究的基础上，本书从立意的追求——新、深、清；立意的途径——意感于物，物意相融，人事立意，静中生意，含蓄吐意的方式等几个方面结合具体作品系统、深入梳理高丽后期"意"范畴，试图找出高丽后期诗人在"意"范畴中侧重的共性的内容，分析"意"范畴的个性发展特色及与高丽后期诗风的关系。

4. 高丽后期诗学中"法"的相关研究

《韩国古典诗学史》探讨了高丽后期诗法中的"用事""换骨夺胎""声律"等内容，《韩国古典诗话研究》探讨了李仁老的炼琢用事、崔滋的炼琢四格。国内期刊论文侧重从高丽诗人对中国诗人接受的角度探讨高丽诗法的内容。李岩《朝鲜高丽时期文学中的杜诗》[《中央民族大学学报》(哲学社会科学版)，2000 年第 29 卷第 3 期]指出高丽诗人学杜诗不仅学其精湛的诗艺法度，而且还注重考究其审美把握和营造意象的门径。刘艳萍《韩国高丽文学对苏轼及其诗文的接受》[《延边大学学报》(社会科学版)，2008 年第 41 卷第 4 期]认为高丽文学从苏轼诗文的题材、禅宗思想、化用典故、借用诗韵、活用诗句、摘用词语等视角入手接受苏轼及其诗文，此外还探讨了苏轼诗歌创作的一些方法和技巧。孙玉慧《论中国江西诗派对朝鲜海东江西诗派的影响》(《社科纵横》，2010 年总第 25 卷第 3 期)，马金科《试论江西诗派在朝鲜汉诗中产生影响的特殊性》(《东疆学刊》，2003 年第 20 卷第 4 期)从江西诗派诗法技巧影响朝鲜汉诗创作的角度总结了古代朝鲜所接受的江西诗派诗学，为研究高丽后期汉诗诗法的来源和江西诗派诗法在东亚的流传提供了重要参考。可见，虽然对高丽后期诗法的相关探讨较多，但多探讨单个诗人的诗法主张，在诗法共性的探讨上有所欠缺。本书系统梳理了高丽后期重"法"的原因，高丽后期重"法"的风气及高丽后期诗人在炼琢上共性的追求，以期找出高丽后期诗法发展的个性特色，力图在诗法方面的研究能细致、深入。

（三）研究资料以诗话为主，忽略了韩国诗文集中的相关资料

一般认为，高丽后期的诗学成就主要通过《破闲集》《白云小说》《补闲集》《栎翁稗说》四部诗话体现出来，在研究高丽后期诗学时学界也往往以"四部诗话"为依据，这方面比较具有代表性的是《韩国古典诗话研究》一书，该著作以"四部诗话"为基础，探讨李仁老、李奎报、崔滋、李齐贤的诗学主张。期刊论文中对高丽诗学的探讨也多集中在对"四部诗话"的研究上。如马金科《〈六一诗话〉与高丽诗话〈破闲集〉之比较》[《延边大学学报》（哲学社会科学版），1992年第25卷第4期]，姜夏、尹允镇《高丽时期诗论〈补闲集〉与〈破闲集〉比较》（《重庆社会科学》，2017年第9期），孙德彪《谈〈补闲集〉中诗歌理论的实用特征——兼与中国诗论比较》[《延边大学学报》（哲学社会科学版），1992年第25卷第4期]等。事实上，高丽后期的诗学成就不仅仅通过"四部诗话"体现出来，高丽后期的诗学成就也不仅仅通过四位诗人的诗学主张体现出来，在高丽后期，有大量的诗人对诗学问题进行了探讨，也有大量的诗学观点散落在这一时期的论诗、书、序、跋、墓志中。本书在资料的使用上把诗话与韩国文集中的资料相结合，力求研究所依凭的材料更全面、广泛。

（四）社会历史环境对高丽后期诗学发展影响的相关研究不够系统

汉诗、诗学并非独立存在，朝鲜汉诗及诗学受到社会历史环境的影响是显而易见的，表现在政治、经济、文化制度等社会因素对汉诗风气及确立诗学内容的影响上。目前在这一方面比较具有代表性的是中央民族大学李岩教授的研究，他的《朝鲜文学通史》《朝鲜文学思想史研究》《朝鲜文学的文化观照》《中韩文学关系史论》《朝鲜中古文学批评史研究》等著作对朝鲜文学、诗学和社会的关系进行了细致的探讨。

朝鲜诗学发展有其阶段性的特点，朝鲜每一阶段诗学的发展都受到了政治、经济、文化制度等社会因素的影响，这是朝鲜诗学本土化特点形成的关键，高丽后期诗学的发展同样如此。从社会影响的角度观照高丽后期诗学，目前比较具有代表性是延边大学马金科先生的研究，其《试析朝鲜半岛接受江西诗派的文化语境》[《延边大学学报》（社会科学版），2013 年第 46 卷第 2 期]、《朝鲜诗学对中国江西诗派的接受》分析了高丽后期社会因素对接受江西诗派产生的影响，为当前的高丽后期诗学研究开辟了一条新的道路。但总体来看，目前此类研究仍较少。

综上，对于高丽后期诗学乃至朝鲜诗学的研究现状，我们可以得出这样的结论：

1. 研究比较零散

高丽后期诗学研究多依附于朝鲜诗学的整体研究，目前对高丽后期诗学研究的关注度不够，研究零散，不够系统。

2. 研究角度略显传统

高丽后期并没有出现专门的诗学批评著作，高丽诗人也并无构建诗学体系的明确认识，加上朝鲜诗学起源于中国诗学，高丽后期诗学乃至朝鲜诗学多被视为中国诗学的衍生物，学界普遍认为高丽乃至朝鲜是没有形成诗学体系的。事实上，高丽后期诗人的诗论已构建出一个诗学体系，应对其做系统观照，而不能仅从对中国诗学的接受层面去做研究。

3. 汉诗学与社会影响因素的结合研究被忽略

高丽后期诗学发展受社会因素的影响比较大，从社会因素影响的角度观照高丽后期诗学有助于我们客观把握高丽后期诗学的个性、民族、时代特色，而这种研究方式并没完全贯彻到当下的研究中。

4. 立足于韩国文集文本的研究太少

目前对高丽后期诗学的研究多立足于《破闲集》《白云小说》《补闲集》《栎翁稗说》四部诗话，从资料的完整性上来看有所欠缺。高丽后期诗文集中丰富的论诗内容同样是高丽后期诗学的载体，本书拟把"四部诗话"和韩国文集中的资料相结合，在此基础上系统探讨高丽后期诗学内容及特色。

　　高丽后期诗学虽在接受中国诗学的基础上发展起来，但高丽后期构建出的汉诗学体系厚重丰满、内涵复杂，极具研究价值，对其进行研究和探讨，虽然研究者在各自的领域内收获颇丰，但总体上来说，研究视野狭窄、方法单一，不能凸显高丽后期诗学整体的成就和特色，亦不能充分说明高丽后期诗学与中国诗学的关系，无法确立高丽后期诗学在朝鲜诗学以及东亚诗学中的地位。因此，在广泛深入地收集整理高丽后期诗学文献资料基础上，立足于东亚文化交流与融合，全面探索高丽后期的诗学体系构建，追寻朝鲜诗学与古代中国诗学、东亚诗学和而不同的一面，是本书刻不容缓的任务。

第一章　朝鲜诗学兴起

"诗学"一词源于西方，最早出现在亚里士多德的《诗学》中，泛指文艺创作理论。唐郑谷言"衰迟自喜添诗学，更把前题改数联"[①]，对于中国古典文学批评来说，"诗学"指关于诗的学问，即"对于诗歌的理论看法、见解，包括各种命题、范畴和术语、概念"[②]。在古代，由于东亚各国频繁的交流，中国文化、学术的先期成熟而使中国文化、学术成为东亚各国学习、模仿的对象，朝鲜的汉诗创作和诗学就是在这样的大背景中发展起来的。

第一节　中国文学的东传

《山海经》记载："朝鲜在列阳东，海北山南。列阳属燕。"[③]《战国策·燕策》曰："燕东有朝鲜、辽东。"[④] 通过典籍记载可以判断出古朝鲜的大致位置，在辽宁东部一带。朝鲜半岛古已有之，地处蛮夷之地，但自从箕子率众入驻以后，其和中原文明就有了脱不开的关系。《汉书》载："殷道衰，箕子去之朝鲜，教

---

① 郑谷：《中年》，载《全唐诗》，上海古籍出版社，1986，第1701页。
② 吴建民：《中国古代诗学原理》，人民文学出版社，2001，第1页。
③ 袁珂译注：《山海经全译》，贵州人民出版社，1991，第254页。
④ 刘晓东等点校：《二十五别史》，齐鲁书社，2000，第326页。

其民以礼义，田蚕织作。"①箕子因不满商纣王的暴虐入朝鲜立国，到了周朝，朝鲜虽获周武王册封，但和各诸侯国之间的交流很少，受中国文化熏染的箕子在朝鲜这个相对独立的环境中致力于推行礼乐教化，中国文化的根苗由此植入了朝鲜半岛。

"惟我东方，旧慕唐风，文物礼乐，悉遵其制。"②高丽王朝（918—1392）建立后，遵循朝鲜半岛慕华的传统，尊中国为大。宋辽金时期，宋、辽、西夏、金等国并立，宋及北方国家皆重视与高丽的关系，虽然高丽先后沦为辽、金的藩属国，与宋关系时断时续，但宋、丽之间仍在相当长的时间内保持着友好关系。"独高丽不伏，自谓夷、齐之后，三韩旧邦，诗书礼义之风不减中国。契丹用兵，力制高丽；高丽亦力战，后不得已而臣之。"③北宋后期，在契丹武力逼迫下，高丽被迫向辽臣服，却选择不与宋断交，以一藩事二主的方式继续藩属北宋。据统计，"在宋丽两国并存的320年间，高丽遣使入宋58次，而在北宋中后期的50余年间就高达24次，约占高丽遣宋使总数的41%还多；宋遣高丽使25次，其间达11次，约占宋遣高丽使总数的44%"④。尤其是在北宋中后期，出于抗辽的需要，北宋主动交好高丽，而高丽为了抵抗北方少数民族的入侵，也积极地和宋交好，这一时期宋和高丽之间往来颇为频繁。

中国与高丽频繁的往来，不断交好的关系及高丽朝廷对汉文化的推崇，使得汉籍借助多种渠道进入高丽。中国高水平的诗文创作成为高丽诗人学习、揣摩的对象，并且在与汉使的交流唱和、诗人之间的切磋交流中，高丽诗人深化了对中国传入的诗文理论的认识并形成了自己的一些见解，这对于朝鲜汉诗及诗学发展来说，是注入了新的血液。

---

① 班固：《汉书·地理志第八下》，中华书局，1962，第1658页。

② [朝]郑麟趾：《高丽史·世家第二》，西南师范大学出版社，2014，第43页。本书以下所引《高丽史》皆出自此版本，不再一一注明。

③ 李焘：《续资治通鉴长编》卷150，影印文渊阁《四库全书》史部316册，（台湾）商务印书馆，1986，第461页。

④ 齐廉允：《宋朝的高丽政策》，硕士学位论文，山东师范大学，2008，第65页。

一、汉文典籍大量输入

在良好的交流氛围中，汉文典籍大量输入朝鲜半岛，高丽君主曾多次颁布汉书收藏令。成宗（981—997）曾教："欲收四部之典籍，以蓄两京之府藏，青衿无阅市之劳，绛帐有执经之讲……宜令所司于西京开置修书院，令诸生抄书史籍而藏之。"① 成宗主张广搜汉籍以充实国家图书馆，并专门设立了以抄写汉籍为主的修书院，之后的显宗、宣宗等君主更是派了大量使节到中国来搜求典籍，并向中国朝廷求购所需书籍。"哲宗（1086—1098）立，遣使金上琦奉慰，林暨致贺，请市刑法之书，《太平御览》《开宝通礼》《文苑英华》。诏惟赐《文苑英华》一书，以名马、绵绮、金帛报其礼。"② 哲宗委派使者携带大量金银到中国购书，不仅求购文学典籍，更是求购有利于治国的刑法之书，并且经常组织朝廷中博学多才者考阅校订新购买的汉籍。"忠肃王（1313—1339）元年庚寅，赞成事权溥、商议会议都监事李瑱、三司使权汉功、评理赵简、知密直安于器等会成均馆，考阅新购书籍，且试经学。"③ 宋朝廷出于拉拢高丽抗辽的需要，也通过官方渠道大量赐书给高丽，《高丽史》记载："宣宗（1083—1094）七年，宋赐《文苑英华》集。"④ 以助高丽校勘纠讹。官方索书渠道之外，高丽还通过留学生、僧人大量搜求购买书籍。

《高丽史》成宗条记：

> 甲子，博士任老成至自宋，献《太庙堂图》一铺并《记》一卷。《社稷堂图》一铺并《记》一卷，《文宣王庙图》一铺，《祭器图》一卷，《七十二贤赞记》一卷。⑤

---

① [朝]郑麟趾：《高丽史》，第74页。
② 脱脱等：《宋史》卷四百八十七，中华书局，1977，第14048页。
③ [朝]郑麟趾：《高丽史》，第1090页。
④ [朝]郑麟趾：《高丽史》，第288页。
⑤ [朝]郑麟趾：《高丽史》，第62页。

《高丽史》显宗条记：

丙子，韩祚还自宋，帝赐《圣惠方》、《阴阳二宅书》、《干兴历》、《释典》一藏。①

《高丽史》文宗条记：

命太子迎宋朝《大藏经》，置于开国寺。②

《高丽史》世家忠肃王记：

遣衍宝钞一百五十锭，使购得经籍一万八百卷而还。③

忠肃王元年博士柳衍携带 150 锭宝钞从中国购买了 10800 卷书，购书数目之巨，令人惊叹。由于宋、丽之间频繁的往来交流，民间贸易活跃，宋朝许多商人到高丽进献方物以获利。以文宗朝为例，文宗六年（1052）八、九两月有林兴等 101 个宋朝商人向高丽朝廷售卖土物，文宗八年（1054）七月有赵受等 69 个宋朝商人来献犀角、象牙。宋朝一些商人通过同高丽官方的接触，从高丽朝廷搜求中国典籍的行为中看到了商机，大量售卖中国典籍给高丽朝廷。

《高丽史》显宗条记：

十八年八月丁亥，宋江南人李文通等来献书册，第凡五百九十七卷。④

---

① ［朝］郑麟趾：《高丽史》，第 118 页。
② ［朝］郑麟趾：《高丽史》，第 267 页。
③ ［朝］郑麟趾：《高丽史》，第 1090 页。
④ ［朝］郑麟趾：《高丽史》，第 128 页。

《高丽史》明宗条记:

> 二十二年八月癸亥，宋商来献《太平御览》，赐白金六十斤。[①]

总体来看，高丽朝廷通过官方和民间贸易等多种渠道搜求的中国典籍数目巨大，在频繁的贸易、使节往来中，中国汉文典籍大量输入高丽，其中包括许多珍异版本。高丽丰富的藏书竟使得宋朝廷主动向高丽索要汉籍以校正已有书籍，宣宗八年（1054）六月丙午，"李资义等还自宋，奏云：'帝闻我国书籍多好本，命馆伴书所求书目录授之。'乃曰：'虽有卷不足者，亦须传写附来。'百篇《尚书》，荀爽《周易》十卷，京房《易》十卷，……公孙罗《文选》《水经》四十卷，羊祜《老子》二卷……《谢灵运集》二十卷，《颜延年集》四十一卷，《三教珠英》一千卷……《古今诗苑英华集》二十卷，《集林》二十卷，《计然子》十五卷"[②]。高丽应宋朝廷的要求，主动向中国输入共计 129 部著作，全部被保存在宋朝国家图书馆，由传入高丽的书籍返流中国可测其时汉文典籍流入朝鲜半岛的数量。

二、汉籍大量刻印

随着大量中国典籍输入朝鲜，为了满足社会阅读的需求，高丽朝廷鼓励官员雕印书籍。朝廷先是从中国商人手中购买一些刻版，《高丽史》宣宗条记："宋商徐戬等二十人来献《新注华严经》板。"[③] "许多高丽刻本，是直接拿宋本辽本上版镂刻的，叫作'高丽覆刻宋本'或'高丽覆刻辽本'。"[④] 之后又自制了许多刻版，在此基础上，朝廷刻印发行了大量的书籍。

《高丽史》文宗条记:

---

① [朝] 郑麟趾:《高丽史》，第 638 页。
② [朝] 郑麟趾:《高丽史》，第 289 页。
③ [朝] 郑麟趾:《高丽史》，第 279 页。
④ 朱云影:《中国文化对日韩越的影响》，广西师范大学出版社，2007，第 342 页。

十年八月戊辰西京留守报："京内进士、明经等诸业举人所业书籍，率皆传写，字多乖错，请分赐秘阁所藏九经、汉晋唐书、《论语》《孝经》、子史诸家文集、医卜、地理、律算诸书，置于诸学院。"命有司各印一本送之。①

《高丽史》文宗条记：

十三年四月庚辰，知南原府事试礼部员外郎李靖恭进新雕《三礼图》五十四板、《孙卿子》书九十二板。②

《高丽史》靖宗条记：

八年二月己亥，东京副留守崔颢、判官罗旨说。司录尹廉、掌书记郑公干等奉制新刊《两汉书》与《唐书》以进。③

十一年三月己酉，秘书省进新刊《礼记正义》七十本，《毛诗正义》四十本，命藏一本于御书阁，余赐文臣。④

不仅官方刊印大量的汉籍，在民间出于需要，私人也刻印了大量的汉文典籍，多数为诗文集。李奎报（1168—1241），字春卿，初名仁氏，号白云居士、

① ［朝］郑麟趾：《高丽史》，第 208 页。
② ［朝］郑麟趾：《高丽史》，第 220 页。
③ ［朝］郑麟趾：《高丽史》，第 168 页。
④ ［朝］郑麟趾：《高丽史》，第 175 页。

三酷好先生，谥文顺，京畿道骊洲人。^①其门人曾请李奎报为自己刻印的东坡文集写序，李奎报将其事记录在《全州牧新雕东坡文集跋尾》中。黎庶昌（1837—1896）《古逸丛书》："予所收《草堂诗笺》，有南宋和高丽两本。……两本俱多模糊，而高丽本刻尤粗率，然颇有校正宋本处。"^②这则记载表明高丽诗人接触到了《草堂诗笺》的不同版本，并且在刻印之前，结合自己的理解，对宋刻本进行了一定校勘。

汉籍的大量刻印充实了高丽朝廷的书库，对于诗人来说，他们能借此途径接触到中国大量优秀诗文著作，这对于高丽后期汉诗的兴盛和诗学的发展都起着积极的促进作用。

第二节　汉诗创作的兴盛

东北亚地区包括中国、韩国、日本等几个国家，由于中国文化、文学高度发达，中国成为东北亚的文化、文学中心，周边几个国家的文化和文学多是在中国的影响下发展起来的。朝鲜由于箕子立国及和中国毗邻的优越位置，在东北亚国家中受中国汉文化影响最早，也最久远。朝鲜文人汉文化修养深厚，对于来自诗歌国度的汉诗有着一种自然的喜好，统一新罗后期，由于中朝文化、经济交流的频繁，汉诗创作逐渐成为一种潮流，个别新罗诗人的水平甚至可以和汉诗人相媲美，甚至出现了被视为朝鲜汉诗创作鼻祖、创作水平较高的崔致远这样精通汉文化的诗人，新罗后期汉诗创作风气一直延续到高丽，郑道传《陶隐集序》曰：

吾东方虽在海外，世慕华风，文学之儒前后相望。在高句丽，曰乙支文

---

① 本书中朝鲜诗人小传一部分由《高丽史》及《韩国文集丛刊》中各家序、跋、书、行状中辑出，一部分参考了前贤的考证，不再一一注明。尤著者列于下，以示不掠美：蔡美花、赵季主编《韩国诗话全编校注》（人民文学出版社，2012年），金台俊《朝鲜汉文学史》（张琏瑰译，社会科学文献出版社，1996年）。

② 转引自李岩《中韩文学关系史论》，社会科学文献出版社，2003，第325页。

德。在新罗，曰崔致远。入本国，曰金侍中富轼。李学士奎报其尤者也。近
世大儒有若鸡林益斋李公，始以古文之学倡焉。韩山稼亭李公，京山樵隐李
公从而和之。今牧隐李先生早承家庭之训，北学中原，得师友渊源之正，穷
性命道德之说，既东还，延引诸生，其见而兴起者。乌川郑公达可、京山李
公子安、晋阳河公大临、潘阳朴公诚夫、永嘉金公敬之、密阳朴公子虚、永
嘉权公可远、茂松尹公绍宗，虽以予之不肖，亦获厕于数君子之列。子安精
深明快，度越诸子，其闻先生之说，默识心通，不烦再请，至其所独得，又
超出人意表，博极群书，一览辄记。所著述诗若文若干篇，本于诗之比兴，
书之典谟，其和顺之积，英华之发，又皆自礼乐中来，非深于道者能之乎。①

郑道传的这段话勾勒出了朝鲜汉诗发展的脉络及高丽汉诗创作的全貌，他认
为朝鲜半岛汉诗文创作萌生于高句丽时期，中经崔致远至高丽后期始大盛，代表
诗人前有金富轼、李奎报，后有李齐贤、李谷、李仁复等扛鼎大儒，李穑在创作
上集前人众家之长，深得汉文创作精髓，后学者李崇仁继之。

高丽建国之后，受宋朝重学崇文政策影响，太祖王建不遗余力地实施文治策
略。"王者虽以武功克定，终须用文德致治。"② "太祖闻国子监集诸生讲书，甚喜，
遣使赐之酒果，曰：'今之武臣，亦当使其读经书，欲其知为治之道也。'"③ 王建
认为文治方可大治，之后统治者受其和宋代统治者崇文政策的影响也纷纷推行文
治，成宗、显宗、靖宗、肃宗等皆为代表。成宗实行"献诗制度"，规定 50 岁以
下朝中文臣每月进献三首诗、一篇赋。在外文官"自为诗三十篇，赋一篇，岁抄附
计吏以进，翰林院品题以闻"④，要求在外文官每年应作诗 30 篇、赋 1 篇献给朝廷。
睿宗（1105—1122）与诗人朝堂吟诗赋文也曾传为一时佳话，"伏闻睿庙聪明天纵，

---

① [朝] 郑道传：《陶隐集序》，载《韩国文集丛刊》第 6 册，第 522 页。
② 李焘：《续资治通鉴长编》卷 23，影印文渊阁《四库全书》史部 314 册，（台湾）
商务印书馆，1986，第 340 页。
③ 司马光：《涑水纪闻》卷一，上海书店，1990，第 8 页。
④ [朝] 郑麟趾：《高丽史》，第 78 页。

制作如神。席太平之庆,乘化日之长,常与词人逸士若郭玙等赋诗著咏,搋金振玉,动中韶钧,流播于人间,多为万口讽颂,实太平盛事也"①。睿宗规定,身旁词臣必须根据要求随时赋咏诗歌,并将与词臣赋咏的诗歌编成《睿宗唱和集》一书。

除此之外,长期奉行的科举制度也促进了高丽汉诗的繁荣。三国之前,朝鲜半岛没有科举之法,至高丽光宗(949—975)采纳双冀的建议始设科举取士制度。《高丽史》载:

> 九年夏五月,始置科举,命翰林学士双冀取进士。②

> 九年,始建议设科,遂知贡举,以诗、赋、颂、策取进士甲科崔暹等二人、明经三人、卜业四人。自后屡典贡举,奖勤后学,文风始兴。③

光宗朝的科举采用唐制,以诗、赋、颂、策、经取士,后只试诗、赋、颂、策。之后诗赋试逐渐受到君主的青睐,"成宗二年,始临轩复试,然不为常例,亲试复试,例用诗赋"④。成宗殿试不按常制,专以诗赋为选拔标准,穆宗七年(1004)三月改定科举法"以三月开场锁闱,贴礼经十条,明日试诗、赋,越一日试时务策"⑤,将诗赋试置于时务策之前选拔人才,宋徐兢在宣和五年(1123)以国信使身份访问高丽,在《宣和奉使高丽图经》中记下了当时高丽的科举盛况。

> 进士之名不一,王城之内曰土贡,郡邑曰乡贡,萃于国子监,合试几四百人,然后王亲试之,以诗赋论三题中格者,官之。自政和间,遣学生金

---

① [朝]李奎报:《东国李相国全集》卷二十一《睿宗唱和集跋尾》,载《韩国文集丛刊》第1册,第514页。

② [朝]郑麟趾:《高丽史》,第52页。

③ [朝]郑麟趾:《高丽史》,第2897页。

④ [朝]郑麟趾:《高丽史》,第2304页。

⑤ [朝]郑麟趾:《高丽史》,第2304页。

端等入朝，蒙恩赐科第，自是，取士间以经术、时务策，较其程试优劣，以为高下。故今业儒者尤多，盖有所向慕而然耳。[①]

由这段记录可以看出，睿宗取士初以诗赋论为主要科目，后才间以经、策。

仁宗（1123—1146）十七年，礼部贡院引范仲淹论，认为科举对诗赋的重视不够，致使诗、赋衰微，礼部主张通过经义、论策、诗赋固定的三场考试全面考察选拔人才。《高丽史》载：

> 范仲淹云："先策、论以观大要，次诗、赋以观其全才。以大要定其去留，以全才升其等级。斯择才之本，致理之基也。"我朝制述业，于第三决场，选试策、论之无着韵、偶对者，因此诗赋学渐为衰微。今后初场试经义，二场论、策相递，三场诗、赋永为格式。[②]

在场次顺序上，礼部认为，通过诗赋最能看出一个人的才华，也最能据此选拔出真正的人才，主张将其放在三场考试的最后压轴，以便其能发挥出一锤定音之效。

对于出身寒门的文人来说，诗赋创作获得成功便可以加官晋爵，实现大济天下的愿望，朝廷对诗赋的重视激起了文人创作诗赋的兴趣。在高丽，文人以极大的热情投身于诗赋创作，光宗之后，诗文创作逐渐兴盛，名家辈出，繁盛的景象从光宗朝一直延续到了崔滋生活的高丽后期。崔滋《补闲集》中有详细记载：

> 本朝以人文化成，贤隽间出，赞扬风化。光宗显德五年，始辟春闱，举贤良文学之士，玄鹤来仪。时则王融、赵翼、徐熙、金策，才之雄者也。越景、显数代间，李梦游、柳邦宪以文显，郑倍杰、高凝以词赋进。崔文宪公

① 徐兢撰、朴庆辉标注：《宣和奉使高丽图经》，吉林文史出版社，1986，第39页。
② [朝]郑麟趾：《高丽史》，第2309页。

冲，命世兴儒，吾道大行。到于文庙时，声明文物，灿然大备。当时蒙宰崔
惟善，以王佐之才，著述精妙，平章事李靖恭、崔奭，参政文正、李灵干、
郑惟产，学生士金行琼、卢坦，济济比肩。文王以宁，厥后朴寅亮、崔思
齐、思谅、李颎、金良鉴、魏继廷、林元通、黄莹、郑文、金缘、金商佑、
金富轼、权适、高唐愈、金富辙、富佾、洪瓘、印份、崔允仪、刘羲、郑知
常、蔡宝文、朴浩、朴椿龄、林宗庇、芮乐全、崔诚、金精、文淑公父子、
吴先生兄弟、李学士仁老、俞文公升旦、金贞肃公仁镜、李文顺公奎报、李
承制公老、金翰林克己、金谏议君绥、李史馆充甫、陈补阙澕、刘冲基李百
顺两司成、咸淳、林椿、尹于一、孙得之、安淳之，金石间作，星月交辉，
汉文唐诗，于斯为盛。①

崔滋（1188—1260），字树德，初名宗裕，号东山叟，谥文清，海州人。自
高丽立科举至崔滋生活时代，诗人数量之多、诗歌数量之多前所未有，可以说科
举选拔制度刺激了高丽诗人创作汉诗文的热情，推进了高丽汉诗文的发展进程，
诗歌在高丽后期非常自然地进入繁盛期。

在高丽文学创作热情普遍高涨，社会重视汉诗创作的环境中，一些汉诗人
的创作水平颇高，堪与唐宋名家媲美，如《高丽史》中所记汉诗人朴寅亮事：
"三十四年，与户部尚书柳洪奉使如宋。至浙江遇飓风几覆舟，及至宋计所，贡
方物失亡殆半。帝敕王勿问，王乃释洪等。有金觐者，亦在是行。宋人见寅亮及
觐所著尺牍、表、状、题咏，称叹不置，至刊二人诗文，号《小华集》。"②朴寅亮
的汉诗进入中土之后，宋人称叹不已，并且刊刻出版，这种现象表明了高丽汉诗
较高的创作水平。

---

① [朝]崔滋：《补闲集》，载蔡美花、赵季主编《韩国诗话全编校注（一）》，人民文
学出版社，2012，第62页。本书以下所引朝鲜诗话《破闲集》《白云小说》《栎翁稗说》《东
人诗话》《清脾录》等皆出自此版本，不再一一注明。

② [朝]郑麟趾：《高丽史》，第2951页。

到了高丽中后期，名家诗人更是层出不穷，甚至一些诗人的创作得到了中原名家的肯定。

> 高丽前进士李君子安，以明经登上甲，位宰辅，不以富贵介其意，每公暇之余，卷不释手，涵咏性情，发为诗篇，或五七言律诗古诗，或乐府绝句，积若干首。洪武乙丑秋九月，仆奉命使高丽，得与子安接见，邂逅之顷，握手论心，若平生契，第恨相知之晚也。他日，出所作诗见示，读之令人襟度洒然，其辞皆华而不浮、质而不俚，发奇丽于和平之中，寓优柔于严整之外，且忠君爱国隆师亲友之意，溢于言表。吁，三韩远邦之地，而子安学问情性有如是邪，其振拔斯文，扶植邦本，舍子安其谁欤？传曰"登高能赋。可以为大夫"，吾于子安见之矣。虽然，子安岂必以此一时之作，鸣于当代者哉，尚当磅礴三百篇赋、比、兴之性情，臻汉、魏、晋、宋诸作者藩篱，熟李白、杜甫之三尺，将使子安所作之诗，上足以歌扬皇明圣德，下足以鸣高丽典章文物之盛，垂百世而无穷也，仆于吾子安，深有望焉。[①]

出使高丽的使者周倬对陶隐赞赏不已，认为其学识渊博，诗歌创作秉承了中国诗歌创作的优良传统，有《诗经》、杜诗风范，堪称高丽诗人中的佼佼者，并且认为与中国诗人相比，陶隐也毫不逊色，称得上是积极践行汉诗创作法则的典范。

牧隐李穑的创作前承中原正统，后启高丽后期乃至李朝创作新风，权近在为牧隐撰写的文集序中对其成就赞美不绝。

> 吾东方牧隐先生，质粹而气清，学博而理明。所存妙契于至精，所养能配于至大。故其发而措诸文辞者，优游而有余，浑厚而无涯。其明昭乎日星，其变骤乎风雨。岿然而峷乎山岳，霈然而浩乎江河。贲若草木之华，动若鸢

---

① 周倬：《陶隐集序》，载《韩国文集丛刊》第6册，第521页。

鱼之活，富若万物各得其自然之妙。与夫礼乐刑政之大，仁义道德之正，亦皆粹然会归于其极。苟非禀天地之精英，穷圣贤之蕴奥，骋欧、苏之轨辙，升韩、柳之室堂，曷能臻于此哉。自吾东方文学以来，未有盛于先生者也。①

由高丽本朝诗人和中原名士的品评，不难看出，高丽汉诗创作形成了自己的规模，不仅参与者众多，而且出现了一些颇具水平与影响力的诗人。

高丽后期，诗人众多，汉诗数量众多，为了满足诗人之间的切磋交流及阅读、学习汉诗文的需求，这一时期出现了大量编撰刻印本朝诗文集的热潮，如《西河先生集》《谨斋先生集》《雪谷诗集》《动安居士李公文集》《益斋先生乱稿》《及庵诗集》《默轩先生文集》《陶隐集》《若斋遗稿》《惕若斋学吟集》等都是在高丽后期刻印出版的，这为汉诗和诗学的普及奠定了良好的基础。

随着高丽后期诗人创作热情高涨，出于欣赏汉诗、方便学习的需要，一些诗人做了一些选编诗集的工作，这一时期出现了《睿宗唱和集》《选粹集》等诗文选集。其中，《选粹集》为李穑友人金敬叔选编，其选编范围及原则是："集古今诗文若干卷，先生又名之曰《选粹集》。选取昭明，粹取姚炫，其义则选其粹也。选则粹，粹则选，所以叹美其作者也，所以歆动其学者也。"② 选集的出现，一方面是因为当时诗人对汉诗有了明确的评判标准，有着明确的阅读需求；另一方面是为了满足学诗者的学习需求，用来指导汉诗创作的。选集往往有着明确的指向性，也只有在对汉诗创作本质有着一定认识的时期才会出现，选集的出现也说明了高丽后期汉诗创作的兴盛局面及诗学的发展程度。

在高丽后期，诗人对创作的投入及创作水平的提高使得高丽后期汉诗创作出现了繁盛局面，而诗人研讨创作的意识也逐渐增强，这些都为高丽后期诗学的发展奠定了良好的基础。

① [朝]权近:《牧隐先生文集序》，载《韩国文集丛刊》第 3 册，第 500 页。
② [朝]李穑:《牧隐稿》卷九《选粹集序》，载《韩国文集丛刊》第 5 册，第 72 页。

第三节 高丽后期诗学的兴起

在与中国文化交流的背景中，高丽后期汉诗创作逐渐走向繁荣，而在诗人汉诗创作的热情及传入的中国诗学的影响下，高丽后期诗人对诗的本质的认识亦逐渐深入，高丽后期诗人的诗学观逐渐形成。

一、以苏黄为代表的宋诗学的输入

由于中国文化的发达，再加上朝鲜民族的虚心向学，高丽时期，唐宋诗文集大量流入高丽，习读唐宋诗文也成了高丽诗人的一种习惯。

> 请以声律以来近古诗人言之。有若唐之陈子昂、李白、杜甫、李翰、李邕、杨、王、卢、骆之辈，莫不汪洋阔肆，倾河淮倒瀛海，骋其豪猛者也，未闻有一人效前辈某人之体，刲剥其骨髓者。其后又有韩愈、皇甫湜、李翱、李观、吕温、卢同、张籍、孟郊、刘、柳、元、白之辈，联镳并辔，驰骤一时，高视千古，亦未闻效陈子昂若李杜杨王而屠割其肤肉者。至宋又有王安石、司马光、欧阳修、苏子美、梅圣俞、黄鲁直、苏子瞻兄弟之辈，亦不撑雷裂月，震耀一代，其效韩氏、皇甫氏乎？效刘、柳、元、白乎？吾未见其刲剥屠割之迹也，然各成一家，梨橘异味，无有不可于口者。[①]

李奎报与友人探讨汉诗创新的问题时，在信中旁征博引列举中国诸多名家来论证自己的观点。通过他信中罗列的诗人，我们可以看到李奎报阅读范围的广泛和唐宋诗文集在高丽流播的广泛。

宋诗的发展分为两个阶段，前期以学唐为主，呈现出的是唐诗特色；至欧阳修、苏轼、黄庭坚有了求新求变的追求后，呈现出了与唐诗截然不同的特色。

---

① ［朝］李奎报：《东国李相国全集》卷二十六《答全履之论文书》，载《韩国文集丛刊》第 1 册，第 558 页。

> 国初之诗，尚沿袭唐人。王黄洲学白乐天，杨文公、刘中山学李商隐，盛文肃学韦苏州，欧阳公学韩退之古诗，梅尧臣学唐人平淡处。至东坡、山谷始自出己意以为诗，唐人之风变矣。①

严羽认为真正意义上的宋诗以苏轼、黄庭坚的创作为代表，缪钺也认为"元祐以后，诗人迭起，不出苏黄二家。而黄之畦径风格，尤为显异，最足以表宋之特色，尽宋诗之变态"②。在苏黄诗风的影响下，宋人在诗歌创作上把"以文字为诗，以议论为诗，以才学为诗"③作为追求，走出了一条别具特色的宋诗之路。苏黄创作内容充实，有法则可循而又飘逸生动，堪为圆熟诗作代表。高丽后期诗人随着自觉创作意识的增强，自觉研讨汉诗的意识也逐渐增强，苏黄诗文以其圆熟在高丽后期被广泛接受。

> 西河先生少有诗名于世。读书初若不经意，而汲其字字皆有根蒂，真得苏黄之遗法。雄视词场，可以穿杨叶于百步矣。④

> 杜门读苏黄两集，然后语道然、韵锵然，得作诗三昧。⑤

> 如将此景入毫端，文要苏黄字要颜。⑥

---

① 严羽著、张健校笺：《沧浪诗话校笺》，上海古籍出版社，2012，第181页。
② 缪钺：《诗词散论》，上海古籍出版社，1982，第35页。
③ 严羽著、郭绍虞校释：《沧浪诗话校释》，人民文学出版社，1961，第26页。
④ [朝]李仁老：《西河先生集序》，载《韩国文集丛刊》第1册，第207页。
⑤ [朝]崔滋：《补闲集》，载《韩国诗话全编校注（一）》，第111页。
⑥ [朝]李穑：《稼亭集》卷十七《骊兴客舍次韵》，载《韩国文集丛刊》第3册，第207页。

谁言秀句出寒饿，唱和直与苏黄争。①

　　李仁老（1152—1220），字眉叟，号双明斋，"海左七贤"之一。李穀（1298—1351），字中父，初名芸白，号稼亭。李穑（1228—1396），字颖叔，号牧隐，忠清道韩州人。高丽后期的文士往往把苏黄并称，诗文大家李仁老、林椿、李穀、李穑等皆奉苏黄创作为典范，以诗能出入苏黄之法，和苏黄媲美为佳。

　　苏轼诗文集传入高丽的时间，世存文献中尚未发现明确的记载，但能确定的是，高丽后期诗人阅读了苏轼大量的诗文。"仆观近世东坡之文，大行于时，学者谁不服膺呻吟。"②林椿（生卒年不详），字耆之，号西河。林椿认为，只要是高丽诗人学者，多多少少会读过苏轼的著作。林椿在《与眉叟论东坡文书》中言："仆与吾子虽未读东坡，往往句法已略知似矣，岂非得于中者阖与之合？"③林椿在信中虽未直言学习苏轼，但拿自己与李仁老的作品和苏轼相媲，可见他对苏轼诗文的喜爱和推崇。

　　夫文集之行乎世，亦各一时所尚而已。然今古以来。未若东坡之盛行，尤为人所嗜者也。自士大夫至于新进后学，未尝斯须离其手，咀嚼余芳者皆是。④

　　在这段文字中，李奎报指出了苏轼在朝鲜受欢迎的程度，不论是功成名就的士大夫，还是未中科举、孜孜不倦的读书人，往往手不离苏轼诗文集，注重从苏轼的诗文集中汲取营养。"苏子瞻品画云'摩诘得之于象外，笔所未到气已吞'。"⑤

---

　　①［朝］李穑：《牧隐诗稿》卷三十一《长歌》，载《韩国文集丛刊》第4册，第452页。
　　②［朝］林椿：《西河先生集·与眉叟论东坡文书》，载《韩国文集丛刊》第1册，第242页。
　　③［朝］林椿：《西河先生集·与眉叟论东坡文书》，载《韩国文集丛刊》第1册，第243页。
　　④［朝］李奎报：《东国李相国全集》卷二十一《全州牧新雕东坡文集跋尾》，载《韩国文集丛刊》第1册，第515页。
　　⑤［朝］陈澕：《梅湖遗稿·读李春卿诗》，载《韩国文集丛刊》第2册，第277页。

陈澕，高丽毅宗时人，号梅湖，骊阳人。在作画上，陈澕欣赏苏轼的象外之意和先笔夺人的气势。陈澕不仅深通苏轼画论，还熟谙苏轼诗论："苏子瞻诗大茧如瓮盎，是不可以辞害义，但当意会尔。"① 认为苏轼的创作注重传意，对其作品应当意会。俞升旦评苏轼诗句"如见试白塔，若相招一联"，认为"古今诗集中，罕见有如此新意"。② 俞升旦（1168—1232），原名元淳，又名承旦，仁同人，谥文安。俞升旦认为，苏轼的作品往往能去陈出新，新意是其突出的特点。圆齐在创作上做到了"扫去腐儒之常谈，能诗又逼苏子瞻"③，李穑对其大加赞赏，认为其创作立意脱俗，堪和苏轼诗作相媲美。当时的诗人欣赏苏轼的创作观，赞同其气、意之论，注重从其诗文中汲取营养，可以说苏轼在高丽后期诗人创作观的形成上发挥着主导作用。

高丽后期诗人中，李仁老、李奎报可算是诗坛翘楚，这两位诗人无一例外地非常欣赏苏轼的创作并自觉加以学习。"今观眉叟诗，或有七字五字从东坡集来；观文顺公诗，无四五字夺东坡诗，其豪迈之气，富瞻之体，直与东坡吻合。"④ 李仁老、李奎报不仅对苏轼诗文信手拈来，擅长仿其豪放风格、放逸文笔，而且会直用苏轼诗文字句组织创作，二公所为足见对苏轼诗文的推许。

苏轼儒释道兼通，对政事有独到的见解，作品思想深邃而有文采，习读并学其文章，有助于诗人提高自己的诗文水平，这是苏轼在高丽后期受追捧的主要原因。为了能写出好的诗文，当时的应试举子纷纷以苏轼诗文为临摹的对象，仿苏成为当时的风气。

　　且世之学者，初习场屋科举之文，不暇事风月，及得科第，然后方学为诗，则尤嗜读东坡诗，故每岁榜出之后，人人以为今年又三十东坡出矣，足

---

① [朝]陈澕：《梅湖遗稿·春晚题山寺》，载《韩国文集丛刊》第 2 册，第 274 页。
② [朝]崔滋：《补闲集》，载《韩国诗话全编校注（一）》，第 98 页。
③ [朝]李穑：《牧隐稿·呈圆齐》，载《韩国文集丛刊》第 4 册，第 287 页。
④ [朝]崔滋：《补闲集》，载《韩国诗话全编校注（一）》，第 98 页。

下所谓世之纷纷者是已。其若数四君者，效而能至者也，然则是亦东坡也，如见东坡而敬之可也，何必非哉。东坡，近世以来，富赡豪迈，诗之雄者也，其文如富者之家金玉钱贝，盈帑溢藏，无有纪极。①

　　高丽文士专尚东坡，每及第榜出，则人曰"三十三东坡出矣"。②

　　对苏轼诗文的膜拜及学习模仿使得高丽科举考试出现了一种奇怪的现象，中举文人的文章往往带有鲜明的苏轼文风特色，如出一人之手，这种现象也说明了其时苏轼在朝鲜半岛被深入接受的程度。随着对苏轼诗文的熟习，其旷达豪放的品格也逐渐为当时诗人所了解推崇，"苏轼平生功名出处自比白香山，牧隐亦尝以苏轼自比"③，李穑常以苏轼自比，慕苏风气一直延续到李朝初期。徐居正（1420—1488），字刚中，号四佳亭，谥文忠，权近外孙。李初的徐居正也非常欣赏苏轼恬淡的心境及放逸的生活态度，"我岂无苏子瞻赤壁舟，我亦有玄真子绿蓑衣"④，"呜呼，苏子瞻，人杰也。《赤壁》一赋，万古风流，无尽一语，尽天地物我之情"⑤。对其放逸豪情推崇备至。

　　针对岛内的需求，高丽使者在中国设法采购苏轼诗文集，"高丽使者过余杭，求市子瞻集以归"⑥。苏颂（1020—1101）呈苏轼诗自注中道出了高丽大量买进苏轼诗文集的情况。高丽后期还出现了一些诗人主动刻印苏轼文集的现象，李奎报在《全州牧新雕东坡文集跋尾》一文指出："夫文集之行于世，亦各一时所尚而已。

---

　　① [朝]李奎报：《东国李相国全集》卷二十二《答全履之论文书》，载《韩国文集丛刊》第 1 册，第 558 页。

　　② [朝]徐居正：《东人诗话》，载《韩国诗话全编校注（一）》，第 185 页。

　　③ [朝]徐居正：《东人诗话》，载《韩国诗话全编校注（一）》，第 172 页。

　　④ [朝]徐居正：《四佳集·归去来篇》，载《韩国文集丛刊》第 10 册，第 475 页。

　　⑤ [朝]徐居正：《四佳集·无尽亭记》，载《韩国文集丛刊》第 11 册，第 190 页。

　　⑥ 北京大学古文献研究所编《全宋诗》，北京大学出版社，1992，第 6392 页。

然今古以来，未若东坡之盛行。"① 这篇跋是其门人刻印东坡文集时请李奎报所作，说明了其时苏轼诗文集流行并大量刊刻的情况。徐居正《东人诗话》中也有苏轼诗文在朝鲜半岛内流播广泛的记载："学士权适曾赠宋使诗曰：'苏子文章海外闻，宋朝天子火其文。文章可使为灰烬，千古芳名不可焚。'其尚东坡可知也。"② 指出其时苏轼诗文火遍朝鲜半岛的盛况。

苏轼本身具有良好的诗人素质，对诗人修养的看法在他的许多作品中都有论述。其诗文既重法又重意，既重继承又重出新，既内敛深刻又放逸不拘。苏轼诗文较好地协调了创作中出现的问题，文笔流畅圆熟，可以说是高丽后期诗人眼中汉诗创作的典范。苏轼虽没有专门的诗论著作，但在其诗文中，对于诗人修养、创作的各个环节都有独到精辟的论述，这些论述对于高丽后期诗人来说，正是能点拨他们纠偏补正的法宝。苏轼诗文论说的透辟及其时朝鲜半岛诗文创作急需转型的现实使得苏轼的诗文论说自然进入高丽诗人的视线，而高丽后期诗学受苏轼诗论影响带有鲜明的宋诗学特色也是自然而然的了。

江西诗派从北宋末黄庭坚创立到南宋末方回总结，绵延了 100 多年，是两宋影响力最大的诗歌流派。在黄庭坚的带领下，诗人循规矩而主变化，倡活法而主悟入，讲"锻炼而归于自然"③。高丽后期汉诗在事、律、字、语等的炼琢上存在一些问题，而以教学法则、规范汉诗创作、提高创作质量为目的的江西诗派诗论正契合了这一时期诗人变革创作的需求。马金科认为，高丽后期李朝初期形成了"学苏黄""学山谷""学黄陈"的文学潮流，当时的诗人在江西诗派的学习上分为似黄、与苏黄相劼颃、学黄庭坚而又自出机杼、辨析江西诗派诗法几种。④ "假

---

① [朝]李奎报：《东国李相国全集》卷二十一《全州牧新雕东坡文集跋尾》，载《韩国文集丛刊》第 1 册，第 515 页。

② [朝]徐居正：《东人诗话》，载《韩国诗话全编校注（一）》，第 185 页。

③ 刘熙载：《艺概》，上海古籍出版社，1978，第 69 页。

④ 马金科：《朝鲜诗学对中国江西诗派的接受》，民族出版社，2006，第 79 页。

苏赝黄"①的陈澕，"词本涪翁"②的金克己，"创出新意"③的李奎报等皆是当时接受
江西诗派的代表。

苏黄诗学的输入影响了高丽后期诗人的创作，对于确立高丽后期诗学的核心
内容和高丽后期诗学发展的走向都产生了积极的影响。

二、诗人诗学自觉意识的增强

高丽后期诗人创作技巧日益成熟，对创作越发熟练，对于诗学也逐渐有了自
觉的探讨。崔滋《补闲集》曾记："有一好事者，集声律七字联评之，第其上下。
嘱予曰：'彼雄深奇妙古雅宏远之句，必反复详阅，久而后得其味。故学者不悦
如工部诗之类也。及所集若干联，皆一见即阅之语，可以资《补闲》，君其录于
编后。'"④崔滋所言好事者对于诗句炼琢有着独到的偏好和见解，把诗句分成新
警、含蓄、婉丽、清峭等 21 种，其详细的分类从一个侧面体现出他对炼琢法则
的自觉认识。

这一时期诗人对于传入的中国诗学并非全盘接受，而是有了一定的辨析取舍
标准，虽然苏黄同是宋诗创作的代表，但是其时文士认为，以黄庭坚为首的江西
诗派和苏轼在创作上还是有所区别的，高丽后期诗人学苏黄也是各有侧重。"自
欧苏梅黄一出，尽变其体，然学黄者犹多，西江宗派是已。"⑤徐居正所言指出了
苏黄对于扭转高丽诗风所做的贡献，并指出了以黄庭坚为代表的江西诗派在高丽
李朝交替之际更受欢迎的事实。马金科认为，朝鲜半岛汉诗"在接受苏轼的影响
时，主要选择的是苏轼的才学及用事的广博，而对苏轼的天资禀赋和豪放自如则
以为不可学和不宜学，所以，在诗法上更倾向于黄庭坚的严正典实"。⑥

---

① [朝]李德懋：《清脾录》，载《韩国诗话全编校注（五）》，第 3943 页。
② [朝]徐居正：《东人诗话》，载《韩国诗话全编校注（一）》，第 165 页。
③ [朝]崔滋：《补闲集》，载《韩国诗话全编校注（一）》，第 111 页。
④ [朝]崔滋：《补闲集》，载《韩国诗话全编校注（一）》，第 113 页。
⑤ [朝]徐居正：《东人诗话》，载《韩国诗话全编校注（一）》，第 185 页。
⑥ 马金科：《朝鲜诗学对中国江西诗派的接受》，民族出版社，2006，第 58 页。

正因为在诗学的接受上有着自觉的意识，高丽后期诗人对于传入的诗学多能辨别比较，确定自己的取舍标准。李仁老欣赏江西诗派的诗法主张，把其作为杜甫诗法的正宗传承者，他虽然欣赏江西诗派，但是并不盲从，而是对江西诗派主张有自己独到的见解："黄山谷论诗，以谓'不易古人之意而造其语，谓之换骨。规模古人之意而形容之，谓之夺胎'。此虽与夫活剥生吞者相去如天渊，然未免剽掠潜窃以为之工，岂所谓出新意于古人所不到者之为妙哉！"①李仁老认为黄庭坚的夺胎换骨是打着出新意的旗号，行劫掠潜窃之实，还是没能跳出前人的影子，从其创作中很容易看出诗歌的来源出处，诗歌痕迹化严重。他主张诗人既要学习前人的作品，揣摩前人的诗法，又要在自己创作时能摆脱前人的影响，生成有自己特色的诗作。通过这段评论可以看出他主张学黄，但又认为"黄夺胎换骨说"有不可取之处，是背离诗歌新意论的。李仁老对黄庭坚诗论的辨析正体现出他在诗学上的自觉意识。

高丽后期诗人看重师友承继关系，往往把各家分门别类、划分宗派，因此"师友名行录"的编撰比较流行。其中，记各家世系源流，同时各家风格、嗜好及成员也明确列出。如《樗隐先生逸稿》卷六《尊慕录附》曰："依《彝尊录》之例，略著同游诸贤姓氏之录而名之曰尊慕。盖兹录中诸公，自乙卯说议，至于门生，各立标题，取义虽殊，冈非先生一代亲善之人，则为先生后裔者。"②其中所记有与田禄生在创作上志同道合的诗友，如"吉昌君，谥文忠，少学，德业文章，冠冕一时，尝追和先生诗，以寓景慕之志，有文章樗隐琴中趣，能继高风有几人之句，有集行于世"③，也有田禄生的门生及交好的各类友人，名行录的编撰者按照各类标准给志同道合者分类，体现出编撰者自觉明确的门派意识。从文学的角度来看，把诗人归类，则体现出诗人对创作风格及特色的明确自觉的认识。

---

① [朝]李仁老：《破闲集》，载《韩国诗话全编校注（一）》，第36页。

② [朝]田禄生：《樗隐先生逸稿》卷六《尊慕录附》，载《韩国文集丛刊》第3册，第430页。

③ [朝]田禄生：《樗隐先生逸稿》卷六《尊慕录附》，载《韩国文集丛刊》第3册，第431页。

三、丰富的诗学成果

随着诗歌创作的繁荣，对诗歌创作本质认识的深入，高丽后期诗人对于研讨诗歌创作法则有着浓厚的兴趣，高丽后期的诗学成果也逐渐丰富起来。

（一）多种形式的诗学探讨

高丽后期对于汉诗探讨的方式是多种多样的，这一时期诗学丰富的程度远非《破闲集》《栎翁稗说》《白云小说》《补闲集》四部诗话所能囊括，诗学观点大量散落在诗、书、序、跋、行状、墓志中。如林椿《与眉叟论东坡文书》，就学习苏轼句法、自然创作、风骨创作提出自己的看法，林椿在《与皇甫若水书》中又论述了文气、养气之道，李奎报《答全履之论文书》阐明了新意论及学诗方法，陈澕《读李春卿诗》论述了逸气与创作的关系。

当时诗人喜作序跋，如李仁老的《西河先生集序》，李齐贤的《谨斋先生集序》《及庵诗集序》《雪谷诗集序》，李奎报的《吴德全戟岩诗跋尾》《李史馆允甫诗跋尾》《睿宗唱和集跋尾》，崔瀣（1287—1340）的《庆氏诗卷后题》，李穑的《动安居士李公文集序》《益斋先生乱稿序》《雪谷诗稿序》《近思斋逸稿后序》《寄赠柳思庵诗卷序》《赠金判事诗后序》《默轩先生文集序》《跋及庵诗集》《跋罗兴儒贺诗卷》《跋仲玉还学诗卷》《跋愚谷诸先生送洪进士诗卷》《陶隐集跋》等。李奎报《与李侍郎需书》云："月日，某顿首李君足下，昨蒙所贶集序，奉戴欣感。夫所谓集序者，一集之先驱也。引而伸之，导作者之蕴，为之目标者也。古之人所以有集而不可无序者，盖亦以此耳。"[①] 在这段文字中，李奎报指出当时诗人喜欢总结各家创作特色的风气，道出了当时诗人热衷作序跋的原因，由诗人对序跋的热衷也可见诗人创作的热情及诗人之间文学交流的活跃。在序跋中，朝鲜诗人针对创作法则、创作中出现的问题进行了多方面的探讨，李奎报《全州牧新雕东坡文集跋尾》探讨了学古、新意等问题。郑道传《若斋遗稿序》探讨了诗道的本质，

---

① [朝]李奎报：《东国李相国后集》卷十二《与李侍郎需书》，载《韩国文集丛刊》第 2 册，第 249 页。

论曰："然世之言诗者，或得其声而遗其味，或有其意而无其辞，果能发于性情，兴物比类，不庋诗人之旨者几希。在中国且然，况在边远乎。敬之外祖及庵闵公思平善词学，尤长于唐律，与益斋、愚谷诸公相唱和，敬之朝夕侍侧，目濡耳染，观感开发而自得尤多。道传尝见敬之之作诗，其思之也漠然无所营，其得之也充然若自得，其下笔也翩翩然如云行鸟逝，其为诗也清新流丽，殊类其为人，敬之于诗道，可谓成矣。"① 其《陶隐文集序》探讨了积学与创作的关系，言："其闻先生之说，默识心通，不烦再请，至其所独得，超出人意表，博极群书，一览辄记。所著述诗文若干篇，本于《诗》之兴比，《书》之典谟，其和顺之积，英华之发，又皆自礼乐中来，非深于道者，能之乎。"② 李崇仁《赠李生序》探讨了学古之道，权近《陶隐集序》论述了积学之道……序跋作者往往通过评价文主及其创作表明自己对诗文创作的认识，这同样是高丽诗学自觉走向快速发展的重要标志。

（二）讲论诗法的诗话著作

"吾东方诗学大盛，作者往往自成一家，备全众体，而评者绝无闻焉。及益斋先生《栎翁稗说》、李大谏《破闲》等编作，而东方诗学精神得有所考。"③ 高丽后期是高丽诗学发展的一个重要阶段，虽然这一时期并没有出现真正意义上的诗学著作，仅是出现了以《破闲集》《白云小说》《补闲集》《栎翁稗说》为代表的四部诗话；四部诗话虽然以记载诗坛逸闻趣事为主，并没有就具体的诗歌理论进行专门探讨，随意论诗是其特征，但细究四部诗话的内容，讲论诗法在其中占有较大的比重。

在《破闲集》中，李仁老多次论及诗法。"琢句之法，唯少陵独尽其妙。如'日月笼中鸟，乾坤水上萍'，'十署岷山葛，三霜楚户砧'之类是矣。且人才如器皿方圆，不可以该备，而天下奇观异赏，可以悦心目者甚伙。苟能才不逮意，则譬如驽蹄临燕越，千里之途，鞭策虽劝，不可以致远。是以古之人，虽有逸材，不

---

① [朝] 郑道传:《三峰集》卷三《若斋遗稿序》, 载《韩国文集丛刊》第 5 册, 第 340 页。
② [朝] 郑道传:《三峰集》卷三《陶隐文集序》, 载《韩国文集丛刊》第 5 册, 第 342 页。
③ [朝] 姜希孟:《东人诗话序》, 载《韩国诗话全编校注（一）》, 第 160 页。

敢妄下手，必加炼琢之工，然后足以垂光，虹霓辉映千古。至若旬煅季炼，朝吟夜讽，捻须难安于一字，弥年只赋于三篇，手作鼓推，直犯京尹，吟成大瘦，行过饭山，意尽西峰，钟撞半夜，如此不可缕举。及至苏黄，则使事益精，逸气横出，琢句之妙，可以与少陵并驾。"① 李仁老认为，诗人若先天不足，可用后天的炼琢来弥补，并推崇苦吟炼琢的做法。

在诗法运用上，李仁老讲究自然而为，主张自在不拘，其在《破闲集》中曾言："用事愈奇，吐词愈险，欲以奇险压之，然未免如前之累。兵法曰：'宁我迫人，无人迫我。'信哉。"② 在用事上，李仁老认为，刻意的求奇险反而会为奇险所累，使创作流于刻意，而自然不迫才能让诗人在用典方面踵事增华。

在诗法传承上，李仁老比较看重对前人诗法的继承与发展，认为正是由于诗法持续传承，不断突破，才使得后世诗人能青出于蓝，汉诗创作水平越来越高。"近者苏黄崛起，虽追尚其法，而造语益工，了无斧凿之痕，可谓青于蓝矣。"③ 在《破闲集》中，李仁老指出苏黄在学习李商隐用事的基础上自出特色，发展了汉诗的用事法则："金状元君绥即其子也，得其家法甚妙。"④ 金君绥用法高妙为时人所称道，李仁老认为与其继承父亲诗法有密切的关系。

《破闲集》针对高丽后期诗歌创作存在的问题，以提升创作水平为目的，对用韵、字句炼琢、学古等问题皆做了针对性探讨。

李奎报的《白云小说》以记诗人逸事为主，但也针对一些诗法问题发表了自己的看法。对于用法的原则，李奎报在《白云小说》中指出"九不宜体"，虽然是从反面否定汉诗作法的九种误区，但反中求正，其所论可以看作是对正确使用创作法则的总结和概括。在学习积累方面，李奎报强调"凡效古人之体者，必先习读其诗，然后效而能至也"⑤。认为诗人只有先积累，才有可能游刃有余地驾驭

---

① ［朝］李仁老：《破闲集》，载《韩国诗话全编校注（一）》，第 12 页。
② ［朝］李仁老：《破闲集》，载《韩国诗话全编校注（一）》，第 11 页。
③ ［朝］李仁老：《破闲集》，载《韩国诗话全编校注（一）》，第 29 页。
④ ［朝］李仁老：《破闲集》，载《韩国诗话全编校注（一）》，第 7 页。
⑤ ［朝］李奎报：《白云小说》，载《韩国诗话全编校注（一）》，第 58 页。

诗法，充分肯定了积学的作用。此外，《白云小说》在借物兴意、占韵、用事等方面也有一些相关的探讨。

崔滋的《补闲集》本着总结创作法则指导创作的思想，不仅论述了诗法的重要性，而且对于创作法则有较为详细的论述。如论用事："古今多以美女比花，文烈用美人事，意虽精当，事则蒭狗。眉叟用龙阳事，此诗家意外之喻，最警。又《赋鹦鹉》云：'语言愈巧身愈困，须信韩非死《说难》。'皆类此。金诗有风人自寓之意，读之凄然有感。文顺公不用事不取比，直穿天心而已。"①崔滋评价了高丽后期各家用事的特色，也概括出了各家用事的法则以为学诗者明确用事之路径。

高丽后期，炼琢之风颇盛。对于炼琢的利弊，崔滋《补闲集》中有比较细致的论述。"今世之为警句者，殆未免辛苦之病也。然庸才欲率意立成，则其语俚杂。俚杂之捷，不如善琢之为迟也。"②崔滋认为，琢句与苦吟有着必然的关系，花费气力炼琢出的诗句必是警句，充分肯定了炼琢的作用。当时一些诗人认为炼琢会束缚创作，主张率意走笔，崔滋认为这类诗人并没有把握住炼琢的精髓，故在字句炼琢上出不来成绩，其在《补闲集》中强调庸才与其率意走笔不如专心炼琢字句，其中的取舍凸显了他对于炼琢的重视。对于炼琢，崔滋又非盲目肯定，能做到辩证看待。对于刻意的炼琢，崔滋是有所不满的，李仁老曾作《春日江行》："碧岫巉巉攒笔刃，沧江杳杳涨松烟。暗云阵阵成奇字，万里青天一幅笺。"这首诗是李仁老春日过江时所作，诗中描绘过江所见景色时，选择了"岫、江、云、天"四个内容，用四个比喻——岫如笔刃、江如松烟、云如奇字、天如信笺——形容四景的美妙壮观。四句虽短皆藏比喻，不可谓之不妙，但也有其不足之处，刻意的痕迹太过明显，崔滋评"此诗遣意虽大，拘于类喻，言不得肆"③。崔滋认为，李仁老这首诗因过于专注法则，并受法则的拘牵，而使创作格局略显拘谨。崔滋的这段评论表明了其刻意雕琢影响作者才情发挥的诗学认识。

---

① [朝]崔滋：《补闲集》，载《韩国诗话全编校注（一）》，第94页。
② [朝]崔滋：《补闲集》，载《韩国诗话全编校注（一）》，第105页。
③ [朝]崔滋：《补闲集》，载《韩国诗话全编校注（一）》，第104页。

对于字句炼琢和汉诗韵味的轻重取舍，崔滋在《补闲集》中借对诗的品评道出立场：

> 陈补阙漳评诗，以文顺公《杜门》云："初如荡荡怀春女。渐作寥寥结夏僧。"如牙齿间真蜜，渐而有味。李由之和耆老相国诗云："睡倚乍容青玉案。醉扶聊遣绛纱裙。"如咀冰嚼雪，令人心地爽然无累。真蜜之辞，未若咀冰之语。仆于此评未服，彼咀冰之语，虽新进辈，月炼日琢，则万有一得。真蜜之辞，深得杜门之意，非老手，固不可道。陈与由之及当时鸣诗辈，共和耆老相国诗，裙韵最强，至于复用，皆有难色，而由之道此联，陈郎惊动，故有此语。①

陈漳和崔滋同评李奎报和李由之的诗，陈漳认为李由之的诗"如咀冰嚼雪，令人心地爽然无累"，胜过"如牙齿间真蜜，渐而有味"的李奎报的诗。而崔滋不以为然，他认为李奎报的诗用语老成，越读越有味道，若非功力深厚的诗人写不出此类好诗；李由之的诗虽然可以一时冲击读者的心灵，但语言后劲不足，凡注重炼琢之人皆可达到此水平。崔滋对于李奎报的赞赏可见其对于汉诗味道的认识和重视。

杜甫诗文在高丽后期流播广泛，此期诗人多乐于探讨杜甫炼琢法则，也常常以杜甫诗法为标准衡量字句的炼琢，对于学杜的热潮及诗人推崇的杜甫诗法，《补闲集》中多有记载：

> 陈补阙云："三年旅枕庭闹月，万里征衣草树风"未若草堂"三年笛里关山月，万国兵前草木风"语峭意深。李史馆允甫平生嗜杜诗，时时吟赏"干戈送老儒"一句，曰："此语天然道紧，凡才固不得道。"宋翰林昌问："工

---

① [朝]崔滋：《补闲集》，载陈漳《梅湖遗稿》，《韩国文集丛刊》第 2 册，第 289 页。

部'九江春草外，三峡暮帆前'，辞易意滑，傥可及导。"史馆笑曰："其语意豁远，固非汝曹所识，如'古墙犹竹色，虚阁自松声'，此工部寻常语体。古今几人学杜体而莫能仿佛，唯雪堂'敧枕落花余几片，闭门新竹自千竿'，其语格清紧则同，遗意闲雅过之，盖有'敧枕''闭门'之语耳。"史馆尝与李翰林文顺公宿安和寺留诗，翰林曰："废兴余老木，今古独寒流。"史馆曰："改'独'为'尚'，则草堂句也。"归正寺壁云："晨钟云外湿，午梵日边干。"此夺工部"晨钟云外湿，胜地石堂烟"句也。于晨钟言"湿"可警，于午梵言"干"疏矣，但对触切耳。"石堂烟"句是"气吞"之类也。①

《补闲集》中此类记载非常之多，崔滋用这些内容道出时人对杜甫诗法的取舍和高丽后期的炼琢倾向。《补闲集》用了大量的事例探讨汉诗作法，对高丽后期诗法成就的概括既形象又细致。在高丽后期四部诗话中，《补闲集》论法是最为深入出色的。

李齐贤同样有着强烈的诗法意识，他认为诗各有作法，"诗人手段固自不同"②。《栎翁稗说》常常把各家诗排列在一起，通过对比品评各家作法，如论讽喻手法，排列张章简镒《昇平燕子楼》、郭密直预《寿康宫逸鹞》、李文安承休《咏云》、郑密直允宜《赠廉使》四篇作品，"章简感奋而作，无他义，三篇皆含讽喻，郑、郭微而婉"③，认为四位诗人在讽喻手法的运用上各有特色。李齐贤论诗家特色常选择从诗法的角度品评，从中也可以看出其对法的看重。

朝鲜诗话中以诗法品评汉诗既说明了当时诗坛的风尚，也说明了当时诗人在诗法方面的认识比较深入，对汉诗创作逐渐形成了一些系统的认识。

---

① [朝] 崔滋：《补闲集》，载《韩国诗话全编校注（一）》，第 120 页。
② [朝] 崔滋：《补闲集》，载《韩国诗话全编校注（一）》，第 154 页。
③ [朝] 李齐贤：《栎翁稗说》，载《韩国诗话全编校注（一）》，第 150 页。

第二章　文气说

"气"是中国哲学中的一个基本概念，老子曰："万物负阴抱阳，冲气以为和。"[①]庄子曰："人之生，气之聚也，聚则为生，散则为死。"[②]《管子》中也有"有气则生，无气则死"[③]的言论。自先秦始，学者就认为气是万事万物的根源，气积聚在一起，而有了人类生命，若气散亡，生命也不复存在，人的产生和存在与气有着密切的关系。对于作家而言，因其自身需要具备多方面的素质修养，而与人关联密切的气也逐渐成为诗人基本素质修养的主要内容。

中国和朝鲜半岛一衣带水，高丽后期朝鲜和中国在各个领域交流频繁，在对创作认识的基础上，中国流行的文气论被高丽后期诗人普遍认可。

第一节　宋代理气说的流播

宋代学者热衷于探讨万物生成的过程，认为气在万物生成过程中发挥着重要作用。张载《正蒙·太和》言："太虚无形，气之本体，其聚其散，变化之客形

---

① 朱谦之：《老子校释·四十二章》（新编诸子集成），中华书局，1984，第175页。

② 郭庆藩撰、王孝鱼点校：《庄子集释·知北游》（新编诸子集成），中华书局，1961，第733页。

③ 黎翔凤撰、梁运华整理：《管子校注·枢言第十二》（新编诸子集成），中华书局，2004，第241页。

尔。"① 张载认为，万事万物成之于气的聚散变化。苏轼《苏轼易传》曰："阴阳之未交，廓然无一物，而不可谓之无有，此真道之似也。阴阳交而生物，道与物接而生善。"② 认为人是阴阳之气交互运动的产物。

高丽后期学者追随了古代中国的气为本原的观点，认为人禀气而生，李奎报用气球这个比喻形象地说明了人禀气而生的道理。

> 气满成球体，因人一蹴冲。气收人亦散，缩作一囊空。③

> 造物亦蹴汝，飞到九天涯。如今蹴已罢，气缩是其时。④

李奎报认为气球充满了气，可以一飞冲天；若是气球中的气被放掉，则空余皮囊，失去了作为气球的价值。人如气球一样，失去了气，就会失去精气神，人的生命也将走到尽头。在李奎报看来，气为人的主宰，中气充足，可以施展拳脚，大展宏图；而若中气泄露则气缩，而人也随之受影响。

> 仆尝于造化炉锤间，受百炼精刚之气，而阴阳资其质，五行成其体，二十八宿罗其胸襟，然后禀灵以生。⑤

---

① 刘玑：《正蒙会稿·卷一》（丛书集成初编），商务印书馆，1936，第2页。

② 苏轼：《东坡易传·卷七》（丛书集成初编），商务印书馆，1936，第159页。

③ [朝]李奎报：《东国李相国后集》卷六《偶见气球》，载《韩国文集丛刊》第2册，第193页。

④ [朝]李奎报：《东国李相国后集》卷六《气球答》，载《韩国文集丛刊》第2册，第193页。

⑤ [朝]林椿：《西河先生集》卷四《上李学士书》，载《韩国文集丛刊》第1册，第238页。

人恃气以生，气恃息以存焉，随子午顺阴阳而出入，未始有止也。①

对于气与人的关系，林椿认为人由气构成，宇宙中的气经过冶炼，粹成精华，拥有智慧称得上是万物之首的人由此形成，而精炼之气依赖身体存在，吞吐出入，生生不息。林椿还认为阴阳之气的交互变化，使人有了之所以为人的资质，这也使心灵、精神找到了寄存的载体。

南宋朱熹一方面继承了传统的气学理论，另一方面又从理的角度阐发对"气"的认识，围绕着"有理便有气流行，发育万物"②强调理的重要性，从理存气生的角度解释万物生成的过程及道德修养的重要性。

一元之气，运转流通，略无停间，只是生出许多万物而已。③

自一气而言之，则人物皆受是气而生；自精粗而言，则人得其气之正且通者，物得其气之偏且塞者。惟人得其正，故是理通而无所塞；物得其偏，故是理塞而无所知。且如人头圆象天，足方象地。平正端直，以其受天地之正气，所以识道理，有知识。物受天地之偏气，所以禽兽横生，草木头生向下，尾反在上。物之间有知者，不过只通得一路，如鸟之知孝，獭之知祭，犬但能守御，牛但能耕而已。人则无不知，无不能，人之所以与物异者，所争者此耳。④

朱熹认为，宇宙中的气在不断地运转流通，人与物皆是凭气而生，在气运动的过程中，气的性质不断发生变化，有精粗正偏之分，因禀精细之气，人类成为

① [朝]林椿：《西河先生集》卷五《浮屠可逸名字序》，载《韩国文集丛刊》第1册，第250页。

② 张伯行辑订：《朱子语类辑略·卷一》(丛书集成初编)，商务印书馆，1936，第1页。

③ 张伯行辑订：《朱子语类辑略·卷一》(丛书集成初编)，商务印书馆，1936，第3页。

④ 张伯行辑订：《朱子语类辑略·卷一》(丛书集成初编)，商务印书馆，1936，第24页。

万灵之首。对于人与物的区别，人与人之间的差别，朱熹从气具有不同性质的角度做出了自己的解释。不仅如此，朱熹还认为人的生命过程与气联系紧密，"聚而生，散而死者，气而已"①，认为气主导着人的生死，这些皆是对传统气学理论的传承，朱熹的气论带有鲜明的理学色彩，把理引入了气化万物的认识。

> 或问：必有是理，然后有是气，如何？曰：此本无先后之可言，然必欲推其所从来，则须说先有是理，然理又非别为一物。即存乎是气之中，无是气，则是理亦无挂搭处。②

> 天地之间有理有气。理也者，形而上之道也，生物之本也。气也者，形而下之器也，生物之具也。是以人物之生必禀此理然后有性，必禀此气然后有形。③

> 命，犹令也。性，即理也。天以阴阳五行化生万物，气以成形，而理亦赋焉，犹命令也。于是人物之生，因各得其所赋之理，以为健顺五常之德，所谓性也。④

对于理与气，朱熹认为二者互相依存、不分彼此，气化生万物，而理随气而具，对于人的产生来说，两者同等重要，不可缺一。气赋人形、理赋人性，人之形决于气、人之性决于理，朱熹认为性即理，把主观个性归之于理，虽然有鲜明的儒学思想的烙印，但指出了人之性的源头和存在依据，对于宋代气质天成说及道德修养说产生了一定的影响。

---

① 张伯行辑订：《朱子语类辑略·卷一》(丛书集成初编)，商务印书馆，1936，第 14 页。
② 张伯行辑订：《朱子语类辑略·卷一》(丛书集成初编)，商务印书馆，1936，第 2 页。
③ 朱熹：《朱子全集》卷五《答黄道夫》(丛书集成初编)，商务印书馆，1936，第 3 册，第 216 页。
④ 朱熹：《四书章句集注·中庸章句》(新编诸子集成)，中华书局，1983，第 17 页。

高丽后期，理学传入高丽，程朱理学成为社会主流思潮，此期许多诗人皆是程朱理学的积极传播者。李齐贤就极力主张推广程朱理学："今殿下诚能广学校，谨庠序、尊六艺、明王经以阐先王之道，就有背真儒而从释子，舍实学而习章句者哉。将见雕虫篆刻之徒，尽为经明行修之士。"①"吾东方礼乐文物，侔拟中华，文学之儒无代无之，然其才德俱优，名实相乎者有几人欤。乌川圃隐郑文忠公生于高丽之季，天资粹美，学问精深，其为学也，以默识心融为要，以践履躬行为本。性理之学，倡道东方，一时名贤，咸推服焉。"②郑梦周一生致力于理学的传播，牧隐尊其为东方性理学之祖。"我东箕子以后阐明道学，有功斯文，无如郑梦周之比。而使人人得知君臣父子之伦，内夏外夷之义者，亦皆梦周之功也。"③

随着高丽后期朱子学的广泛流播，高丽后期关于理与气的辨析也非常流行。李穑《记西京风月楼记》曰："虽道之在大虚，本无形也，而能形之者惟气为然，是以大而为天地，明而为日月，散而为风雨霜露，峙而为山岳，流而为江河，秩然而为君臣父子之伦，粲然而为礼乐刑政之具。其于世道也，清明而为理，秽浊而为乱，皆气之所形也。"④李穑认为气形成万物，并有清浊之分，伦理纲常刑律皆为清气所化，于世道而言，清气而成清明之世，浊气而成乱世，从气化万物的区别角度阐述儒理的先天性及社会伦理纲常的先天性。"先生立志持身二箴，论人性之纯善，指气质之清独。言忠行笃，求之本源。九容九思，鉴于圣谟，俨然是程朱家法。"⑤朴翊（1332—1398）则立足于程朱理学论气之清浊，人之区别。之后理学大家郑道传的观点可谓集高丽后期理气说之大成。郑道传（1342—1398），字宗之，号三峰。其在《心气理篇·气难心》中指出气之积聚变化而有了万物灵

①［朝］李树仁：《惧庵集》卷四《龟冈书院请额疏》，载《韩国文集丛刊》第96册，第70页。

②［朝］权采：《圃隐集·圃隐集序》，载《韩国文集丛刊》第5册，第561页。

③《宋子年谱》，载宋时烈《宋子大全》卷八，《韩国文集丛刊》第115册，第362页。

④［朝］李穑：《牧隐文稿》卷一《记西京风月楼记》，载《韩国文集丛刊》第5册，第7页。

⑤［朝］朴翊：《松隐集·松隐先生文集序》，载《韩国文集丛刊》第5册，第219页。

长，人由气妙合而成。

> 气者，天以阴阳五行化生万物，而人得之以生者也。然气，形而下者，必有形而上之理，然后有是气，言气而不言理，是知有其末而不知有其本也。
>
> 理者，心之所禀之德而气之所由生也。
>
> 吁穆厥理，在天地先，气由我生，心亦禀焉。
>
> 吁！叹美之辞；穆，清之至也，此理纯粹至善，本无所杂，故叹而美之曰吁穆。我者，理之自称也。前言心气，直称我与予，而此标理字以叹美之，然后称我者，以见理为公共之道，其尊无对，非如二氏各守所见之偏而自相彼我也。
>
> 此言理为心气之本原，有是理然后有是气，有是气然后阳之轻清者上而为天，阴之重浊者下而为地，四时于是而流行，万物于是而化生，人于其间，全得天地之理，亦全得天地之气，以贵于万物而与天地参焉，天地之理在人而为性，天地之气在人而为形，心则又兼得理气而为一身之主宰也，故理在天地之先，而气由是生，心亦禀之以为德也。①

郑道传同样认为人形自于气，人是心灵、精神的载体，充分肯定了气的价值，这是继承了传统的气论说。郑道传又认为宇宙中存在形而上之理，理在气先，气由理而来，其所言理即朱熹理气说强调的道德、理义，把气与理、心结合起来，寻找人的精神气质存在的依据而使其气质论带有鲜明的理学色彩。郑道传对气的充分认可和重视，把气和人的产生与理、心结合起来，找到了人的精神气质先天而生的依据，赋予人性先天道德色彩，他的学说对高丽后期诗人注重道德修养及文气说流行产生了积极的影响。

受高丽后期诗人影响，李初诗人同样尊崇理气说，洪裕孙（1452—1529）认

---

① [朝] 郑道传：《三峰集》卷十《心气理篇》，载《韩国文集丛刊》第 5 册，第 466—467 页。

为气根于理，承正气之人志气充盈、才德兼备。洪裕孙认为人体只是一个躯壳，对于人来说，最重要的是在理的辅助下养成浩然之气，而终能成为"仁"人，其《茂丰正墓碣》载："夫君子所以先其气而后其形者，盖以气立而后，才全德备，名与天地，同其终始，公之谓矣。然则形如雨后之土梗，安敢顾恋？形骸之患一时，而志气之善万世，公可谓仁人也。铭曰：'气根理兮，衍畅太虚。天地由兮，万物所庐。然殊通塞，赋各偏兮。公独能全，廓浩然兮。不嗜俗坩，才大难容。炳焕家声，悠久逾崇。'"①

理气说的流行，使这一时期的诗人推崇儒家经典，主张深味朱熹理学加强自我修养，认为通过这种方式可以培养身上的浩然之气，端正品德，而以此处世行文，可做万世楷模。也因此，其时朝鲜半岛诗人中养气说、文气说颇为流行。

第二节　对养气的看重

高丽后期诗人受中国传统"文气说"的影响，认为气关系着诗人的健康和创作的成败，诗人应学会养气。

一、传统养生观与诗人对养气的看重

气是中国养生说中的一个主要内容。人之生死源自气之聚散，气易散、人易死，中国自古就有贵生的传统。老子言："故贵身于天下，若可托天下；爱以身为天下者，若可寄天下。"②庄子认为，人生中最重要的事情是保全自己的生命，常言"保生""尽年""全生""尊生"。东汉王充在晚年作《养气》篇，论养生之道："章和二年，罢州家居，……乃作《养性》之书凡十六篇。养气自守，适食则酒，闭明塞聪，爱精自保，适辅服药引导，庶冀性命可延，斯须不老。"③王充认为养生即

---

① [朝]洪裕孙：《筱·遗稿》上《茂丰正墓碣》，载《韩国文集丛刊》第12册，第527页。
② 朱谦之：《老子校释·十三章》（新编诸子集成），中华书局，1984，第50页。
③ 黄晖：《论衡校释·自纪》（新编诸子集成），中华书局，1990，第1208—1209页。

养气，关键在于既要服药，又要节制、淡泊，可保长生不老。魏晋时期社会动乱，在朝不保夕的环境中，诗人对于生命有着万分的珍惜和留恋，还有着鲜明的贵生思想，并积极寻找固气养生的方法。嵇康《嵇中散集》云："是以君子知形恃神以立，神须形以存，悟生理之易失，知一过之害生，故修性以保神，安心以全身。爱憎不栖于情，忧喜不留于意，泊然无感而体气和平，又呼吸吐纳。"[1]嵇康主张养性以全身，认为精神清休，淡泊名利，自能强身健体。刘勰继承了王充以来的养气论："昔王充著述，制养气之篇，验己而作，岂虚造哉！夫耳目鼻口，生之役也；心虑言辞，神之用也。率志委和，则理融而情畅；钻砺过分，则神疲而气衰：此性情之数也。"[2]刘勰认为人不能过度损耗自己的血气，思虑过度会使自己精神萎弱，疲惫不堪，于健康不利。"凡童少鉴浅而志盛，长艾识坚而气衰，志盛者思锐以胜劳，气衰者虑密以伤神，斯实中人之常资，岁时之大较也。若夫器分有限，智用无涯，或惭凫企鹤，沥辞镌思，于是精气内销，有似尾闾之波；神志外伤，同乎牛山之木：怛惕之盛疾，亦可推矣。至如仲任置砚以综述，叔通怀笔以专业，既暄之以岁序，又煎之以日时；是以曹公惧为文之伤命，陆云叹用思之困神，非虚谈也。"[3]刘勰还认为身体之内的气不是一成不变的，随着年龄的增长和外力因素的影响，人身体内的气会有增损。刘勰认为少年朝气蓬勃，气势最盛，至中年则气渐弱，年少气盛时思虑过度身体会无所损伤，而年老气衰时思虑缜密容易使自己元气耗损，损害身体健康，在《文心雕龙》中指出气的增损和身体状况密切相关，因此，随着年龄的增长，人要学会"谈笑以药倦。常弄闲于才锋"[4]，学会放松，以此固气、养气。在《文心雕龙·养气篇》中，刘勰特意提到了气与诗人的关系，认为创作常常会使诗人殚精竭虑，损耗元气，对于诗人来说，更需要养气。

到了宋代，传统养生说被发挥到极致，朝廷上下颇为看重养生。"兴建医学，

---

① 嵇康：《嵇中散集》，影印文渊阁《四库全书》集部1063册，（台湾）商务印书馆，1986，第347页。
② 刘勰著、周振甫注：《文心雕龙注释·养气》，人民文学出版社，1981，第455页。
③ 刘勰著、周振甫注：《文心雕龙注释·养气》，人民文学出版社，1981，第455页。
④ 刘勰著、周振甫注：《文心雕龙注释·养气》，人民文学出版社，1981，第456页。

教养士类，使习儒术者通黄素，明诊疗，而施于疾病，谓之儒医。"[1] 士大夫精通医术，养生风气之盛前所未有，欧阳修、苏轼、陆游等诗人皆创作了大量的养生诗。"吾晚觉血气衰耗如老马矣，欲多食生地黄而不可常致。"[2] "养生亦无他术，独寝无念，神气自复。"[3] 苏轼认为血气不足常常会使身体生疾，主张用吃中药、去杂念等方式补养血气，贬谪期间，作了《谪居三适三首》来介绍自己调养血气的方法。

旦起理发

安眠海自运，浩浩潮黄宫。日出露未晞，郁郁蒙霜松。

老栉从我久，齿疏含清风。一洗耳目明，习习万窍通。

少年苦嗜睡，朝谒常匆匆。爬搔未云足，已困冠中重。

何异服辕马，沙尘满风鬃。琱鞍响珂月，实与枑械同。

解放不可期，枯柳岂易逢。谁能书此乐，献与腰金翁。

午窗坐睡

蒲团盘两膝，竹几阁双肘。此间道路熟，径到无何有。

身心两不见，息息安且久。睡蛇本亦无，何用钩与手。

神凝疑夜禅，体适剧卯酒。我生有定数，禄尽空余寿。

枯杨下飞花，膏泽回衰朽。谓我此为觉，物至了不受。

谓我今方梦，此心初不垢。非梦亦非觉，请问希夷叟。

夜卧濯足

长安大雪年，束薪抱衾裯。云安市无井，斗水宽百忧。

今我逃空谷，孤城啸鸺鹠。得米如得珠，食菜不敢留。

① 徐松：《宋会要辑稿》，中华书局，1957，第 2217 页。

② 孔凡礼点校：《苏轼文集》卷五十八《与翟东玉一首》，中华书局，1986，第 1746 页。

③ 孔凡礼点校：《苏轼文集》卷五十八《与曹子方五首》，中华书局，1986，第 1774 页。

况有松风声，釜鬲鸣飕飕。瓦盎深及膝，时复冷暖投。

明灯一爪剪，快若鹰辞鞲。天低瘴云重，地薄海气浮。

土无重腿药，独以薪水瘳。谁能更包裹，冠履装沐猴。

在这三首诗中，苏轼提到了早上理发让自己血脉畅通、午睡让自己身心放松、晚上濯足可以祛除湿气的养生之道，三种养生方法既能代替药用，又是苏轼笑对人生、洒脱自在、精神愉悦的保证。此外宋代流行的中药养生诗、饮食养生诗中提到的药补、食补，都是为了固守血气，这些均体现了宋代养气以养生的风气。

"气播洪钧，阳升交泰，物意得以发生，人心随而舒畅。"[①]李穀所言道出了气与健康的密切关系。在中国养生文化熏陶及宋代养生风气的影响下，高丽后期诗人认为人恃气而存，而体内之气为流动之物，气的流动过程即气的增损过程，而正是气的变动增减才使人生各阶段有了不同的特点。高丽后期诗人认为人在青壮年时期气力充沛，若遭遇坎坷或者久病不愈，随着年龄增长人的体气会耗损，而这些直接影响着诗人的健康。

忆昔共游长安中，算来一十四春风。

君时气壮未三十，一身谓可趁飞鸿。

我亦鬖绿最年少，眼电烂烂如王戎。

别来云散各何处，四海风尘双转蓬。

相逢一笑抚铜狄，迸泪无言意不穷。

师今已非昔日容，瘦与松头老鹤同。

我亦老大心转缩，无复昔日气如虹。

论情未终各凄恻，不觉半峰斜日红。

---

① [朝]李穀：《稼亭先生文集》卷二《记春轩记》，载《韩国文集丛刊》第3册，第113页。

人生一世须臾尔，早谢名利从支公。①

李奎报与故人相见感慨万千，往昔年轻时两人各心怀壮志、豪气万丈，而随着世事流转人生变故年华逝去，自己与故人从外貌到心境已不如往昔，没有了往日的贯虹之气，进取之心也在逐年缩减。在《赠故人珪师》这首诗里，李奎报流露出了韶华易逝的感慨，而与故人愁惨相对，对故人早谢名利的劝告也表现了作者对世事的磨炼于体气损耗的深切认识和无奈。李奎报认为，到了晚年，由于气的损耗，人老体衰，戾气入侵，人会疲弱不堪，做事情往往会心有余而力不足。"残骸骨立仅存皮，戾气侵淫雾四支。梦里精神疲枕蝶，病中喘息劣床龟。妻儿渐怪含杯少，朝野应讥解绶迟。不是不思闲适计，势难辞去世谁知。"②《病中有作》这首诗更是道出了其在晚年因气血损耗而老病缠身的无奈。

壮岁气益增，晚年病交会。

血脉衰于中，齿发老于外。

毛发不觉痛，虽白尚无害。

牙齿热以摇，酸痛极刀剑。

饭粗啜糜粥，肉硬啖鱼脍。

渐见脱以虚，唇亦不能盖。

还童药未成，叹息无可奈。

谓言少年子，莫恃如编贝。③

安轴（1282—1348），字当之，号谨斋，宁兴人，谥文贞，有文集《关东瓦

① [朝]李奎报：《东国李相国全集》卷六《赠故人珪师》，载《韩国文集丛刊》第 1 册，第 353 页。

② [朝]李奎报：《东国李相国后集》卷二《病中有作》，载《韩国文集丛刊》第 2 册，第 145 页。

③ [朝]安轴：《谨斋集》卷一《齿痛》，载《韩国文集丛刊》第 2 册，第 453 页。

注》。安轴认为，气减衰老是一个自然的过程，任何人都避免不了，虽然人年少时朝气蓬勃、壮气如虹，但是年老时往往气衰病生，老弱不堪，其诗中同样有一种韶华易逝、人生易老的感慨。

> 鬓毛衰白病难医，志气殊非少壮时。
> 耿耿一灯终夜坐，悠悠千里故乡思。
> 落花风里寻禅榻，明月江头卷钓丝。
> 烽火十年归不得，兴来呼笔独题诗。①

李穑认为，岁月蹉跎了自己的身体和志气，加上十年的战乱，晚年的自己血气亏衰、体弱多病，只能用佛道闲逸来恢复元气。诗人的感慨既有对社会的不满，同时又有着对身体衰弱不可避免的无奈。

> 十载流离壮气消，一枝身世未逍遥。
> 西邻赖有贤知己，诗酒相寻慰寂寥。②

> 壮气当年曳落河，欲从淮海斩鲸鼍。
> 如今潦倒仍多病，惭愧生涯似老婆。③

自武人之乱后，颠沛流离成为诗人生活常态，历经磨难的诗人疲惫不堪，豪情壮志荡然无存，柳方善（1388—1443）言己年少时壮气盈怀，有一番建功立业的雄图大志，而十年的流离生活不仅让自己疾病缠身，并且自身的壮气磨损殆尽，因为遭遇变乱和体疾而丢掉了进取之心，在这两首诗中，诗人有自责，但更

---

① [朝]李穑：《牧隐诗稿》卷十二《思乡》，载《韩国文集丛刊》第4册，第126页。
② [朝]柳方善：《泰斋集》卷二《戏赠西坡子》，载《韩国文集丛刊》第8册，第605页。
③ [朝]柳方善：《泰斋集》卷二《书怀》，载《韩国文集丛刊》第8册，第607页。

多的是对衰老后力不从心的无奈。

离乱加速了衰老，消磨掉了诗人的锐气，使这一时期的诗人更为看重养生。这一时期，诗人普遍认为气为人之本，血气与人的健康紧密相连。"伏望圣上陛下，谅至诚之请，廓大度之宽，特降允俞，俾从闲适，则残骸养气，仗圣德以不僵，余喘偷生，祝皇龄之曷既。"[①] 李奎报认为，晚年身体之气亏损，各个器官老化，唯有养气才能强身健体，安度余生。如何使己气壮？"昔者神农尝草木，着之方经要补气。"[②] 李奎报深受中国养生文化熏陶，强调通过药养补气。

安轴对于晚年因气耗损而导致的病痛有着深切的体会，在《齿痛》一诗中对晚年毛发脱落、牙齿摇落的衰老之态进行了细致的描绘。安轴认为，每个人都会经历由气盛到气衰的过程，晚年的病痛皆是由气衰引起的。对于晚年的气衰多病，安轴同样主张药养，虽然结果"还童药未成，叹息无可奈"，收效甚微，但认为此法可以帮助稍微固守身体真气，应当坚持。

林椿则是强调固气。"故君子之于事，无劳其神，无暴其气，逸以待之而已。古之人有静默可以补病，揃搣可以休老，此劳者之事也。至于逸者，则未尝动，安用静。未尝繁见炽，安用揃搣。淡然无为，以守真气，则不为事物之所扰也。"[③] 他认为，身体内的气在外界因素的影响下会流失，人不要暴气，若暴气就会有疾病衰老之扰，身体会每况愈下，应排开杂念，用空虚静之法守住自己的真气。

高丽后期的动乱使得诗人历经磨难，衰弱不堪。在此境况中，豪情志向乃至创作的热情渐渐磨损殆尽，也使诗人看重的"三不朽"渐渐成为空话。对于高丽后期诗人来说，快速的衰老使他们不得不面对老年的血气亏损、体弱多病，也更使他们意识到了生命和健康的珍贵。他们从人恃气而存的角度寻找养生的方法，

---

① [朝]李奎报：《东国李相国全集》卷二十九《二度同前表》，载《韩国文集丛刊》第 2 册，第 11 页。

② [朝]李奎报：《东国李相国全集》卷十三《复次韵答之》，载《韩国文集丛刊》第 1 册，第 426 页。

③ [朝]林椿：《西河先生集》卷五《浮屠可逸名字序》，载《韩国文集丛刊》第 1 册，第 250 页。

以强身健体，维持生命及自己喜爱的创作。从高丽后期诗人养生的尝试及选择的方式来看，这一时期的诗人注重通过养气以养生。

二、气与创作的关系

人承气而生，气的增损不仅影响人的健康，还会影响人的情感、气质、精神，而创作是主观精神的载体，诗人又往往会从创作的角度强调养气的重要性。孟子曰"我知言，我善养吾浩然之气"①，孟子最早明确气于言的重要性，他认为气在很大程度上会影响语言表达，人应时常加强修养，颐养自己的精气神，培养自身的浩然之气，这样才能使自己的言语刚劲有力。"才力居中，肇自血气，气以实志，志以定言，吐纳英华，莫非情性。"②刘勰认为人以血气为根本，气可以充实人的情志，而情志影响着语言表达，语言的精美和充实的情志不无关系。"缀虑裁篇，务盈守气，刚健既实，辉光乃新。"③他还认为诗人自身之气充盈，便可以用刚健的文辞切实地表达思想感情，而使文章新意迭出，放射出夺目的光芒。韩愈强调诗人气须盛，气盛是诗人能游刃有余地进行创作的保证，具体来说作者的盛气可以影响到诗人的语言、声调、情感表达乃至立意："气，水也；言，浮物也。水大而物之浮者大小毕浮。气之与言犹是也，气盛，则言之短长与声之高下者皆宜。"④

苏轼是宋代尚气诗人的代表，认为人的生命与气息息相关，注重把养气与养生结合起来以守气、固气，并且认为道德修养和气与文艺创作关系密切。苏轼认为创作成败取决于诗人之气："天下之所少者，非才也。才满于天下，而事不立。天下之所少者，非才也，气也。……故凡所以成者，其气也，其所以败者，其才也。气不能守其才，则焉往而不败？世之所以多败者，皆知求其才，而不知论其

---

① 朱熹：《四书章句集注》（新编诸子集成），中华书局，1983，第232页。
② 刘勰著、周振甫注：《文心雕龙注释·体性》，人民文学出版社，1981，第308—309页。
③ 刘勰著、周振甫注：《文心雕龙注释·风骨》，人民文学出版社，1981，第320页。
④ 屈守元、常思春主编《韩愈全集校注·答李翊书》，四川大学出版社，1996，第1455页。

气也。"① 他认为对于文士来说，不仅需要有才，更需要有气，气决定着诗人水平高低，气也决定着创作最终的成败。苏轼还认为，文艺创作"大略如行云流水，初无定质，但常行于所当行，常止于所不可不止，文理自然，姿态横生"②。苏轼在文艺创作上推崇运气，认为创作的过程即运气的过程，气是自然、流畅、豪放创作的关键所在。宋孝宗赵昚（1127—1194）在《宋孝宗御制文忠苏轼文集赞并序》言："成一代之文章，必能立天下之大节。立天下之大节，非其气足以高天下者，未之能焉。""负其豪气，志在行其所学，放浪岭海，文不少衰。力幹造化，元气淋漓，穷理尽性，贯通天人。"③ 宋孝宗欣赏苏轼的豪气，认为苏轼胸襟开阔、畅快淋漓的文风皆源于其自身刚大之气。

"以为文者，气之所形，然文不可以学而能，气可以养而致。孟子曰：'我善养吾浩然之气。'今观其文章，宽厚宏博，充乎天地之间，称其气之小大。"④ 苏辙认为气会影响诗人的创作，养浩然之气可使创作宽厚宏博、刚健有力，提倡诗人用养气的方式提高创作水平。

高丽后期诗人同样非常关注气与创作的关系。"为文章，以气为主，凡人处困者，必志慊气馁而文亦随之。"⑤ 李詹认为，若自身气不足会使创作变得勉强、黯淡无色，认为气是影响创作质量的主要因素："愧我文章强补缀，病余气弱精华涸。"⑥ 在特殊的时代背景下，社会的动乱使诗人志气渐弱，导致诗气势不足，这成为高丽后期诗人普遍面临的问题。沉重压抑的心境使自己在创作中因气不足

---

① 孔凡礼点校：《苏轼文集》卷四十八《上刘侍读书》，中华书局，1986，第1386—1387页。

② 孔凡礼点校：《苏轼文集》卷四十九《与谢民师推官书》，中华书局，1986，第1418页。

③ 赵昚：《东坡全集·东坡全集序》，影印文渊阁《四库全书》集部1107册，（台湾）商务印书馆，1986，第4页。

④ 陈宏天、高秀芳点校：《苏辙集·枢密韩太尉》，中华书局，1990，第381页。

⑤ [朝]李詹：《双梅堂先生箧藏文集》卷二十五《题轩铭后》，载《韩国文集丛刊》第6册，第381页。

⑥ [朝]李穑：《牧隐诗稿》卷二十《有感发咏》，载《韩国文集丛刊》第4册，第255页。

而语弱，李穑所言"老境身闲心自快，长篇气弱语难全"①道出了气在创作中所发挥的重要作用及对于气的看重。

其时诗人看重充沛之气对创作的影响，认为诗人气要足、盛。林椿言："凡作文，以气为主。"②"跋山涉水，行经旅馆之箫条。吐气成章，偶发真人之謦欬。口翻澜而快读，目割膜以耸观。窃为道假辞而传，述者明而作者圣。文以气为主，动于中而形于言，非抽黄对白以相夸，必含英咀华而后妙。"③林椿认为，创作精良作品的过程，也是诗人在创作中运气的过程。只有诗人自身气充足，才能创作出妙文。

崔滋认为，诗人气壮对于创作而言不无裨益，其言：

> 近代律诗于五七字中有声韵对偶，故必须俯仰穿琢以应其律。虽宏才伟器，不得肆意放言披露妙蕴，故例无气骨。公自妙龄走笔，皆创出新意，吐辞渐多，骋气益壮，虽入于声律绳墨中，细琢巧构，犹毫肆奇峭。然以公为天才俊迈者，非谓对律，盖以古调长篇强韵险题中，纵意奔放，一扫百纸，皆不践袭古人，卓然天成也。④

他认为，今人创作因过分讲究作法而使得创作气骨尽失，李奎报自身气饱满，善于在创作时纵气驰骋，从而克服了时人在创作中拘于法则的通病，其诗不仅新意迭出，而且有着纵意奔放的气势，自然畅快。崔滋认为，李奎报骋气创作的前提是自身气饱满充盈，充分肯定了足气在创作中所发挥的作用。

---

① [朝]李穑：《牧隐诗稿》卷十六《即事》，载《韩国文集丛刊》第4册，第187页。
② [朝]林椿：《西河先生集》卷四《与皇甫若水书》，载《韩国文集丛刊》第1册，第242页。
③ [朝]林椿：《西河先生集》卷六《上按部学士启》，载《韩国文集丛刊》第1册，第268页。
④ [朝]崔滋：《补闲集》，载《韩国诗话全编校注（一）》，第91页。

东方磊落多英雄，文章气焰摩苍穹。

遗芳剩馥沾后人，爪留泥上如飞鸿。

名家全集不易得，良金美玉沙石中。

孤云以来多作者，笔战有如龙斗野。

中原歆美小中华，日星晃朗光相射。

况有益斋集大成，千百五七皆精英。

骈骊四六亦得体，陈情颂德和而平。

拙翁豪气自无敌，拾尽三韩高律格。[①]

　　李穑认为，优秀的诗人往往豪气充足，诗人气之隆馁影响着作品气之隆馁，诗人气壮可以增广诗人的眼界，而使创作富有气势。李齐贤，字仲思，号益斋，谥文忠公。三韩，三重大匡，鸡林府院君，领艺文春秋馆事，著乱稿，稗说及所赞孝行录等书。崔瀣，字彦明父，一字寿翁，号拙翁，鸡林人，考讳伯伦。李穑认为李齐贤和崔瀣是孤云之后诗人中的佼佼者，尤其是崔瀣的作品气势充沛、直冲云霄，李穑认为是其自身豪气使得他在创作上形成了这样的特色。

相国文章北斗高，先生学业东溟阔。

逢场痛饮酒如泉，恋阙常吟葵向日。

壮气长鲸吸百川，英姿彩凤翔丹穴。

诗成珠玉斗光荧，笔落龙蛇争顽颉。

否极合从肥遯贞，泰来当受汇征吉。

仁看风翩更孤骞，总惜霜蹄俱暂蹶。

广厦雄开卷画明，华筵盛展珍羞列。

初闻不觉口流涎，久念翻愁喉作渴。

骨肉岂宜异浅深，朋交未必论穷达。

乘凉惟拟一同欢，满瓮新醅香且冽。①

柳方善认为，赵亨父学识渊博、豪放洒脱，自身壮气充足，其创作也光彩照人、气势充足，指出赵亨父的壮气对其诗文笔、豪壮风格有着很大影响。

光岳储祥天降灵，惟此伟人生应时。

壮气盖世力拔山，七札杨叶真戏儿。

结发读书慕前修，雄文奇略无人窥。②

申叔舟（1417—1475）的创作保持着丽末遗风，他的观点带有鲜明的高丽后期诗论特色。申叔舟认为，充沛的身体之气可以使创作顺利进行，达到理想的状态。友人洪允成的创作文雄辞奇，申叔舟认为这离不开其自身由博览群书养成的壮气。

此外，这一时期诗人还认为自身气不足，会使身体内滋生劣气。李奎报《次韵李学士》曰：

对客初筵语不喧，伫瞻高驾为临门。

忽然驰简称身瘵，急欲求医候病源。

若也体中生劣气，那于笔下骋豪言。

细思此特微痾耳，须待君来倒一樽。③

李奎报认为，质劣的气会对诗人的创作产生消极的影响，《次韵李学士》这首

---

① [朝] 柳方善：《泰斋先生文集》卷一《述怀》，载《韩国文集丛刊》第 8 册，第 577 页。
② [朝] 申叔舟：《保闲斋集》卷十一《题仁山君洪允成使还诗卷》，载《韩国文集丛刊》第 10 册，第 94 页。
③ [朝] 李奎报：《东国李相国后集》卷六《次韵李学士》，载《韩国文集丛刊》第 2 册，第 199 页。

诗作于李奎报邀约李百全赴宴而恰逢李百全身体有恙，称病不赴之际。李奎报由此事而生感慨，认为病体伤气，会使身体中气的性质发生变化，在伤气的情况下从事创作，诗人往往会文笔迟钝、行文不畅，而作品也会因诗人气不满不扬而缺少气势和光彩。

> 岁月如流卧草堂，吟哦败笔欲堆床。
>
> 昂昂泛泛终安适，唯唯悠悠祇自伤。
>
> 风叶乱飘山已紫，霜枝静秀菊犹黄。
>
> 病余词气尤荒落，光焰谁云万丈长。①

李穑晚年经历流放，加上疾病缠身，身体每况愈下，但在汉诗创作上兴趣不减，虽然心有余但力不足，李穑认为是疾病让自身气不饱满，也使创作逐渐失去了往日的光芒，"病骨摧颓气不扬"②是晚年李穑的无奈之痛，晚年他有许多诗皆是痛心于自己在创作上的力不从心，因气不足而无法进行正常的创作这种观点一直影响到李朝的一些诗人。"累启惶恐，虽本能文之人，至于年老气衰，则所作诗文，如以秃笔写字，顿无锋颖。钝刀雕器，不成形制，此乃古今之通患。小臣自少不文，加以病不读书，今已近死之年，岂能作为文章，当此莫大之任乎。反复筹度，决不能堪，请亟命改差。"③李滉（1501—1570）的这段总结可谓精辟。李滉认为，在伤气的状态下进行创作，诗人往往写不出好的诗文，气衰时创作如用同秃笔钝刀写字雕器，出来的作品不成形制，他从反面强调了养足气对创作的重要性。徐居正则言："天地精英之气钟于人而为文章。"④"天地英灵之气，钟于人，而文章发，为功名事业。"⑤徐居正深谙高丽后期诗论，认为天地之灵气聚于人

---

① [朝]李穑：《牧隐诗稿》卷十九《有感》，载《韩国文集丛刊》第 4 册，第 247 页。
② [朝]李穑：《牧隐诗稿》卷十四《自咏》，载《韩国文集丛刊》第 4 册，第 153 页。
③ [朝]李滉：《退溪先生文集》卷八《五启》，载《韩国文集丛刊》第 29 册，第 254 页。
④ [朝]徐居正：《泰斋集·泰斋先生文集序》，载《韩国文集丛刊》第 8 册，第 569 页。
⑤ [朝]徐居正：《四佳文集》卷六《真逸集序》，载《韩国文集丛刊》第 11 册，第 274 页。

而才有文章，充分肯定了气与创作之间的关系，其所言也是对高丽后期诗人对气影响创作认识的最好总结。

受难期的高丽诗人受中国传统养生观的影响，受传统文气说的影响更为看重养气，认为气有助于身体健康，更有助于诗人喜爱的创作，因此高丽后期诗人看重养气，高丽后期养气之风颇盛。

第三节　文气涵养之道

"死生有命，当初禀得气时便定了，便是天地造化，只有许多气，能保之亦可延。"[1]朱熹认为，气可保、可延，推崇固气、养气。中国的养生说对高丽后期诗人影响颇深，高丽后期诗人对养气非常看重，认为气关系着健康，并且气充沛与否会影响诗人的创作，李穑认为："少年缀文我最工，落笔往往惊诸公。存心养气力未彻，光焰不复摩苍穹。"[2]诗人若想工于文章、语出惊人，必须形成养气的习惯，能自觉养气。崔滋认为："凡新学诗，欲壮其气力，虽不读可矣。"[3]创作离不开气，诗人应使自身气充足，这样才能在创作时驱气驰骋，行文流畅。

对于这一时期的诗人来说，迫切提高创作水平的要求使诗人更看重自身气的涵养，在继承中国传统养气说的基础上，受高丽时代环境、地域等因素的影响，诗人结合自己的认识，总结出了一些具有鲜明时代、地域特色的养气之道。

一、儒家视域中的养气之道

孟子认为，浩然之气是士人必备的素质。孟子与公孙丑问答："孟子言：'我知言，我善养吾浩然之气。''敢问何谓浩然之气？'曰：'难言也。其为气也，至大至刚，以直养而无害，则塞于天地之间。其为气也，配义与道；无是，馁也。

---

[1] 张伯行辑订：《朱子语类辑略·卷一》（丛书集成初编），商务印书馆，1936，第13页。
[2] ［朝］李穑：《牧隐诗稿》卷十四《少年行》，载《韩国文集丛刊》第4册，第146页。
[3] ［朝］崔滋：《补闲集》，载《韩国诗话全编校注（一）》，第100页。

是集义所生者，非义袭而取之也。行有不慊于心，则馁矣。我故曰，告子未尝知义，以其外之也。必有事焉而勿正；心勿忘，勿助长也。'"①孟子把浩然之气的充盈和仁义道德修养紧密结合起来，认为若不加强道德修养，在身体内就不会累积浩然之气；即便是已经累积起来浩然之气，若中断仁义道德修养的话，浩然之气也会逐渐衰竭。孟子从气运动变化的角度强调了仁义道德修养的长期性和持续性。

韩愈强调，气盛言宜，认为气"不可以不养也，行之乎仁义之途，游之乎《诗》《书》之源，无迷其途，无绝其源，终吾身而已矣"②。韩愈所言"气盛"类于孟子所言浩然之气。在盛气的培养上，韩愈强调应以儒家的仁义道德规范为指引，认为只有不断加强这方面的修养，才能使仁义之气日渐壮盛，进而满足创作的需求。

孟子曰：吾善养吾浩然之气。是气也，寓于寻常之中，而塞乎天地之间。卒然遇之，则王公失其贵，晋、楚失其富，良、平失其智，贲、育失其勇，仪、秦失其辩。是孰使之然哉？其必有不依形而立，不恃力而行，不待生而存，不随死而亡者矣。③

昌身如饱腹，饱尽还当饥。

昌诗如膏面，为人作容姿。

不如昌其气，郁郁老不衰。

虽云老不衰，劫坏安所之。

不如昌其志，志壹气自随。

---

① 朱熹：《四书章句集注》（新编诸子集成），中华书局，1983，第231—232页。

② 屈守元、常思春主编《韩愈全集校注·答李翊书》，四川大学出版社，1996，第1455页。

③ 苏轼：《潮州韩文公庙碑》，载《唐宋八大家集》，天津古籍出版社，1999，第1924页。

养之塞天地，孟轲不吾欺。①

苏轼如孟子一样认为浩然之气至大至刚，长存于天地间，有着无穷的威力。在浩然之气的培养上，苏轼把气和养生结合起来，认为最好的养生法是养气，而养气的关键在于昌志，即加强儒家道德修养，如此则会体气充沛、身体强健。

程颐在孟子养气说的基础上强调伦理纲常的心性依据，强调伦理道德方面的自我修养。"孟子有功于圣门，不可胜言。仲尼只说一个仁字，孟子开口便说仁义；仲尼只说一个志，孟子便说许多养气出来。只此二字，其功甚多。"②认为孟子的养气说来源于孔子的"仁"，其本质在于儒家讲究的道德修养。

高丽后期儒风渐盛，孟子的"浩然之气"说既合乎诗人推崇的伦理道德修养，同时又给诗人指出了提升创作水平的途径，因此论者颇多。李穑认为，浩然之气在体内可生而盛，"鸠鸣林外已天明，雨后春寒尽意清。病客懒兴殊有味，老年闲卧欲忘情。群花浥露方扶弱，细柳含风自弄轻。到得平心和气处，浩然真可顺吾生"③。他认为心平气和有助于体内浩然之气的滋生，诗人不为外物所惑所烦，自然会生出浩然之气。"豆粥清晨体自平，须知集义气方生。"④除此之外，他还认为，加强儒家道德修养也是培养体内浩然之气的良好方式。

"平其心易其气，然后吾之气浩然无是馁矣，孟子之所以养而无害者，不动心也。"⑤白文宝（1303—1374）则指出了孟子"浩然之气"说的实质：加强儒家道德修养。孟子认为，浩然之气具有运动变化的特点，强调平心静气、有修养的人才能保持体内浩然之气不流失。白文宝据此认为，养气说的关键是使道德修养到达一定的境界，抛去忧惧纷扰之心，如此自能养足浩然之气。

---

① 王文诰辑注、孔凡礼点校：《苏轼诗集》，中华书局，1982，第 1805 页。
② 程颐：《四书章句集注·孟子序说》（新编诸子集成），中华书局，1983，第 199 页。
③ [朝]李穑：《牧隐诗稿》卷十六《晨兴》，载《韩国文集丛刊》第 4 册，第 180 页。
④ [朝]李穑：《牧隐诗稿》卷十《又吟》，载《韩国文集丛刊》第 4 册，第 91 页。
⑤ [朝]白文宝：《淡庵先生逸集》卷二《惕若斋说》，载《韩国文集丛刊》第 3 册，第 317 页。

高丽末的李崇仁（1347—1392）从气的本原角度认为，浩然之气自生而赋有，其在体内具有变动增减的特点，更为看重其在人体内变动增减的影响因素，认为其盈馁和作者的涵养之道关系密切。

> 孟子论浩然之气是集义所生也，君以此养之于平居无事之时，验之于屯难遭变之日。又尝闻文忠、文景之论，其于养气，深有得也，予奚庸说。虽然试为君诵所闻，夫大化流行，二五之精，氤氲缪辖，人乃生焉。所以生者，即天地之气也，故其为气也至大至刚。夫惟至大也，放诸天地而准。至刚也，触诸金石而贯。其体本自浩然，第在乎善养之尔。养之得其道，则吾之气，天地而已矣。彼馁焉而不充者，养之失其道也。于此有道焉，惟集义乎。集义者，事皆合义之谓也。义吾固有也，不可须臾离也，而吾所为反乎是，则吾岂慊乎哉。有毫发不慊于心，气斯馁矣，虽一动静语默之间，无少愧怍，心宽体胖，则所谓浩然者流动充满，随处发见，将不可胜用矣。故曰："是集义所生也。"今有人，视其貌，固常人耳，至于临大节，确乎其不可拔刀巨鼎镬，失其威；轩冕珪组，失其贵；千驷万钟，失其富，是何也？在吾之义，有以胜夫在彼者也。噫，人至此，可谓极矣！①

李崇仁认为，浩然之气的涵养有道可依，诗人应循道而养气，具体而言是指做到"集义"，即践行儒家正道，如此体内浩然之气才可流动充满。他认为诗人李集（1327—1387，字浩然）浩然之气充沛，究其根本，正是因为其践行了儒家之义，集义而得以立于世。和之前诗人相比，李崇仁认为浩然之气先天而生，赋予浩然之气平常化的特点，减弱了普通人对浩然之气的敬畏和排斥，而更多地把浩然之气的盈亏作为主观能改制的对象，强调儒家道德修养的必要性和长期性。这个观点降低了道德修养的门槛，有利于强化诗人的道德修养意识。

---

① ［朝］李崇仁：《陶隐先生文集》卷四《送李浩然赴合浦幕序》，载《韩国文集丛刊》第 6 册，第 593 页。

　　高丽后期诗人重浩然之气外又注重品格的修养。在个人品格的修养中，诗人多强调儒家思想的浸润。"予尝论之，勇不必以力，而先以气为本，以义为主者也。何则？生重于义则其气怯，气怯则虽鹖冠猛士，有临阵而股弁者。义重于生则其气激，气激则虽缓带君子，有雄入九军，略无惧容者，是理之常也。夫所谓义者，有可以济国难活万人，则以身当之，奋不顾生者是矣。谁其得之，惟枢密相国李公一人而已。"①李奎报把气与品格联系起来，认为无义之人其气怯，易成怯懦之人；践行儒家之义的人则其气激，有着凛然不惧的气概、高尚的品格。高丽末的元天锡（1330—？）践行儒道，选择不与乱世王朝合作，有着为时人所欣赏的独善其身的高洁品格，表现在创作上则为："先生禀二气之正大以为性情，故发于吟哦者渢渢灏灏，兼诗书典雅之则，千古诗家中一人，谓先生甘盘，谓先生伯夷，无以加矣。"②"其讴吟咏叹，与樵歌渔唱错出，而有时感念宗国，轮写胸臆，直指则悲愤慷慨，婉寄则徘徊掩抑，宛然有麦秀采薇之遗音。"③其诗文典雅而极具感染力。

　　高丽后期诗人目睹社会动乱和王朝的衰败，往往更看重乱世中品格的锤炼。

> 茅屋萧条属腐儒，十年门巷往来无。
>
> 晴窗静坐看义易，一本分明达万殊。
>
> 少将经史慕先儒，一点胸中俗气无。
>
> 屏迹自今甘自晦，已知世事逐时殊。
>
> 行装落魄类侏儒，漂泊他乡识者无。
>
> 只有寸心犹似旧，不随穷达有相殊。
>
> 早年庠序厕诸儒，自顾平生一技无。

---

　　①〔朝〕李奎报：《东国李相国全集》卷三十六《银青光禄大夫枢密院使御史大夫李公墓志铭》，载《韩国文集丛刊》第2册，第77页。

　　②〔朝〕郑庄：《耘谷行录·耘谷行录序》，载《韩国文集丛刊》第6册，第124页。

　　③〔朝〕丁范祖：《耘谷行录·耘谷行录序》，载《韩国文集丛刊》第6册，第125页。

到得身安心稳地，算来愚智不曾殊。①

柳方善认为自己之所以磊落，行事特殊，和自己追随先儒有很大的关系；认为正是因为自己习儒使得自身俗气全无，得以保有自己的初心。

除此之外，高丽后期诗人还认为通读儒典有助于诗人养气开阔视野，并且对于创作能发挥出重要的作用。

> 凡作文，以气为主。而累经忧患，神志荒败，眊眊焉真一老农也。其时时读书，唯欲不忘吾圣人之道耳，假令万一复得应科举登朝廷。吾已老矣，无能为也。所念者，吾家俱以文章，名于当代，仆若弃遐荒，莫承遗绪，则亦终身之耻也，然至此岂非命欤？是以，放情丘壑，无处世意，常与猎夫渔者，上下水陆，游荡相狎，略无拘检。②

林椿认为自己"累经忧患，神志荒败"，致使身体之气流失，所幸自己平常坚持苦读圣贤之书，时时揣摩圣人之道而能神志清爽，气势充沛。林椿认为，阅读儒典累积的修养有助于诗人养气，进而帮助实现以文章明于当世的愿望。

> 文者蹈道之门，不涉不经之语。然欲鼓气肆言，耸动时听，或涉于险怪。况诗之作，本乎比兴讽喻，故必寓托奇诡，然后其气壮，其意深，其辞显足以感悟人心，发扬微旨，终归于正。③

高丽后期诗人受"文以气为主"思想的主导，推崇有气势的创作。但不少

---

① [朝]柳方善：《泰斋先生文集》卷二《自咏》，载《韩国文集丛刊》第 8 册，第 605 页。
② [朝]林椿：《西河先生集》卷四《与皇甫若水书》，载《韩国文集丛刊》第 1 册，第 242 页。
③ [朝]崔滋：《补闲集》，载《韩国诗话全编校注（一）》，第 61 页。

诗人误入歧途，仅是刻意用险怪的内容来耸动时听，崔滋对此颇不以为然。他认为，真正的壮气之道是诗人学习并使用儒典的比兴讽喻之法，强调只有这样的创作才能蓄足气势、涤荡人心，从而达到引领社会风气的目的。

> 为文以气为主，养气以志为本，志广则气雄，志隘则气劣，势当然也。今之学者，欲究经旨以待有司之问，其志先局于句读训诂之间，专务记诵，取辨于口，其于义理之蕴，文章之法，有不暇致力焉。又恐一言不中，以见斥黜，羞赧畏悼，其气先拙，此乃文才气习靡然猥琐之由也。乞自今罢讲论，复试疑义，但业经义一道，四书疑一道，并依前朝旧式，其五经疑一道，不许诸经各出，宜如四书疑例，或单举一经，或并合他经，随宜设问，使赴试者不得先知出何经疑，则可使皆通五经，而心志宽广，优游博览，辞气增益而文才振发矣。①

权近（1352—1409），号阳村，字可远，有《阳村先生文集》等。权近认为，诗人之气掌控整个创作过程，而本于儒家经典的志则是养气的关键，志广则气雄。高丽沿用中国诗赋策论制度取士，一些诗人在经书和考试的对接上误入歧途，仅注重句读训诂和死记经义而不以参悟儒家义理为目的。权近认为，记读经义固然有助于科考中举，但若对经典广而不精，不求甚解，不仅养不了气，反而会使身体之气越来越拙，创作也会日渐失去灵气。在如何通过儒家经典广志养气上，权近指出应以熟参义理为目的，这样才能使诗人眼界开阔、志向远大、体气充沛，进而辞气增益，在创作中充分发挥出创造力。

高丽后期已经形成鲜明的"文以气为主"的创作观，对于诗人之气颇为看重。在气的充盈上，诗人强调浩然之气、儒家品格的锤炼及学习儒典。要求诗人在儒学视域中养气，这也决定了这一时期汉诗的儒家风范及偏重义理的特色。

---

① [朝]权近：《阳村先生文集》卷三十一《论文科书》，载《韩国文集丛刊》第 7 册，第 280 页。

二、壮游山河与养气

"若乃山林皋壤，实文思之奥府，略语则阙，详说则繁。然屈平所以能洞监风骚之情者，抑亦江山之助乎！"① 刘勰认为，景与情是相通的，景色能怡养人的性情，屈原骚情独步天下，靠的是江山景色的激发。苏轼也认为景色能怡养性情："清风信可御，刚气在岩麓。"② 苏轼喜欢用寄情山水的方式来养气："山川之秀美，风俗之朴陋，贤人君子之遗迹，举凡耳目之所接者，杂然有触于中，而发于咏叹。"③ "夫昔之为文者，非能为之为工，乃不能不为之为工也。山川之有云雾，草木之有华实，充满勃郁，而见于外，夫虽欲无有，其可得耶！"④ 苏轼指出，外感是一种很好的养气方式，"谪居淡无事，何异老且休。虽过靖节年，未失斜川游。春江绿未波，人卧船自流。我本无所适，泛泛随鸣鸥"⑤。他认为与山水同乐，可以使自己得到彻底放松，身心愉悦，以此达到养气的目的。苏辙认为，创作是人之气的外化，是气的有形载体。"以为文者气之所形，然文不可以学而能，气可以养而致。"⑥ 他认为人之气需蓄养，而最好的途径是游览名山大川，吸纳万物灵气。"太史公行天下，周览四海名山大川，与燕、赵间豪俊交游，故其文疏荡，颇有奇气。"⑦ 他比较欣赏司马迁的壮游，认为司马迁通过周览名山大川，接触各色人物，开阔了眼界，身体之气充盈而心胸变得豁达，进而写出了"成一家之言"的恢宏巨著《史记》。

---

① 刘勰著、周振甫注：《文心雕龙注释·物色》，人民文学出版社，1981，第494页。

② 王文诰辑注、孔凡礼点校：《苏轼诗集》卷三十二《次韵刘景文登介亭》，中华书局，1982，第1700页。

③ 孔凡礼点校：《苏轼文集》卷十《南行前集叙》，中华书局，1986，第323页。

④ 孔凡礼点校：《苏轼文集》卷十《南行前集叙》，中华书局，1986，第323页。

⑤ 王文诰辑注、孔凡礼点校：《苏轼诗集》卷四十二《和陶游斜川》，中华书局，1982，第2318页。

⑥ 陈宏天、高秀芳点校：《苏辙集·枢密韩太尉》，中华书局，1990，第381页。

⑦ 陈宏天、高秀芳点校：《苏辙集》，中华书局，1990，第381页。

"赏江山以养气，吟风月而清心。"① "光岳之气，钟于人而为文章。"② "士生天地间，钟其秀气，发为文章。"③ 高丽后期诗人认为天、地、万物、人皆形成于气，人与自然可以和谐统一。在壮丽江山美景的熏染下，人能神清气爽进而佳作迭出。在气、文、山河的关系上，林椿在《上李学士书》中指出了三者之间的密切关系。

> 文之难尚矣，而不可学而能也。盖其至刚之气，充乎中而溢乎貌，发乎言而不自知者尔。苟能养其气，虽未尝执笔以学之，文益自奇矣。养其气者，非周览名山大川，求天下之奇闻壮观，则亦无以自广胸中之志矣。是以，苏子由以为于山见终南嵩华之高，于水见黄河之大，于人见欧阳公、韩大尉，然后为尽天下之大观焉。恭惟合下以雄文直道，独立两朝，为文章之司命，一时多士莫不仰而宗师。④

在创作上，林椿推崇奇妙不落俗套之文。林椿认为，从事创作的诗人总是要有点天分的，仅靠后天的学习很难写出高质量的作品，而其所讲的天分即先天而生的气。于诗人而言，气先天而具，而先天而生的气又是运动变化着的，随着年龄的增长、世事的影响会有所减损。在生命运转的过程中，若是自身血气不足的话，天分对于创作的有效性会慢慢减弱。林椿从运动的角度来认识天赋，认为对于有创作天赋的诗人来说，先天而生的灵气需要固守、持续充盈，这样才能使诗人文笔一贯洒脱自然，写出不同凡响的作品，而固气的最佳方法是诗人学会纵情山水。林椿欣赏苏辙，认为苏辙一方面观览壮美河山，一方面广泛结交名士畅谈天下，苏辙的经历使他开阔了眼界，增长了见识，自身刚健之气饱满，并因此创

---

① [朝] 李穑:《牧隐文稿》卷十一《乞退书》, 载《韩国文集丛刊》第 5 册, 第 99 页。
② [朝] 徐居正:《牧隐集附录·牧隐诗精选序》, 载《韩国文集丛刊》第 5 册, 第 178 页。
③ [朝] 郑道传:《三峰集》卷三《陶隐文集序》, 载《韩国文集丛刊》第 5 册, 第 342 页。
④ [朝] 林椿:《西河先生集》卷四《上李学士书》, 载《韩国文集丛刊》第 1 册, 第 243 页。

作出了以雄健为特色的诸多作品，林椿常常以苏辙为养气的楷模。

气是虚无的，空廓而漫无边际，对于学诗者来说，仅笼统概言养气固气，会使学诗者不知所云。周览名山大川，求天下奇闻壮景，自可广胸中之志，成为胸怀宽广之人，林椿对于苏辙的肯定，一方面表明了他对宋代诗文的熟稔，另一方面表明了对壮游盈气做法的充分认可，同时也给初学者指明了具体的养气途径，有助于诗人通过实践江山养气的方法有效地提高自己的创作水平。

"上岭驻我马，望远神气舒。"① 李穑认为，气，尤其是疏荡雄豪之气对于诗人来说至关重要，它影响着诗人的眼界及文笔表达，而疏荡雄豪之气在李穑看来可以借助观览江山的方式蓄得。放眼江山，诗人自会神清气爽，李穑认为江山与气之间联系紧密。

> 西松回自龙头寺，老牧吟于凤咮堂。
>
> 殿踞断冈连突兀，门临大野压微茫。
>
> 从知绝景增豪气，可□高科觐耿光。
>
> 细读唐诗今几首，他年开口便成章。②

凤咮堂独立荒野，堂前景色突兀远阔，目睹奇景，诗人豪气油然而生，而以诗成就不朽的雄心也是日益强烈。在《西松回自龙头》这首诗中，李穑不仅道出了自己的创作体验，更是指出了景气相通对于诗人蓄足雄豪之气所发挥出的积极作用。《朴氏传》中曰："尝自念大丈夫郁郁荒陬，无乃井底蛙乎？去而西游京师，纵睹山川人物宫阙城邑，其博达之观，疏荡之气已非前日。"③ 朴仲刚为广见识而远游，游观的经历使其疏荡之气丰盈饱满，李穑对其赞赏不已。

---

① [朝]李穑：《牧隐诗稿》卷五《游松林诗》，载《韩国文集丛刊》第 4 册，第 12 页。
② [朝]李穑：《牧隐诗稿》卷十八《西松回自龙头》，载《韩国文集丛刊》第 4 册，第 229 页。
③ [朝]李穑：《牧隐文稿》卷二十《朴氏传》，载《韩国文集丛刊》第 5 册，第 171 页。

对于江山养气的本质，李穑强调"元有天下，四海既一。三光五岳之气，浑沦磅礴，动荡发越，无中华边远之异。故有命世之才，杂出乎其间，沈浸醺郁，揽结粹精"①。山岳之气磅礴，诗人外感磅礴之气而体气充盈。李穑指出了江山景色敷之于人，人交会濡染滋生豪气的过程。对于诗人所养之气在创作方面发挥的作用，李穑认为"敷为文章，以贲饰一代之理，可谓盛矣"②，诗人体气充盈运气于创作，作品自然能雄浑有力。

> 当国初鼎华之际，为王氏立节，推郑圃隐、吉冶隐、元耘谷三先生尤车伟，譬殷之三仁焉。虽然，圃隐，元老也，佩宗社安危国家兴亡，则以一死任纲常之重。冶隐犹是门下注书也，见邦箓将讫，大命有归，力不能救，则遄然长逝，甘作金乌逸民。盖二先生自靖之义，皎如日星。国史书之，后世诵之，而其迹显。至若元先生，特前朝一进士耳。未尝立王氏之朝，食王氏之禄，而龙潜圣人。即同学旧契也，乘运攀附，为佐命勋臣，夫谁曰不可，而特以世禄之裔，义不事二姓，匿伏大山嵓岩之中，与木石同老，而其迹微而隐，其处义视二先生为尤难。③

元天锡和圃隐郑梦周（1337—1392）、冶隐吉再（1353—1419）在高丽末因重义而闻名天下。在社会动荡之际，元天锡不像同学旧契那般违背初心，屈从行事，而选择了不与朝廷合作、隐居山林的生活方式。

> 风月润吾屋，溪山浮且高。
>
> 林泉十年志，轩冕一秋毫。
>
> 弄水清无累，看云气自豪。

---

① ［朝］李穑：《牧隐文稿》卷七《益斋乱稿序》，载《韩国文集丛刊》第5册，第52页。
② ［朝］李穑：《益斋乱稿·益斋先生乱稿序》，载《韩国文集丛刊》第2册，第497页。
③ ［朝］丁范祖：《耘谷行录·耘谷行录序》，载《韩国文集丛刊》第6册，第125页。

天和起心上，颐养酌松醪。①

与风月山水为伴，心地更加澄净，初心更为坚定，自身的豪气也更为充盈。对于与自然为伴的隐居生活，元天锡喜爱不已。

九月九日天光清，萧萧霜叶送秋声。

净扫铃斋辟欢席，风流宾客皆贤明。

献酬交错真似画，深危潋潋浮金英。

三峰诗笔俱绝妙，清佳句句如阴铿。

成章信手酒醉墨，云烟满纸相交横。

奉使相君最魁杰，一生放旷如阮生。

临风啸咏吐壮气，笔端珠琲须史成。②

元天锡认为江山景色帮助自己形成了独特的气质和创作风格，在江山美景的熏染下，身体中的壮气自然充盈，诗思也蓄之极致，文章呼之欲出。他认为，正是江山壮盛己气而使诗气脉通畅，充分肯定了江山熏染对于创作所发挥的积极作用。之后的李种学（1361—1392）、柳方善等诗人也比较认可江山养气的方法。

虫声不绝晓鸡鸣，夜起无端笑此生。

盛代事君如合道，当时从众岂干名。

山青地僻心供寂，露白天高气共清。

耿耿思亲频不寐，吟来八句偶然成。③

---

① [朝] 元天锡：《耘谷行录》卷五《十八日》，载《韩国文集丛刊》第 6 册，第 218 页。

② [朝] 元天锡：《耘谷行录》卷二《次郑司艺诗韵》，载《韩国文集丛刊》第 6 册，第 162 页。

③ [朝] 李种学：《麟斋遗稿·夜吟》，载《韩国文集丛刊》第 7 册，第 516 页。

寂历青山路，山中胜事繁。

疏狂端自负，穷达果何论。

晓色明林表，虫声咽草根。

洞云含宿雨，海雾放初暾。

古树经残驲，孤烟认远村。

诗成更高咏，豪气满乾坤。①

在诗中，两位诗人道出了人与景通的具体感受。清秀山景入目，不觉神清气爽，体气充沛，而诗句也吟之即成，诗气脉连贯。

人与江山相通相养的观点一直影响到高李之交，李朝初的一些诗人也非常注重江山养气所发挥的作用。徐居正《送李书状诗序》中有言：

士可以远游乎？曰：读书万卷，不出户，而知天下古今之事，何必远游乎哉？士可以不远游乎？曰：奉使四方，历览山川，增益其文章意气，何不远游乎哉？然则读万卷，以立其体。游四方，以达其用，然后大丈夫之能事毕矣。弘文馆直提学光山李可行氏，居正少年执友，而久叨僚席。为人好古博雅，淹贯经史，又有专对之才。今奉使日域，跃跃然无持被刺刺之色，予固奇之矣。其侄子司宪监察李复善氏，早以文学，得誉于缙绅间，今膺千秋使书状官赴京，将以四月初吉，同时发轫。居正曰：读万卷，使四方。明体适用之才，何萃于光山一门如是乎？尝观古之人，有闭户读书，生白发者矣。有终日端坐，膝穿榻者矣。有骑款段而游乡里者矣。及其论古今得失天下九州之事，如足履而目睹之，何必仆仆焉鞍马勤劬之为哉。然而睹长淮大河之汩潏，瞻嵩华衡岱之穹崇，之沅湘，之邹鲁，文章之发，随处转换。有

① [朝] 柳方善：《泰斋先生文集》卷一《途中》，载《韩国文集丛刊》第 8 册，第 586 页。

浩汗焉，有峭拔焉，有悲惋焉，有典雅焉。其气雄，其词壮如子长者，非数子之阆其藩篱也，又况观周如吴札，奉使如陆贾，苏辙者，何能仿佛其万一哉！堂堂天朝，文物全盛，复善氏道辽、霭，经闾、碣，历幽、蓟，直造乎燕都。观夫宫室城郭之壮丽也，礼乐典章之明备也，衣裳舟车之会同也。所见愈高，所得益深。发而为文章者，当不下于子长矣。其与叔氏驾风鞭霆，杯视东溟，而壮其气，奇其文者，亦可以颉颃上下矣。丈夫之能事，岂不于是乎毕也。可行氏之还，居正当以只鸡斗酒，竢于上东门外。复善氏亦必来会，居正为两君举酒相属，更毕远游之说焉。①

徐居正认为，游历山水比读万卷书更有助于诗人养气，诗人激于壮伟山河之景而气雄，持雄气创作，文辞往往雄壮。

"古庙空山里，春风草树香。烟云增壮气，雷雨助威光。"②伫立空山，目视深山中渐起的云雾，苍茫景象不由得使诗人壮气充盈，金时习（1435—1493）通过空山感受道出了自然与诗人壮气的贯通关系。

"常陪杖屦于园林，优游啸傲，遇兴触物，必形于诗。至于天然自得之趣则卓乎不可及，然后信知其高也。"③成俔（1439—1504）则从灵感产生的角度肯定诗人观览的景物对创作所发挥的积极作用，认为自然能刺激诗人产生创作的冲动，在这种状态下，创作往往能自然天成，表现出诗人独有的闲情逸致。

李宜茂（1449—1507）擅长写景，其诗往往能以情动人。他认为江山美景有助于涵养创作所需的豪气，畅通创作思路。

① [朝]徐居正：《四佳文集》卷五《送李书状诗序》，载《韩国文集丛刊》第11册，第266页。
② [朝]金时习：《梅月堂诗集》卷十一《锦城祠》，载《韩国文集丛刊》第13册，第260页。
③ [朝]成俔：《虚白堂文集》卷六《家兄安斋诗集序》，载《韩国文集丛刊》第14册，第462页。

寻春复上汉江楼，喜伴儒仙作胜游。

汀草岸花迷远近，兰舟桂棹重淹留。

异乡光景莺三月，千古风流貉一丘。

诗酒狂吟粗更甚，醉魂飞入白鸥洲。

一曲西湖路，湖光媚远天。

开樽邀使节，荡桨泛楼舡。

极浦晴生霭，遥村暝起烟。

江山诗思好，豪气入新篇。①

李宜茂陪汉使游汉江。三月的汉江，烟波、画船、汀草、岸花构筑出汉江别有味道的风景。与友人共赏江边盛景，把酒言欢，豪气不禁油然而生，江山美景诗由此一气呵成。在这里，李宜茂强调了创作所需的豪气源于景色的激发，认为是江山美景畅通了自己创作的思路，激发出了创作所需的灵感。

如何借江山以养气？一些诗人更具体地指出登高望远是最好的方式：

登临壮气斗峥嵘，卷箔云烟绕彩楹。

碧浪破纹鱼竞跃，白沙成篆鸟闲行。

笼纱曾挂春池句，杖钺还垂画锦名。

撚尽雪髯难下笔，却惭侯喜对弥明。②

和友人极目远眺，远山云烟笼罩，水上鱼跃碧浪，空中鸟儿展翅高飞，诗人不觉间心旷神怡，壮气油然而生。李承休（1224—1300）在《登真珠府西楼》这

① [朝]李宜茂：《莲轩杂稿》卷二《次中朝使王敞游汉江诗韵》，载《韩国文集丛刊》第 15 册，第 313 页。

② [朝]李承休：《动安居士集》卷二《登真珠府西楼》，载《韩国文集丛刊》第 2 册，第 404 页。

首诗中道出了登楼望远的具体感受。

古有重阳登高的习惯，在重阳登高的活动中把酒言欢、互诉衷肠，被古人认为是最好的养生养气方式。"重阳明日是，何处共登高。"① "李氏携壶慰寂寥，况当佳节共登高。"② 在江山美景充盈壮盛诗人之气的认识中，登高养气逐渐成为高丽后期诗人的习惯。"欣丽日之方酣，聊登高以游目。"③ "登高纵双眺，白云生远岑。"④ "上岭驻我马，望远神气舒。"⑤ "快晴更欲登高去，回望长安倒一樽。"⑥ 李奎报、李穑、李种学等高丽后期诗人皆有登高的爱好。

对于登高与气的具体关系，李齐贤言："骚人多感慨，况古国，遇秋风。望千里金城，一区天府，气势清雄。繁华事无处问，但山川景物古今同。"⑦ 他认为从高处远眺，重峦叠嶂之景能使清雄之气油然而发，从环境与心境关系的角度肯定了登高的作用。

向日："人生禀天地之气，五行迭用而四时之宜不同也。冬而欲燠，夏而欲清，深居以齐思虑，登高以舒心神。"⑧

登高望远古所乐，况是平生志丘壑。

---

① [朝] 李崇仁：《陶隐先生诗集》卷二《呈达可丈》，载《韩国文集丛刊》第 6 册，第 550 页。

② [朝] 李稷：《亨斋先生诗集》卷三《与东邻李自修对酌》，载《韩国文集丛刊》第 7 册，第 547 页。

③ [朝] 李奎报：《东国李相国全集》卷一《春望赋》，载《韩国文集丛刊》第 1 册，第 296 页。

④ [朝] 李穑：《牧隐诗稿》卷四《到家》，载《韩国文集丛刊》第 3 册，第 560 页。

⑤ [朝] 李穑：《牧隐诗稿》卷五《游松林诗》，载《韩国文集丛刊》第 4 册，第 12 页。

⑥ [朝] 李种学：《麟斋遗稿·九日》，载《韩国文集丛刊》第 7 册，第 517 页。

⑦ [朝] 李齐贤：《益斋乱稿》卷十《木兰花慢长安怀古》，载《韩国文集丛刊》第 2 册，第 607 页。

⑧ [朝] 李穀：《稼亭先生文集》卷三《新作心远楼记》，载《韩国文集丛刊》第 3 册，第 117 页。

> 春花秋水鸟啼林，锦绣烂熳琉璃碧。
>
> 马陟崔嵬，舆鸣幽寂。
>
> 有风披襟，有雨岸帻。
>
> 神怡气悦动血脉，上下同流无间断。
>
> 或是仲冬宜深藏，香火明窗悬绝壁。
>
> 俯视峥嵘万玉峰，银色界中天漠漠。
>
> 不闻登降颇崎岖，流汗浃背面发赤。
>
> 他年定鼎纪元庸，勒向丰碑知几尺。①

李縠、李穑父子则从养生的角度看待登高与养气的关系，认为人乃聚气而生，登高尽览美景，令人神清气爽、心情舒畅、血脉贯通，身体之气自然充盈。李穑尤其认可登高与体气的密切关系，认为登高而养气有助于身体健康。晚年的李穑体弱多病，在身体欠佳时往往会用登高的方式补充元气。

> 云雾冥冥我骨酸，闭窗空想地天宽。
>
> 江横野外波声远，露滴林间晓气寒。
>
> 梦里功名已知足，病余居处始求安。
>
> 快晴直欲登高去，更挽银河洗玉盘。②

"病起强登高处望，万家桃李一时开。"③河演（1376—1453）强撑病体登高，也如李穑一样有着登高养气养身的意图。

还有一些诗人则是从"高"的角度认识登高行为的妙处。如元天锡《废云台寺》：

---

① [朝]李穑：《牧隐诗稿》卷十二《雪中吟》，载《韩国文集丛刊》第 4 册，第 121 页。

② [朝]李穑：《牧隐诗稿》卷三十二《云雾》，载《韩国文集丛刊》第 4 册，第 471 页。

③ [朝]河演：《敬斋先生文集》卷一《寄李参议》，载《韩国文集丛刊》第 8 册，第 429 页。

上上云峰上，嵯峨第几重。

偶登封藓石，犹想隔云钟。

谷密朝阳欠，山高秋气浓。

临风叹兴废，默默倚长松。①

元天锡认为，高处与平地不同，高处的自然之气更为浓厚，人在高处接近自然，能使身体之气更为盈满。

"高楼突兀倚青空，崔相登临气自雄。"②权近则是从高空的空间妙处揭示登高的作用，认为登临高处视界开阔，视线无所阻碍，雄豪之气会自然生出，这种观点一直影响到李初。"临高台高崔嵬，登高逸气雄八垓。"③李初的成倪同样认为身居高处，气会自然雄壮。

对于登高所发挥的作用，诗人认为登高所养之气不仅有助于身体健康，更有助于诗人提升创作水平。"兴轮寺近钟声殷，断石山高剑气浮。题柱相如非敢效，可云舒啸仲宣楼。"④山高石断，奇景险境令诗人文思泉涌，自信文章堪比相如、王粲。李达衷（1309—1385），庆州人，谥文靖，有《霁亭集》。李达衷在《次会庆楼韵》这首诗中充分肯定了登高对于文思的激发作用。

李穑喜作新诗，认为登高是诗人不断创新的源泉。"向午云飞快放晴，四山秋气十分清。寒蝉短景声初涩，霜雁遥空影又横。青蕊昔曾吟子美，白衣今欲舞渊明。登高能赋吾家事，已有新诗眼底生。"⑤秋晴登高，入眼景色澄净，而诗人的灵感与创造力也不断被激发出来。在李穑看来，登高望远是诗人创作的源泉，富有个性新意的创作往往得益于诗人的登高望远之为。

① [朝]元天锡：《耘谷行录》卷三《废云台寺》，载《韩国文集丛刊》第6册，第170页。
② [朝]权近：《阳村先生文集》卷十《登楼吟》，载《韩国文集丛刊》第7册，第113页。
③ [朝]成倪：《虚白堂集》卷二《临高台》，载《韩国文集丛刊》第14册，第403页。
④ [朝]李达衷：《霁亭集》卷一《次会庆楼韵》，载《韩国文集丛刊》第3册，第277页。
⑤ [朝]李穑：《牧隐诗稿》卷二十五《喜晴》，载《韩国文集丛刊》第4册，第354页。

登高以望，长江注其下，群山包其外，缭以峰峦，错以洲屿，云收雾散，瞻眺攸远。炎热以凉，蒸湿以爽，洒然若执热而濯清泠也，怳然如乘长风御灏气，以超乎寥廓也。宾校胥乐，劝公构亭其地，公重违众，乃役戍卒之无事事者，取材诛茅，不终日告成，客有请亭名者，公曰："吾尝自号春亭，亭吾构也，其以是命之。"①

河相国春亭建在山峰上，郑道传认为亭与山水相拥，于亭中乘风远眺御气，诗人佳兴渐起，而好诗自然涌出。"节序相推自四时，一亭佳兴少人知。悠然独得天机妙，坐对江山赋好诗。"②文末之诗，道出了郑道传于亭中赏景的真实感受，也充分肯定了高处景观对于创作发挥的积极作用。

千仞冈头石径横，登临使我不胜情。

青山隐约扶余国，黄叶缤纷百济城。

九月高风愁客子，百年豪气误书生。

天涯日没浮云合，惆怅无由望玉京。③

郑梦周，字达可，原名梦龙，号圃隐，谥文忠，延日（今属韩国庆尚北道）人。《登全州望景台》这首诗作于郑梦周战倭凯旋之时。诗人于观景台上远望，面对着山长水阔的秋景，壮气豪情油然而生，建功立业的大志也不由得生出，在诗中自然地倾泻出来。诗人用这首诗总结了自己的创作体验，同时又说明了登高于赋的

---

① [朝]郑道传：《三峰集》卷三《河相国春亭诗序》，载《韩国文集丛刊》第5册，第335页。

② [朝]郑道传：《三峰集》卷三《河相国春亭诗序》，载《韩国文集丛刊》第5册，第336页。

③ [朝]郑梦周：《圃隐先生文集》卷二《登全州望景台》，载《韩国文集丛刊》第5册，第593页。

积极作用。其诗景中含情，情寓于景，一气呵成而无雕琢之累，皆是得益于高处胜景激发出的豪气。

　　登高对于创作发挥出来的积极作用，使得朝鲜诗人倾向于在登高中寻求创作的动力。"岭外曾闻有是州，今来偏喜上高楼。晴川日暖银鱼戏，晓洞云开野鹿游。树绕檐楹金气早，山临几案翠光浮。吟余直欲题新句，姓字还惭板上留。"①李原（1368—1429）认为，登高可以使诗人心境开阔，从而自觉产生创作的欲望。《次甫州板上韵》这首诗道出了山中美景对于自己诗思的触动，因登高而佳句迭出的喜悦也是跃然纸上。卞季良（1369—1430）指出，气势充沛是诗人必须具备的一个素质，而登高之后必然会出现"千首新诗气决堤"②的情况。他认为，登高一方面会使诗人灵感间出，佳作不断；另一方面会使作品气势充沛。这才是真正的汉诗创作之道。

　　朝鲜诗人喜登高而赋，站在山巅，与自然亲密接触，尽情吸纳自然之气，清气油然而生；极目远望，山长水阔，大地苍茫，不觉心胸开阔，自然生出慷慨激昂之气。登高所见给创作提供了丰富的素材和灵感，登高而赋因此成为高丽后期诗坛风尚。以创作而言，登高而观江山美景，有助于作者养气及创作，这是高丽后期诗人探索出来的有效可学的创作之道。

三、以静养气

　　"静"为佛家的核心思想之一，也是道家重要的思想。宋人好静："公退之暇，被鹤氅，戴华阳巾，手执《周易》一卷，焚香默坐，消遣世虑。"③"无事此静坐，

---

　　①［朝］李原：《容轩先生文集》卷二《次甫州板上韵》，载《韩国文集丛刊》第7册，第580页。

　　②［朝］卞季良：《春亭先生诗集》卷三《次郑宗诚韵》，载《韩国文集丛刊》第8册，第44页。

　　③王禹偁：《小畜集》卷十七《黄州新建小竹楼记》，影印文渊阁《四库全书》集部1086册，（台湾）商务印书馆，1986，第166页。

一日似两日。若活七十年，便是百四十。"① "虚而一，直而正，万物之生芸芸，此独漠然而自定，吾其命之曰静。"② "夫人之动，以静为主。神以静舍，心以静充，志以静宁，虚以静明。其静有道，得己则静，逐物则动。"③ "心如潭水静无风，一坐数千息。"④ 宋人所言静主要指心能虚容万物，内心波澜不惊。受佛道思想熏染的苏轼认为看淡一切，抛弃喜怒哀乐，有一颗远离尘俗纷扰的心灵，则为真正的守静。在佛道合流的背景中，受佛、道静念的影响，高丽后期诗人颇为看重以静养气。

　　　　人恃气以生，气恃息以存焉。随子午顺阴阳而出入，未始有止也。方且以声色臭味薬其外，思为智虑柴其内，则几何其不壅而殆哉。故君子之于事，无劳其神，无暴其气，逸以待之而已。古之人有静默可以补病，揃搣可以休老，此劳者之事也。至于逸者，则未尝动，安用静。未尝繁见炽，安用揃搣。淡然无为，以守真气，则不为事物之所扰也。李氏子有去而为浮屠者，种性锐甚，如新生之驹未受控勒。其荷法之才，他日未易量也。然而其求道大切，用意大速，吾惧其未免于阴阳之寇，因其求易名也，举是以告之曰可逸。吾又惧其逸之过则弛也，字之曰法耽。其为学，耽而不至于暴其气则几矣。⑤

　　对于静与养气的关系，林椿认为思虑过度，会使人困顿不堪；太过欢逸，会使人过于松弛，伤身伤神。唯有做到静默淡然，才能保存真气，不为世事所扰。

---

　　① 王文诰辑注、孔凡礼点校:《苏轼诗集》卷四十三《司命宫杨道士息轩》，中华书局，1982，第2352页。

　　② 孔凡礼点校:《苏轼文集》卷十一《静常斋记》，中华书局，1986，第363页。

　　③ 孔凡礼点校:《苏轼文集》卷十《江子静字序》，中华书局，1986，第332页。

　　④ 陆游:《渭南文集》卷四十九《好事近》，载《陆放翁全集》，中国书店，1986，第301页。

　　⑤ [朝]林椿:《西河先生集》卷五《浮屠可逸名字序》，载《韩国文集丛刊》第1册，第250页。

林椿看重静居，即静默的养气方式。

　　田公孟畊以文学发科，领袖成均，而雅志丘壑。好事者图其像，若渊明以视其志。田公虽未必谢，每放情物外，欲为松菊主人，以效古人耳。观者毋徒言其出处，尚论其志也。赞曰：气宽缓而守固，形清婉而神腴。迹平常而志远，容冲淡而意舒。闲不以镜而真闲，心何必在于夫余。[①]

田禄生（1318—1375）安于隐逸生活，静颐性情而气宽缓，真正做到了与物同化，风轻云淡，比较注重心理层面的守静。

　　感君来访问平安，更见佳章解病颜。
　　只要性情如止水，那期寿命似重峦。
　　遣愁每把书三卷，养气常余食一箪。
　　我亦祝君难老算，暮朝专意指南山。
　　又不曾求饱但求安，十载云林照我颜。
　　松涧南头皆树木，草庐三面尽峰峦。
　　空怀壮志弹长铗，聊慰饥肠唤小箪。
　　喜得贺正诗一首，始知恩义重丘山。[②]

　　元天锡认为气对于身体健康非常重要，心如止水、无欲无求方能保存真气、长生不老，由其诗中"南山""丘山"等意象可看出其追求的心境是老庄、陶渊明式的清静、淡然，同样强调的是心理层面的守静。
　　此外，在高丽后期也有着用内静与外静结合的方式修养身心的观点。

---

　　① ［朝］王勋：《画像赞》，载《韩国文集丛刊》第 3 册，第 395 页。
　　② ［朝］元天锡：《耘谷行录》卷三《次赵奉善元日见赠诗韵》，载《韩国文集丛刊》第 6 册，第 168 页。

我病终夜呻，室人眠不得。

灯下起卧频，烦懑填胸臆。

遂感邪沴气，呼吸壅鼻息。

日午始体舒，风清扫阴黑。

我病妻又病，蹇运岂终极。

勿药荷造化，题诗慰心曲。

安知此艰辛，所以趋寿域。

湛然守至静，上帝临有赫。①

李穑晚年在潦倒中度过，在自己与家人疾病缠身之际，烦躁焦虑，厌世悲观。后选择守静，抛弃杂念，因而对疾病释然，心灵也渐趋宁静；在静与动之间，李穑认为言多必伤气，唯有静坐才可以忘言，让人淡泊名利、契于天心。在李穑看来，人应做到心静才能保守真气，而外静，即静居，有助于实现心静。

李稷（1362—1431）同样认为外静可以帮助促成心灵的宁静，并且更具体地指出所谓的静居是指脱离尘俗的隐逸生活。"浮生须信命，处顺复焉求。暖日寻芳草，清风倚小楼。山衔云气秀，谷带水声幽。静里身心稳，陶然任滞留。故山闲屏迹，京辇想趋朝。松竹东皋近，星辰北斗遥。吟哦缘遣兴，歌啸岂宣骄。自笑摧颓甚，犹思赋角招。"②李稷认为，远离尘世喧嚣"户庭无尘杂，虚室有余闲"似的田园生活，是能使诗人身心安稳的最佳方法，可以帮助诗人在静居中获取真正的超然与洒脱。

庄子："形固可使如槁木，心固可使如死灰。"又曰："无思无虑，始知道。"

老子："道常无为而无不为。"此章本此以立言也，承上章言心之利欲，虽甚纷

---

① [朝] 李穑:《牧隐诗稿》卷十二《录病》，载《韩国文集丛刊》第 4 册，第 125 页。
② [朝] 李稷:《亨斋诗集》卷二《自遣》，载《韩国文集丛刊》第 7 册，第 541 页。

挐，气得其养而不妄动，以制于外，则其内亦有以静定而专一。如木之槁，不复有春华之繁。如灰之死，不复有火燃之炽。心无所思虑，身无所营为。以体其道冲漠纯全之妙，则心之知觉，虽曰钻凿，岂能害我自然之天哉！此所谓道。指气而言也。无虑无为，体道之全八字，亦老氏之学最要旨也。①

郑道传精通老庄之道，在老庄养生观的影响下明确提出内外兼修养气的方法，认为从内无所思虑，摆脱俗世纷扰，求得心灵的安宁；在外无所行动，静守而待，这才是真正的虚静之道。其所言的内外结合静养之道其本质是"无虑无为"。

高丽后期诗人被现实边缘化后，为实现身心彻底的清净，往往选择通过静坐的方式来求取心灵的安宁。"临流静坐兴偏长，快得千金一榻凉。"②"静坐长松榻，心清气亦全。暂入青莲界，机忘绣佛前。"③"静坐身弥适，多言气自伤。生涯战蛮触，世道傲羲皇。夏木生凉吹，烟村下夕阳。澹然忘老境，渺渺想虞唐。"④"白发萧萧不满簪，闭关静坐契天心。"⑤"幽居甘自适，静坐澹忘言。"⑥诗人认为，静坐之时，身体处在清静的环境中，有助于己心去除杂念；而做到了去除尘俗烦扰、真正的心静又有助于诗人享受清静环境所带来的惬意、淡然。

外静和内静结合才能获得真正的轻松、自在，有益于身心健康。"独坐禅房觉日长，倚床聊到黑甜乡。庭分翠竹交疏影，牖近孤松纳小凉。山静可能祛俗气，蔬香亦足疗饥肠。回头四十年前事，正是邯郸梦一场。"⑦对于静坐颐养的气，柳方善指出静坐可以去除世俗之气，让人神清气爽。气畅通而不滞不塞，才能达到养气养身的目的。

---

① [朝]郑道传：《三峰集》卷十《气难心》，载《韩国文集丛刊》第5册，第466页。
② [朝]元天锡：《耘谷行录》卷一《水亭》，载《韩国文集丛刊》第6册，第130页。
③ [朝]李穑：《亨斋诗集》卷二《释方寺》，载《韩国文集丛刊》第7册，第537页。
④ [朝]李穑：《牧隐诗稿》卷十六《静坐》，载《韩国文集丛刊》第4册，第190页。
⑤ [朝]李穑：《牧隐诗稿》卷十《冬至》，载《韩国文集丛刊》第4册，第91页。
⑥ [朝]李穑：《牧隐诗稿》卷十《杂题》，载《韩国文集丛刊》第4册，第92页。
⑦ [朝]柳方善：《泰斋先生文集》卷三《寓居僧舍》，载《韩国文集丛刊》第8册，第635页。

佛、道的"静"念也直接影响到了当时诗人的审美取向及汉诗风格。于佛家而言，多称静中所生之气为蔬笋气。"白雪浑头退老身，恨与尘世一陈人。如今饱听高僧话，始觉空门气味醇。"①李奎报认为，空门去除了尘世的俗杂纷扰，别有气味。李好闵称空门之气为蔬笋气："闭门拥炉火，宴坐心清澄。忽有蔬笋气，窗前立山僧。因言净土胜，茗椀仍香灯。倘能同我去，松雪落层层。"②认为静居中的僧人看空一切，心地澄明，身上有一种静中而来的清爽脱俗。对于蔬笋气的涵养，柳方善认为："山静可能祛俗气，蔬香亦足疗饥肠。"③佛家居幽静，食蔬果，远离名利场，可以帮助净化尘俗之心，培养蔬笋气。

李仁老崇佛，潜心修佛许多年，受出尘拔俗思想的影响，其作品多超逸脱俗，对于蔬笋气和诗人创作风格之间的密切关系，李仁老颇多认可。得道高僧戒膺曾作《送友人》诗："好学今应少，忘形古亦稀。顾予何所有，而子乃来依。穷谷三冬共，春风一日归。去留俱世外，不用泪沾衣。"李仁老评："得道者之辞，优游闲淡而理致深远。虽禅月之高逸，参廖之清婉，岂是过哉？此古人所谓如风吹水，自然成文。"④李仁老认为，只有悟佛法之人才能创作出优游闲淡、清爽脱俗的作品，戒膺的文风其实是受了他由静修而来的佛门之气的影响。

而从道家的角度来看，静中颐养的气多为隐逸之气。受时代环境的影响，隐逸诗人的代表陶渊明颇受高丽后期诗人的推崇。"吾爱陶渊明，吐语淡而粹。"⑤李奎报多次直言对陶渊明的喜爱，并作《读陶潜诗》《陶潜赞》等诗文赞其隐逸之气。"道人爱深居，隐几形似木。静坐不出门，有如冻鳖缩。趯然闻足音，一笑响空

---

① [朝]李奎报:《东国李相国后集》卷六《二其见和复作》，载《韩国文集丛刊》第2册，第200页。

② [朝]李好闵:《五峰集》卷六《题僧卷诗》，载《韩国文集丛刊》第59册，第411页。

③ [朝]柳方善:《泰斋先生文集》卷三《寓居僧舍》，载《韩国文集丛刊》第8册，第635页。

④ [朝]李仁老:《破闲集》，载《韩国诗话全编校注（一）》，第21页。

⑤ [朝]李奎报:《东国李相国全集》卷十四《读陶潜诗》，载《韩国文集丛刊》第1册，第439页。

谷。兹游岂偶然，宿债负幽独。"① 在《又用东坡诗韵》这首诗中，静居道人似木如鳌，李奎报认为正是这样的生活才使得道人虚容万物、心地清净，形成别具特色的隐逸气质。

稍欣灯火近新凉，静坐心清闻妙香。

欲与菊花将隐逸，回思柳絮似颠狂。

世途渺渺频脂辖，圣道明明独面墙。

病废数年吟更苦，时时警句即良方。②

性僻居恒独，家贫味罕兼。

光阴悲鼎鼎，气像慕岩岩。

门静来幽乌，檐虚挂冷蟾。

秋风吹碧柳，千载忆陶潜。③

李穑经历坎坷，晚年于乱中选择静居以寻求心灵的安宁。他认为守静的生活方式帮助自己形成了独特的隐逸之气，表现在创作上，自己的作品有着陶渊明式的闲逸和恬淡。

高丽后期的动乱使得有识之士纷纷退避山林。陶渊明的闲淡、飘逸及自得的田园生活很是触动高丽后期诗人敏感的神经，使他们十分向往。不得志、受压抑的诗人多如李穑一样追慕陶潜，如农隐崔瀣、樵隐李仁复、埜隐田禄生、牧隐李穑、圃隐郑梦周、陶隐李崇仁、渔隐闵霁、郊隐郑以吾、冶隐吉再等。这些诗人的名号道出了他们对于陶潜闲适的心境、隐逸生活的喜爱，而陶渊明于静中生出

---

① [朝]李奎报:《东国李相国全集》卷三《又用东坡诗韵》，载《韩国文集丛刊》第1册，第321页。

② [朝]李穑:《牧隐诗稿》卷十八《自咏》，载《韩国文集丛刊》第4册，第224页。

③ [朝]李穑:《牧隐诗稿》卷九《记旧作》，载《韩国文集丛刊》第4册，第76页。

的闲心，诗歌呈现出的独特的气质也成为高丽后期诗人追慕的对象。

> 风月无边景，菊莲有限秋。钓帘危坐看，君子更何求。（郑圃隐）
> 中池莲叶酒，上岛菊花杯。闲往闲来处，濂亭向日开。（李陶隐）
> 池白濂溪月，岛清靖节风。闲中多气像，道德又兼忠。（李樵隐）①

《题景濂亭组诗》中，陶渊明诗文中常用的"菊""闲""清"等字频频被使用，由此可以看出诗歌作者对陶渊明的推崇，对静居隐逸生活的向往和喜爱。正是诗人向往并选择的闲静隐逸的生活帮助形成了诗人别致的隐逸之气，表现在创作上形成了高丽后期诗歌独特的隐逸风格。

高丽后期诗人在传统养生认识的基础上，找到了以静养气的方法，既有佛家的空静，又有道家的虚静，以此来慰藉心灵、全身养气，而这对于高丽后期诗人的气质及诗的风格皆产生了一定的影响。

四、自然养气

"人法地，地法天，天法道，道法自然。"② 王弼注："法自然者，在方而法方，在圆而法圆，于自然无所违也。自然者，无称之言，穷极之辞也。"③ 王弼认为，自然之意，无法用语言准确地表达，是指无外力作用的一种自在、自由的状态。

刘勰认为，诗人的健康、创作与自然状态关联密切，曾言："凡童少鉴浅而志盛，长艾识坚而气衰，志盛者思锐以胜劳，气衰者虑密以伤神，斯实中人之常资，岁时之大较也。"④ 在自然状态下，人能保全体气而健康，而随着年龄的增长，人多刻意为之，则会气衰多病，他强调自然是保气养生的重要途径，并认为诗人

---

① 《题景濂亭组诗》，载李齐贤《景濂亭集》卷一，《韩国文集丛刊》第6册，第250页。
② 王弼注：《老子道德经》（丛书集成初编），中华书局，1985，第24页。
③ 王弼注：《老子道德经》（丛书集成初编），中华书局，1985，第24页。
④ 刘勰著、周振甫注：《文心雕龙注释·养气》，人民文学出版社，1981，第455页。

的自然状态会影响创作。"率志委和，则理融而情畅；钻砺过分，则神疲而气衰：此性情之数也。"① "感物吟志，莫非自然。"② 若在自然状态下进行创作，诗人身心愉悦，文章晓畅；若是刻意地冥思雕琢，诗人会筋疲力尽、元气大伤。刘勰强调，自然是最好的创作状态，它可以使创作文气贯通，并且有助于诗人才气的发挥；反之，则会损耗诗人的才气。

自然也是宋代的主流文艺观。"且夫自然而然者，天地且不能知，而圣人岂得与于其间而制其予夺哉！"③ "平生不学作诗，如风吹水，自成文理。"④ "大略如行云流水，初无定质，但常行于所当行，常止于不可不止，文理自然，姿态横生。"⑤ "吾文如万斛泉流，不择地皆可出……及其与山石曲折，随物赋形，而不可知也。"⑥ 苏轼推崇自然人生，不愿为外物所驱使，几遭贬谪，皆安然处之。在创作方面主张自由表达情感，随意而行，自然成文，作品流畅而富有感染力。

"人言万物生于天，天本无心丑与妍。岂识纷纭千百态，神愁鬼泣劳雕镌。虽有良工骋奇巧，疲精竭虑难争先。不尔天公有造化，亦于何处施其权。"⑦ 林椿认为，万物本质在于天，自在自为是最好的状态，刻意的雕琢反而违背了万物的本性，只会让人身心疲惫。林椿的观点虽然是就山中所见盘松有感而发，却体现出他鲜明的自然观，其在创作上也是推崇自然而为：

> 仆观近世，东坡之文大行于时，学者谁不伏膺呻吟，然徒玩其文而已。就令有捍扯窜窃，自得其风骨者，不亦远乎。然则学者但当随其量以就所安而已，不必牵强横写，失其天质，亦一要也。唯仆与吾子虽未尝读其文，往

① 刘勰著、周振甫注：《文心雕龙注释·养气》，人民文学出版社，1981，第455页。
② 刘勰著、周振甫注：《文心雕龙注释·明诗》，人民文学出版社，1981，第48页。
③ 孔凡礼点校：《苏轼文集》卷六《易解》，中华书局，1986，第192页。
④ 孔凡礼点校：《苏轼文集》卷六十八《书辩才次韵参寥诗》，中华书局，1986，第2144页。
⑤ 孔凡礼点校：《苏轼文集》卷四十九《与谢民师推官书》，中华书局，1986，第1418页。
⑥ 孔凡礼点校：《苏轼文集》卷六十六《自评文》，中华书局，1986，第2069页。
⑦ [朝]林椿：《西河先生集》卷一《六十一盘松歌》，载《韩国文集丛刊》第1册，第209页。

往句法已略相似矣，岂非得于其中者暗与之合耶。近有数篇，颇为其体，今寄去，幸观之以赐指教，不具。①

在学东坡的热潮中，一些诗人误入歧途，因模仿而失掉自我，在文句上刻意雕琢而使创作生硬牵强、气脉不通。林椿对于刻意的模仿颇不认同，他主张在创作时固守自然天质。上面这段文字虽没有对"天质"做过多的阐释，但不难理解，其中林椿所言的"天质"是指创作的本我状态，他认为创作应带有自然而然的特点，可看出林椿非常推崇创作中因自然而得以贯通的文气。

高丽后期的李奎报也秉承着鲜明的自然观：

> 人与物之生，皆定于冥兆，发于自然。天不自知，造物亦不知也。夫蒸人之生，夫固自生而已，天不使之生也。五谷桑麻之产，夫固自产也，天不使之产也。况复分别利毒，措置于其间哉，唯有道者，利之来也，受焉而勿苟喜；毒之至也，当焉而勿苟惮，遇物如虚，故物亦莫之害也。②

李奎报认为，万物自然而生、自然而行，不受任何的羁绊和影响，才能保全自己不受戕害。在生活上，他推崇陶渊明的自然洒脱，"吾爱陶渊明，吐语淡而粹。常抚无弦琴，其诗一如此。至音本无声，何劳弦上指。至言本无文，安事雕凿费。平和出天然，久嚼知醇味。解印归田园，逍遥三径里。无酒亦从人，颓然日日醉。一榻卧羲皇，清风飒然至。熙熙大古民，岌岌卓行士。读诗想见人，千载仰高义"③，他认为正是自然的状态才使陶渊明能悠然自得地寻求到真正的人生

---

① [朝] 林椿:《西河先生集》卷四《与眉叟论东坡文书》，载《韩国文集丛刊》第 1 册，第 243 页。

② [朝] 李奎报:《东国李相国后集》卷十一《问造物》，载《韩国文集丛刊》第 2 册，第 246 页。

③ [朝] 李奎报:《东国李相国全集》卷十四《读陶潜诗》，载《韩国文集丛刊》第 1 册，第 439 页。

快乐和创作乐趣。在行文上，李奎报强调如陶渊明似的自然。

> 我本静者无纷纭，动而不止风中云。我本通者无彼此，塞而不流井中水。水兮应物不迷于妍媸，云兮无心不局于合离。自然上契天之心，我又何为兮从容送光阴。有钱沽酒不复疑，有酒寻花何可迟。看花饮酒散白发，好向东山弄风月。①

李穑推崇观花饮酒、弄风把月的自在生活，强调在创作中诗人应做到云行云止，水流水塞，自然契于天心。权近赞曰："其发而措诸文辞者，优游而有余，浑厚而无涯，其明昭乎日星，其变骤乎风雨。岿然而萃乎山岳，霈然而浩乎江河。贲若草木之华，动若鸢鱼之活。富若万物，各得其自然之妙。"②因其自然的行文状态，其诗优游浑厚、姿态万千。

> 有天地自然之理，即有天地自然之文。日月星辰得之以照临，风雨霜露得之以变化，山河得之以流峙，草木得之以敷荣，鸢鱼得之以飞跃，凡万物之有声色而盈两仪者，莫不各有自然之文焉。其在人也，大而礼乐刑政之懿，小而威仪文辞之著，何莫非此理之发现也。物得其偏，而人得其全，然因气禀之所拘，学问之所造，能保其全而不偏者鲜矣。圣人犹天地也，六籍所载，其理之备，其文之雅，蔑以加矣。秦汉以前，其气浑然。曹魏以降，光岳气分，规模荡尽，文与理固蓁塞也。唐兴，文教大振，作者继起，初各以奇偏，仅能名自，逮至李、杜、韩、柳，然后浑涵汪洋，千汇万状，有所总华。宋之欧、苏，亦能奋起，追轶前光。呜呼盛哉！吾东方牧隐先生，质粹而气清，学博而理明。所存妙契于至精，所养能配于至大。故其发而措诸文辞者，优游而有余，浑厚而无涯。其明昭乎日星，其变骤乎风雨。岿然而

---

① [朝]李穑：《牧隐诗稿》卷二十一《狂吟》，载《韩国文集丛刊》第4册，第277页。
② [朝]权近：《牧隐先生文集序》，载《韩国文集丛刊》第3册，第500页。

萃乎山岳，需然而浩乎江河。贲若草木之华，动若鸢鱼之活，富若万物各得其自然之妙。①

权近从养气的角度论述了自然之妙。权近认为，大自然合于自然之道，万物才变得有声有色，世界才变得美好。社会合于自然，则人知礼仪，社会秩序井然。于个人而言，合乎自然，则会体气清盈，质粹理明。发之于文章，创作过程畅快淋漓，自得其妙。

气生万物，这个过程是自然发生的。对于气的这种认识使得高丽诗人在养气时注重自然之道，认为自然使人回归本我，气因而得以充沛。于创作而言，"自然"使诗人归于本真的状态，少了有意作诗的刻意和牵强，使创作因回归天性而流畅，富于感染力。

第四节　作为创作主体的气

"文气说"肇于中国，是中国诗学中的主要内容，源自孟子的"知言养气"说，后曹丕从诗人气质的角度论述气与文的关系，其正式进入诗歌批评领域。之后历代诗人从气质、风格等角度不断补充丰富"文气"的内涵。

先秦哲学家认为人禀气而生，强调气的先决作用。"气，道乃生，生乃思，思乃知，知乃止矣"②，管子认为气决定着人的心智。"人之善恶，共一元气，气有少多，故性有贤愚。"③ "人禀气而生，含气而长，得贵则贵，得贱则贱；贵或秩有高下，富或资有多少，皆星位尊卑大小之所授也。"④ 王充认为人的贤愚、富贵、等级都与先天之气有关。到了魏晋，进入人性自觉的时代，学者开始审视人的气

---

① [朝] 权近：《牧隐先生文集序》，载《韩国文集丛刊》第3册，第500页。
② 黎翔凤撰、梁运华整理：《管子校注·内业》（新编诸子集成），中华书局，2004，第937页。
③ 黄晖：《论衡校释卷二》（新编诸子集成），中华书局，1990，第81页。
④ 黄晖：《论衡校释卷二》（新编诸子集成），中华书局，1990，第48页。

质精神的命题，强调人性的差异、气质的多样性，并且注重从气的本原角度解释气质的生成，认为气质带有先天不可移易的特点。"文以气为主，气之清浊有体，不可力强而致。譬诸音乐，曲度虽均，节奏同检，至于引气不齐，巧拙有素，虽在父兄，不能以遗弟子。"①曹丕认为诗人个性气质先天而生，各有不同，移之于创作，因而作品风格多样。在中国文论史上，曹丕首先把哲学范畴中的气引入创作，认为诗人所禀先天之气不同而使诗人各具不同气质及创作风格。之后宋人继其观点，继续从创作的角度审视先天而生的气质对于创作所发挥的作用。苏轼《上刘侍读书》中论："天下之少者，非才也，气也。何谓气？曰：是不可名者也。若有鬼神焉而阴阳之。……世之所以多败者，皆知求其才，而不知论其气也。"②苏轼认为才可学，而气不可学。诗人之气来源于阴阳之气的交互运动，诗人的气质禀赋是先天而生的，而这也是天才诗人不能被模仿的主要原因。苏轼明确了气质先天产生的特性及对创作所发挥的重要作用。朱熹则从气的性质角度分析诗人气质各异的情况。"但禀气之清者，为圣为贤，如宝珠在清冷水中；禀气之浊者，为愚为不肖，如珠在浊水中。"③他认为气有清浊，人禀气不同，因此具有不同的气质。虽未直言气与创作的关系，却道出了诗人天赋气质的先天特征。

高丽后期诗人接受了中国古代的气质禀赋说，认为人的气质先天而生，有所区别，并与创作关系密切。"文以气为主，动于中而形于言，非抽黄对白以相夸，必含英咀华而后妙。"④林椿认为诗人之气对于创作至关重要，能通过创作表现出来，也是作品优秀与否的决定因素。"钟天所赋，生而有之，不可以因物而迁。"⑤李仁老认为气质是先天具有的，任何人都学不来，养不到，也不容易为外物所改

---

① 曹丕：《典论·论文》，载萧统编、李善注《文选》，上海古籍出版社，1986，第371页。

② 孔凡礼点校：《苏轼文集》，中华书局，1986，第1386页。

③ 黎靖德编：《朱子语类·性理一》，中华书局，1986，第73页。

④ [朝]林椿：《西河先生集》卷六《上按部学士启》，载《韩国文集丛刊》第1册，第268页。

⑤ [朝]李仁老：《破闲集》，载《韩国诗话全编校注（一）》，第37页。

变。李仁老强调了气质先天而生不可移易，后天锻炼不出的特点。对于气与创作的关系，李仁老认为"文章得于天性"①，认为气聚成人形，气质也附之而生，而先天所生的气质对于创作至关重要。"天与胆气，厥生异人。则我鸡林朴公是已。"② "庸人不能吐文章词气，唯奇人然后吐之。"③ 李奎报同样认为人的气质是先天而生的，认为这是人之为人、人与人之间有区别的主要依据；而且他认为气质和创作有密切关系，若诗人天生气质特异，则其创作定会异于常人。"夫诗以意为主，设意尤难，缀辞次之。意亦以气为主，由气之优劣乃有深浅耳。然气本乎天，不可学得，故气之劣者以雕文为工，未尝以意为先也。"④ 李奎报认为作品的成败取决于"意"，"意"由气主宰，而起主宰作用的气有优劣深浅之别，反映到创作上，文亦有优劣深浅之别，指出了先天而生的气质与创作质量的密切关系。

崔滋言"诗以气为主，气发于性"⑤，认为诗之气发于本性，强调了先天而生的气质对于创作的重要性。崔滋认为，诗人的气性和创作是统一的，《补闲集》中论得最多的是诗人的气和创作的统一，如论陈补阙"气韵不凡，语意俱清绝"，刘冲基"操行孤洁，文章洪赡"，高兆基有宰相志节，其诗"辞意豪壮"，等等。崔滋还认为，诗人的创作特色源自诗人的个性气质，通过作品可以反溯诗人独特的气质。文肃公曾判定宋夏英公的文章有台阁气，异日必显⑥，崔滋认为通过宋夏英公的三首诗可明确看出他的宰相之气。

　　文章以气为主。气隆则从而隆，气馁则从而馁。其播诸吟咏者，自有

---

① [朝] 李仁老：《破闲集》，载《韩国诗话全编校注（一）》，第 37 页。

② [朝] 李奎报：《东国李相国全集》卷十九《户部尚书桧谷居士朴公仁硕真赞》，载《韩国文集丛刊》第 1 册，第 493 页。

③ [朝] 李奎报：《东国李相国全集》卷二十二《书韩愈论云龙杂说后》，载《韩国文集丛刊》第 1 册，第 522 页。

④ [朝] 李奎报：《东国李相国全集》卷二十二《论诗中微旨略言》，载《韩国文集丛刊》第 1 册，第 522 页。

⑤ [朝] 崔滋：《补闲集》，载《韩国诗话全编校注（一）》，第 111 页。

⑥ [朝] 崔滋：《补闲集》，载《韩国诗话全编校注（一）》，第 95 页。

不能掩其实。其为人粗鄙，则其发亦鄙而失于陋。其为人轻躁，则其发亦躁而失其刻。其为人诡怪，则其发亦诡而失其诞。其为人华荡，则其发亦荡而失于靡。其为人忧怨，则其发亦怨而失于恨。其大致然也，惟我伯氏。以公平宽裕之资，得精微博厚之学。措诸事业，黼黻王度。故其为诗文，质而不俚，实而不窳，纡余雄浑，平澹典雅，蔚乎一代之制，而侪辈皆推让之，以为真得晚唐之体。①

李初的成倪则从风格的角度补充论述了高丽后期诗人的观点，认为诗人多样的气会影响诗人形成多样的创作风格。伯氏气质平和，因而其作品质朴雄浑，平淡典雅，堪为创作典范。

可以说，正是高丽后期诗人对于先天气质的看重，使得"文气说"成为高丽后期乃至李朝初期诗论中颇具影响的理论，这为之后徐居正的"气象"论、朝鲜诗学中的风格论探讨奠定了良好的基础。

第五节　发挥创作功能的气

高丽后期诗人认为优秀作品往往依凭于作者之气，立意、灵感、文思、文笔乃至作品风格等皆受气的影响。"文之难尚矣，而不可学而能也。盖其至刚之气，充乎中而溢乎貌，发乎言而不自知者尔。"② 林椿认为，气对于创作发挥着重要的作用。诗人气足至刚至大，则创作能一气呵成且文辞精妙。"公于此时摛藻丽，春葩都为熏天气却豪。更羡郎君不是阿儿比，笔下新诗调大高。"③ "若也体中生劣气，那于笔

---

① ［朝］成倪：《虚白堂文集》卷六《家兄安斋诗集序》，载《韩国文集丛刊》第 14 册，第 462 页。

② ［朝］林椿：《西河先生集》卷四《上李学士书》，载《韩国文集丛刊》第 1 册，第 243 页。

③ ［朝］李奎报：《东国李相国全集》卷十四《次韵奉寄友人》，载《韩国文集丛刊》第 1 册，第 442 页。

下骋豪言。"① "多才负气欻成诗，战笔雄豪壮旆旗。嘉叹信君钟宿曜，古今超出一人奇。"② 李奎报在诗创作上力主出新出奇，他认为只有诗人豪气充足，才能使诗意和诗笔收到应有的效果。李穑认为诗人善于养气才能做出好诗。"少年缀文我最工，落笔往往惊诸公。存心养气力未彻，光焰不复摩苍穹。"③ "上舍少年豪气逸，桃达城阙顽且颉。高吟狂歌动天地，下笔百篇风雨疾。"④ "人呼我笔如长杠，意气颖脱无由降。"⑤ 在用养气的方式锤炼文笔上，李穑下功夫颇深。"时先生年富气锐，为文章敏以奇，故时辈目异之，知其不小成而止也。"⑥ 郑道传因气锐而才思敏捷而为时人称道。"为文章，以气为主，凡人处困者，必志慊气馁而文亦随之。"⑦ 李詹（1345—1405）认为，诗人气不足，而作品随之萎弱，直接指出诗人的气对创作产生的直接影响。高丽末的元天锡、权近、卞季良、柳方善等皆认为充沛之气是进行高质量创作的一个重要前提，有充沛之气的诗人在创作上自有过人之处。

一、气与辞

《孟子·公孙丑上》云："'敢问夫子恶乎长？'曰：'我知言，我善养吾浩然之气。'"又云："'……何为知言？'曰：'诐辞知其所蔽，淫辞知其所陷，邪辞知其所离，遁辞知其所穷。'"⑧ 孟子注重培养长持身上的浩然之气，认为只有怀浩

① [朝]李奎报:《东国李相国后集》卷六《次韵李学士》，载《韩国文集丛刊》第 2 册，第 199 页。

② [朝]李奎报:《东国李相国后集》卷九《又次绝句回文韵》，载《韩国文集丛刊》第 2 册，第 226 页。

③ [朝]李穑:《牧隐诗稿》卷十四《少年行》，载《韩国文集丛刊》第 4 册，第 146 页。

④ [朝]李穑:《牧隐诗稿》卷十一《诗乡学上舍歌》，载《韩国文集丛刊》第 4 册，第 95 页。

⑤ [朝]李穑:《牧隐诗稿》卷二十八《诗录笔语》，载《韩国文集丛刊》第 4 册，第 392 页。

⑥ [朝]郑道传:《三峰集》卷十四《附录诸贤叙述》，载《韩国文集丛刊》第 5 册，第 543 页。

⑦ [朝]李詹:《双梅堂先生箧藏文集》卷二十五《题轩铭后》，载《韩国文集丛刊》第 6 册，第 381 页。

⑧ 朱熹:《四书章句集注》(新编诸子集成)，中华书局，1983，第 231—233 页。

然之气样才能成为德行端正、无所畏惧的仁者，并且孟子还从气辞统一的角度认为浩然之气有助于使言辞刚正有力。

"诗文以气为主，气发于性，意凭于气，言出于情，情即意也。"① "詹东方之有君兮。肇大始以自尊也。其人佩义而服仁兮。厥气劲而词温也。"② 高丽后期诗人同样认为气与辞有着密切的关系，认为言取决于气，气是言的先导和本原。诗人自身气是否充足，诗人的气质特点都能对诗人的言辞产生一定的影响。

"跋山涉水，行经旅馆之萧条。吐气成章。偶发真人之謦欬，口龥澜而快读，目割膜以耸观。窃以道假辞而传，述者明而作者圣。文以气为主，动于中而形于言，非抽黄对白以相夸，必含英咀华而后妙。"③ 林椿作为深受儒学浸润的诗人，认为诗人只有道德修养深厚，文气才能充足，才能使创作含英咀华。

"文辞，德之见乎外者也。和顺之积，英华之发，有不容掩者矣。文辞与政化流通，体制随世道而升降，音节因风气而变迁。苟有禀光岳英灵之气，洞性命精微之理，达事物无穷之变。则其雄深雅健，要妙精华，可以配元气而伴造化。"④ 李詹评李穑文辞，认为李穑理气深厚，其文辞顺其气而发，自然雄深雅健。

在高丽后期众多诗人中，李奎报以气壮辞雄而著名。"羡君气壮色敷腴，得意清时鬓更绿。珠玑落处目一寓，句法清新字体古。"⑤ 李奎报认为气壮可以使人神清气爽，其文辞往往雄健有力处处不落俗套。如《犬滩》一诗：

清晓发龙浦，黄昏泊犬滩。

黯云欺落日，狠石捍狂澜。

---

① [朝]崔滋：《补闲集》，载《韩国诗话全编校注（一）》，第 111 页。

② [朝]李穑：《牧隐诗稿》卷一《送大司成郑达可奉使日本国》，载《韩国文集丛刊》第 3 册，第 519 页。

③ [朝]林椿：《西河先生集》卷六《上按部学士启》，载《韩国文集丛刊》第 1 册，第 268 页。

④ [朝]李詹：《牧隐稿·牧隐先生文集序》，载《韩国文集丛刊》第 3 册，第 501 页。

⑤ [朝]李奎报：《东国李相国全集》卷十二《次韵赠崔君》，载《韩国文集丛刊》第 1 册，第 418 页。

水国秋先冷，船亭夜更寒。

江山真胜画，莫作画图看。①

犬滩山险水急，秋寒之季夜过此地，多会生出惊惧之心。李奎报目睹山水相激之景，以"狠""捍"二字道出了山水互不相让、汹涌澎湃的景象。诗句道出了山水之力，也使诗呈现出雄壮磅礴的意境。李奎报的山水诗多类此，言辞雄壮有力，不同凡响。又如《秋送金先辈登第还乡》：

射策登高第，腾装返故乡。

春同莺出谷，秋趁雁随阳。

落日愁行色，孤烟惨别肠。

明年会相见，好去莫沾裳。②

在这首送别诗中，首联"登"字突出了友人还乡时的荣耀和光彩，以登第起笔，一扫此类诗常有的开篇暗哑压抑的调子；颔联的莺雁出谷随阳之语虽是对大自然景色的直白叙述，但把"莺""阳"等词语组合在一起，使诗呈现出了明快的调子，诗的意境也豁然开朗；毕竟是要和友人分离，颈联话锋一转，道出了对友人的不舍和悲伤，虽言人之常情，但并非一般的执手掩面的悲凉凄怆，诗人用落日、孤烟意象把视角推向了远方，境界深远而又表现出了和友人深厚的感情；尾联对友人的规劝及对来年相会的憧憬，更是使整首诗意境阔大深远。全诗语言大开大合，场景切换频繁而又气脉贯通，有别于一般的送别诗，可以说正是李奎报一贯满持的狂放之气才使得诗的语言呈现出了如此特色。

此期诗人还认为诗人的气质品格会影响言辞表达。林椿评皇甫若水："足下

---

① [朝]李奎报：《犬滩》，载《东文选》卷九，马山：朝鲜古书刊行会，1994，第166页。本书以下所引《东文选》皆出自此版本，不再一一注明。

② [朝]李奎报：《秋送金先辈登第还乡》，载《东文选》卷九，第267页。

负超卓之才，学博而识精，气清而词雅。"①皇甫若水言辞清雅，林椿认为是其自身清雅的气质所致。崔滋认为，人的气质和创作语言是一致的，《补闲集》中此类论述颇多："崔公雅尚出尘，诗语清婉。……立语神奇，措意清壮，有雄伟不常之韵。公之不与庸琐争，而顺受天命承袭大业，于此一联可见矣。"②因为崔公气性非凡，高雅出尘，其诗语多清婉神奇；"公天资清婉，诗语似之，可谓表里水澄，尘不能点者，岂为权要所累也矣。"③金仁镜（？—1235），初名良镜，庆州人。金仁镜文辞不染世俗龌龊，崔滋认为和其气质高洁出尘有关；等等。《补闲集》充分肯定了气质对文辞表达的影响。

"雪谷郑仲孚，崔春轩子壻，而学于崔拙翁。拙翁元少许可人，春轩端不阿所好，每为予称仲孚之贤，予于是得其为人。"④雪谷郑仲孚（1309—1345），为当时明贤，刚正不阿，名节高亮，不肯屈从世俗，其文辞如其人格一样雅远不俗。

> 地僻秋将尽，山寒菊未花。
> 病知诗愈苦，贫觉酒难赊。
> 野路天容大，村墟日脚斜。
> 客怀无以遣，薄暮过田家。⑤

在《癸未重九》这首诗中，雪谷虽道出人生艰辛，但其诗毫无蹇涩之语。对菊的独爱，显示出了他的清高雅趣；诗中路的伸展、天的无际突出了他穷困中的不屈和豁达；结尾客居思乡之情无以排遣，却无怨无悲，仅以"薄暮过田家"的淡淡之语结束，却余味悠远，令人含之不尽。雪谷诗虽语言质朴，但诗中却始终

---

① [朝]林椿：《西河先生集》卷四《与皇甫若水书》，载《韩国文集丛刊》第1册，第242页。
② [朝]崔滋：《补闲集》，载《韩国诗话全编校注（一）》，第88页。
③ [朝]崔滋：《补闲集》，载《韩国诗话全编校注（一）》，第90页。
④ [朝]李齐贤：《雪谷集·雪谷诗稿序》，载《韩国文集丛刊》第3册，第245页。
⑤ [朝]郑誧：《癸未重九》，载《东文选》卷九，第177页。

有种其臭如兰的淡雅情韵。"予观雪谷之诗，清而不苦，丽而不淫，辞气雅远。不肯道俗下一字。"①李穑之赞语道出了郑仲孚的气质对于其诗辞语的影响。

"惟卿气醇以清，学邃而富。言辞简质而必信，文章典雅而可传。"②郑摠气醇而清，权近认为其作品因此具有了简朴典雅的特点。

"师貌清而秀，气淑以和。……苟下笔则辞语精微，尤工于简牍。"③普觉国师气质平和清婉，权近认为正是其气质影响了他的精微的辞语特色。

对辞语和诗人气质关系密切的认识使得高丽后期诗人多推文及人，由作品语言来辨析诗人气质。"始蒙足下垂和老生与俞侍郎唱酬之什，辞清语警，助之以妍丽，皎然若冰壶之映月，晔然如春林之敷花，虽未得其全，亦仿佛得其为人，想英风爽气，浏然袭人，予然后益惭仆之知足下太晚。"④崔宗学诗辞语清警，李奎报由此认为他乃神采四溢、高雅俊朗之人，对其相见恨晚。推文及人正是高丽后期诗人在对于气与辞关系的认知上衍生出来的一种现象，也说明了高丽后期诗人对辞、气关系的深刻认知。

二、气与意

崔滋曰："诗文以气为主，气发于性，意凭于气，言出于情，情即意也。"⑤李穑曰："学术空疏气未清，语言纷紊意难明。"⑥高丽后期诗人认为气与意有着密切关系，诗人气的性质及盈馁会直接影响到作品的立意。高兆基诗"辞意豪壮"，崔滋认为是因其有宰相志节，心胸宽广。

①[朝]李穑:《雪谷诗稿序》，载《韩国文集丛刊》第 3 册，第 245 页。
②[朝]权近:《阳村先生文集》卷三十《教艺文春秋馆大学士》，载《韩国文集丛刊》第 7 册，第 269 页。
③[朝]权近:《阳村先生文集》卷三十七《有明朝鲜国普觉国师碑铭并序》，载《韩国文集丛刊》第 7 册，第 328 页。
④[朝]李奎报:《东国李相国全集》卷二十七《与崔宗裕学谕书》，载《韩国文集丛刊》第 1 册，第 577 页。
⑤[朝]崔滋:《补闲集》，载《韩国诗话全编校注（一）》，第 111 页。
⑥[朝]李穑:《牧隐诗稿》卷二十一《自讼》，载《韩国文集丛刊》第 4 册，第 271 页。

"夫诗以意为主，设意尤难，缀辞次之。意亦以气为主，由气之优劣，乃有深浅耳。然气本乎天，不可学得，故气之劣者，以雕文为工，未尝以意为先也。盖雕镂其文，丹青其句，信丽矣。"①在创作上，李奎报主"意"，认为"意"与诗人之"气"关系密切。认为没有天分、先天之气不足的诗人在创作中不会去关注意的设定，只会过度穿凿字句、讲究法则；反之，诗人天赋过人、气充盈的话，作品会自然天成，以意取胜。"羡君气壮色敷腴，得意清时鬓更绿。珠玑落处目一寓，句法清新字体古。"②崔君气壮，李奎报因此认为崔君在诗的意、辞、句法上皆有过人之处。

"独吾子不袭蹈古人，其造语皆出新意，足以惊人耳目，非今世人比。"③李奎报在创作上注重新意的设定，并认为诗人之气是诗出新意的一个重要先决条件。据《高丽史》记载，李奎报"性豁达，不营生产，肆酒放旷，为诗文不蹈古人畦径，横骛别驾，汪洋大肆"④。李奎报为人旷达、豪气满怀，表现在创作上，其诗立意警绝独到，多别出心裁之作。如《七月七日雨》一诗：

银河杳杳碧天外，天上神仙今夕会。

龙梭声断夜机空，乌鹊桥边促飞盖。

相逢才说别离苦，还道明朝又难驻。

双行玉泪洒如泉，一阵金风吹作雨。

广寒仙女练帨凉，独宿婆娑桂影傍。

妒他灵匹一宵欢，深闭蟾宫不放光。

赤龙下湿滑难骑，青鸟低沾凝不飞。

① [朝]李奎报：《白云小说》，载《韩国诗话全编校注（一）》，第58页。
② [朝]李奎报：《东国李相国全集》卷十二《次韵赠崔君》，载《韩国文集丛刊》第1册，第418页。
③ [朝]李奎报：《东国李相国全集》卷二十六《答全履之论文书》，载《韩国文集丛刊》第1册，第557页。
④ [朝]郑麟趾：《高丽史》，第3130页。

天方向晓讫可霁，恐染天孙云锦衣。①

七夕是诗中的传统题材，此类诗立意多感叹别离之苦。李奎报在这首诗里构设了一个比牛郎织女更凄苦的独守广寒宫的仙女形象，以仙女独守广寒宫反衬鹊桥上牛郎织女相会的欢乐，二者形成鲜明对比，别有一番相逢珍贵，应珍惜短暂快乐时光的意味。这首诗在牛郎织女鹊桥相会的传统题材中翻出了新意，警绝而又意味深长。"李奎报气壮辞雄，创意新奇。"②"古今诗集中，罕见有如此新意，近得李学士春卿诗稿，见之，警绝心意颇多。其长篇中气至末句而愈壮，如千里骥足，方展走通衢，未半途而勒止也。"③崔滋所言道出了李奎报诗作新意迭出的原因，一切源于其壮盈之气。

对于如何骋气而得新意，高丽后期诗人也多有探讨。陈澕主张用参悟佛理的方式骋奇气求新意，如其诗《月桂寺晚眺》：

小楼高倚碧屏颜，雨后登临物色闲。

帆带绿烟归远浦，潮穿黄苇到前湾。

水分天上真身月，云漏江边本色出。

客路几人闲似我，晓来吟到晚鸦还。④

陈澕此诗受了宋代自赞创作的影响。自赞是宋代佛教文学的一种形式，诗人敷用佛语以突出自己的品格。如王安石《传神自赞》诗："此物非他物，今吾即故吾。今吾如可状，此物若为摹。"⑤陈澕借用王安石诗中今我故我皆本我的偈语

① [朝]李奎报：《东国李相国全集》卷二《七月七日雨》，载《韩国文集丛刊》第1册，第304页。

② [朝]崔滋：《补闲集》，载《韩国诗话全编校注（一）》，第89页。

③ [朝]崔滋：《补闲集》，载《韩国诗话全编校注（一）》，第98页。

④ [朝]陈澕：《梅湖遗稿·月桂寺晚眺》，载《韩国文集丛刊》第2册，第278页。

⑤ 王安石：《临川先生文集》，中华书局，1959，第298页。

形式描述月下江边美景，诗中蕴含真月假月皆为月，美景不可言传的意蕴。《东人诗话》曰："古人诗多用佛家语，以骋奇气。如陈翰林澕诗'水分天上真身月，云漏江边本色山'。李益斋诗'此物非他物，前身定后身'。皆好。然王荆公写真诗云'我与丹青两幻身，世间流转会成尘。但知此物非他物，莫问前身是后身'。李诗述半山，未若陈之意新而语奇。"① 陈澕的诗立意新奇独到，在同类诗中往往能脱颖而出，徐居正认为是陈澕精于佛理，善骋奇气所致。

在高丽后期诗人中，李穑诗以雄意著称："意雄而辞赡，如黑云四兴，雷电恍惚，两雹交下，及其云散雨止长空万里，一碧如洗。可谓奇伟不凡者矣。"② 李詹认为李穑在创作时元气充足，擅长以气运笔，故立意多雄奇不凡。如其《诗酒歌》曰：

> 酒不可一日无，诗不可一日辍。
>
> 仁人义士心胆苦，欲写未写绝未绝。
>
> 湘魂沉沉水无波，蜀魄碟碟山有月。
>
> 手引深杯苍海翻，口吟长句飞电决。
>
> 尽将磊落付云虚，不向须臾辨生灭。
>
> 人闲诗酒功第一，多少危时保明哲。
>
> 酒有狂诗有魔，礼法不敢烦魔呵。
>
> 身逃名网即乐土，江山风月俱婆娑。③

诗人狂放不拘，视诗、酒为人生两大乐事。酒翻沧海、诗决飞电，在诗酒快意中超越世俗，追寻闲适与洒脱。诗境界阔大，立意雄豪。这首诗既展示了诗人的旷放，又有着独特的雄豪与奇伟，很好地诠释了雄豪之气与雄意的密切关系。

---

① [朝]陈澕：《梅湖遗稿·月桂寺晚眺注解》，载《韩国文集丛刊》第 2 册，第 278 页。
② [朝]李詹：《牧隐稿·牧隐先生文集序》，载《韩国文集丛刊》第 3 册，第 501 页。
③ [朝]李穑：《诗酒歌》，载《东文选》卷八，第 134 页。

圃隐先生郑公，以天人之学，经济之才，大鸣前朝之季。……辞语豪放，意思飘逸，和不至于流，丽不至于靡。忠厚之气，不以进退而异；义烈之志，不以夷险而殊，可见其存养之得其正。①

受而读之，其气雄浑，其辞秀发，不屑屑于雕琢之工，而其豪逸杰出之态，有非诗人才士苦心捻须，专务巧丽，自以为工者所可企及。至其忧国爱民亨屯济溺之意间现层出，则其平生所存之志，所养之气，读其诗亦可以想见之矣。是宜遭遇圣君，鱼水相契，以建非常之大烈如此其卓卓也。是集之传，岂直以其辞藻而已哉。②

高丽后期儒教大行其道，一些诗人认为儒家之气同样会对作品立意产生影响。河崙（1347—1416）认为郑梦周存养的正气使其诗立意飘逸，权近认为赵浚（1346—1405）所养浩然之气从多方面影响了他的创作，其诗不仅立意深刻，而且作品意境雄浑，辞语隽秀。在高丽后期诗人看来，意的清、新、雄等特色和诗人存养的气皆有着密切的关系。

三、气与笔

高丽后期诗人重笔法，林椿、李奎报、李穑、权近等皆有论。如林椿："笔法诗篇自一家，琼琚好报卫人瓜。须知独擅风骚句，屈宋还应合作衙。"③ "相逢何必早相亲，共是江南流落人。下笔新诗多俊气，也应肝胆大于身。"④ 李穑："臣

---

① [朝] 河崙：《浩亭集》卷二《圃隐郑先生诗集序》，载《韩国文集丛刊》第 6 册，第 454 页。

② [朝] 权近：《阳村先生文集》卷二十《松堂赵政丞浚诗稿序》，载《韩国文集丛刊》第 7 册，第 205 页。

③ [朝] 林椿：《西河先生集》卷三《摘瓜寄洪书记》，载《韩国文集丛刊》第 1 册，第 235 页。

④ [朝] 林椿：《西河先生集》卷三《次韵崔伯环见赠》，载《韩国文集丛刊》第 1 册，第 235 页。

稽伏睹玄陵笔法之妙，高出近世，凡今之人所共瞻仰。"① 河崙："先生见河演，号敬斋，少时在春坊作诗写之，诗为奇健，笔法遒劲得体，叹曰：河文学作之，河文学书之。"② 佚名："为诗奇古，笔法遒劲。"③ 不论在创作上还是品评别家诗上，高丽后期诗人皆喜欢从笔法的角度探讨创作或研读作品。④ "多才负气欻成诗，战笔雄豪壮旆旗。嘉叹信君钟宿曜，古今超出一人奇。"⑤ "气逸裁云笔，心清载月舟。"⑥ "兴来发咏气颇豪，笔端飒飒长风号。"⑦ 这一时期诗人看重顺畅、雄豪文笔，并且认为诗人之气是主要的影响因素。

"平生喜弄如椽笔，嘲戏风月无停时。"⑧ 李奎报喜在运气走笔上下功夫，被时人称为"诗豪"："东方诗豪，一人而已。古人诗集中无律诗三百韵者，虽岁锻月炼尚不得成，况一瞥之间操纸立成乎。"⑨ 豪是就其笔法顺畅而言。对于此种笔法，李奎报曾作文专论：

> 夫唱韵走笔者，使人唱其韵而赋之，不容一瞥者也。其始也，但于朋伴间使酒时，狂无所泄，遂托于诗，以激昂其气，供一时之快笑耳，不可以为常法，亦不可于尊贵之前所为也。此法，李湛之清卿始倡之矣。予少狂，自以为彼何人予何人，而独未尔耶，往往与清卿赋焉，于是乃始之。然若予

① [朝]李穑：《牧隐文稿》卷十二《义谷清卿四字赞》，载《韩国文集丛刊》第 5 册，第 101 页。

②《记》，载《浩亭集》卷四，《韩国文集丛刊》第 6 册，第 489 页。

③ 佚名年谱：《敬斋集》卷四《附录》，载《韩国文集丛刊》第 8 册，第 457 页。

④ [朝]柳方善：《泰斋先生文集》卷一《赠友》，载《韩国文集丛刊》第 8 册，第 591 页。

⑤ [朝]李奎报：《东国李相国后集》卷九《又次绝句回文韵》，载《韩国文集丛刊》第 2 册，第 226 页。

⑥ [朝]元天锡：《耘谷行录》卷四《题元伊川所示诗卷后》，载《韩国文集丛刊》第 6 册，第 199 页。

⑦ [朝]柳方善：《泰斋先生文集》卷一《短歌行》，载《韩国文集丛刊》第 8 册，第 579 页。

⑧ [朝]李奎报：《东国李相国全集》卷七《手病有作》，载《韩国文集丛刊》第 1 册，第 361 页。

⑨ [朝]徐居正：《东人诗话》，载《韩国诗话全编校注（一）》，第 166 页。

者，性本燥急，移之于走笔，又必于昏醉中乃作，故凡不虑善恶，唯以拙速为贵，非特乱书而已，皆去傍边点画，不具字体，若其时不有人随所下辄问别书于旁，则虽吾亦莽莽不复识也。其格亦于平时所著，降级倍百，然后为之，不足以章句体裁观之，实诗家之罪人也。初不意区区此戏之闻于世矣，乃反为公卿贵戚所及闻知，无不邀饮，劝令为之，则有或不得已而赋之者，然渐类倡优杂戏之伎，或观之者如堵墙，尤可笑已，方欲罢不复为。而复为今相国崔公所大咨赏，则后进之走笔者，纷纷踵出矣。但此事初若可观，后则无用。且失其诗体，若寝成风俗，乌知后世有以予为口实者耶。其醉中所作，多弃去不复记云。①

从此文可以看出，"海左七贤"经常聚集在一起诗酒唱和。李湛之（字清卿，庆州人）认为，以气运笔可以使诗人畅快淋漓地宣泄情感，激荡内心之气，他特别推崇这种创作方式，李奎报受其影响也服膺此法，认为诗人尽意驰骋文笔，气由文笔而激昂，笔在气的驱使下畅快淋漓，李奎报早年作品皆用此法作成。虽后来醒悟，一味求快不及其余会使创作粗糙，在快速运笔上有所收敛，但其使笔激气畅快淋漓笔法已被公卿贵戚奉为典范，并且在崔公的提倡下，文坛形成以笔激气一气呵成的习作风气。李奎报的评述道出了使气运笔的妙处及掌握不好火候的弊端，也指出了时人使气运笔的风尚。

在创作中如何做到意到笔随、一气呵成，其时诗人看重豪气。"一年十病九因酒，十日都无一首诗。偶到草堂豪气发，蔷薇花下墨淋漓。"②郑仲孚认为创作需要豪气，诗人气豪可以使文笔蓄足气势，创作一挥而就。"上舍少年豪气逸，桃达城阙顽且颉。高吟狂歌动天地，下笔百篇风雨疾。"③李穑也认为诗人豪气不仅

① [朝]李奎报：《东国李相国全集》卷二十二《论走笔事略言》，载《韩国文集丛刊》第1册，第524页。

② [朝]郑誧：《雪谷先生集》上《醉中过梁和仲宅走笔》，载《韩国文集丛刊》第3册，第248页。

③ [朝]李穑：《牧隐诗稿》卷十一《乡学上舍歌》，载《韩国文集丛刊》第4册，第95页。

影响作品豪放的气势，而且可以使诗人文思泉涌、文笔流畅，强调了豪气对于驱笔行文的重要性。

九月九日天光清，萧萧霜叶送秋声。

净扫铃斋辟欢席，风流宾客皆贤明。

献酬交错真似画，深危潋潋浮金英。

三峰诗笔俱绝妙，清佳句句如阴铿。

成章信手酒醉墨，云烟满纸相交横。

奉使相君最魁杰，一生放旷如阮生。

临风啸咏吐壮气，笔端珠琲须臾成。

傻子弹琴传古多，闻风迩遐心尽倾。

冠世才华何更说，妙岁高题金榜名。

如斯豪俊在一座，邀头学士豁展乎生情。

论怀不觉山月上，半轮辉玉觞，又向东篱掇拾霜中香。①

重阳节群贤在一起诗酒唱和，奉使放旷不拘，临风而立壮气油然而生，须臾之间，大作一挥而就，文笔奔放而有气势。在元天锡看来，放旷之人气势充沛，创作时自会文思泉涌，意到笔随。

"自笑病夫甘闭户，笔端豪气漫纵横。"②卞季良认为，豪气可以让诗人纵横驰骋文笔快意创作。

"豪气鲸吞海，冲襟月照江。笔飞风欲飒，诗罢鬼应降。"③"壮气长鲸吸百川，

① [朝]元天锡：《耘谷行录》卷二《次郑司艺诗韵》，载《韩国文集丛刊》第6册，第162页。

② [朝]卞季良：《春亭先生诗集》卷三《知奉使诗韵》，载《韩国文集丛刊》第8册，第44页。

③ [朝]柳方善：《泰斋先生文集》卷一《短歌行》，载《韩国文集丛刊》第8册，第579页。

英姿彩凤翔丹穴。诗成珠玉斗光荧，笔落龙蛇争顽颉。"① 柳方善虽常处不遇之境，但始终有着壮豪之气，倾泻于诗中，作品气象阔大，文笔腾挪自如。以其《登天王峰》而言：

> 策杖晨登至大还，攀缘半日鬓堪斑。
>
> 天低海阔疑无地，雾散云开忽有山。
>
> 危栈萦纡同蜀道，众峰迢递想秦关。
>
> 吾生已识垂堂戒，何事如今抵险艰。②

半日攀缘乃至两鬓斑驳使得诗开头蕴含艰难困苦之意，文笔略急；其后险境中的柳暗花明、云开雾散后的喜悦凸显作者的释怀，诗笔节奏放慢；接下来蜀道秦关的联想又使攀缘之难扑面而来，诗笔再次紧凑；末联诗人对艰险释怀，既是对登山有感而发，又是对人生的彻悟。诗句起落开合腾挪跌宕，始终一气呵成。徐居正对于处在不遇境地中的柳方善始终以豪气驱使文笔赞不绝口："天地精英之气钟于人而为文章。文章者，人言之精华也。是故，有遭遇盛时，赓载歌咏者，则其文之昭著，如五纬之丽天，而烨乎其光也。不遇而啸咏山林，托于空言者，则其文之炳耀，如珠璧捐委山谷，明朗而终不掩其炜矣。其所以骇一时之观听，而垂名声于不朽则一也。"③ 认为正是柳方善自身豪气及在创作中一以贯之的使气用笔之法成就了其酣畅淋漓、别有气势的作品，而这正是其创作的精髓所在。

高丽诗人在文笔方面也推崇"健笔"，即刚健笔法，强调笔法的力度和气势。

"班生古者史之雄，笔头不驳陈孟公。当时豪焰摩青空，酒酣使气飞长虹。"④

---

① [朝] 柳方善：《泰斋先生文集》卷一《述怀》，载《韩国文集丛刊》第 8 册，第 577 页。

② [朝] 柳方善：《泰斋先生文集》卷三《登天王峰》，载《韩国文集丛刊》第 8 册，第 628 页。

③ [朝] 徐居正：《泰斋集·泰斋先生文集序》，载《韩国文集丛刊》第 8 册，第 569 页。

④ [朝] 李奎报：《东国李相国全集》卷十一《醉书壁上》，载《韩国文集丛刊》第 1 册，第 405 页。

李奎报认为诗人的豪气可以使文笔矫健而有气势。

"衰年兴味犹豪甚，遇事题诗笔似杠。"①"对策擢高科，笔力如长虹。"②李穑认为，诗人的豪气可以增强文笔的力度，"笔似杠""如长虹"的比喻道出了李穑对笔的力度和文章气势的追求与认识。

"少年豪气诡龙腾，壮岁声名世共称。题咏有时横健笔，操存每夜坐寒灯。节同孤竹凌霜翠，心似秋江带月澄。为问别来诗几首，南州纸价也应增。"③柳方善等诗人也认为健笔源自豪气，豪气使得诗人文笔刚健。

豪气有助于刚健文笔，此说影响深远，深谙高丽后期诗学之道的李朝初期一些诗人也赞同此观点。"貂蝉家世赫赫，鸂鹭声名隆隆。霄腾逸骥掣电，浪簸抟鹏快风。毫挥鸾凤翔鸾，词吐腾蛟起龙。豪情酒杯吞鲸，壮气笑谈蟠虹。皋夔载赓都吁，班马齐驱深雄。高议君多荐鹗，薄才我愧雕虫。"④"笔落龙蛇"出自李白《草书歌行》："时时只见龙蛇走，左盘右蹙如惊电。"⑤形容书法生动而有气势，在这里用来指文笔腾挪自如、刚健有力，徐居正认为这种笔法源自诗人的豪壮之气。"十年泉石洗心肝，身世都如醉梦阑。未尽甘英穷海外，空留戏墨满人间。山阿真隐前生愿，云水仙游此日欢。安得如椽王氏笔，一挥豪气压儒酸。"⑥高李之交儒风大盛，诗人创作多带有酸儒之气，金时习对带有酸腐气的创作极为不满，推崇清健文笔。他认为豪气诗人可以自成清健文笔，尽扫儒酸之气。

在笔法上，高丽诗人还强调"老"，即天成笔法，指诗人使气运笔的自然之道，力求出神入化，不露痕迹。"而笔法之妙入神，天纵而性能之，非儒臣文士

① [朝]李穑：《牧隐诗稿》卷九《自咏》，载《韩国文集丛刊》第4册，第73页。

② [朝]李穑：《牧隐诗稿》卷八《送金伯玉省亲》，载《韩国文集丛刊》第4册，第58页。

③ [朝]柳方善：《泰斋先生文集》卷三《寄崔伯常》，载《韩国文集丛刊》第8册，第636页。

④ [朝]徐居正：《四佳诗集》卷十四《赠李次公》，载《韩国文集丛刊》第10册，第417页。

⑤ 王琦注：《李太白全集》，中华书局，1977，第456页。

⑥ [朝]金时习：《梅月堂诗集》卷一《十年》，载《韩国文集丛刊》第13册，第103页。

所能窥其仿佛也。"① "诗思笔法,老而尤绝,盖其天才也。"② 权近认为,壶峰上人擅长自然运笔,笔法精妙而无刻意雕琢,正因其擅长使用无笔之笔才往往能酿出佳文。

对于文笔的流畅与力度,高丽后期诗人认为气是不可缺少的主导因素。"若也体中生劣气,那于笔下骋豪言。细思此特微痾耳,须待君来倒一樽。"③ 李奎报认为创作需要壮豪之气,若诗人自身气不足,则无助于挥洒自在的创作,更谈不上能快意驰骋文笔。李奎报所论从反面强调了诗人气流失及不足对走笔的影响。"老衰笔力已非初,每奉宣传勉强书。"④ "自恨吾衰无笔力,谩吟霞凭鹜栏干。"⑤ "自愧老衰无笔力,敢言能蹑古人踪。"⑥ 李穑和柳方善也认为气随着年龄的增长而渐萎弱,这会使诗人文笔失掉以前的气势和力度。

传统的养气说及中国传入的文气说使得诗人注重养气和使气,认为气能从各方面帮助提升诗人的水平和技巧。高丽后期的使气说不仅给学诗者指出了具体明确的学诗之道,而且帮助形成了高丽后期刚健质朴的文风。

中国气论源远流长,由于宋代士大夫的养尊处优,宋代文士比较注重养生,认为气与人的出生和健康关系密切。以苏轼为代表的文士指出,气不仅关系着健康,也影响着创作,认为"文以气为主",诗人只有体气充盈,浩然之气充足才能创作出质朴刚健的文章。

在中国文化及宋代气论的冲击下,高丽后期诗人注重养生、养气,对养气之

---

① [朝] 权近:《阳村先生文集》卷四《壶峰赞》,载《韩国文集丛刊》第 7 册,第 46 页。

② [朝] 姜希孟:《敬斋先生文集》卷五《晋阳遗录》,载《韩国文集丛刊》第 8 册,第 476 页。

③ [朝] 李奎报:《东国李相国后集》卷六《次韵李学士》,载《韩国文集丛刊》第 2 册,第 199 页。

④ [朝] 李穑:《牧隐诗稿》卷二十七《自咏》,载《韩国文集丛刊》第 4 册,第 379 页。

⑤ [朝] 李穑:《牧隐诗稿》卷三十四《题西州城楼》,载《韩国文集丛刊》第 4 册,第 498 页。

⑥ [朝] 柳方善:《泰斋先生文集》卷二《咏怀》,载《韩国文集丛刊》第 8 册,第 617 页。

道做了深入探讨。在刚健文风的驱使下，高丽后期诗人在创作上注重以气行文，对气、人、文的关系做了细致探讨。高丽后期气论既是对中国古代气论的传承，同时又带有鲜明的民族特色。其时尚气说的发展既表明了中国诗学与高丽后期诗学的渊源关系、中国诗学在高丽后期接受的情况，又表明了高丽后期诗学在社会因素影响及诗歌民族化的追求中个性化发展的特点。

第三章　积学说

中国自古就有积学的传统。陆机主张"咏世德之骏烈，诵先人之清芬，游文章之林府"①，刘勰认为："积学以储宝，酌理以富才，研阅以穷照，驯致以绎辞。"②"经典沈深，载籍浩瀚。"③诗人应注重积累，各方面知识储备充足才能厚积而薄发，创作出优秀的作品。之后的诗人对积学也都比较重视，杜甫强调"读书破万卷，下笔如有神"④，柳宗元认为"读百家书，上下驰骋，乃少得知文章利病"⑤，传统观点认为积学对于诗人的道德、学识、文章都会产生积极的影响。元天锡《次韵》中曰："吾闻朱买臣，曾作采椎客。负薪常读书，翰苑寄踪迹。古来贤达人，出处多窘迫。不暖亦不黔，墨堁兼孔席。人虽有道心，不学从何获。"⑥中朝交流的背景使得中国的积学文化深深影响了高丽诗人。

---

① 陆机著、张少康集释：《文赋集释》，人民文学出版社，2002，第20页。

② 刘勰著、周振甫注：《文心雕龙注释·神思》，人民文学出版社，1981，第295页。

③ 刘勰著、周振甫注：《文心雕龙注释·事类》，人民文学出版社，1981，第412页。

④ 杜甫著、仇兆鳌注：《杜诗详注·奉赠韦左丞丈二十二韵》，中华书局，1979，第74页。

⑤ 柳宗元：《柳宗元集》卷三十《与杨京兆凭书》，中华书局，1979，第789页。

⑥ [朝]元天锡：《耘谷行录》卷二《次韵》，载《韩国文集丛刊》第6册，第160页。

第一节　尚学之风的由来

高丽后期是一个尚学的时代，也是一个注重积学的时代，高丽后期的尚学积学之风受以下几个因素的影响。

一、统治者崇文重学

对于积学，高丽皇室颇为看重。"我太祖之第五子，生而神异。稍长，英睿绝伦，好读书，学日进。年未冠，中高丽科第，时政散民离，国势扤捏，慨然有济世之志。"[①] 太祖第五子，虽出身皇室，但在读书上孜孜不倦，学日进而中高丽科第。不仅王室成员，君主更是有着强烈的读书积学观念。"公于启事，杂引经史。世宗问之曰：'卿于书几读，而强记乃尔。'对曰：'仅读三十遍。'世宗曰：'予读书皆百遍，而只有楚辞，欧苏三十读而已。'"[②] 世宗喜爱文学创作，认为读书积学有助于创作水平的提高，汉文典籍往往读至百遍。"忠烈王昛，元王长子，在位二十四年，为世子，明习国家典故，喜怒不形于色，宽厚长者也，读书知大义。"[③] 高丽后期忠烈王（1298—1308）也喜欢读书，常通读儒学经典，借以知晓大义。

高丽君主因重积学而颇为器重博学文人。"况汝聪明天赋，学问日新。妙句丽词，颂在人口。清才美行，屡闻朕聪。子而不司空，谁得为司空耶？"[④] 崔球博学，君主让其担任司空一职，以帮助朝廷选拔更多的人才。"卿文能华国，德足经邦。以轮翮之长才，处枢机之重地。身已绾于金紫，手不释于缣缃。其昼夜读书之勤，若少壮隶业之始，达位之笃学如此，寡人于今日见焉。词句之劲峭也，

[①] [朝] 卞季良：《春亭先生文集》卷十二《有明赠谥恭定朝鲜国太宗圣德神功文武光孝大王献陵神道碑铭》，载《韩国文集丛刊》第 8 册，第 149 页。

[②] [朝] 成三问：《成谨甫先生集》卷二《左参赞恭简尹公神道碑铭》，载《韩国文集丛刊》第 10 册，第 200 页。

[③] [朝] 郑道传：《三峰集》卷十二《君道》，载《韩国文集丛刊》第 5 册，第 498 页。

[④] [朝] 李奎报：《东国李相国全集》卷三十三《崔球让守司空柱国不允教书》，载《韩国文集丛刊》第 2 册，第 41 页。

何止作五言城。记识之淹通也，实可谓九经库。然文章之任犹阙，在眷注之意何如。是用特崇书殿之资，盖示词臣之贵，以此答稽古之力，又何必抗章而辞。"①崔正份辞官，君主极力挽留其担任"词臣"一职，看重的也正是其广博的学识、劲峭的词句之才。

《次李太常韵》载："遁村三子凤毛新，伯氏先攀桂苑春。莫道飞扬只如此，君王仄席读书人。问学吾门藻思新，题名榜眼少年春。不村幸遇文明代，愧杀当时第一人。锦衣南去彩衣新，堂上双亲鬓尚春。生子当如李家子，丁宁题语广陵人。"②君主重学及对读书人的器重，使得高丽后期的读书积学风气颇为浓厚。"秋风瘦骨倍棱棱，吟苦从前似杜陵。老去功名频揽镜，十年牢落读书灯。"③"由来鸡鹤不同居，羡子三冬苦读书。"④"仆自幼不好他技，博弈投壶，音律射御，一无所晓，只读书学文，欲以此自立，而耻藉门户余阴以干仕宦，故先君柄用时，岂求取禄利，以为己荣哉。"⑤"其时时读书，唯欲不忘吾圣人之道耳。"⑥读书人时时处处不忘勤学苦读，读书成为诗人的专职工作。

二、科举功名对读书积学风气的影响

高丽君主重视对人才的选拔，自建国便仿唐推行科举取士制度。安轴《制策》曰：

礼兴乐作，百有余年矣。先帝继志述事之余，降明诏以科举取士，圣经

---

① [朝]李奎报：《东国李相国全集》卷三十三《崔正份让宝文阁大学士不允教书》，载《韩国文集丛刊》第 2 册，第 46 页。

② [朝]郑梦周：《圃隐先生文集》卷三《次李太常韵》，载《韩国文集丛刊》第 5 册，第 601 页。

③ [朝]徐居正：《四佳诗集》卷五十二《瘦骨》，载《韩国文集丛刊》第 11 册，第 139 页。

④ [朝]元天锡：《耘谷行录》卷四《次金先达貂诗韵》，载《韩国文集丛刊》第 6 册，第 188 页。

⑤ [朝]林椿：《西河先生集》卷四《与王若畴书》，载《韩国文集丛刊》第 1 册，第 244 页。

⑥ [朝]林椿：《西河先生集》卷四《与皇甫若水书》，载《韩国文集丛刊》第 1 册，第 245 页。

贤传，广布天下，道学之兴，未有如今日者也。非特公卿子弟翕然而学，声教所及，耳闻目睹者，莫不横经挟册，第愿试于衡石之下，特著令典，不问华夷，凡有经明行修者，皆所试焉，斯乃圣人宽广无外之意也。①

安轴指出，科举制度的推行使得道学大兴，读书人多勤奋读书以穷透道学。同时，科举功名带来的荣华富贵的诱惑更是使此期读书人看重读书。

伏念臣赋性迂疏，为人迟涩。早年嗜学，对萤案以忘疲。晚岁牵名，掩蠹篇而懒讲。及典演纶之职，更寻束阁之文。其服膺经术之痛勤，若求举场屋之平昔。尚缘衰耄，多至遗忘。岂图稽古浚哲之心，犹记读书勤苦之力，特加宠训。俾辟文闱，顾无皮里之阳秋，曷辨眼前之朱紫。让莫回于上听，始则心兢。情已激于圣知，忽焉涕出，被人所美，知身益荣。此盖伏遇圣上陛下欲网罗天下之众才，先奖饰迹联之末士。既厚以豢养之泽，又畀之品藻之权。仰惟此恩，何以为报。考艺知人则虽臣之所短，得贤助国者即今也其时。但当努力竭精，砺朽磨钝。积尘成岳，庶培千仞之高。披沙拣金，傥得双南之宝。②

李奎报在《同前谢表》中言早年自己只是一个嗜学的书生，因读书广泛识见广博，通过科举选拔而得到了功名和为朝廷效力的机会，李奎报强调科举选拔和君主对人才的器重是自己人生的转折，同时也指出了读书积学与科举功名二者之间的密切关系。

吾东方在虞夏时，史不传不可考，周封殷大师箕子，则其通中国也，盖

---

① [朝] 安轴：《谨斋先生集》卷三《制策》，载《韩国文集丛刊》第2册，第479页。
② [朝] 李奎报：《东国李相国全集》卷三十一《同前谢表》，载《韩国文集丛刊》第2册，第24页。

可知已。虽其封之,又不臣之,重其受禹范,为道之所在也。大师之祠,在平壤府,国家祀之弥谨,则大师之化我东人也深矣,岂双冀、王融之浅浅而为我文风之始也哉。虽然,双氏王氏所以诱掖后生者亦至矣,所以荣华夸耀,耸动一时,使愚夫愚妇,皆歆科举之为美,而勉其子弟以必得之,未必不自二人始也。是以,熏陶渐渍,家家读书取第,至于三子五子之俱中焉,双氏王氏之功大矣。①

在上面这段文字中,李穑指出了朝鲜半岛诗人勤于读书之风与科举的渊源关系。双冀、王融倡科举以提拔后进,给寒门举子提供了进学的方便途径,也使高丽后期形成了以功名为导向的浓厚的读书积学风气。

"妙龄被荐起乡庐,意气曾如耳数余。果使声名动场屋,固知富贵大门闾。荣开豹榜多承宠,功在萤窗好读书。欲辟庆筵迎座主,行看陋室上肩舆。"② "男儿须宦帝王都,若欲致身均是劳。汝识宣尼小天下,只缘身在泰山高。三十年前懒读书,虚名却叹白头余。汝今当惜分阴学,富贵可求缘木鱼。"③ "君不见世上多少读书生,穷年兀兀伴雪萤。一朝富贵志易盈,岂念昔日劳神形。"④ "读书之士岂无其时?提笔以取富贵,积善之家必有余庆,收科如摘髭须。登桂岭而游,赴杏园之宴。光流里闬,欢洽亲堂。"⑤ "读书数千卷,科第若摘髭。居然常自负,好爵谓易縻。"⑥ 苦读、中举、功名在当时的人看来有着必然的联系,文人为了中举,情

---

① [朝]李穑:《牧隐文稿》卷八《贺竹溪安氏三子登科诗序》,载《韩国文集丛刊》第 5 册,第 61 页。

② [朝]闵思平:《及庵先生诗集》卷二《贺宋学士》,载《韩国文集丛刊》第 3 册,第 60 页。

③ [朝]李穀:《稼亭先生文集》卷十八《用家兄诗韵寄示儿子讷怀》,载《韩国文集丛刊》第 3 册,第 210 页。

④ [朝]李承召:《三滩先生集》卷七《龙头会》,载《韩国文集丛刊》第 11 册,第 441 页。

⑤ [朝]林椿:《西河先生集》卷六《贺新及第崔永濡启》,载《韩国文集丛刊》第 1 册,第 264 页。

⑥ [朝]李奎报:《东国李相国全集》卷十二《典衣有感》,载《韩国文集丛刊》第 1 册,第 420 页。

愿耗尽毕生心血辛苦读书。虽然读书辛苦，但是一朝中举，苦尽甘来，高丽后期诗人的诸多感慨道出了科举对读书风气的深远影响。科举取士制度在客观上促使高丽形成了较为浓厚的读书积学风气。

三、学校教育助长读书积学风气

儒学大兴之际，为了让文士精通儒道成为国家的栋梁之材，高丽各代统治者大力推广学校教育。成宗即位后广设庠序以教化"诸州所上学士"，并修缮太学，广募诸州郡县子弟诣京习业。除此之外还扩大教育的范围，强调"诸州郡县长吏百姓有儿可教学者，合可训戒"，并且"选通经阅籍之儒，温古知新之辈，于十二牧，各差遣经学博士一员，医学博士一员。勤行善诱，好教诸生"，其目的是"务得博识之儒，使助眇冲之政"。①成宗不仅设立学校，而且设立讲学制度以博学鸿儒培养博学之才，由其推行的学校教育可以看出他对学的重视。之后的统治者同样秉持文治策略，睿宗爱惜人才，主张在"置学养贤"上加大力度，以备将来将相之储备。忠肃王元年曾教"化民成俗，必由学校"②。高丽君主对学校教育的重视使全社会形成了极盛的读书风气。

高丽文人读书切磋的要求强烈，在官学满足不了文人储学之需时，大量私学如雨后春笋般出现。"凡私学，文宗朝、太师中书令崔冲收召后进，教诲不倦，青衿白布填溢门巷，遂分九斋，曰：乐圣、大中、诚明、敬业、造道、率性、进德、大和、待聘，谓之侍中崔公徒。衣冠子弟凡应举者，必先隶徒中而学焉。每岁暑月，借僧房结夏课，择徒中及第、学优才赡而未官者为教导，其学则九经、三史也。间或先进来过，乃刻烛赋诗，榜其次第，呼名而入，仍设酌童，冠列左右，奉尊俎，进退有仪，长幼有序，竟日酬唱，观者莫不嘉叹。自后凡赴举者，亦皆隶名九斋籍中，谓之'文宪公徒'。"③崔冲的私学在文宗朝影响广泛，分设九斋，

---

① [朝] 郑麟趾：《高丽史》，第 67—69 页。
② [朝] 郑麟趾：《高丽史》，第 1088 页。
③ [朝] 郑麟趾：《高丽史》，第 2364 页。

以九经、三史教育子弟，并且会针对科考对子弟进行专门的训练。当时此类以指导科考为目的的私学颇多，子弟在其中通读经书、切磋交流、完善学问。私学的设立对于当时读书积学风气的形成也发挥着一定的促进作用。

高丽前期的重学风气一直延续到了高丽后期，出于培育人才的需要，高丽后期一些有识之士在地方大力兴办庠序，尤其重视设立"小学"以拓宽受教育对象的范围，加大社会受教育的力度。

"礼州小学，掌书记李天年之所作也。李君既佐府，见诸生曰：'本国乡校之制，庙学同宫，几乎亵矣。而又引诸童子，使之群眂于大成之庭，其为亵益甚矣。'乃与诸生谋于父老，卜地于府之东北，役以农隙，不日而成。当中而殿，以垂鲁司寇之像。左右为庑，以为击蒙之所。乃廊乃垣，既轮既奂，于是择诸生之稍长者为之教诲。君日一至，考其勤慢而劝惩之，虽祈寒暑雨，不敢或怠，由是凡民有子口可离乳者，莫不就学焉。"① 这一时期重学文士重视兴建"小学"，注重从童蒙孩提时期对民众实施教育。小学的建立，使得民间孩童得到受教育的机会，而社会重教育的风气也由此可见一斑。

虽然高丽后期直至灭亡国家面临内忧外患，并不太平，但兴学育人是社会达成的共识，各地创设乡校修葺乡校的风气颇为浓厚。李奎报的友人李居实治理地方，致力于创建学校以培育人才，对其益民之道，李奎报在其墓志中专门称赞："庚辰春，出为白翎镇将，理邑廉平。此郡旧无乡校，君首创之，集吏人子弟教以学，不数年，皆得成其才。"②

　　盖是邑，自古邻于藩境，变乱屡兴，学校之道不修也。今者区宇混一，而民不知兵，圣学重兴，子弟日盛，宜置学校养育人才。而莅是邑者，惟以

---

① [朝]李穀：《稼亭先生文集》卷五《宁海府新作小学记》，载《韩国文集丛刊》第3册，第128页。

② [朝]李奎报：《东国李相国后集》卷十二《李居实墓志铭》，载《韩国文集丛刊》第2册，第255页。

簿书为急，而虑不及焉。故山水之气，盘礴郁积而无所发，子弟之性柽梏襟裾而无以脱，此岂非邑人之不幸欤。余到是邑，闻之耆旧，邑之北有洞，相传云"文宣王洞"，斯必古之学基，而废已久矣，余心窃叹焉。即于其地，命邑人营之，邑人咸喜曰："余之志也。"悦以忘劳。于是，府下同年友通州守正郎陈君监督其役，土役始兴，而邑守正郎朴君来莅任。朴君亦文儒相门之子也，实用其力，以成吾志，此岂非邑人之幸欤。[1]

安轴认为圣学重兴之际，学校教育尤其重要，并身体力行，在古学遗址修葺新学。"患庠序之未广也，内建五部学堂，外于十室之邑，亦置乡校，文风复振。"[2] 郑梦周为相时，认为官府所设庠序远远满足不了当前教育的需要，致力于创建新的学校以培养博学多识的人才。

"且（朱熹）传曰：人生八岁，则自王公以下，至于庶人之子弟，皆入小学而教之。"[3] 朱子学传入高丽后，受朱熹教育观念的影响，高丽末的文士对于兴学更为重视，权近言"民之不可以无学也"[4]，注重开办学校讲经论道，以扭转儒生泥于经义雕章琢句的不良风气。

三代之学皆所以明人伦，六籍之书亦所以明斯道，居是学而读是书者，当思有以求其道，亦思有以厚其伦。为臣尽忠，为子尽孝，以至长幼朋友，随所往而各尽其职，此乃儒者之实学也。徒泥章句，不治身心，华其文辞，

---

① [朝] 安轴：《谨斋先生集》卷一《襄阳新学记》，载《韩国文集丛刊》第 2 册，第 468 页。

② [朝] 咸傅霖：《圃隐集·郑梦周行状》，载《韩国文集丛刊》第 5 册，第 632 页。

③ [朝] 李原：《容轩先生文集》卷三《请立东宫置师傅疏》，载《韩国文集丛刊》第 6 册，第 601 页。

④ [朝] 权近：《阳村先生文集》卷十四《利川新置乡校记》，载《韩国文集丛刊》第 7 册，第 153 页。

以徼利达而已者，非吾孙公兴学之意也。①

随着实学的兴起，针对儒生普遍泥于章句的情况，权近强调文士应从皓首穷经转向思索经义的社会实践价值，看重儒学社会教化作用的发挥，并且认为学校教育可以帮助实现这种转变。不仅如此，还从加强道德修养的角度来看待学校教育发挥的作用。"立庙以祀先圣，立学以教子弟，遍天下历万岁而不废，盖人之有天性，固不可不学，而学之为道，尤不可不讲圣人之书也。国家令府州郡县莫不置庙学，遣守令以奉其祀，置教授以掌其教，盖欲宣风化讲礼义，作成人才，以裨文明之治也。"② 权近认为，人的天性有区别，因此后天不可不学圣道，而兴建学校教读经籍实施教育也是社会必须扛起的重任。

从高丽开国到高丽灭亡，高丽历代君主重视学校教育，注重用知识提升整个社会的文化水平，培养栋梁之材。从太学到小学，从国子监到地方庠序，加之地方私塾的设立，整个社会有了全面覆盖的教育机构，读书人有大量的机会进入学校读书接受学校教育，社会重学之风颇为盛行。

四、宋代积学风气的影响

在"以才学为诗"思想的指引下，宋人注重才学积累。欧阳修言："乃知读书勤，其乐固无限。少而干禄利，老用忘忧患。又知物贵久，至宝见百炼。"③ 欧阳修认为，读书可以给人带来无穷的乐趣。王安石强调要通读百家典籍："某自百家诸子之书，至于难经素问本草诸小说，无所不读，农夫女工，无所不问。"④ 通过广泛阅读来增广自己的学识。黄庭坚把读书视为日常生活中的一个

---

① [朝]权近:《阳村先生文集》卷十四《永兴府学校记》，载《韩国文集丛刊》第7册，第154页。

② [朝]权近:《阳村先生文集》卷十四《永兴府学校记》，载《韩国文集丛刊》第7册，第154页。

③ 欧阳修著、李逸安点校:《欧阳修全集·卷九》，中华书局，2001，第139页。

④ 王安石:《临川先生文集》，中华书局，1959，第779页。

主要内容，认为不读书的生活难以想象："士大夫三日不读书，则义理不交于胸中，对镜觉面目可憎，向人亦语言无味。"①认为不读书会影响自己的认知和表达，使自身的学养越来越肤浅。通过宋代士大夫的读书体会可以看出，读书已经成为他们生活的一部分。最初诗人读书的目的在于皓首穷经，以金榜题名为导向，而在读书积累知识的过程中慢慢认识到读书可以加强自身的修养、增添生活的乐趣，并且可以观风俗、知盛衰、明理义，诗人对读书的态度逐渐由被动转为自觉。

在两宋文士中，苏轼颇为看重读书积学。苏轼曰："自七八岁知读书，及壮大，不能晓习时事，独好观前世盛衰之迹，与其一时风俗之变。"②"悦于人之耳目而适于用，用之而不弊，取之而不竭，贤不肖之所得，各因其才，仁智之所见，各随其分，才分不同，而求无不获者，惟书乎！"③苏轼自幼就养成了良好的读书习惯，认为只要勤读书就会有所收获，充分肯定了读书的价值，其在《稼说送张琥》中言：

> 古之人，其才非有以大过今之人也，其平居所以自养而不敢轻用以待其成者，闵闵焉如婴儿之望长也。弱者养之以至于刚，虚者养之以至于充。三十而后仕，五十而后爵，信于久屈之中，而用于至足之后，流于既溢之馀，而发于持满之末，此古之人所以大过人，而今之君子所以不及也。……博观而约取，厚积而薄发，吾告子止于此矣。④

苏轼认为，古人才华之所以超越今人，关键在于古人善养气，人的才气越养越刚劲、充足，待养足才气之后，作文时便会文思泉涌、意到笔随，而养气的关

---

① 孔凡礼点校：《苏轼文集·记黄鲁直语》，中华书局，1986，第2542页。
② 孔凡礼点校：《苏轼文集》卷四十八《上韩太尉书》，中华书局，1986，第1381页。
③ 孔凡礼点校：《苏轼文集》卷十一《李氏山房藏书记》，中华书局，1986，第359页。
④ 孔凡礼点校：《苏轼文集》卷十《稼说送张琥》，中华书局，1986，第340页。

键则是做到"博观而约取",即积学。

苏轼经史子集皆通,融会贯通儒、释、道三家思想,可谓博学大家。赵翼《瓯北诗话》评苏轼:"胸中书卷繁复,又足以供其左抽右旋,无不如意。"①认为苏轼丰富的学识使其在创作时能纵意驰骋,自由发挥。"凡人为文,至老,多有所悔。……若著成一家之言,则不容有所悔。当且博观而约取,如富人之筑大第,储其材用,既足而后成之,然后为得也。"②苏轼自己也强调,书到用时方恨少,作文著书若因之前储备不足难免会留有遗憾。为避免遗憾,作者应广收博取,注重积学。苏轼认为,造房子需要先储足材料,作文也是如此,作者只有平时注重博观约取,才能在创作时做到厚积薄发,创作出令人满意的作品。"余谓东坡书,学问文章之气郁郁芊芊,发于笔墨之间矣,所以他人终莫能及尔。"③黄庭坚颇为欣赏苏轼,认为苏轼学识渊博,其气强盛,在创作上自能别具一格。

以黄庭坚为代表的江西诗派在高丽受众范围极广。黄庭坚力主创作能出新,"文章最忌随人后"④,"随人作计终后人,自成一家始逼真"⑤。一方面推崇自我出新,另一方面又深知前人的创作水平已经很高,很难通过自造绝对地出新出奇。以黄庭坚为首的江西诗派在诗歌创新方面进行了积极的探索,提出了"炼石成金""夺胎换骨"等主张。"取古人之陈言入于翰墨,如灵丹一粒,点铁成金。"⑥"诗意无穷,而人之才有限;以有限之才,追无穷之意,虽渊明、少陵,不得工也。然不易其意而造其语,谓之换骨法,窥入其意而形容之,谓之夺胎。"⑦"炼石成金"是指在前人语句的基础上变换字词出新出奇,"夺胎换骨"指在前人创作的基础上能翻出新意。

---

① 赵翼:《瓯北诗话》,人民文学出版社,1963,第 56 页。
② 孔凡礼点校:《苏轼文集》卷五十三《与张嘉父七首》,中华书局,1986,第1564页。
③ 刘琳等点校:《黄庭坚全集·跋东坡书远景楼赋后》,四川大学出版社,2001,第 672 页。
④ 刘琳等点校:《黄庭坚全集·赠谢敞王博喻》,四川大学出版社,2001,第 1304 页。
⑤ 刘琳等点校:《黄庭坚全集·题乐毅论后》,四川大学出版社,2001,第 712 页。
⑥ 刘琳等点校:《黄庭坚全集·答洪驹父书》,四川大学出版社,2001,第 475 页。
⑦ 惠洪:《冷斋夜话》,上海古籍出版社,2012,第 13—14 页。

力学有暇，更精读千卷书，乃可毕兹能事。①

老杜作诗、退之作文，无一字无来处。②

作赋须要以宋玉、贾谊、相如、子云为师，略依仿其步骤，乃有古风。老杜《咏吴生画》云："画手看前辈，吴生远擅场。"盖古人于能事不独求跨时辈，须要于前辈中擅场耳。③

在与诗友的书信交流中，黄庭坚强调出新语和翻新意并不能随意为之。首先作为翻新的对象——前人的创作是精挑细选出来的，是诗人基于学识根据需要选定的，若没有一定的积累不可能找到合适的"石""胎"。其次，若想在语、意上翻出新意，必须以大量的阅读为基础，不熟知，犹如闭门造车，无以翻新。最后，翻新需要一定的功力，必须熟习诗歌创作的规律和法则，而这需要大量的阅读积累做支撑。江西诗派诗人受黄庭坚的影响，主张大量阅读前人的作品以提高创作水平，诗人对阅读的看重影响其时形成了很好的积学风气。

苏黄诗论在高丽后期流播广泛，李仁老、林椿、李奎报等皆信服苏黄诗论。"近者苏、黄崛起，虽追尚其法，而造语益工，了无斧凿之痕。"④"李学士眉叟曰：杜门读黄、苏二集，然后语遒然韵铿然，得作诗三昧。"⑤"仆观近世，东坡之文，

---

① 刘琳等点校：《黄庭坚全集·书旧诗与洪龟父跋其后》，四川大学出版社，2001，第 703 页。

② 刘琳等点校：《黄庭坚全集·答洪驹父书》，四川大学出版社，2001，第 475 页。

③ 刘琳等点校：《黄庭坚全集·王立之承奉》，四川大学出版社，2001，第 490 页。

④ [朝]李仁老：《破闲集》，载《韩国诗话全编校注（一）》，第 29 页。

⑤ [朝]崔滋：《补闲集》，载《韩国诗话全编校注（一）》，第 111 页。

大行于时。"① "君得东坡法，油烟收几掬。岁月傥可支，分我一寸玉。"② 其时苏轼和江西诗派的著作大量传入，苏轼、黄庭坚成为朝鲜半岛追尚的对象，苏黄的积学论也强化了高丽后期诗人对读书积学的认识。在中国积学论及苏黄的影响下，高丽后期积学之风颇盛。

第二节　积学之风

在中国积学论的引导下，以及身处重学崇文的环境，再加上高丽朝科举的推波助澜，读书积学在高丽后期逐渐成为诗人的一种习惯，高丽后期的读书积学之风颇盛。"卜居同里闬，尝诣子之室。一见便嗟奇，再语稍款密。旦夕且相就，文稿数容乞。时时又唱酬，窘束怯严律。方论古今事，对坐频扪虱。弟兄俱孜孜，所业在学术。虽于危难中，手不释卷帙。"③ 皇甫沆喜爱读书，博古通今而又深通诗文作法，林椿认为和其家浓厚的读书风气有密切的关系。

"我今耄矣雪浑头，读书著文不少弛。何如来往深论诗，老境忘怀一段喜。"④ "已免生徒首又皤，残年勤苦读书何。我虽老死精神在，一字添知尚足多。"⑤ 李奎报把读书视为毕生的追求，一生勤学不辍。"少年最狂妄，读书真涉猎。" ⑥ "学道须知命，看书要积功。"⑦ 李穑认为读书积学是涉猎正道，是诗人创作功夫扎实的

① [朝] 林椿：《西河先生集》卷四《与眉叟论东坡文书》，载《韩国文集丛刊》第1册，第242页。

② [朝] 林椿：《西河先生集》卷一《寄湛之乞墨》，载《韩国文集丛刊》第1册，第211页。

③ [朝] 林椿：《西河先生集》卷二《贺皇甫沆及第》，载《韩国文集丛刊》第1册，第224页。

④ [朝] 李奎报：《东国李相国后集》卷七《次韵河郎中》，载《韩国文集丛刊》第2册，第205页。

⑤ [朝] 李奎报：《东国李相国后集》卷八《读书》，载《韩国文集丛刊》第2册，第216页。

⑥ [朝] 李穑：《牧隐诗稿》卷七《登东山》，载《韩国文集丛刊》第4册，第44页。

⑦ [朝] 李穑：《牧隐诗稿》卷五《勉李生》，载《韩国文集丛刊》第4册，第11页。

关键所在。"僻近城南乐有余，祇嫌难枉故人车。三山渺渺曾游处，孤柳依依亚相庐。稚子最狂筋骨紧，老妻多病齿牙疏。歆倾步履终何患，满地浓阴卧读书。躯干堂堂九尺余，齐驱驷马驾高车。墙低莫瞰他人室，道枉须过旧友庐。心学更从忧里熟，世缘还向病中疏。男儿事业都消尽，白首徒能读父书。"① 虽然深处乱世饱经沧桑，李穑始终不改自己的读书之心，把积学作为毕生的追求。

> 夫为士者，虽有向学之心，苟不得书，亦将如之何哉。而吾东方书籍罕少，学者皆以读书不广为恨，予亦病此久矣。切欲置书籍铺铸字，凡经史子书诸家诗文，以至医方兵律，无不印出，俾有志于学者，皆得读书，以免失时之叹。惟诸公皆以兴起斯文为己任，幸共鉴焉。且问何物益人智，若非美质由文章。所恨东方典籍少，读书无人满十箱。老来虽得未见书，读了掩卷便遗忘。誓心愿置书籍铺，广惠后学垂无疆。君看夷裔害伦理，其书满架充栋梁。彼盛此衰何足叹，自是吾曹志不强。诸公请助书籍费，致令斯道更辉光。②

郑道传认为，书籍可以益智，并以朝鲜半岛书籍稀少不能充分满足诗人读书需求为憾。出于方便其时诗人读书积学的考虑，以郑道传为代表的有识之士开设书铺刻印书籍以广惠后学。广收博取是此期诗人普遍达成的共识，"郑生门户何辉光，郑生风度何清扬。从师读书寓禅房，年虽其小名已彰。敦师与我旧相传，语子之美终不息。师归语生益努力，多识前言畜其德。人不通古马牛裾，男儿须读五车书。中道而废焉用诸，生乎慎终当如初"③。郑摠（1358—1397）对于好学的郑钦之大加赞赏，认为男儿须读五车书，唯有读书才可以通经博古。"夫所以读书学问者，本欲开心明目，利于行耳。诸生有志于学问者乎？王公大人之子弟，公卿将相之弟侄，何事不足，自古及今，皆入于学校，以成就其德。既入于学，则

① [朝]李穑：《牧隐诗稿》卷六《记旧作》，载《韩国文集丛刊》第4册，第24页。
② [朝]郑道传：《三峰集》卷一《置书籍铺诗》，载《韩国文集丛刊》第5册，第296页。
③ [朝]郑摠：《复斋先生集》上《赠郑钦之》，载《韩国文集丛刊》第7册，第471页。

无贵无贱，无贫无富，一遵师友之规责，可也。诸生年既壮而学无成，以乡吏无知之眼观之，则皆有面目手足，孰不谓之人乎。以圣贤之言度之，则真所谓马牛而襟裾，虽曰有人之形，其实何异于禽兽也。"① 不入学堂读书积学，无异于禽兽，高末李初丁克仁（1401—1481）的观点虽略显偏激，但是充分表现了高丽读书积学之风的兴盛及对文人向学思想的深远影响。

读书成为高丽后期乃至李朝前期诗人的主要生活，诗人也从读书中获取了无穷的乐趣。"读书可以悦亲心，勉尔孜孜惜寸阴。老矣无能徒自悔，头边岁月苦骎骎。"② 李集（1327—1387）认为，读书可以使自己身心愉悦，勉励孩子要抓紧时间多读书。李穑更善于在静居中寻找读书的乐趣："雪夜读书灯似月，春风洒翰砚生波。"③ "闭户读书殊适意，浑家食禄愧非才。"④ 认为静居多读书可以修养身心，怡养性情。

晓窗头未栉，兀坐爱吾庐。

传语自参政，刻期观秘书。

文章犹介胄，笔砚似储胥。

默坐有余味，气豪犹未除。

已矣屈原庙，尘埃诸葛庐。

心传出师表，学邃问天书。

雅量推时宰，英材困里胥。

至今谁痛哭，天运自乘除。

弊衣厕狐貉，华屋对茅庐。

杳杳难论命，明明在读书。

① [朝] 丁克仁：《不忧轩集》卷二《学令》，载《韩国文集丛刊》第 9 册，第 32 页。
② [朝] 李集：《遁村杂咏·长儿游学佛国寺》，载《韩国文集丛刊》第 3 册，第 340 页。
③ [朝] 李穑：《牧隐诗稿》卷五《右新居即事》，载《韩国文集丛刊》第 4 册，第 11 页。
④ [朝] 李穑：《牧隐诗稿》卷五《雨中》，载《韩国文集丛刊》第 4 册，第 13 页。

自从游阙里，不复梦华胥。

老我忘身世，心闲万事除。①

晚年的李穑与书相伴，思绪驰骋于书海，豪情壮志油然而生。李穑认为，在书的海洋里，诗人可以满足参政的愿望，可以与古人神交，对生命也会有深刻的体会和认识；认为读书可以让自己忘怀一切，自由驰骋身心，惬意无比。

"我之嗜诗文，欲以托此而逃之也，逃空虚而居闲处，独息焉游焉于文字间。消遣世虑，乐以忘忧，吾之志也。其与没溺于物欲而丧吾心者，不有间乎。古之浮屠与儒士大夫游，以诗文自娱，如唐之文畅者，予实有慕焉。"②权近认为，唯有读书才能远离俗世的喧嚣，读书能让自己在文字间无忧无虑，任意驰骋思绪，而自己的志向在读书中也弥坚弥大。

地僻交游尽，深林一草堂。

雨昏题字壁，花近读书床。

野菜晴华嫩，庭柯午影凉。

心闲更何事，除却引壶觞。③

最爱幽居僻，林泉兴有余。

出门山拥马，入室酒浮蛆。

园静宜扶策，窗明快读书。

陶然是真隐，何必赋归欤。④

---

① [朝]李穑：《牧隐诗稿》卷十《趣进秘书》，载《韩国文集丛刊》第4册，第83页。

② [朝]权近：《阳村先生文集》卷十五《赠华严中德义砧序》，载《韩国文集丛刊》第7册，第163页。

③ [朝]卞季良：《春亭先生诗集》卷一《闲中遣意》，载《韩国文集丛刊》第8册，第19页。

④ [朝]李穑：《牧隐诗稿》卷五《幽居》，载《韩国文集丛刊》第4册，第12页。

面对高丽后期的动乱，更多的读书人选择归隐山林。在湖光山色的清幽环境中，与山水相伴，一壶酒、几卷书，忘却俗世的一切，而求得心灵的闲适。

第三节　积学与创作的关系

高丽后期诗人认为积学与创作有着密切的关系，积学影响着诗人的素质及创作水平。对于积学对创作所产生的具体影响，此期诗人论述颇多。

一、积学与诗人素质

创作对创作主体的要求甚多。理性与感性、品行与个性、学识与见地在创作过程中错综交织，共同发挥作用。"夫诗有别材，非关书也；诗有别趣，非关理也。然非多读书，多穷理，则不能极其至。"[①] 严羽从文体的角度认为，诗以创设意境为主，虽然不关书、不关理，但是却离不开理性思维的支持和配合，而理性思维的培养却是立足于读书积学的。高丽后期学者同样有这种看法，高丽后期诗人认为读书可以让人增长见识、开启智慧、通明道理、提高对社会历史的认识，对于创作不无裨益。

"仆等于交友中得士之贤者徐谐，为人深弘而有局量。所谓人知其宝，而莫名其器也。然言其大略，则如黄钟大吕随叩而鸣者，其精于学问而应对之给敏也。如孤峰绝岸壁立千仞者，其富于文章而缀述之秀丽也。如三江七泽顺势而下者，其议论之宏博而无所底滞也。如秋霜烈日凛然可畏者，其气节之豪横而不可近狎也。"[②] 林椿认为，徐谐精于学问而能思维敏捷；并且因其所积深厚，其文章词汇丰富而秀丽。"读书千卷强，苦欠一钱囊。心若万顷汪，挹游良莫量。远步凌

---

① 严羽：《沧浪诗话·诗辨》，载何文焕辑《历代诗话（下）》，中华书局，1981，第 688 页。

② [朝] 林椿：《西河先生集》卷四《荐徐谐书》，载《韩国文集丛刊》第 1 册，第 241 页。

大章，英辞倒长杨。"① 李奎报认为，唯有破万卷书，才能开阔视野，在此基础上，诗人词采风发，创作往往有压倒长杨的凌厉逼人之势。"已负读书须志笃，舆惭当笔叹才疏。"② 李穑认为，只有读书才有可能提升诗人的才华。李穑一生立志于读书，虽然自己饱读诗书，但是在提笔写作时仍然觉得才疏学浅，这更坚定了其读书积学的信念。

在积学有助于提高诗人的创作才华与认识之外，对于积学与诗人识见的关系，高丽后期诗人也颇多论述。

　　　夫鸟兽草木常生常化之理，阴阳奇耦之数，寒暑往来之变，与夫天地所以玄黄，日月所以盈昃，其道茫昧，宜若不可测知。然经传子史，讲之之详。故凡老于儒者，虽未能洞然大晓，亦无有不得其仿佛者，而仆尚曚然昧然者，徒以年少识劣，读书未力故尔。③

李奎报认为，经传子史可以启慧明智，随着学问的积累，诗人的认识见解会逐渐加深。在与友人吴世文论潮水涨落之理时，李奎报服膺吴世文广博的学识，认为与其相比自己学识肤浅，并认为这种情况的出现是自己在经传子史的阅读量上不如吴世文所致。

"予在少日始读书，盖知有天下之广，则有四方之志焉。"④ 崔瀣认为，读书可以开阔诗人的眼界，进而帮助其生出治天下的宏图大志。

---

① [朝] 李奎报:《东国李相国全集》卷七《饯梁平州公老》，载《韩国文集丛刊》第 1 册，第 362 页。
② [朝] 李穑:《牧隐诗稿》卷十三《重约柳巷游光岩》，载《韩国文集丛刊》第 4 册，第 141 页。
③ [朝] 李奎报:《东国李相国全集》卷二十六《寄吴东阁世文论潮水书》，载《韩国文集丛刊》第 1 册，第 556 页。
④ [朝] 崔瀣:《拙稿千百》卷二《送张云龙国琛而归序》，载《韩国文集丛刊》第 3 册，第 34 页。

"君以弱冠，连捷于科场，学富而才敏，心正而行方。"① 李毅认为，积学有助于道德品质的培养，并且可以让人变得才思敏捷。

"昔守天安日，高风见两生。读书知力学，营业事躬耕。嗟我头将白，闻君道益明。何时再会面，南北未休兵。"② 李集认为，诗人应致力于学问的积累，友人李两之所以见识卓越，很大程度上和李两致力于学业，愿意在读书上花费功夫有密切的关系。

"读书如破的，射有似吾儒。争也真君子，才非小丈夫。云鹏抟海上，瓦雀集堂隅。细大已包尽，从此嘲阔迂。"③ 李穑认为，读书的功效在于可以让自己成为博学多才务实之人，看问题更卓然透彻，其经常在诗文中叙述读书心得："读书如游山，深浅皆自得。清风来沉寥，飞霆动阴黑。玄虬蟠重渊，丹凤翔八极。精微十六字，的的在胸忆。辅以五车书，博约见天则。王风久萧索，大道翳荆棘。谁知蓬窗底，掩卷长太息。"④ "天生人物似营营，方寸心中万变生。制芰纫兰有鱼朥，诱松欺蘖使猿惊。钟山月白是仙境，楚泽风清非世情。真伪由来终自露，读书功业在明诚。"⑤ 李穑认为，读书所得有深有浅，多读书可以强化诗人分辨是非的能力，能让诗人洞明世事，对现实保持清醒的认识。诗人于乱世之中目睹世风日下，自会掩涕叹息，李穑认为这正是读书积累深化了诗人的认识所致，读书的价值也正在于此。

元天锡认为，积学是一个人自我提升的动力和源泉。"人虽有道心，不学从何获。今看三子诗，三子有神策。直谅又多闻，此友真三益。悬悬昔日心，一读已冰释。吟罢去回头，斜阳照轩北。凝然怀抱清，今夕是何夕。"⑥ 其在《次韵诸

---

① [朝]李毅：《稼亭先生文集》卷九《送安修撰序》，载《韩国文集丛刊》第 3 册，第 153 页。

② [朝]李集：《遁村杂咏·寄宁州琴李两先生》，载《韩国文集丛刊》第 3 册，第 358 页。

③ [朝]李穑：《牧隐诗稿》卷二十七《漫兴》，载《韩国文集丛刊》第 4 册，第 387 页。

④ [朝]李穑：《牧隐诗稿》卷七《读书》，载《韩国文集丛刊》第 4 册，第 34 页。

⑤ [朝]李穑：《牧隐诗稿》卷十一《有感》，载《韩国文集丛刊》第 4 册，第 102 页。

⑥ [朝]元天锡：《耘谷行录》卷二《次韵诸公》，载《韩国文集丛刊》第 6 册，第 160 页。

公》诗中道出是读书让自己明白了朋友之道在于直谅和多闻，增广了见识。在元天锡看来，人生是一个不断收获的过程，也是识见不断拓展的过程，在这个过程中，读书积学能发挥出重要的作用，不可无视。

"年十三，始读书，有大志，力学不倦。年十七，中庚午进士、生员两科。癸酉，登丙科及第。"①徐居正认为寅斋先生（1374—1446）志向远大，实得力于其读书不倦。"读书观物理，嗜酒豁天真。"②并认为通过读书可以观物理，明白自然的奥妙，同化于自然。

高丽后期诗人秉持文如其人的思想，认为诗人的素质关乎创作成败，并认为素质的内涵不仅仅是指诗人掌握的创作技巧，更是指社会层面的才力学识。高丽后期诗人认为读书积学可以帮助诗人通于宇宙万物甚或是生出宏图大志，有益于诗人增广眼界，提升个人的识见水平，认为读书积学是诗人全面提升自身素质的重要途径。

二、积学与诗文创作

高丽后期诗人认为，创作天赋并非人人具有，在先天不足的情况下，诗人应注重后天的积累提高。"伏念某，晚未闻道，朴不晓文。七岁颂六甲，虽无敏悟之才，三年通一经，颇有辛勤之学。焚膏以继，下笔不休。"③林椿认为自己天性愚钝，在创作上并无天赋，但因注重勤读积学而使得自己能下笔不休。"于学则充，于道则隆，于文则丰。"④李齐贤认为诗人应不断地在学、道方面补充营养提高自己，并且认为学、道、文的关系密切，学与道影响着创作质量，主张用积学明道的方式来提高创作水平。"公天姿淳讷，力学能文，陈郎中澕金平章仁镜见

① [朝]徐居正:《寅斋先生文集》卷四附录《神道碑铭》,载《韩国文集丛刊》第8册,第404页。
② [朝]徐居正:《四佳诗集》卷八《三和》,载《韩国文集丛刊》第10册,第335页。
③ [朝]林椿:《西河先生集》卷六《上李常侍启》,载《韩国文集丛刊》第1册,第272页。
④ [朝]李齐贤:《益斋乱稿》卷四《四十字诗》,载《韩国文集丛刊》第2册,第533页。

其诗赋而叹赏之。"① 崔滋的先天条件在时人看来并非最佳，但其却因注重学问的积累乃至诗赋出众而为时人称赏。

> 仆自九龄，始知读书，至今手不释卷。自诗书六经诸子百家史笔之文，至于幽经僻典梵书道家之说，虽不得穷源探奥，钩索深隐，亦莫不涉猎游泳，采菁摭华，以为骋词擒藻之具。又自伏羲已来，三代两汉秦晋隋唐五代之间，君臣之得失，邦国之理乱，忠臣义士奸雄大盗成败善恶之迹，虽不得并包并括，举无遗漏，亦莫不截烦撮要，鉴观记诵，以为适时应用之备。其或操觚引纸，题咏风月，则虽长篇巨题，多至百韵，莫不驰骋奔放，笔不停辍，虽不得排比锦绣，编列珠玉，亦不失诗人之体裁。②

李奎报认为，多年的读书积累使得自己知识广博、见识卓越，而能在创作时骋气运笔流畅创作。"读书清我意，谁肯为论文。"③ 李穑认为多读书多积累能让诗人逐渐知晓创作的精髓所在，对创作有更深入的认识。博学之人学问高深，创作往往优秀，这种观点在高丽后期得到了广泛的认同。"先君雪谷，节义甚高，学问甚邃。其为诗，亦臻高妙，不幸早世。公乃能业而接之，弘而大之。气雄而词赡，清高而浏亮。"④ 雪谷先生学问深邃，其所积学问使其诗文高妙而自成一家，权近此说道出了对积学与创作关联密切的认识。"公生而颖悟，知读书力学，工文辞，中成均试，擢进士第。"⑤ 安轴工于文辞，李穀认为是其在学问的积累上肯下苦功所致。

---

① [朝] 崔滋：《梅湖遗稿》附录《滋传》，载《韩国文集丛刊》第 2 册，第 285 页。
② [朝] 李奎报：《东国李相国全集》卷二十六《上赵太尉书》，载《韩国文集丛刊》第 1 册，第 564 页。
③ [朝] 李穑：《牧隐诗稿》卷五《新居》，载《韩国文集丛刊》第 4 册，第 16 页。
④ [朝] 权近：《圆斋稿·圆斋先生文稿序》，载《韩国文集丛刊》第 5 册，第 183 页。
⑤ [朝] 李穀：《谨斋先生集》卷四《谨斋先生墓志铭》，载《韩国文集丛刊》第 2 册，第 485 页。

李穑是继李奎报、李齐贤之后的文学大家，其以变幻无穷的创作而卓立于高丽后期诗坛，其时诗人认为这和其兼擅众家之长不无关系。"先生之诗，随本经史，法度森严，而亦复纵横，出入于蒙庄佛老之书，以至稗官小说。""先生之文，本之于六经，参之于史汉，润色之以诸子，鼓舞动荡。"①李穑通读百家之书，经史、诸子、佛老、稗官小说无所不精，擅长取百家书之精华，这使其创作不论在技巧使用上还是使典用事上皆能信手拈来，令人叹为观止。"发而措诸文辞者，优游而有余，浑厚而无涯。其明昭乎日星，其变骤乎风雨。岿然而萃乎山岳，霈然而浩乎江河。贲若草木之华，动若鸢鱼之活，富若万物各得其自然之妙。与夫礼乐刑政之大，仁义道德之正，亦皆粹然会归于其极。苟非禀天地之精英，穷圣贤之蕴奥，骋欧、苏之轨辙，升韩、柳之室堂，曷能臻于此哉。"②权近非常欣赏李穑取众家之长的做法，认为正是因为其擅长博采众家之长所以学问深邃，技巧圆熟，表现在创作上，其诗文内容深阔，笔力纵横变幻，而能臻于创作极致。"生而颖悟，好学博闻，入中国齿璧雍，所造益深，汪洋高大。……评其文者有曰：意雄而辞赡，如黑云四兴，雷电恍惚，两雹交下，及其云散雨止，长空万里，一碧如洗，可谓奇伟不凡者矣。假使斯人见公之文，想亦以此评之也。其若义理上接程、张，文辞下视苏、黄，则浩亭之文尽之矣。浩浩滔滔，如江河注海，则阳村之言蔽之矣。"③李詹认为，在广收博取融通知识的基础上，诗人的创作修养及创作水平才能提高，在积学对象的选择上李穑并不局限于文学作品，而是主张广泛涉猎经史子集百家典籍。因博学，其创作不仅文辞精美境界阔大，而且义理高深，文章奇伟不凡。虽然与权近的品评侧重点不同，但是对于李穑博学对其诗文创作所发挥的积极作用，二人皆给予充分的肯定。

---

① [朝] 徐居正：《牧隐集》附录《牧隐诗精选序》，载《韩国文集丛刊》第5册，第178页。

② [朝] 权近：《牧隐先生文集·牧隐先生文集序》，载《韩国文集丛刊》第3册，第500页。

③ [朝] 李詹：《牧隐先生文集·牧隐先生文集序》，载《韩国文集丛刊》第3册，第501页。

李穑之后，为人所称道的博学大家是李崇仁。《陶隐集序》载：

> 星山陶隐李先生生于高丽之季，天资英迈，学问精博，本之以濂洛性理
> 之说，经史子集百氏之书，靡不贯穿，所造既深，所见益高，卓然立乎正大
> 之域，至于浮屠老庄之言，亦莫不研究其是否，数为文辞，高古雅洁，卓伟
> 精致，以至古律骈俪，皆臻其妙，森然有法度。韩山牧隐李文靖公每加叹赏
> 曰："此子文章，求之中国，世不多得，自有海东文士以来鲜有其比者也。"
> 尝再奉使如京师，中原士大夫观其著述，接其辞气，莫不叹服。有若豫章周
> 公倬、吴兴张公溥、嘉兴高公巽志皆有序跋以称其美，是岂惟见重于一国，
> 能鸣于一时而已者哉！真所谓掩前光而独步者矣。①

李崇仁博学多才，经史子集百氏之书无所不通，因而见识卓越，文学造诣极深。表现在创作上，其诗文不论是立意还是文辞，皆卓尔不凡。

在对积学与创作关系的认识上，此期诗人认为各家通涉才能提高诗人的创作水平，对积学的重视使积学逐渐成为这一时期诗人的习惯，李穑、李崇仁等博学大家也纷纷出现。

对于积学对创作产生的具体影响，高丽后期诗人认为气、言、笔与积学皆有着密切的关系。

高丽后期诗人认为，只有气充盈，才能创作出优秀作品，主张用养气来弥补诗人先天不足，并且认为积学是养气的重要途径。"东方人性多慢，又不力学以养气。故或图随世立身，饱暖妻孥，庸人是之，而有乖于君子之论。"②崔瀣认为，高丽诗人多体气不足，应致力于用学来养气。受刚健文风的驱使，此期诗人多尚雄豪之气，并认为积学有助于诗人涵养雄豪之气。"闻名久恨论交晚，与语诚知所学

---

① [朝]权近：《陶隐集序》，载《韩国文集丛刊》第6册，第523页。
② [朝]崔瀣：《拙稿千百》卷一《故司宪持平金君墓志铭》，载《韩国文集丛刊》第3册，第11页。

高。戏把丹青追顾陆，肯将功业慕萧曹。家徒四壁心无累，袖有千篇气自豪。安得清谈一陶写，免教相忆首空搔。"①郑誧认为，刘守中诗豪气满溢，是因其腹有诗书，擅长读书积学所致。"幼知读书，稍长为诗有豪气，有名侪辈间。"②李穑认为读书积学之人，为人及创作往往带有豪气，二者之间存在必然的联系。豪气之外，李穑认为，诗尤贵在诗人的童顽之气："吾道在心外，区区言语间。读书破万卷，气得如童顽。吐词丽而富，往往穷神奸。何与我名教，艳宋杂香班。辞寡味自厚，谁挽唐虞还。坐玩明良歌，天地何宽闲。"③他认为童顽之气乃诗人本真的天性所致，可以使诗人善恶分明、词语华美明丽，而读书可以帮助诗人涵养创作所需的这种天真烂漫之气。"公自髫，聪明绝类，知读书，能自刻励。淹贯经史，大有所得。善属文，浩汗发越，有作者气。"④徐居正认为，诗人有其独特的别于常人的气质，即"作者气"，具体表现为文笔流畅、辞采华茂、情感激昂，只有淹贯经史、苦读积学之人在创作上才有可能呈现出这种作者气。

在积学与文笔的关系上，高丽后期诗人认为擅长积学的诗人往往能自如运笔。"君博其学专其志，且强于记识，而宏放于文辞。"⑤皇甫沆运笔娴熟，林椿认为和其博学多识有关。崔钧被鸡林寿翁"训以书史及缀述之规"而得以"词与笔俱遒劲"⑥，李仁老认为渊博的学识使得他文笔挥洒自如、遒劲有力，李仁老用崔钧的例了说明了学识积累和运笔行文之间的密切关系。"嗜读书老不辍，注《银台诗》二十卷。观者服其该博，为诗文，简而警。"⑦权文正公在诗文上颇有造诣，

---

① [朝]郑誧：《雪谷先生集下·寄赠刘守中》，载《韩国文集丛刊》第 3 册，第 260 页。

② [朝]李穑：《牧隐文稿》卷十九《乌川君谥文贞郑公墓志铭》，载《韩国文集丛刊》第 5 册，第 165 页。

③ [朝]李穑：《牧隐诗稿》卷二十七《有感》，载《韩国文集丛刊》第 4 册，第 384 页。

④ [朝]徐居正：《太虚亭集·崔文靖公碑铭》，载《韩国文集丛刊》第 9 册，第 155 页。

⑤ [朝]林椿：《西河先生集》卷五《送皇甫沆赴忠州序》，载《韩国文集丛刊》第 1 册，第 251 页。

⑥ [朝]李仁老：《破闲集》，载《韩国诗话全编校注（一）》，第 41 页。

⑦ [朝]李齐贤：《益斋乱稿》卷七《权公墓志铭》，载《韩国文集丛刊》第 2 册，第 566 页。

文笔简洁而精警，李齐贤认为实得益于其平日由积学而来的渊博学识。李穑称赞柳氏之甥 "学邃行高，笔法妙一时，人谓其青出于蓝云"①，同样肯定了积学与文笔的密切关系。

在高丽后期诗人中，李奎报以走笔快捷著称："为诗文，略不蹈古人畦径，以诗捷称。王公大人闻其能，邀致之请赋难状之物，令每句唱强韵，若古若律，走笔立成，风樯阵马，不足况其速也。"②李奎报认为自己的创作之所以能 "驰骋奔放，不失诗人之体裁"，实依凭自己平素所积累的知识，他认为平日积累的学识是自己能聘词摛藻、自在创作的基础。其在《上赵太尉书》中言：

> 自伏羲已来，三代两汉秦晋隋唐五代之间，君臣之得失，邦国之理乱，忠臣义士奸雄大盗成败善恶之迹，虽不得并包并括，举无遗漏，亦莫不截烦撮要，鉴观记诵，以为适时应用之备，其或操觚引纸，题咏风月，则虽长篇巨题，多至百韵，莫不驰骋奔放，笔不停辍。虽不得排比锦绣，编列珠玉，亦不失诗人之体裁。顾自负如此，惜终与草本同腐。庶一提五寸之管，历金门上玉堂，代言视草，作批勒训令皇谟帝诰之词，宣畅四方，足偿平生之志，然后乃已。岂璆璆销锁，求斗升禄，谋活其妻子者之类耶。③

李奎报推崇纵意驰骋、意到笔随的创作，认为真正的创作应该是一挥而就的，但又深知腹内空空是做不到自在创作的。他认为诗人应注重知识积累，唯有知识积累广博，才能在创作中自由驰骋文笔。因为有这个认识，李奎报注重广泛涉猎，经史子集、佛道典籍皆是其平时研读的对象。

在积学与语言的关系上，陆机曰："夫放言遣辞，良多变矣；妍蚩好恶，可

① [朝] 李穑：《牧隐文稿》卷一《胜莲寺记》，载《韩国文集丛刊》第 5 册，第 7 页。

② [朝] 李需：《东国李相国集文集序》，载《韩国文集丛刊》第 1 册，第 283 页。

③ [朝] 李奎报：《东国李相国全集》卷二十六《上赵太尉书》，载《韩国文集丛刊》第 1 册，第 563 页。

得而言。每自属文，尤见其情。恒患意不称物，文不逮意。盖非知之难，能之难也。"① 陆机认为，言不达意在创作中是一种常态，意具有不定及难以捉摸的特点，为了实现言能称意，诗人的创作语言往往流于硬涩刻意。如何让笔下的语言呈现出圆熟之态，林椿、李奎报等诗人认为积学是可行的途径。

"君博其学专其志，且强于记识，而宏放于文辞。"② 林椿认为皇甫沆博学多才，而在文辞上也往往能驾轻就熟，流畅自然。

"然古之诗人，虽造意特新也，其语未不圆熟者，盖力读经史百家古圣贤之说，未尝不熏錬于心，熟习于口，及赋咏之际，参会商酌，左抽右取，以相资用，故诗与文虽不同，其属辞使字，一也，语岂不至圆熟耶。"③ 李奎报认为，诗人使用的创作语言有生硬与圆熟的区别，只有擅长学习积累融汇前人作品，才可以在创作时游刃有余地驾驭语言，使创作语言呈现出圆熟之态。

"然其诗冲澹渊灏，出于性情，迢然于物欲之外，非有学力之积，实得之妙，其发于言者能如是乎。"④ 李集高洁脱俗，诗歌语言冲淡高深，韵味深远，李必行认为皆是得益于其平日所积之学。

高丽朝是中国文化传入的盛期，但对于高丽来说，中国文化毕竟是外族文化，在吸纳消化上，除了个别的鸿学大儒，高丽本土诗人多缺少深厚的汉文化底蕴，这也使得这一时期汉诗的文化底蕴略显薄弱。高丽后期，虽然汉诗创作逐渐进入繁荣期，但实际上除了李奎报、陈澕、李齐贤、李穑这些诗文大家外，高水平的诗人和诗作并不多，高丽后期汉诗创作自然地呈现出创作水平不高的尴尬局面。高丽后期学者针对高丽后期汉诗创作现状，探索出了通过学习提高汉文化底蕴及创作水平的途径，积学有助于创作是其时诗人根据汉诗发展现状自然得出的

---

① 陆机著、张少康集释：《文赋集释》，人民文学出版社，2002，第1页。

② [朝]林椿：《西河先生集》卷五《送皇甫沆赴忠州序》，载《韩国文集丛刊》第1册，第251页。

③ [朝]李奎报：《东国李相国全集》卷二十六《答全履之论文书》，载《韩国文集丛刊》第1册，第559页。

④ [朝]李必行：《遁村杂咏补编·师友渊源录》，载《韩国文集丛刊》第3册，第371页。

为诗之道。积学是高丽诗学发展过程中必然出现的一个带有鲜明时代特色的概念，它丰富了高丽诗学中作家修养的相关内容，对于提升汉诗的创作质量、推进朝鲜诗学的发展都发挥出了积极的作用。

第四节　积学与汉诗创作风尚

为了提升创作水平及汉诗质量，满足创作需求，诗人注重积学；而诗人在积累学问上对史、儒、佛的内容选择，影响了当时的汉诗发展走向，高丽后期的积学风习和汉诗创作呈现出了互相作用的特色。

一、读史与咏史用事创作

高丽后期君主看重博古通今的人才。"卿早中科名，累更华要，其下笔成章，则如江海之深而涯涘不可测也。其通今博古，则若日月之明而罅隙无不照焉。故选之儒臣，委以文柄。"① 在李奎报为君主拟的批答中，君主强调重用任永龄不允其辞官的两个原因：一因其诗文高妙，二因任永龄博古通今，明辨事理。"予每当听政，惟恐一事之或废，然万几至繁，何以辨其当否，而处之无失欤？孜孜访问，惟恐民情之郁于下，何以使聪明益广而无所蔽欤？至于修令，惟恐反汗而不行，何以合于公理而使民怀服欤？子大夫讲明经学，博古通今，其必有能言是者矣。"② 郑道传所作《殿试策》中，君主同样强调重视对博古通今人才的选拔，认为只有他们才能帮助朝廷制定出使民信服的治国策略。直到高丽末期，博古通今仍然是高丽朝廷选拔人才推荐任职的一个主要标准，申槩《政院日记》中记录："计禀使谁可，须择遣知国家大体古今事变者。"③ 在众议朝廷应采纳何人建议时，主事者强

---

① [朝] 李奎报：《东国李相国全集》卷三十三《任永龄让同知贡举不允批答》，载《韩国文集丛刊》第 2 册，第 40 页。
② [朝] 郑道传：《三峰集》卷四《殿试策》，载《韩国文集丛刊》第 6 册，第 365 页。
③ [朝] 申槩：《寅斋先生文集》卷四《政院日记》，载《韩国文集丛刊》第 8 册，第 395 页。

调博古通今之人的计策可以作为主要参考。整个高丽后期，王朝看重的是通史文士，这也使得高丽上下形成了良好的读史风气，高丽后期史籍的大量刻印在一定程度上也助长了这种风气。"十二国史，诸史之枢要也。渔猎不烦，而足以鉴诸国之兴亡善恶，故今按部卢公轼，虽居卫霍之班，雅好孔姬之术，于书传中偏嗜是书。弭节完山，募工雕印，以施学者，是亦好善君子利人之一端也。某月日，全州牧掌书记某序。"①"十二国史"可以明古鉴今，朝廷官员卢轼嗜好读史，下令重新雕印发行以满足社会好史者需求，通过李奎报所记，可以看出当时社会有着良好的读史风气，而印刷技术的发达使得史籍大量刻印，从而令社会读史风气愈盛。

君主的喜好和科举功名的诱惑驱使文人读史，同时这一时期武人的排挤也使得诗人乐于案头读史："杜门读书，尚论古人，此不遇时者之所为也。"②此期诗人往往愿意从史书中寻求安慰增广见识，加强诗人修养。"足下淹贯史家，说唐汉事，如昨所睹，吾久已服之矣。"③"自以为今之能文博古老儒宿学，不为不多，而独以仆为可教。"④"天与胆气，厥生异人，则我鸡林朴公是已。尝有济世之志，慕诸葛孔明，王景略之为人，尤嗜史学，说汉唐已来事，衮衮如昨所睹者，为文得韩柳体。"⑤"读史萤窗同把卷，作诗僧壁共题名。"⑥"旁涉书史，研精究理。奋笔为

① [朝]李奎报：《东国李相国全集》卷二十一《十二国史重雕后序》，载《韩国文集丛刊》第 1 册，第 513 页。

② [朝]李穀：《稼亭先生文集》卷一《吊党锢文》，载《韩国文集丛刊》第 3 册，第 103 页。

③ [朝]李奎报：《东国李相国全集》卷二十六《书与金秀才怀英书》，载《韩国文集丛刊》第 1 册，第 559 页。

④ [朝]李奎报：《东国李相国全集》卷二十六《寄吴东阁世文论潮水书》，载《韩国文集丛刊》第 1 册，第 556 页。

⑤ [朝]李奎报：《东国李相国全集》卷十九《故户部尚书桧谷居士朴公仁硕真赞》，载《韩国文集丛刊》第 1 册，第 493 页。

⑥ [朝]李承休：《动安居士行录》卷三《重哭金侍御并序》，载《韩国文集丛刊》第 2 册，第 413 页。

文，秋涛春云。"① "满床书史身无事，在巷箪瓢味有余。"② 读史在高丽后期成为诗人的主要生活内容。

在如何读史上，高丽后期诗人强调应懂得辨别分析，对于历史应能发表自己的看法，认为诗人的辨别分析能力会在对古史的阅读评析中得到强化和提高。

"牧传，有牧之死，炊甑裂。牧曰：不祥。予驳之曰：此拘忌小数淫巫瞽史之说耳。……吾恐后人溺于其说，故书以晓之。"③ 李奎报主张通读史书，却不赞同泥于历史记载，强调对于历史记载应善于存疑和寻找事实真相，对于历史应能发表自己的看法。其《唐书杜甫传史臣赞议》载：

> 予读唐书杜子美传，史臣作赞，美其诗之汪涵万状，固悉矣。其末继之曰："韩愈于文章慎许可。至歌诗独推曰：'李杜文章在，光焰万丈长。'"予以为此则褒之不若不褒也。何则？士有潜德内朗，不大震耀于世者，史臣于直笔之际，力欲扬晖发华，以信于后世，而犹恐人之有以为誉之过当，则引名贤之辞，凭以为固可也。至如李杜则其诗如熊膰豹胎，无有不适于人口者，其名固已若雷霆星斗，世无不仰其光骇其响者，非必待昌黎诗之一句，然后益显者也。宋公何苦凭证其句，自示史笔之弱耶，引其诗或可，其曰慎许可，甚矣。凡言某人慎许可人，而独许可某人者，犹有慊之之意也，愈若不许可，而无此一句，则史臣其不赞之耶？呜呼，史臣之言弱也。此赞亦引元稹所谓自诗人已来未有如子美者，此则微之，所以直当杜甫切评，而论之者虽引之或可矣，若退之之一句，则将赠友人而偶发于章句者，而非特地论杜公者也。然韩愈，大儒也，虽一句非妄发者，引之或可也，如不言慎许

① [朝] 李齐贤：《益斋乱稿》卷七《有元高丽国曹溪宗慈氏山莹源寺宝鉴国师碑铭并序》，载《韩国文集丛刊》第 2 册，第 561 页。

② [朝] 闵思平：《及庵先生诗集》卷四《次沈佐郎诗韵》，载《韩国文集丛刊》第 3 册，第 81 页。

③ [朝] 李奎报：《东国李相国全集》卷二十二《杜牧传甑裂事驳》，载《韩国文集丛刊》第 1 册，第 520 页。

可，则宋公之言，免于弱也。^①

　　李奎报读《杜甫传》，一方面赞许史书中记载的杜甫事迹，充分肯定杜甫在文学上所取得的成就；另一方面认为传评哗众取宠，引用韩愈的评论反而让读者产生画蛇添足的不适。对于史官如何客观公正地评价历史名人提出自己的看法，他的主张对于当时文人如何读史起到了积极的指导作用。

　　问开元间吐蕃使者求毛诗、《春秋》、《礼记》。于休烈上疏以为：东平王，汉之懿亲，请太史公书及诸子等书，遂不与之，况吐蕃国之仇雠，今资之以书史，使知用兵权略，愈生变诈，非中国之利也。裴光庭等奏：吐蕃，聋昧顽嚚，久叛新服，因其有请，赐以诗书，庶使之渐陶声教，化流无外，休烈徒知权略变诈之语，不知忠信礼义，皆丛书出也。上曰：善，遂与之。观斯两议，皆有深理，似难取舍，然唐之与也为是，则汉之不与懿亲，其意何如。裴、于二议，咸造远虑，不可以浅识，决处于一。诸生，博古通今，制变之术，于此议中，确论是非，陈之无隐。^②

　　安轴读到史书中记载的能否赠书于吐蕃的辩论时，认为当时大臣所论朝廷赠与不赠皆是远虑之议，皆有可取之处，并由对这件史实的认识出发认为书生不仅要通读历史，还应对历史有个性化的认识和见解，这样才能通过读史提高自己。安轴强调人才是国家栋梁，应具有博古通今、辩证认识历史的能力。

　　"江山春欲动，红绿属词林。读书参往昔，济世照来今。"^③李穑认为，读史可以让自己知历史盛衰兴替，晓今政得失。"达可学博古今，气醇以方，言温而

---

　　① [朝]李奎报：《东国李相国全集》卷二十二《唐书杜甫传史臣赞议》，载《韩国文集丛刊》第 1 册，第 518 页。

　　② [朝]安轴：《谨斋先生集》卷三增补《制策》，载《韩国文集丛刊》第 2 册，第 479 页。

　　③ [朝]李穑：《牧隐诗稿》卷十三《有感》，载《韩国文集丛刊》第 4 册，第 138 页。

辨。"① 郑梦周博古通今，李崇仁认为他因此厚积薄发，沉稳而思辨能力极强。"怜汝能耽读，晨昏不废吟。寸阴当尺璧，一字胜簪金。若识古今事，能知贤圣心。殷勤更努力，要必免牛襟。"② 读书可以让诗人通晓历史，提高诗人对社会的认识，开阔视野，这是高丽后期诗人在读书上所达成的共识。

高丽后期诗人中李奎报、李齐贤、李穀等对于勤于读史的文人颇为敬佩，且自己本身就是擅长通古积史之人。对历史的熟谙使得这一时期诗人热衷创作史论诗文，这一时期由读史延伸出来的诗文创作比较兴盛。李奎报《东国李相国后集》卷十二《杂著》中有《秦始皇不焚周易论》《唐史杀谏臣论》《卫鞅传论》等史论文。李齐贤既是著名诗人，又是史学家，"初，公读史，笔削大义，必法春秋"③。其为高丽太祖、惠王、定王、光王、景王、成王、穆王、显王、德王、靖王、文王、顺王、宣王、献王、肃王等君主作有传赞，并且曾为史传作序，有《诸妃传序》《宗室传序》等，力求对历史事件和人物做出客观评价。

李穀在阅读史书时撰写了大量的评论，以发表对历史事件和历史人物的看法。"余读史，至后汉灵帝纪，天下之所谓名贤，皆指为钩党而殄灭之无余。呜呼，祸乱至此极耶，其间洁身逊言，不染其祸者，盖无几人耳。掇其尤章章者，为文以赞之。"④ 其读《后汉灵帝纪》有感而作《后汉三贤传》，赞美特立独行的高洁贤士；读《党锢传》有感作《吊党锢文》痛斥小人乱政之害。这种良好的论史风气一直延续到高丽末期，权近有《东国史略论》等作品问世。

诗人熟谙历史，使得这一时期咏史诗也大量出现。李奎报作有《开元天宝咏史诗》43 首，其在诗序中言："予读书之间，见唐明皇遗迹，开元以前，勤政致理，

---

① [朝] 李崇仁：《圃隐先生集》附录《送郑达可奉使日本诗序》，载《韩国文集丛刊》第 5 册，第 614 页。

② [朝] 徐居正：《四佳诗集补遗一·福庆读书喜作》，载《韩国文集丛刊》第 11 册，第 152 页。

③ [朝] 李穑：《益斋乱稿·鸡林府院君谥文忠李公墓志铭》，载《韩国文集丛刊》第 2 册，第 612 页。

④ [朝] 李穀：《稼亭先生文集》卷一《后汉三贤赞并序》，载《韩国文集丛刊》第 3 册，第 103 页。

太平之业，几于贞观，天宝以后，怠于政事，嬖宠钳固，信用谗邪，遂致禄山之乱。至播迁西蜀，几移唐祚，可不悲夫。是用拾善可为法恶可为诫者，播于讽咏。事有不关于上者，其时善恶，皆上化之渐染，故并掇而咏之。岂敢补之风雅，聊以示新学子弟而已。"① 认为唐由盛而衰始于天宝，唐明皇事迹颇多经验教训，因此咏天宝事以明于子弟。《稼亭先生文集》卷十五有 27 首咏叹两汉名人的咏史诗。李穑有《读春秋》《咏史有感》等诗。李詹作有 46 首《读史感遇》诗，评论了春秋至唐 46 位名人，其中有屈原、陶潜、陶弘景、韩愈等文人雅士。由这些咏史诗可以看出高丽后期诗人对于历史的广泛阅读，及由此延伸出来的文学风尚。

对于史书的热爱，使得这一时期的诗人喜欢在创作中用事。在高丽后期擅长用事的诗人中，李仁老诗中的用事频率较高。李仁老诗今约存 118 首，诗中使典用事就有约 110 处，其中既有事典，也有语典，可见李仁老对诗中用事极为重视。在朝鲜诗学史上，李仁老对诗人影响最深的正是其精巧用事之法，正如朝鲜诗论家所言："眉叟用事，必以辞语清新。"② "李学士仁老，言皆格胜，使事如神，虽有蹑古人畦畛处，琢炼之巧，青于蓝也。"③ 此外，林椿、李奎报、李穑等皆是擅长用典的高手。

这一时期的诗人沉溺于用典，出现了"诗家作诗多使事，谓之点鬼簿"④ 的作诗仅是排列典故的现象。对于如何用事，诗人有较多论述。

诗如何用事，是李仁老《破闲集》中最为看重，辨析评论最多的内容。"琢句之法，唯少陵独尽其妙"，"及至苏黄，则使事益精，逸气横出，琢句之妙，可与少陵并驾"。⑤ 他认为杜甫在用事方面的成就突出，其首倡用事法，堪称诗学源头，具有重要意义。之后苏、黄在用事方面推陈出新，取得了优异成就，对当时

---

① [朝]李奎报：《东国李相国全集》卷四《开元天宝咏史诗》，载《韩国文集丛刊》第 1 册，第 327 页。

② [朝]崔滋：《补闲集》，载《韩国诗话全编校注（一）》，第 107 页。

③ [朝]崔滋：《补闲集》，载《韩国诗话全编校注（一）》，第 89 页。

④ [朝]李仁老：《破闲集》，载《韩国诗话全编校注（一）》，第 29 页。

⑤ [朝]李仁老：《破闲集》，载《韩国诗话全编校注（一）》，第 12 页。

及后代诗坛乃至于朝鲜汉诗界都有着巨大影响。

李仁老认为用事贵在"精","精"成为他用事的第一要义。怎样才能做到精妙用事,"使事精妙如此","句法如造化生成,读之者莫知用何事"①。李仁老强调"了无痕迹",自然天成。李仁老常以用事圆熟与否评判时人创作,如云"西河先生少有诗名于世,读书初若不经意,而汲其字字皆有根蒂,真得苏黄之遗法"②。李仁老推赏林椿,原因之一就是林椿擅长用事臻于"无迹"。史载林椿侨泊星山郡时,郡倅曾送一妓荐枕,然及晚妓逃归。林椿怅然赋诗:"登楼未作吹箫伴,奔月空为窃药仙。不怕长官严号令,谩嗔行客恶因缘。"③这首诗中林椿巧妙化用了《列仙传》中"弄玉吹箫"和《淮南子》中"姮娥窃药"的事典,用于表现佳人离去后内心的孤独惆怅,其用事贴切,不露痕迹,因而受到李仁老的称赞。康日用的木芍药诗句"头白醉翁看殿后,眼明儒老倚栏边"巧妙化用欧阳修"善求古人心意"④的典故。《梦溪笔谈》记载欧阳修偶得古画《牡丹丛》,初不辨牡丹精粗,后吴育根据花下眯成线的猫眼,判断古画所绘为正午牡丹。康日用此诗既是写中国古事,又是咏高丽今物,中朝古今之事典妙合无痕,被李仁老赞为精妙圆熟。

> 若暇日于书史中,努力不倦,收拾掇掇,则何有不对者乎?是亦诗之集句之比也,且百家衣体,亦非古人所甚尚,唯王荆公喜为之,但贵即席中急就者耳,迨旷日搜索古人诗集,然后为之,何有不可乎?今人所以作启,久已成习,不可克革,苟必用本文与古事,编列成章,则其所自创于心者,能有几耶?仆欲反之,必为所笑,若仿而为之,必为后世君子所笑,后世之笑,甚于今人之笑,宁被笑于今人,无为后人所笑。⑤

---

① [朝] 李仁老:《破闲集》,载《韩国诗话全编校注(一)》,第 29 页。
② [朝] 李仁老:《西河先生集序》,载《韩国文集丛刊》第 1 册,第 207 页。
③ [朝] 李仁老:《破闲集》,载《韩国诗话全编校注(一)》,第 31 页。
④ 沈括:《梦溪笔谈》,中华书局,2009,第 177 页。
⑤ [朝] 李奎报:《东国李相国全集》卷二十六《与金秀才怀英书》,载《韩国文集丛刊》第 1 册,第 559 页。

在《与金秀才怀英书》中，李奎报认为，用事可以展示诗人的学识，但一些诗人刻意掉书袋，把诗与用事挂钩，反而使创作失去本来应有的精气神儿，偏离诗创作的本质，诗人应重视这个问题并加以转变。在当时汉诗滥用事的创作风气中，李奎报反其道而行，拒绝滥用典故，并遭到众人的耻笑，虽然如此，他还是坚持在创作上谨慎"用事"。李奎报所言道出了当时在创作上浓重的用事风气及诗人对正确用事的探索。

高丽后期诗人对于历史的尊崇，使得诗人的思辨性增强，往往注重从客观的角度辨析问题，而这一时期出现的大量咏史诗注重客观评析历史人物和事件也使得汉诗的思辨性、说理性增强，可以说咏史诗文的风行使得高丽后期的诗风更加理性、质朴。从诗学角度而言，熟悉历史使得诗人免不了掉书袋，在对用事度的把握上，此期诗人出现了偏差。在对用事法则不断的辨析和改进中，高丽诗人形成了圆熟用事的认识。善于积史而使诗文创作风尚及"作法"发生转变，这是高丽后期积学观发展的一个特色。

二、积儒与尚理思辨创作

高丽朝廷重视儒学，儒经被视为立身安国的法宝。于朝廷而言，通过办立学校广播儒家之精髓；于大儒，则研读并言传身教于后人，甚或办立私学讲经论道。"崔誉肃公奭，其先佐太祖有功，公擢第状元，为平章事，其子文淑公惟清留守南都日，有二子在辇下。公以诗训之曰：'家传清白无余物，只有经书万卷存。恣汝分将勤读阅。立身行道使君尊。'因自注曰：'君尊则国理，国理则家安。家安则身安，身安则余无所求。'二嗣果以儒雅位宰相。"[1]崔奭为其时名儒，清白一世，临终告诫子孙，勤读经书方能存身。其子崔惟清谨记其诲，言"儒者当学古入官"[2]，登第后潜心研读儒经。崔冲等大儒为了推广儒学，大力兴办私学。"丽时

---

① [朝]崔滋：《补闲集》，载《韩国诗话全编校注（一）》，第69页。

② [朝]郑麟趾：《高丽史》，第3050页。

有二白文学，推言尧舜六经之治。太师崔冲教九斋弟子，敦礼俗。"① 崔冲为高丽私学之祖，实行的九斋分科式的儒学教育成为朝鲜文教的典范，此后私学创办渐盛。由于私学门槛低，加上对儒家典籍的强化教育，高丽诗人饱受儒学的浸润，科举的助力更是使积儒家之学成为诗人研读的主要对象。

高丽后期君主王公贵族皆尚儒。"睿王天性好学，尊尚儒雅。特开清宴阁，日与学士讨论坟典。"② "吾东方虽在海外，世慕华风，文学之儒，前后相望，在高句丽曰乙支文德，在新罗曰崔致远，入本朝曰金侍中富轼，李学士奎报，其尤者也。"③ 他们经常在朝堂上与儒臣谈儒论道，朝廷上下也兴起了学儒的热潮。李奎报、李仁老等既是当时著名诗人，同时又是儒学大家。此外，为满足社会修习儒学的需要，朝廷及民间书商刻印了大量的儒学典籍，为文士学儒、知儒、用儒创造了良好的条件。

儒学到了宋代演变成理学，13 世纪末，程朱理学引入朝鲜半岛。1289 年，安珦赴元大都带回新刊《朱子全书》，归国后致力于讲授推广理学。理学入高丽后经李齐贤、李穀、李穑等人的推广和郑道传、郑梦周等人的阐发而流行一时，14 世纪的朝鲜半岛兴起了程朱理学热，也出现了许多精通儒理的学者。

> 近世大儒，有若鸡林益斋李公，始以古文之学倡焉，韩山稼亭李公，京山樵隐李公，从而和之。④

> 吾东方虽在海外，爰自箕子八条之教，俗尚廉耻，文物之懿，人材之作，侔拟中夏。自是以来，世崇文理，设科取士，一遵华制。熏陶化成，垂数百年，卿士大夫，彬彬文学之徒。吾家文正公始以朱子四书，立白刊行，

---

① [朝]许穆：《阳村集·阳村权文忠公遗文重刊序》，载《韩国文集丛刊》第 7 册，第 4 页。

② [朝]李仁老：《破闲集》，载《韩国诗话全编校注（一）》，第 10 页。

③ [朝]郑道传：《三峰集》卷三《陶隐文集序》，载《韩国文集丛刊》第 5 册，第 342 页。

④ [朝]郑道传：《三峰集》卷三《陶隐文集序》，载《韩国文集丛刊》第 5 册，第 342 页。

劝进后学。其甥益斋李文忠公师事亲炙，以倡义理之学，为世儒宗。稼亭，樵隐诸公从而兴起。澹庵白公辟异端尤力焉。吾座主牧隐先生早承家训，得齿辟雍，以极正大精微之学。既还，儒士皆宗之，若圃隐郑公、陶隐李公、三峰郑公、潘阳朴公、茂松尹公，皆其升堂者也。三峰与圃隐、陶隐尤相亲善，讲论切磋，益有所得，常以训后进辟异端为己任。[①]

郑文忠公建五部学馆，讲明经学，李文靖公称之为东方理学之祖。本朝权文忠公又考定经礼，作读书分程，入学图说，五经浅说，阐明六经之奥。我太祖、太宗创业垂统，专用经术，以兴文明之治，公实有力焉。[②]

高丽后期致力于研讨理学的儒士有李齐贤、权溥、李穀、李仁复、白文宝、李穑及其后学郑梦周、李崇仁、郑道传等，权近则在高末李初把理学发扬光大，可以说，理学是高丽后期社会的主流思潮。

李穑为其时性理大儒，"稼亭先生在元朝为中瑞司典簿公以朝官子，补国子监生员，在学三年，得受中国渊源之学，切磨涵渍，益大以进，尤邃于性理之书"[③]。李穑因其父的关系增补国子监生员，在燕京系统地接受过性理学教育，回国后任教于成均馆，致力于推广性理之学。

初自辛丑经兵之后，学校废弛，王欲复兴，改创成均于崇文馆之旧址。以讲授员少，择一时经术之士若永嘉金九容、乌川郑梦周、潘阳朴尚衷、密阳朴宜中、京山李崇仁等，皆以他官兼学官，以公为之长，兼大司成，自公

① [朝]权近:《阳村先生文集》卷十六《郑三峰文集序》，载《韩国文集丛刊》第7册，第171页。
② [朝]许穆:《阳村集·阳村权文忠公遗文重刊序》，载《韩国文集丛刊》第7册，第4页。
③ [朝]权近:《牧隐稿·朝鲜牧隐先生李文靖公行状》，载《韩国文集丛刊》第3册，第506页。

始也。明年戊申春，四方学者坌集，诸公分经授业，每日讲毕，相与论难疑义，各臻其极。公怡然中处，辨析折衷，必务合于程朱之旨，竟夕忘倦。于是，东方性理之学大兴，学者祛其记诵词章之习，而穷身心性命之理，知宗斯道而不惑于异端，欲正其义而不谋于功利，儒风学术，焕然一新，皆先生教诲之力也。①

成均馆在李穑的主持下，学员注重通读理学著作，阐发义理，思辨学问，从深处挖掘性理学的社会意义。

权溥（1279—1346），字齐万，古讳永，自号菊斋，谥文正。在研读儒典上，"遇之如尊，嗜读书老不辍。将朱子四书纂疏，立白刊行，东方性理之学，由公始倡"②。权溥朱子四书读遍，精通东方性理之学。安轴则从儒学发挥作用的角度看待儒典，认为读典可以明道。"读书求道竟无成，自愧明时有此行。但尽迂疏施实学，敢将崖异盗虚名。民生涂炭知难救，国病膏肓念可惊。耿耿枕前眠未稳，卧闻山雨注深更。"③ 其所言道为"实学"之道，安轴认为此道乃治世之良方。李穑在儒道上注重积累、思考，"学道虽然在读书，须知汗漫丧吾初。焚膏继晷昔不足，养性事天今有余。礼乐周公思以得，箪瓢颜子实如虚。悠悠出处定何似，霜雪满头牙齿疏"④。李穑认为，要精通儒道，必须多读儒家典籍，对儒家精髓的认识会在日常的积累和揣摩中得到提升。"心居性情间，出入还无乡。生民孰非圣，由罔念作狂。奔流禽兽域，哀哉日逞逞。读书要修道，岂在媒金章。胡为惰四肢，偃卧如颓墙。书册，第风乱秩，鼻息雷殷床。夫子有圣训，炳如天日光。宰

① [朝]权近：《牧隐稿·朝鲜牧隐先生李文靖公行状》，载《韩国文集丛刊》第 3 册，第 506 页。

② [朝]权近：《阳村先生文集》卷三十五《东贤事略》，载《韩国文集丛刊》第 7 册，第 307 页。

③ [朝]安轴：《谨斋先生集》卷一《夜半雨作有怀》，载《韩国文集丛刊》第 2 册，第 451 页。

④ [朝]李穑：《牧隐诗稿》卷十九《有感》，载《韩国文集丛刊》第 4 册，第 247 页。

予病根消，乃厕颜闵行。易贵不远复，万世圣道昌。驯养浩然志，君子在自强。心中一正字，皎皎彻上苍。书之置坐右，朝夕戒无忘。"① 李穑认为读典应成为个人的日常修养，不论诗人所处环境如何，经历了什么变故，一定要勤读不辍，坚守圣道，才能培养自己的浩然之气，以通明道理志节中正。

权近指出，郑道传"自幼读书明理，慨然有行所学辟异端之志。讲论之际，孜孜力辨，学者翕然听从。尝著心、气、理三篇，以明吾道异端之偏正，其有功于名教大矣"②。郑道传是高丽后期理学大家，因精读中国理学著作而深通理学，洞明世事。咸傅霖认为郑梦周"天分至高，豪迈绝伦，少有大志，好学不倦，博览群书，日诵《中庸》《大学》。穷理以致其知，反躬以践其实，真积力久，独得濂洛不传之秘。故其措诸事业发于议论者，十不能二三，而光明正大，固已炳耀青史，真可谓命世之才矣"③。郑梦周致力于读儒究理，并注重立足于社会发掘理学的实用特色，以寻找治世良方，被李穑称为东方性理学之祖。可以说，在特殊的时代背景下，诗人穷究性理之义的执着及立足于理学的社会出路探讨目的，使得他们注重通读儒学经典，也使社会形成讲论性理的热潮。

在儒学与创作的关系上，多数诗人认为精于儒道有益于诗人的创作。"今司空某，皇大帝襄阳公之胄子也。自离乳臭，翩翩然尝以书史为乐，行吟坐讽，目不挂于余事。及于壮，学无不窥，理无不通，浩浩乎若望江胡不可涯涘。至于词赋亦工，用笔精妙，若翘然而望场屋，争甲乙之名者，世以为宗室标的也。其近体诗飘飘然有凌云气格。"④ 李仁老认为，襄阳公长子因广览经史而眼界开阔，其诗用笔精妙，尤其是其近体诗达到了常人难以企及的高妙境界，自成一气格。

李奎报推崇"《诗》、《书》、六经、诸子百家、史笔之文"⑤ 等儒家的高文大

---

①　[朝] 李穑：《牧隐诗稿》卷三《昼寝》，载《韩国文集丛刊》第 3 册，第 547 页。

②　[朝] 权近：《阳村先生文集》卷十七《佛氏杂辨说序》，载《韩国文集丛刊》第 7 册，第 181 页。

③　[朝] 咸傅霖：《圃隐先生集·郑梦周行状》，载《韩国文集丛刊》第 5 册，第 632 页。

④　[朝] 李仁老：《破闲集》，载《韩国诗话全编校注（一）》，第 42 页。

⑤　[朝] 李奎报：《白云小说》，载《韩国诗话全编校注（一）》，第 50 页。

册，他认为这些作品三代以来"君臣之得失，邦国之理乱，忠臣义士奸雄大盗成败善恶之迹"①几乎无所遗漏，可以帮助诗人提高对社会的认识，完善自我。"其辞哀切悲壮，抑扬婉转，真有古人风，读之不觉涕下。"②吴世才，字德全，高敞人。李奎报友人吴德全的作品富有感染力，李奎报对其大加赞赏。在创作准备上，李奎报最为服膺的是吴德全对儒家经典的熟稔："尤精力耽六经，尽诵周易，余经虽不期于诵，其背文而诵者亦几乎半，盖熟于口而不觉出吻故耳。尝手写六经，谓人曰：'百读不如一写之存心。'为诗文得韩杜体，虽牛童走卒，无有不知名者。"③"文词游刃，有余余兮。六经粹奥，窅搜探兮。"④李奎报认为，吴德全遍览儒家经典，对经典融会贯通并存于心中，开拓了眼界，增长了见识，提高了自己的审美理解力，故其敷写文词游刃有余，创作功力远远高于世人。

理学在高丽兴起之后，文人不再拘泥于对经书章句的穿凿附会，而是立足于理学，加强自我修养，注重思辨及探讨理学的社会实践意义。表现在创作上，备受推崇的几位理学大家的创作皆带有鲜明的思辨务实特点，积学明理而思辨务实也成了文士品评创作的主要标准。

　　呜乎！人有德业文章，则文集之刊行于世者，尚矣。吾先祖谨斋先生，以粹美之姿，精博之学，当丽氏衰乱之季，出案江陵道。所得诗文，名之曰《关东瓦注》。惟其忠君忧国之诚，慨世悯俗之意，溢于词藻之间。而览其诗咏其篇，自不觉其激仰感愤。益斋李相国，序其集曰："其作，关乎风俗之得失，生民之休戚者，十篇而九。读之使人惨然云者，可谓真得其本

---

① [朝] 李奎报：《东国李相国全集》卷二十六《上赵太尉书》，载《韩国文集丛刊》第 1 册，第 563 页。

② [朝] 李奎报：《东国李相国全集》卷三十七《吴先生德全哀词》，载《韩国文集丛刊》第 2 册，第 83 页。

③ [朝] 李奎报：《东国李相国全集》卷三十七《吴先生德全哀词》，载《韩国文集丛刊》第 2 册，第 83 页。

④ [朝] 李奎报：《东国李相国全集》卷三十七《吴先生德全哀词》，载《韩国文集丛刊》第 2 册，第 83 页。

形色矣。"①

安轴学问精博，儒学底蕴深厚，有着强烈的忧国忧民的情怀，其创作往往饱含真情实感，有着很强的感染力。

> 牧隐先生，质粹而气清，学博而理明。所存妙契于至精，所养能配于至大。故其发而措诸文辞者，优游而有余，浑厚而无涯。②

> 每形于辞色，现于诗文，勉进后学，必以伦理为主，孜孜不倦。博览群书，尤深于理学，凡为文章，操笔即书，如风行水流，略无凝滞，而辞义精到，格律高古，浩浩滔滔，如江河注海。③

李穑是继李奎报、李齐贤之后的诗文大家。其创作文笔流畅自然、格律高古，立意中正浑厚，辞义精到，作品有着浓厚的理学士大夫气质，权近认为这和其博览群书、精通理学关系密切。可以说，正是李穑深厚的儒学涵养成就了他的义与法相结合的创作风格，给高丽后期诗文的发展指明了方向，也给诗文爱好者指出了通过加强诗人儒学修养提高诗文创作水平的途径。

> 王国辞命之文，典雅得体。古律之作，袭魏晋追盛唐，而理趣出乎雅颂，质而理，温而淡，诚无愧乎古人。乐部小序，删繁乱削淫僻，唯感发性情之正是录。呜呼！先生之文皆有补于名教，非空言比也，是其与道并流后世而不朽无疑矣。虽生下国，不得施其文于皇朝盛世之典。尝奉使朝于京

---

① [朝]安庆运:《谨斋先生集》卷三增补《跋》，载《韩国文集丛刊》第2册，第482页。
② [朝]权近:《牧隐稿·牧隐先生文集序》，载《韩国文集丛刊》第3册，第500页。
③ [朝]权近:《阳村先生文集》卷四十《牧隐先生李文靖公行状》，载《韩国文集丛刊》第7册，第345页。

师，浮辽海过齐鲁，诗文之作，皆为中国文士所嘉赏，是能以文鸣于一方。颂扬东渐之化，俾东人歌于万世，与圣代治道之盛，同垂罔极亦无疑也。①

郑道传的创作"理无不到，言无不精"。其诗高澹雄伟，其文通畅辩博，其创作甚至为中国文士所嘉赏。权近认为，郑道传的诗文鲜明地体现了高丽后期的社会思潮特色及创作追求，而引领了高丽后期独树一帜的质实思辨文风。申叔舟认为，郑道传诗文特色源于其"学问胸次"②，认为他通明理学，笃道而善辩，因此节义甚高，学术最精，表现在创作上，诗文带有独特自然的理趣。

在众多儒士中，郑梦周因通读"四书""五经"而颇得大儒推许。《圃隐奉使稿序》载："讲论经学，先生于《大学》之提网，《中庸》之会极，得明道、传道之旨。于论《孟》之精微，得操存涵养之要，体验扩充之方。至于《易》，知先天后天相为体用。于《书》，知精一执中为帝王传授心法，《诗》则本于民彝物则之训，《春秋》则辨其道谊功利之分。吾东方五百年，臻斯理者几何人哉。诸生各执其业，人人异说，随问讲析，分毫不差。牧隐先生喜而称之曰：'达可豪爽卓越，横说竖说，无非的当。道传间往听之，不意孤陋所得，往往默契焉。'"③郑道传认为郑梦周因融通"四书""五经"而通明性理之旨得涵养之要，明了民为纲本礼乐教化等经学大义；而郑梦周钻研论道的习惯也使其见识卓越而通透，全面提升了自身的学养，所以在阐发义理时往往见解独到，文章也深刻而具有思辨性。《圃隐奉使稿序》又载：

先生之学，日以长进，诗亦随之。当其少时，志气方锐，直视无前，故其言肆以达。更践既久，收敛有加，其为侍从也，献纳论思，润色王化，故

---

① [朝]权近:《阳村先生文集》卷十六《郑三峰文集序》，载《韩国文集丛刊》第7册，第171页。

② [朝]申叔舟:《三峰集·三峰集后序》，载《韩国文集丛刊》第5册，第281页。

③ [朝]郑道传:《三峰集》卷三《圃隐奉使稿序》，载《韩国文集丛刊》第5册，第341页。

其言典以则。其见逐南荒也，处忧患之中，安义命之分，故其言和易平淡，无怨悱过甚之辞。其奉使日本也，涉鲸涛之险，在万里外国，正其颜色，修其辞令，扬于国美，使殊俗景慕，故其言明白正大，无局迫沮挫之气。皇明有天下，四海同文，先生三奉使至京师，盖其所见益广，所造益深，而所发益以高远。[①]

郑梦周的创作风格前期和后期截然不同，郑道传认为这和其人生不同阶段儒学修养深浅有关。少年时，因年少无知，其语言放纵而有气势；待践习性理之后，深厚的儒学修养使其语言典雅中正。即使是在人生坎坷阶段，通明性理所造就的心智往往能使其处变不惊，语言和易平淡，道理明白正大，创作因此有着积极的精神意蕴。郑道传认为，理学的濡染帮助成就了郑梦周创作上独特的理学思辨特色。

权近是高丽末期的理学大家，同样认为理学水平影响着诗人的创作水平及诗文风格。"烈烈贞肃公，堂堂王室辅。积德世生贤，将相常继武。侍中振家声，逸气隘寰宇。早岁好读书，昼勤夜添炷。孜孜穷典坟，勉勉蹈规矩。义理阐程朱，词华追李杜。对策场屋间，宗匠乃先取。挺拔多士中，文彩生毛羽。"[②]赵公勤于读书，精通义理，权近认为他的文采也因此超乎常人，直追李杜。

益斋李文忠公，年未冠擢高科，好学不已，公嘉之，遂馆甥焉。文忠闻某有善治某书，必往受业。闻某有某书，必借读之，日孜孜而夜继晷也。往往先君有宾客，隔壁读书，声乱宾主之言，则命止之，而犹低其声而未尝辍也。学以日进，华问以日播，大为宣庙器重。后乃扈驾，北朝燕京，南游吴

---

① [朝]郑道传：《三峰集》卷三《圃隐奉使稿序》，载《韩国文集丛刊》第 5 册，第 341 页。

② [朝]权近：《阳村先生文集》卷七《贺门下左侍中平壤伯赵公》，载《韩国文集丛刊》第 7 册，第 84 页。

会，得与天下之名儒硕士摩砻切磋，既极其正大高明之学。奉使川蜀，游历往还，又极其奇伟壮峙之观。蕴之胸中，言之而为文章，行之而为道德，施之国家而为功业。以佐六朝文明之化，而贲饰大平，垂之无穷者炳炳也。[①]

李文忠公好读书到了痴迷的程度，对于儒学做到了勤读融通，不论在义理阐发还是在文学创作上都能做到游刃有余，权近对其大加赞赏，认为李文忠公能工于诗文应归功于其精于儒道。于权近本人而言，其对性理的融通使其创作也卓尔不凡，许穆曰："言列于其书，又其感物吟讽之作，亦皆忠厚恻怛之发。文章本非异道，在天为日月星辰，在地为山河百川，在物为珠玑华实，在人为礼乐文章。公之文章，本之以经术，参之以百家，蔚然文彩特出。"[②]许穆认为，权近文章本于经术，因此创作藻丰论博，既有博大的旨趣，又有蔚然的词采。

融会贯通孔孟学说，尤其是朱子之学，是高丽后期诗人的主要追求。这一时期文士注重阅读典籍，讲经论道阐发大义，使得诗人的学识、思辨能力有了一个全面的提升。这一时期的诗文因诗人对儒术的精通而带有思辨色彩，充满理趣的作品大量出现；并且理学的实学特色让文人不再拘泥于章句之学，而是致力于发掘理学的社会价值。实学探究实践的精神使得诗人在创作时倾向阐发义理，在情意的敷写上倾向于社会现实范畴，作品的实用性、社会指导性的特征在这一时期进一步得到强化。如何创作出具有理趣、富含社会价值的诗文，经由融通理学而达是这一时期诗人达成的共识。

三、佛家之典与山人体诗

高丽朝实行儒佛并举的策略，在重视儒家思想的同时并没有冷落佛教，佛

---

① [朝]权近：《阳村先生文集》卷十五《赠李生序》，载《韩国文集丛刊》第7册，第162页。

② [朝]许穆：《阳村集·阳村权文忠公遗文重刊序》，载《韩国文集丛刊》第7册，第3页。

教在高丽朝一直有着一席之地。武人之乱发生后诗人受到排挤，诗人此前骄逸的心态发生了变化，变得谨小慎微，对无常的人生也充满了感慨。一些诗人把兴趣转向了体悟禅理，希望从佛理中获取心灵的安宁。熟读经文并选择与僧人为友是这一时期诗人生活的常态，一些诗人甚至选择了隐匿山林遁入佛门。诗人修读佛经，与僧人为友；佛徒与诗人唱和，研讨汉诗，诗禅一体成为其时朝鲜半岛特殊的现象。

> 今吾上人则独异夫是，气韵绝人，机锋迅捷，所至丛席，虽名缁奇衲，无不望风而服，真法中俊人也。又于儒典，皆贯综博洽，且工于词藻，遒劲精致，过人远甚，而深自覆匿，恂恂若不能言。①

林椿好佛道，与志谦上人交好，志谦上人既工佛典，又工儒典，能较好地糅合儒佛两道，其创作遒劲精致，深为林椿推许。林椿与志谦上人的友好恰恰是高丽后期诗人与僧人一体的写照。双方在特殊的社会背景下以禅和诗为媒介交流切磋，禅僧因为广积佛典，心地清净而使诗高古简洁、清警可爱、自然飘逸，别有一番韵味，时人称之为山人体诗。

李奎报喜与僧人交往，视他们为良师益友，经常与他们在一起切磋创作。"师天资警悟，淹贯外典，以此润色，故凡于问对词辩，捷疾如机发箭激，不可遏已，一时公卿名儒韵士，想忘风彩，愿与之交焉。"② "师为人资抗直，一时名士大夫，多从之游，喜作诗，得山人体。"③ "戒行无亏，清净心地，余事为诗，下笔不

---

① [朝] 林椿:《西河先生集》卷五《送志谦上人赴中原广修院法会序》，载《韩国文集丛刊》第 1 册，第 252 页。

② [朝] 李奎报:《东国李相国全集》卷三十五《故华藏寺住持王师定印大禅师追封静觉国师碑铭奉》，载《韩国文集丛刊》第 2 册，第 63 页。

③ [朝] 李奎报:《东国李相国全集》卷三十七《文禅师哀词》，载《韩国文集丛刊》第 2 册，第 85 页。

惫，至其得意，清警可爱。"① 李奎报特别欣赏僧人的山人体诗，认为给文坛带来了一股清新之风。当时不仅僧人，大量对佛门感兴趣的诗人也投入山人体诗的创作中。对于释家意味浓厚的山人体，多数诗人认为若不精通佛理，没有一颗佛道净化的心灵是写不出自然飘逸的山人体诗的。

"法师任真性，心如云卷舒。苦学通禅教，挥尘真真如。"② 佛家讲究四大皆空、任性自然，闵思平（1295—1359）认为只有苦学佛典之人，才能悟到佛家真谛。"学禅仍学教，能笔又能诗。有志通三要，无为绝百非。开窗迎月出，倚杖看云归。此是清闲趣，工夫任早迟。"③ 元天锡认为义圆长老深悟禅道，所以诗文杰出，有其独特的清闲趣味。徐居正对此亦有专门的论述：

> 诗言志。志者，心之所之也，是以读其诗，可以知其人。盖台阁之诗，气象豪富。草野之诗，神气清淡。禅道之诗，神枯气乏。古之善观诗者，类于是乎分焉。自唐宋以来，释氏之以诗鸣世者，无虑数百家。贯休、皎然，唱之于前。觉范、道潜，和之于后。往往与诗人才士，颉颃上下。然峭古清瘦之气有余，而无优游中和之气，终未免诗家酸馅之讥，然是岂强为而然哉。蔬笋之气，不得不尔也。桂庭，国初诗僧，与千峰雨上人齐名，论者以谓千峰之诗。高古简洁，清新峭峻，有本家风骨。桂庭之诗，飘飘俊逸，随意放肆，无方外之气。居正少游山读书，谒千峰于开庆寺，时年八十余，尚游戏翰墨。为诗，出口辄惊人，如清冰出壑，檀香有液，无一点尘俗气。清乎清者也，桂庭已示寂，不得接绪纶，于诗亦不多见。今从允上人，得阅是编。造语平淡，不刻研为巧。纤织为丽，终无寒乞饥鸢之声。其与千峰齐

① [朝] 李奎报：《东国李相国全集》卷三十七《文禅师哀词》，载《韩国文集丛刊》第 2 册，第 85 页。

② [朝] 闵思平：《及庵先生诗集》卷一《送善住聪法师游枫岳》，载《韩国文集丛刊》第 3 册，第 56 页。

③ [朝] 元天锡：《耘谷行录》卷五《次韵书天台义圆长老诗卷》，载《韩国文集丛刊》第 6 册，第 203 页。

名，真不虚矣。然千峰之诗，世无传者。而师之诗，传之不朽者如此。将以续休、然、范、潜之遗响，鸣于东方无疑矣。若夫蔬笋酸馅之有无，予非具眼者，安能掉舌于其间哉。[①]

徐居正认为，诗人多积佛典、精通佛道，其诗往往峭古清瘦，有着独特的蔬笋气。中国贯休、皎然如此，高丽桂庭、千峰的诗清爽脱俗，同样有着蔬笋之气。对于散发着蔬笋气的山人体创作，高丽后期诗人认为熟积佛理才是蔬笋与否的关键。

时代背景、文化环境及提高创作的需求使得高丽后期诗人深知厚积薄发的道理，注重学史、通儒、习佛，社会形成了良好的积学风气，也促进了高丽后期汉诗文创作的兴盛。

第五节　读书积学之法

高丽后期诗人擅长通过积学以提高自身修养和创作水平，如何让手头的文学经典与文论发挥出指导作用，诗人总结出了一些积学之法。

李奎报强调记诵是积学的基础。李奎报认为学习古人，必须先熟练地记诵相关内容："凡效古人之体者，必先习读其诗，然后效而能至也。否则剽掠尤难。譬之盗者，先窥谍富人之家，习熟其门户墙篱，然后善入其室，夺人所有。为己之有，而使人不知也。不尔，未及探囊胠箧，必见捕捉矣，财可夺乎？……不熟其文，其可效其体盗其语乎？"[②]之后还应融会贯通所记诵的知识，若只积不通，只会让创作变成机械的模仿剽窃，只有熟记前人的创作方法和技巧，才可以游刃有余地使用积累的东西进行有新意的创作。

---

① ［朝］徐居正：《四佳文集》卷六《桂庭集序》，载《韩国文集丛刊》第11册，第279页。
② ［朝］李奎报：《东国李相国全集》卷二十六《答全履之论文书》，载《韩国文集丛刊》第1册，第557—558页。

崔滋认为,读书最重要的是能得"意":"学者看书,当熟读之深思之,期至于得意。"① "予少年不暇事读书,徒以肤浅之学冒昧承乏,官至学士,秉笔汗颜,何足知文章之胜劣,妄为笔舌哉!"② 崔滋认为,读书不应只事前人诗法雕琢,应能做到熟读深思。用足够的时间揣摩优秀的作品,悟其情意,这才是真正的学诗之道。

"最恨读书无得处,白头身世尽茫然。"③ 李穑认为,读书若无所得,则只能目光短浅,浑浑噩噩地度过一生。"我发梳益短,我眼洗益昏。我心收益放,所以长掩门。读书若有得,静坐遂忘言。悠然方寸地,可以涵乾坤。抑戒尚灿烂,岁月如川奔。川奔无回波,德性当自尊。"④ 而有"得"就不一样了,可以使自己胸怀宽广完善个人的修养。

"性好读书,手不释卷。悠然啸咏,至忘寝食。经史子集,无不通究。至于阴阳、医药、星经、地理,皆极其精。礼乐制度,皆所详定。劝勉后生,商榷义理,亹亹忘倦。当国以来,专典文翰。事大辞命,文士著述,必经公润色,印可而后乃定。"⑤ 河崙主张精读,在《墓碣铭》中言墓主性好读书,且读书的质量极高,并以熟知精通为目的,这使墓主不仅知晓义理而且著述水平极高,充分肯定了通学而有"得"的重要性。

在读书上,李穀追求的是与古人心灵契合。"君读书为文辞,不资师友讲习,超然自得于义理之归。不惑异端,不溺俗习,而务合于古人。至论同异,苟知其正,虽老师宿儒为时所宗者,且诘且折,确持不变,君之所学如是。"⑥ 认为通过读书神会古人,可以使诗人源源不断地获取精神食粮。

---

① [朝]崔滋:《补闲集》,载《韩国诗话全编校注(一)》,第 112 页。
② [朝]崔滋:《补闲集》,载《韩国诗话全编校注(一)》,第 113 页。
③ [朝]李穑:《牧隐诗稿》卷八《自咏》,载《韩国文集丛刊》第 4 册,第 50 页。
④ [朝]李穑:《牧隐诗稿》卷二十三《有感》,载《韩国文集丛刊》第 4 册,第 309 页。
⑤ [朝]河崙:《浩亭集》卷四《墓碣铭》,载《韩国文集丛刊》第 6 册,第 483 页。
⑥ [朝]李穀:《稼亭先生文集》卷十一《春秋馆事崔君墓志》,载《韩国文集丛刊》第 3 册,第 164 页。

　　高丽后期诗人普遍认为创作非易事，短期内的积学未必能提高技能，必须长期坚持。李穑推崇中国诗人、作品，虽然其中国诗文方面的积累颇多，但在创作时，仍觉积蓄不够诗句难工，认为积学非一朝一夕之事，应长期坚持。"老病年来睡不能，拥衾扶坐一孤僧。夜窗雪色明于昼，起访寒梅暗小灯。才名于百一无能，迂阔真同粥饭僧。遮眼昏花楷不得，十年牢落读书灯。诗虽短技老无能，败笔如山秃似僧。只有夜长风味在，呼儿呼酒更呼灯。"① "读书万卷竟何功，千首新诗亦坐穷。麟阁槐堂曾过分，白头身世面长红。"② 徐居正认为，创作功力不是一蹴而就的，即使是读万卷书也未必具有创作所需全部才力，这就需要诗人在学习和积累上做到持之以恒。

　　此期诗人认为诗法对创作极为重要，在诗法的积累上也总结出了自己的一些方法。如李奎报："窃以词赋之选，古今所难。才长者或局于对偶而骋气未周，识近者或工于剽掠而使人易眩。苟不精于取舍，即有滥于贤愚。"③ 李奎报认为前人诗法利弊兼有，有才华的人会深得法则精髓，创作时能巧妙地使用和发挥；而愚钝之人就不一样了，在创作时会不知取舍而为法则所束缚。李奎报强调应能鉴别前人诗法，自由灵活运用。

　　高丽后期诗人重视积学，注重总结积学之道，为诗人通过积学提升水平指出了具体有效的学习途径，有助于帮助诗人提升自身素质，同时诗人对积学之道的探讨也反映了这一时期积学之风的盛行。

　　高丽后期，现实条件的束缚使朝鲜半岛文化资源及诗人汉文化水平和中国相比皆存在一定的差距，对于汉文化底蕴不深的现状，高丽后期诗人有着清醒的认识，主张通读汉文典籍以改变。在汉文著作不能满足诗人阅读需求的情况下，郑

---

　　① ［朝］徐居正：《四佳诗集》卷四十六《夜雪有作》，载《韩国文集丛刊》第 11 册，第 63 页。
　　② ［朝］徐居正：《四佳诗集》卷五十一《书怀》，载《韩国文集丛刊》第 11 册，第 107 页。
　　③ ［朝］李奎报：《东国李相国全集》卷二十九《琴谏议让同知贡举表》，载《韩国文集丛刊》第 2 册，第 7 页。

道传等大家文儒开办了以刻印发行汉籍为主的书铺。高丽后期是刻印中国典籍的一个高潮阶段，高丽通过不同的渠道引进中国典籍又不断刻印发行，以帮助诗人积累学识，提高汉文化及创作水平。并且君主向学、试策制度的推行及学校教育的推广，也使得这一时期文士乐于积学。

中国传统诗学认为，诗人需要具备的修养和能力及技巧是多方面的，积学往往能满足这些需要，朝鲜诗人在实际的创作中也充分认识到了积学对于见识、才华、修养的重要性。受时代、地域等因素的影响，高丽后期诗人偏重于史、儒、佛方面的学识积累，并影响高丽后期形成了具有时代特色的创作追求与风尚。毫无疑问，高丽后期的积学论是带有鲜明的时代特征的。

高丽后期的积学论以学习中国诗学为基础，但因受了时代、环境等诸多因素的影响，又有了许多丰富、富有新意的内容。它对中国积学论既有传承又有发展，一方面表明了高丽诗学和中国诗学的渊源关系，另一方面也说明了高丽诗学个性化的发展特色。

第四章　遇境说

"遇境"即遭遇环境之意，传统诗学认为诗人所处环境会影响诗人的创作，"境"包括社会之境、自然之境。

第一节　遇不平之境

在中国，孟子的"知人论世"说最早提到了社会环境和作者及作品的关系，认为社会环境的特点会通过作家在作品中表现出来，环境对作家、作品的影响是深远的。到了汉代，身处逆境的司马迁对留下脍炙人口的作品而又遭遇不幸的古人深表同情，提出了"发愤著书"说，在《报任安书》中言："西伯拘而演《周易》；仲尼厄而作《春秋》；屈原放逐，乃赋《离骚》；左丘失明，厥有《国语》；孙子膑脚，《兵法》修列；不韦迁蜀，世传《吕览》……"①认为作家的经历与遭遇往往能帮助其提高对社会、人生的认识，驱使作家结合自身境遇写出感人至深的作品，司马迁的"发愤著书"把学者的境遇和创作结合起来，认为学者遭遇的厄境可以转变为创作的动力，为创作注入活力，之后韩愈的"不平则鸣"，欧阳修

---

① 班固：《汉书·司马迁传第三十二》，中华书局，1962，第2735页。

的"穷而后工"都是承此观点而来。

高丽作家同样认为逆境会对作家情感认识产生影响，他们认为逆境中的作家产生的身世之感是强烈的，富有冲击力的，而创作的自我性、自由性往往会驱使逆境中的作家用创作来倾吐不平之境中的怨懑，而这种情感因其真实、强烈最容易使人产生情感上的共鸣。李仁老是高丽诗学的奠基人，在评友人和白云子的《闻莺》诗时曾言："流落天涯，羁游旅泊之状，了了然皆见于数字间，则所谓诗源乎心者，信哉！"[1]李仁老认为，诗源于作者之心，是作者心境的表现。他认为遭遇厄境的诗人会用诗表现其独特的感受，而这样的作品特别能打动人，两首《闻莺》诗虽是不同人所作，但流落天涯、羁游旅泊的作者都不约而同地把自己流离的身世之感借诗表现出来，都具有感人肺腑的魅力。李仁老认为，作家的遭遇对创作来说是宝贵的财富，这种观点和中国以司马迁为代表的"发愤著书"说是相通的。

公元 1170 年，武人之乱爆发。凡戴文冠者，"杀无遗种"，"旬日间，文士戮且尽，中外汹汹，莫保朝夕"，"郑仲夫之乱，合门遭祸，椿脱身仅免，卒穷夭而死"。[2]高丽文官在此次动乱中尽遭杀戮。武人之乱后，高丽朝廷虽不断派将讨伐，但叛变武人来势汹汹，暴戾难制。

> 乱后二年，重光等寺僧聚众讨伐李义方兄弟，"义方知之，征集府兵逐之，斩僧百余"。[3]

> 西京留守赵位宠起兵，谋讨义方、仲夫。……义方怒甚，执西京人尚书尹仁美、大将军金德臣、将军金锡才等，无贵贱悉诛之，枭首于市。[4]

---

① [朝]李仁老：《破闲集》，载《韩国诗话全编校注（一）》，第35页。
② [朝]郑麟趾：《高丽史》，第3135页。
③ [朝]郑麟趾：《高丽史》，第3876页。
④ [朝]郑麟趾：《高丽史》，第3877页。

张纯锡等奉命讨伐义旼，李义旼部下"夜以兵围而攻之，斩数百人，列其首于路之左右"。①

庆大升素愤仲夫所为……悉捕斩之，枭首于市。②

蔡元阴谋欲杀尽朝臣，事泄，义方又忌元，遂杀于朝，并捕门客群少，皆杀之。③

武人的暴戾血腥使诗人不寒而栗、战战兢兢，再加上武人心胸狭隘，互相争权夺利，用杀戮解决问题，让诗人渐渐失去了对政治的热情。虽然之后崔忠献诛杀李义旼，结束了将近30年的动乱，但高丽却进入了崔忠献及其子孙专权阶段。在崔氏执权近70年的时间内，虽然诗人的处境在一定程度上得到了改善，但是"忠献权倾人主，威振中外，人有违忤，即见诛戮"④，崔忠献并不改武人执政暴虐的本性，总体上来看这一时期诗人是失意和惶恐的。林椿曾自叹：

嗟乎，自古贤人才士例多穷厄矣，而无有如仆者。子美之流落，韩愈之幼孤，挚虞之饥困，冯唐之无时，罗隐之不第，长卿之多病古人特犯其一，而亦已为不幸人，仆今皆犯之，岂不悲哉。⑤

李奎报自叹：

---

① [朝] 郑麟趾：《高丽史》，第3878页。
② [朝] 郑麟趾：《高丽史》，第3871页。
③ [朝] 郑麟趾：《高丽史》，第3875页。
④ [朝] 郑麟趾：《高丽史》，第3897页。
⑤ [朝] 林椿：《西河先生集》卷四《与赵亦乐书》，载《韩国文集丛刊》第1册，第246页。

常无官常无官，四方糊口非所欢。

图免居闲日遣难，噫噫人生一世赋命何酸寒。①

李承休哀叹自己不容于世：

洁己以处世，自古逢排挤。推忠谏姑苏，镬镂归伍员。

闭门草大玄，芸阁投子云。屈原独自醒，窜逐湘江濆。

贾谊最多才，忽向长沙奔。长卿亲涤器，常着犊鼻裈。

谪仙薄游世，鹤抚还松扪。负羁有远识，置璧馈盘飧。

犹不及老鹤，有禄乘华轩。退之杰然立，功业播无垠。

犹不及鹦鸰，入幸方蒙恩。斯乃传所载，且以眼看论。

不肖例进晋，贤者常遭屯。不肖结根柢，贤者无攀缘。

不肖方得路，贤者长戴盆。不肖或眉寿，贤者逝莫存。②

"国家不幸诗家幸"，武人之乱使诗人不再热衷于朝政，亦不再热衷于唱和台阁之作。流连山水，诗酒为伴，忧国忧民，思考生命，专注诗歌锻炼成为诗人这一时期的追求。林椿在《与赵亦乐书》中言：

仆性本旷达，好问大道，不乐为世俗应用文字，但少为父兄所强，未免作之。自遭难，废而不为者久矣，今既寒窘，思其所以取仕进而具裘葛养孤穷者，非此术莫可，故出而乃取时所谓场屋之文者读之，工则工矣，非有所

---

① [朝]李奎报：《东国李相国全集》卷三《无官叹》，载《韩国文集丛刊》第1册，第326页。

② [朝]李承休：《动安居士集》卷一《病课诗》，载《韩国文集丛刊》第2册，第396页。

谓甚难者，诚类俳优者之说。①

林椿初对于科考锲而不舍，却屡次科场失意。困厄之中其审视场屋创作，类俳优的作法让其逐渐心生厌恶，"仆既屡困场屋，将自誓不复求之"②。从场屋文字中解脱出来，林椿把重心放到了创作上。

> 十年流落半生涯，触处那堪感物华。
>
> 秋月春风诗准备，旅愁羁思酒消磨。
>
> 纵无功业传千古，只有文章自一家。
>
> 盛世偷闲殊不恶，从教身世转蹉跎。③

通过《寄友人》这首诗可以看出来，寒园之中的林椿把创作视为名传千古的事业，认为文人可以以此实现自身的价值和不朽。"凡物不平，鸣也必哀于上听。"④ 金坵（1211—1278）认为遭遇不平的诗人表露真情实感往往具有很强的感染力。

> 期年去国恋交亲，尚喜今朝见似人。
>
> 岂卧元龙楼百尺，求田问舍且谋身。
>
> 相逢何必早相亲，共是江南流落人。

---

① [朝] 林椿：《西河先生集》卷四《与赵亦乐书》，载《韩国文集丛刊》第 1 册，第 246 页。
② [朝] 林椿：《西河先生集》卷四《与赵亦乐书》，载《韩国文集丛刊》第 1 册，第 246 页。
③ [朝] 林椿：《西河先生集》卷一《寄友人》，载《韩国文集丛刊》第 1 册，第 210 页。
④ [朝] 金坵：《止浦先生文集》卷二十《诏责兵船陈情表》，载《韩国文集丛刊》第 2 册，第 339 页。

下笔新诗多俊气，也应肝胆大于身。①

虽然遭遇坎坷，但林椿创作却颇多俊爽之气，林椿认为正是自己境遇的困厄，使诗歌创作显现了生机。

"凡物不平则鸣，动于中而形于外，惟时难得易失，拙者后而巧者先，敢露常情，用尘清听。"②李穀认为，不平境遇中的诗人情感往往能蓄积到极致，用作品吐露，作品往往因真情的流露而具有极强的感染力，让人产生心灵的共鸣。

高丽末期，元人入侵，终结了高丽武人政权，但在外族的侵略下，内忧外患中的诗人境遇更是寒窘。李穑《代作三首》："匹马从戎向朔方，归来烽火照家乡。谁知枕上无穷意，雨滴空阶夜更长。""流落江湖已十年，朝中亲奋枉相怜。明明九卦三陈处，更有何心敢怨天。""先子谈锋立解纷，一时豪杰致殷懃。我今开口翻招谤，命也时耶愧十分。"③李穑在这三首诗中道出了这一时期诗人的三种切肤之痛：外族入侵，怀才不遇，朝廷腐败。此期诗人多有身世流落之感，多把身世之感倾吐在诗歌中。"旅窗晨起，独酌醺然，揽笔书怀，用以自怡。抚膝长吟，且复悲惋。呜呼，浃岁之间，妻亡子殁，身又流落，一世之穷，岂有如仆者哉。"④李崇仁在诗前序中道出自己作诗的缘由是想用诗歌来抒泄悲愤，慰藉穷途中的自己。

"舅氏归自京，则闵予流落，思所以慰予者，日与为游观之乐，登山临水，饮酒赋诗，心旷神怡，宠辱俱忘，窃比于闲人隐士，而自不知为迁客也。于戏，人生离合，莫不有数。今予之谪此也，柳、梁皆去而独舅氏在者，岂非天使吾二

---

① [朝]林椿：《西河先生集》卷三《次韵崔伯环见赠》，载《韩国文集丛刊》第 1 册，第 235 页。

② [朝]李穀：《稼亭先生文集》卷八《上政堂启》，载《韩国文集丛刊》第 3 册，第 150 页。

③ [朝]李穑：《牧隐诗稿》卷三十一《代作三首》，载《韩国文集丛刊》第 4 册，第 448 页。

④ [朝]李崇仁：《陶隐先生诗集》卷二《无题》，载《韩国文集丛刊》第 6 册，第 556 页。

人复相从于此耶，感叹不已，为赋此诗。"① 流落当中，只有郎舅开导自己，郑誧感慨万千，情不自禁用诗歌道出流落中自己的感受：

> 千里身仍窜，今年数更奇。飘零何所托，形影只相持。
> 儒术将安用，空言竟莫施。自多为世笑，又不喜人规。
> 直道连三黜，余生遇百罹。亲朋无远信，羁旅少相知。
> 好事逢吾舅，清谈即我师。风襟自有契，来往亦无期。
> 座上尊常满，灯前席更移。觅欢心衮衮，省事乐熙熙。
> 草木浮和气，溪山有令姿。联镳村巷远，把酒水亭卑。
> 却伴渔樵老，闲追射猎儿。感怀歌政洌，览物泪空垂。
> 忆昔同山简，方冬醉习池。笙歌清燕后，灯火夜归时。
> 聚散还疑梦，悲欢只有诗。蹉跎犹可慰，矍铄未全衰。②

　　郑誧通过诗前小序及诗歌道出了窘困中自己的悲欢离合，也道出窘境中不由自主抒发情感的创作体验。

> 造物怜吾意不平，故教清景一时并。
> 风吹冻雨东南暗，云漏夕阳西北明。
> 头上有天元默默，胸中万事自营营。
> 题诗岂为传人世，留与儿孙记此行。③

　　① [朝]郑誧：《雪谷先生集》下《赠金佐郎舅诗并序》，载《韩国文集丛刊》第 3 册，第 259 页。
　　② [朝]郑誧：《雪谷先生集》下《赠金佐郎舅诗并序》，载《韩国文集丛刊》第 3 册，第 259 页。
　　③ [朝]李穑：《牧隐诗稿》卷三十五《衿州吟对景写怀》，载《韩国文集丛刊》第 4 册，第 513 页。

李穑认为，创作的目的是要袒露心声，寒窘中的诗人往往有着表露情感的迫切需要。

> 演福钟声尚未鸣，拥衾危坐度寒更。
> 一身衰病乾坤老，万象森罗日月明。
> 杵臼肯移存赵志，华封徒抱祝尧情。
> 悠悠今古无穷事，惹起诗肠作不平。
> 老大殊非少壮时，乐天知命复奚疑。
> 地偏东极春寒甚，家近南山晚景宜。
> 病骨欲苏思妙剂，衰颜有喜得新诗。
> 懒修书札投黄阁，似我迂疏更是谁。①

李穑辗转流离一生，晚年时常有着强烈的创作冲动，想要吐尽不平之事。其晚年的创作因投入了真实的情感，加之对社会人生的深刻认识而文笔畅达，新作因而迭出不穷。李穑认为，窘境中的自己对于自身的喜怒哀乐更为敏感，作品也往往因为情感的倾泻而富有感染力。在《遣兴》这首诗中，李穑虽未直接论遭遇与创作的关系，但通过诗中所言，可以看出对于遭遇在创作上产生的影响，李穑是有着丰富的体验和认识的。又见《晓吟》一诗：

> 满窗朝日室中明，肝胆轮囷尚不平。
> 把笔纵横随意扫，快如秋隼碧天晴。
> 球庭两会困趋班，三日停朝礼制宽。
> 且问感恩谁最甚，病余腰脚尚微酸。
> 白云青嶂满屏风，变化阴晴咫尺中。

---

① [朝]李穑:《牧隐诗稿》卷七《遣兴》，载《韩国文集丛刊》第 4 册，第 35 页。

自愧幻身相对坐，澹然难觅主人翁。①

在李穑看来，有着满腔不平的诗人往往有着倾吐心声的冲动，这时的诗人往往能够纵横把笔，畅快作诗。

独坐怀千虑，灯残欲二更。

断鸿霜外苦，寒杵夜深鸣。

薄宦身何补，长歌气不平。

年华空复暮，郁郁壮心惊。②

忽忽羁怀自不平，况逢佳节倍伤情。

故国政悲千里隔，他乡又见一阳生。

暗香扑酒梅初动，寒响侵窗云未晴。

独酌独吟谁与语，兴来新句偶然成。③

卞季良和柳方善分别在《夜坐有感》和《至日独酌》中不约而同地提到了不平之境中的创作体验，认为困厄往往会让诗人有着倾吐的冲动，在这种状态下创作的诗歌往往能感人心魄、语出惊人。

鸡声忽报五更来，乡思撩人未易裁。

长夜暗从秋气尽，初寒潜逐北风回。

非关穷厄元无命，不必飞腾总有才。

---

① [朝]李穑：《牧隐诗稿》卷二十《晓吟》，载《韩国文集丛刊》第4册，第265页。

② [朝]卞季良：《春亭先生诗集》卷一《夜坐有感》，载《韩国文集丛刊》第8册，第24页。

③ [朝]柳方善：《泰斋先生文集》卷三《至日独酌》，载《韩国文集丛刊》第8册，第644页。

俯仰古今皆若此，生前且合醉衔杯。①

柳方善还认为，穷厄虽使诗人困顿不堪，但从创作的角度来看，并非坏事，可以让诗人在创作领域投入足够的精力，充分展露才华；认为不平之境遇对于诗人的创作来说能发挥出积极的促进作用。

高丽后期的诗人虽然不能实现经国济世的宏愿，并且在现实中历尽坎坷，但是坎坷的遭遇使其身体内的怨愤蓄积到了极点，而诗人找到了诗歌这个倾吐心声的载体，情感在诗歌中往往喷薄而出，而使作品具有极强的感染力。现实的困厄让更多的诗人专注于创作，对扭转高丽后期诗风、提升创作水平发挥了积极的作用。诗人的创作体验及高丽后期创作上取得的瞩目成就，使高丽后期诗人深知困厄对于创作所发挥的积极作用，也形成了深刻的认识。

第二节　遇自然之境

不独社会生活中的境遇，高丽学者认为作家生活的自然环境也会对作家及其创作产生影响。李仁老在评西都郑氏俊才人与诗时言其"謇謇有古诤臣风"而"其语飘逸出尘皆类此"。②为什么郑俊才的诗会有这样的特点？李仁老分析是受了他生活的环境——西都的影响，"西都，古高句丽所都也。控带山河，气象秀异，自古奇人异事多出焉"③。因西都是"气象秀异"之地，郑俊才长居于此，长此以往，其诗自然带有了"飘逸出尘"的特点。

郭处士的诗有"仙风道骨"之气，李仁老认为"鸟巾鹤氅"的郭处士所居环境和世俗环境不同，因其常居山中修炼，山中的清幽之境造就了他不食人间烟

---

① [朝]柳方善：《泰斋先生文集》卷三《晓坐有感》，载《韩国文集丛刊》第8册，第633页。

② [朝]李仁老：《破闲集》，载《韩国诗话全编校注（一）》，第41页。

③ [朝]李仁老：《破闲集》，载《韩国诗话全编校注（一）》，第40页。

火的气质与创作风格。李仁老还认为诗歌的风格和人的生活环境特色是一致的："'谁号天磨岭,凌空积翠浮。去天才一握,挂月几多秋。路险垂猿臂,诗偏侧鹤头。'此必崖谷间避世养道者所题,其语清而苦。"① 由诗歌的清苦特色,李仁老断定作者必是避世得道者。不独李仁老,高丽还有很多诗人认为作者所处的自然生活环境会影响诗人的创作,李奎报谈惠文禅师的创作时指出其"常住云门寺",诗"幽致自在"②,用这个例子表明诗人居住的自然环境会影响其创作的观点。崔滋同样认为,创作和作家生活的环境有相通之处,《补闲集》中记陈补阙曾在"松衫荫密。水石幽奇"的岳西见一山洞,入洞中,"草屋两三隐映林间,一老僧带儿子坐溪石",与陈和诗,老僧"语意清绝"。③ 老僧长期居住在世外桃源,于清幽之境中颐养身心,其诗带有脱却尘俗、清新雅致的特点。高丽后期学者喜欢把诗人生活的环境和创作结合起来评论,这种形式表现出了高丽学者对诗人生活环境的看重,也体现出了高丽学者人境相通的诗学观念。

> 吾诗安小成,而不如惠夷。
>
> 缅愧古作者,聊抒心所之。
>
> 君诗淡如水,微风生沦漪。
>
> 公余佳山水,有句皆清奇。
>
> 如何不一寄,益愧吾芜辞。④

李穑友人田判官经常纵游山水,养成了波澜不惊的淡然心境,而其创作也如其人一样,清奇恬淡,似水般平静。在李穑看来,创作是诗人气质的投射,而诗人的气质是可被环境熏染的。

---

① [朝]李仁老:《破闲集》,载《韩国诗话全编校注(一)》,第 30 页。
② [朝]李奎报:《白云小说》,载《韩国诗话全编校注(一)》,第 54 页。
③ [朝]崔滋:《补闲集》,载陈澕《梅湖遗稿》,《韩国文集丛刊》第 2 册,第 227 页。
④ [朝]李穑:《牧隐诗稿》卷五《寄鸡林田判官》,载《韩国文集丛刊》第 4 册,第 5 页。

　　高丽后期诗人认为，环境对创作者产生的影响是巨大的，认为环境可以影响诗人的气质、心态乃至创作动机，投射到创作上，创作因此烙上了诗人鲜明的印记。而把环境和创作结合起来论环境对创作主体的影响，给热衷汉诗的初学者，指出了具体的提升门径。

第五章　尚意论

"意，志也，从心察言而知意也。从心从音。"①《说文》认为意乃心中之思，其蕴藏于心，通过语言可以表达出来，其既可能是思维的具体结果，也可能是主体刹那的想法，或者是主体思考过程中初萌生而又不明确的想法。意可以通过语言表现出来为人所了解，但是有时候又存在言不尽意的情况，因其由心而生，带有强烈的主观性，与文艺创作言情的要求符合，因此，意成了文艺创作中常谈的一个话题。

文艺作品是一种观念形态，是艺术家对一定的社会生活主观反映的产物。由社会生活到文艺作品，意念、思想是很重要的中介和必不可少的环节，因此自从文艺自觉观念产生后，艺术家对意所发挥的作用认识得越来越清楚，也越来越看重，以意为主成了对文艺创作本质最主要的认识。

"文患其事尽于形，情急于藻，义牵其旨，韵移其意，虽时有能者，大较多不免此累，政可类工巧图绘，竟无得也。常谓情志所托，故当以意为主，以文传意。以意为主，则其旨必见；以文传意，则其词不流；然后抽其芬芳，振其金石耳。"②范晔认为意是创作的中心，只有重意才可以使创作有情性和主旨，使创作

---

① 臧克和、王平校订：《说文解字新订》，中华书局，2002，第695页。
② 范晔：《狱中与诸甥侄书》，载沈约《宋书》卷六十九，中华书局，1974，第1830页。

带有作者鲜明的个性色彩而符合创作的本质。"凡为文以意为主，气为辅，以辞彩章句为之兵卫。……是以意全胜者，辞愈朴而文愈高；意不胜者，辞愈华而文愈鄙。是意能遣辞，辞不能成意。"① 杜牧把意看作创作的灵魂，认为意决定着创作的成败，意胜则文胜。

宋人刘攽《中山诗话》言："诗以意为主，文词次之，或意深义高，虽文词平易，自是奇作。"② 在宋代，尚意在诗歌创作中的表现尤为突出。刘熙载言："唐诗以情韵气格胜，宋苏、黄皆以意胜。"③ 缪钺言："唐诗以韵胜，故浑雅，而贵蕴藉空灵；宋诗以意胜，故精能，而贵深析透辟。"④ 宋代是文艺创作全面开花的时代，宋人对于意的认识越来越深入，在创作上也越来越反对单纯讲究形式法则的做法。苏轼在文艺创作上讲究意造："我书意造本无法，点画信手烦推求。"⑤ "书初无意于佳，乃佳尔。……吾书虽不甚佳，然自出新意，不践古人，是一快也。"⑥ "吾虽不善书，晓书莫如我。苟能通其意，常谓不学可。"⑦ 苏轼的意造包括两层内容，一是作品自出己意，带有鲜明的个性特色，有出人意表之妙；二是推崇主体自我的释放，意到笔走，随意而行，创作放逸不拘，自有风格。苏轼认为意是文艺创作的精髓，读者能参透作品中创作者之意，自然能了解创作的真谛，与创作者意交。

在宋代，中国文化全面发展，高雅而丰富多彩的文化生活使宋代士人受到较为全面的文化熏陶，士人大多书、画、诗兼擅。宋人认为艺术创作虽形态不同，但创作法则上却有相通之处。"丹青之妙，乃复如诗。"⑧ "诗画本一律，天工与清

---

① 杜牧：《樊川文集·答庄充书》，上海古籍出版社，1978，第194—195页。

② 刘攽：《中山诗话》，载何文焕辑《历代诗话（上）》，中华书局，1981，第285页。

③ 刘熙载：《艺概》卷二，上海古籍出版社，1978，第66页。

④ 缪钺：《诗词散论》，上海古籍出版社，1982，第36页。

⑤ 王文诰辑注、孔凡礼点校：《苏轼诗集》卷六《石苍舒醉墨堂》，中华书局，1982，第236页。

⑥ 孔凡礼点校：《苏轼文集》卷六十九《评草书》，中华书局，1986，第2183页。

⑦ 王文诰辑注、孔凡礼点校：《苏轼诗集》卷五《次韵子由论书》，中华书局，1982，第210页。

⑧ 葛立方：《韵语阳秋》，载何文焕辑《历代诗话（上）》，中华书局，1981，第596页。

新。"① 葛立方、苏轼认为诗与画、书法的创作法则相通，意造为艺术创作的关键。对于苏轼的创作，宋代范温评："东坡作文，工于命意，必超然独立于众人之上。"② 范温认为苏轼创作"工于命意"而一骑绝尘，苏轼也曾自言意是创作成败关键："善画者画意不画形，善诗者道意不道名。"③ 苏轼认为意先于文存，有鲜明的个性色彩："夫诗者，不可以言语求而得，必将深观其意焉。"④ "某平生快意事，惟作文章。意之所到，则笔力曲折，无不尽意，自谓世间乐事。"⑤ 指出挥意而作，意到笔随，作品自致奇妙高深。

> 东坡在儋耳时，余三从兄讳延之，自江阴担簦万里，绝海往见，留一月。坡尝诲以作文之法曰："儋州虽数百家之聚，州人之所须，取之市而足，然不可徒得也，必有一物以摄之，然后为己用。所谓一物者，钱是也。作文亦然，天下之事，散在经、子、史中，不可徒使，必得一物以摄之，然后为己用。所谓一物者，意是也。不得钱不可以取物，不得意不可以明事，此作文之要也。"⑥

葛延之向苏轼讨教作文之法，苏轼用钱比意，认为无钱不有物，无意不成文，强调得意是创作成败的关键，是由材料而成文过程中的重要环节。苏轼不仅看重得意，还常以显意与否为标准品评创作，认为王庠的文章"文字皆有古作者之风，略能道意所欲言者"⑦，能大略道出其欲言之物，苏轼极为赞赏。

高丽和宋朝文化交流频繁，宋朝的尚意论对高丽的文艺创作产生了积极的影响。

① 王文诰辑注、孔凡礼点校：《苏轼诗集》卷二十九《书鄢陵王主簿所画折枝二首》，中华书局，1982，第1525—1526页。
② 胡仔：《渔隐丛话前集》卷四，影印文渊阁《四库全书》第1480册。
③ 魏庆之：《诗人玉屑》卷五《言其意不言其名》，中华书局，2007，第261页。
④ 孔凡礼点校：《苏轼文集》卷二《既醉备五福论》，中华书局，1986，第51页。
⑤ 何薳：《春渚纪闻·卷六》（丛书集成初编），商务印书馆，1936，第63页。
⑥ 葛立方：《韵语阳秋》，载何文焕辑《历代诗话（上）》，中华书局，1981，第509页。
⑦ 孔凡礼点校：《苏轼文集》卷四十九《与王庠书》，中华书局，1986，第1422页。

第一节　尚意之风

高丽后期的政治有其特殊性，1170 年爆发的武人之乱使诗人失去了在政治中的优势。屈居武人之下，诗人或隐居山林，或遁入空门，或诗酒自娱、放意山水，表现出的是不与武人合作，不愿媚世的态度。这一时期的诗人虽然外在的生存环境恶劣，但是从政治的中心被排挤出来，远离政治旋涡，反而让诗人有足够的时间审视生命与人生，真正地释放自己的天性，去追寻逍遥的人生和创作的真谛。

一、推崇放意的生活

高丽后期，宋人推崇的陶渊明、苏轼的作品在两国友好交流的氛围中源源不断地输入朝鲜半岛，陶渊明波澜不惊的自然心境和苏轼豁达放逸的人生态度在这一时期成为诗人追慕的对象，而最能体现陶、苏心境和人生态度的放意创作行为也成为这一时期诗人关注的焦点。

> 白云居士本狂客，什载人间空浪迹。
>
> 纵酒酣歌谁复诃，一生放意聊自适。
>
> 倡儿丛里倒千杯，侠客场中争六博。
>
> 今日逢君天使然，况复有酒如流泉。
>
> 与君痛饮击唾壶，志在万里思腾骞。
>
> 烈士壮心何日已，长剑倚青天。①

> 我性本旷坦，所至任意留。

---

① [朝]李奎报：《东国李相国全集》卷五《使履之走笔书壁》，载《韩国文集丛刊》第 1 册，第 344 页。

得坎即可止，乘流即可浮。①

我言天地内，浮生信如寓。

彼此无真宅，随意且相住。

何必恋洛尘，局促首归路。

换酒倾一壶，胸膈无细故。

颓然卧前荣，万木苍烟暮。②

忆昔放意京华春，白玉樽前烂醉身。

如今浪迹江城里，碧山万里薄游人。③

李奎报的一生大起大落，曾因崔忠献赏识其文笔而骤迁至宰丞，也因忤逆崔忠献之意被贬为桂阳副使，"寻以礼部郎中、起居注召还，累拜左谏议大夫、翰林学士、判卫尉事，以事流猬岛"④，"性豁达，不营生产，肆酒放旷，为诗文不蹈古人畦径，横鹜别驾，汪洋大肆，一时高文大册，第皆出其手"⑤。李奎报经历世事沉浮，看惯了人生的风云突变，变故的历练使其对一切处之泰然，主张自然随意。李奎报认为，意是个人对生活的认识和看法，对己而言是指一种自然豁达的人生态度。李奎报认为人生应该随意而行，放逸不拘，不应有过多的顾虑和拘束，这样才能找寻到真正的人生快乐，才是活着的价值所在。"独坐自弹琴，独饮频举酒。既不负吾耳，又不负吾口。何须待知音，亦莫须饮友。适意则为欢，

---

① ［朝］李奎报：《东国李相国全集》卷六《憩施厚馆》，载《韩国文集丛刊》第 1 册，第 348 页。

② ［朝］李奎报：《东国李相国全集》卷二《复游西郊草堂》，载《韩国文集丛刊》第 1 册，第 307 页。

③ ［朝］李奎报：《东国李相国全集》卷六《席上走笔赠李大成》，载《韩国文集丛刊》第 1 册，第 349 页。

④ ［朝］郑麟趾：《高丽史》，第 3129 页。

⑤ ［朝］郑麟趾：《高丽史》，第 3130 页。

此言吾必取。"① 李奎报性喜诗、酒、琴，晚年自称"三酷好先生"，他认为肆意的生活可以让自己尽情释放，获得极致的快乐。不独李奎报强调主观自我的任意驰骋，高丽后期诗人在主观自我觉醒的时代普遍追求放意的生活。

在武人执政的环境中，武人的反复无常及混战屠杀让政治旋涡中的诗人命运飘摇不定、寒困压抑。诗人安轴的一生也是起起落落宦海沉浮多次："忠惠即位，命存抚江陵道，入判典校、知典法事。忠肃复位，凡得幸忠惠者皆斥之，或以轴为所斥者，亲罢之。既而起为典法判书，忏内竖用事者，又罢。忠惠复位，又拜典法判书，转监察大夫。"② "人生贵适意，何用事乖睽。贵贱虽异轨，终归理亦齐。更残灯烬落，月下闻寒鸡。"③ 看惯了刀光剑影，目睹了众多的杀戮，安轴更渴望解放自我、适意心安的平静生活。

> 星山南麓压郊坰，翦木诛茅制草亭。
> 十里烟云开画障，百年身世倚松楹。
> 澄心静虑真长策，明月清风自大庭。
> 适意逍遥更何愿，菜羹蔬食免浮萍。④

陶渊明诗中的田园为古代诗人营建了一个远离世俗、自适心安的精神家园，不遇诗人往往选择从陶渊明这里寻求精神的慰藉。李稷向往陶渊明式的闲适生活，不愿为五斗米折腰去过飘摇不定的浮萍般的生活，他认为人生的乐趣在于乡野茅草间的放意，自在、适意中能获得一份心灵的宁静。

> 山石巉岩未易跻，放驴随意杖枯藜。

---

① [朝]李奎报：《东国李相国全集》卷二《适意》，载《韩国文集丛刊》第1册，第311页。
② [朝]郑麟趾：《高丽史》，第3336页。
③ [朝]安轴：《谨斋集》卷一《秋夜》，载《韩国文集丛刊》第2册，第453页。
④ [朝]李稷：《亨斋先生诗集》卷三《观稼亭》，载《韩国文集丛刊》第7册，第544页。

云开韩子精诚感，花落刘郎物色迷。

长短藤枝横古道，高低树叶覆清溪。

行行尽目无人语，唯有幽禽自在啼。①

骑牛，欲其迟也。想夫明月在天，山高水阔，上下一色，俯仰无垠。等万事于浮云，寄高啸于清风，纵牛所如，随意自酌，胸次悠然，自有其乐此岂拘于私累者所能为也？古之人亦有能得此乐者乎，坡公赤壁之游殆庶几矣。然乘舟危，则不若牛背之安也。②

　　驴和牛是汉诗中的两个常见意象，深受高丽人喜欢的苏东坡喜骑驴，"骑驴渺渺入荒陂，想见先生未病时"③。东坡与友人多次提及孟浩然骑驴吟诗之事，如"又不是襄阳孟浩然，长安道上骑驴吟雪诗"④，"雪中骑驴孟浩然，皱眉吟诗肩耸山"⑤，对孟浩然的安闲与自在的欣赏，也表明了东坡对自在随意人生境界的肯定与追求。朝鲜诗中"骑牛"由中国的骑驴意象延伸而来，高丽后期诗人随意放驴骑牛的意象中表现出的是一种人生的抉择和境界，以及无意官场的在野诗人的清高与自在，权近的"乘舟危，则不若牛背之安也"道出了其时诗人对险恶官场的舍弃及纵情于天地的自在隐逸生活的喜爱。

　　陶渊明和苏轼身处困境时，以自我为主导去思考和把握人生，以超脱旷达应对

---

① [朝]李崇仁：《陶隐先生诗集》卷二《游瑯山》，载《韩国文集丛刊》第6册，第562页。

② [朝]权近：《阳村先生文集》卷二十一《骑牛说》，载《韩国文集丛刊》第7册，第209页。

③ 王文诰辑注、孔凡礼点校：《苏轼诗集》卷二十四《次荆公韵四绝》，中华书局，1982，第1252页。

④ 王文诰辑注、孔凡礼点校：《苏轼诗集》卷十五《大雪，青州道上，有怀东武园亭，寄交代孔周翰》，中华书局，1982，第715页。

⑤ 王文诰辑注、孔凡礼点校：《苏轼诗集》卷十二《赠写真何充秀才》，中华书局，1982，第587页。

生活，寻求生活的乐趣与生命的价值，是身处逆境的诗人生活的典范。高丽后期诗人对东坡及东坡推崇的陶渊明有着强烈的认同感，赞同"苏氏之道，最深于性命自得之际"①的评价，认为唯苏轼放达、快意，才到达了其高妙的人生境界。高丽后期诗人在时运不济、身世飘零的社会环境中选择了于放意中追逐人生："此行行乐应随意，未羡闲僧负钵囊。"②"骄马嚼衔随意快，惊鸿避箭尽情飞。"③"宇宙既纵意，琴书仍引觞。"④"新凉渐可人，身健随所请。经丘与寻壑，纵意出尘境。"⑤"歇鞍垂柳岸，溪水声潺潺。开襟纳清风，快意仍盘桓。"⑥对这种生活方式的选择既表明了高丽后期诗人精神和中国文化的渊源，也体现了高丽后期诗人对豁达与超脱的人生境界的追寻，并且这种放意的人生态度对高丽的文学创作产生了深远的影响。

二、文艺创作推崇"意造"

高丽后期文艺创作兴盛，画、琴、书、诗皆取得了一定的成就，受宋文化的浸润，高丽后期诗人在文艺创作上像宋代士人那样推崇意造，看重得意、显意，并且推崇挥洒自在的创作行为。

林椿与僧人惠云赏《画雁图》，"其翔集饮啄起伏伸缩之形，曲尽而无遗矣"，林椿感慨"盖君子不可以留意于物，但寓意而已"；⑦并道出自己的作画之道，"当其画时，必先得成形于胸中，奋笔直遂而后乃得至此，则心识其所以然，而口不

---

① 秦观撰、徐培均笺注：《淮海集笺注》卷三十《答傅彬老简》，上海古籍出版社，1994，第981页。

② [朝]闵思平：《及庵先生诗集》卷三《送思亭金判书伴王秘卿降香金刚山》，载《韩国文集丛刊》第3册，第69页。

③ [朝]闵思平：《及庵先生诗集》卷三《与门生出游东郊》，载《韩国文集丛刊》第3册，第73页。

④ [朝]李穑：《牧隐诗稿》卷四《次前韵遣兴》，载《韩国文集丛刊》第3册，第562页。

⑤ [朝]李穑：《牧隐诗稿》卷三十五《久坐》，载《韩国文集丛刊》第4册，第508页。

⑥ [朝]李稷：《亨斋先生集》卷一《行至镇岑县》，载《韩国文集丛刊》第7册，第530页。

⑦ [朝]林椿：《西河先生集》卷五《画雁记》，载《韩国文集丛刊》第1册，第254页。

能言之"①。林椿的画道和苏轼的画论有异曲同工之妙: "今画者乃节节而为之, 叶叶而累之, 岂复有竹乎! 故画竹必先得成竹于胸中, 执笔熟视, 乃见其所欲画者, 急起从之, 振笔直遂, 以追其所见, 如兔起鹘落, 少纵则逝矣。"②苏轼反对比物画物, 讲究在观物的基础上先形成主观之意, 认为唯有成竹于胸, 创作才能一气呵成。林椿认为对物画物, 穷形尽相反而不好, 画需有意, 此意所言乃作者对于外物的一种自我认知。林椿认为, 这种认知带有强烈的个性色彩, 是应先存于心中的。在文艺创作过程中, 林椿认为存意、挥意是符合文艺创作的规律的, 为画之道不应是简单的临摹。

李奎报在画道上同样推崇意作。"马局促自效辕下驹, 俯首低徊莫纵驰。逐日霜蹄何处展, 追风逸气无由施。布袍童子牵且去, 傍睐碧草行何迟。画工画此岂无谓, 中有妙意人谁知。不唯贱畜乃尚尔, 男儿穷达一如斯。用之腾跃九天衢, 不用或自沈泥途。"③李奎报认为《双马图》妙在画中深意, 以马喻人, 画出了人生浮沉的两种境界, 唯有有心之人才能读懂作品之意。对于以画寓意, 画家深意借画缓缓道出, 李奎报极为赞赏。

君不见翰林笔下曾解导心闲, 来去独立沙洲傍。何人画手得神授丹青妙意, 仿佛谪仙肠。我初未识画工趣, 支颐倚壁私商量。既写江湖奇绝致, 何不画渔人舟子来往游倜傥。既写鹭鸶得意态, 何不画游鱼走蟹出没行洋洋。潜思默课始自知, 意所未到于焉藏。白鹭见人处拂翼沙头, 决尔一起惊飞翔。白鹭窥鱼时植足苇间, 竦然不动难低仰。那教雪客闲放态, 遣作黄雀多

---

① [朝]林椿:《西河先生集》卷五《画雁记》, 载《韩国文集丛刊》第 1 册, 第 255 页。
② 孔凡礼点校:《苏轼文集》卷十一《文与可画筼筜谷偃竹记》, 中华书局, 1986, 第 365 页。
③ [朝]李奎报:《东国李相国全集》卷九《闵常侍令赋双马图》, 载《韩国文集丛刊》第 1 册, 第 383 页。

惊忙。此意识者小，吾作歌诗始翼扬。①

对于友人的《鹭鹚图》，李奎报一开始不以为然，觉得仅为工物之作了无新意，后悟透作者之意，实以白鹭独立沙洲写其闲态，为作者奇妙的画趣而击节赞叹。李奎报认为，画作应是作者的匠心之作，作者应有自己创意，将己意巧妙藏于画间，才能营造出独特的画趣。不独作画，在琴艺上，李奎报同样推崇意造。

> 风俗通曰：琴者，乐之统也，君子所常御不离于身者也。予非君子人也，尚蓄一素琴，弦弣不具，犹抚而乐之，客有见而笑者，因具五弦以与之，予授之不辞。于是，弹为长侧短侧大游小游，凡皆如意也。昔陶潜有无弦琴，寓意而已，予以区区此一蛹丝，要听其声，则其不及陶潜远矣。然予自乐之，何必效古人哉。酌一杯弄一曲，以此为率，是亦遣一生之一乐也，遂刻其背曰白云居士琴，欲使后之见者知某之手段所尝经也。②

李奎报认为文艺行为是创作主体寓意之为，文艺行为本身的意义在于作者之意的抒写。陶潜无弦击琴板，轻抚无弦琴表现出的是其洒脱俊逸的生活态度，而自己有弦不拘弹，随意抚琴之举，表现的是自己放逸不拘的人生追求。"素琴天籁初无声，散作万窍鸣。孤桐本自静，假物成摐琤。我爱素琴上，一曲流水清。不要知音闻，不忌俗耳听。只为写我情，聊弄一再行。"③弹琴时纵意自适，神接天外，自由自在，任意而为，传达出诗人悠闲雅致之趣，李奎报认为这才是抚琴的最高境界。

在文艺创作上，高丽后期诗人认为意是创作的核心所在，推崇意作。"意匠"

---

① [朝]李奎报：《东国李相国全集》卷十《温上人所蓄独画鹭鹚图》，载《韩国文集丛刊》第 1 册，第 401 页。

② [朝]李奎报：《东国李相国全集》卷二十三《素琴刻背志》，载《韩国文集丛刊》第 1 册，第 533 页。

③ [朝]李奎报：《东国李相国全集》卷三《草堂三咏》，载《韩国文集丛刊》第 1 册，第 319 页。

是其时诗人对优秀的文艺创作者的一种褒称。

> 想见晴窗下笔时，意匠经营不转瞳。
> 青山送青隔几水，白云曳白横远空。①

> 东方弥天江月轩，善幻应变流渊源。
> 三生气习托笔痕，一泓水墨吞乾坤。
> 潇湘洞庭河之滑，本色虽妙要传神。
> 意匠净扫凡笔尘，秋兔独领丹田春。②

> 周道心无累，中庵画入神。
> 兔毫生意匠，牛背载诗人。
> 村僻山千迭，波明月一轮。
> 白鸥相与狎，浩荡有谁驯。③

高丽后期诗人认为，真正优秀的诗人，创作时能做到凝神静气，自出己意。"意匠"的称呼，既反映了其时诗人对意的重视，也表明了其时诗人对文艺创作本质的透彻认识。

三、诗以意为主

意的主要内涵是指作品的主题思想，受高丽后期汉诗转型的影响，高丽后期

---

① [朝]闵思平：《及庵先生诗集》卷一《郑雪轩青山白云图》，载《韩国文集丛刊》第 3 册，第 54 页。

② [朝]李詹：《双梅堂箧藏文集》卷一《江月轩画山水歌》，载《韩国文集丛刊》第 6 册，第 310 页。

③ [朝]权近：《阳村先生文集》卷二《中庵所画李周道骑牛图》，载《韩国文集丛刊》第 7 册，第 29 页。

诗人比较看重作品的立意。

> 夫诗以意为主，设意尤难，缀辞次之。意亦以气为主，由气之优劣，乃
> 有深浅耳。然气本乎天，不可学得。故气之劣者，以雕文为工，未尝以意为
> 先也。盖雕镂其文，丹青其句，信丽矣。然中无含蓄深厚之意，则初若可玩，
> 至再嚼则味已穷矣。虽然，凡自先押韵，似若妨意，则改之可也。唯于和人
> 之诗也，若有险韵，则先思韵之所安，然后措意也，至此宁且后其意耳。①

李奎报认为诗以意为主，意是最主要的，也是最难设定的，意和诗人之气有
关，诗人气优则意深，作品含蓄深厚；反之若气劣，仅讲究雕琢法则，则作品华而
不实，无深厚意味。李奎报认为意的产生和主体气性相关，雕琢无益于作品之意。
"醉里闲行独倚笻，共吟诗意尽西峰。"② "冰寒于水性所得，师法区区何用慕。
风流雅丽意兼备，烦公更写洛神赋。"③ "每哀吟乎行路难，或写意于囚山赋。何同
侪已飞于云汉，而唯我未振于泥涂。"④ 林椿认为，意承载着作者的情绪和感受，
意是创作的核心和灵魂，创作的关键是要准确抒发作者之意。在林椿这里，意的
内涵倾向于思绪、心境。

> 午热仲旬后，心昏多病余。
>
> 火云低屋角，涔汗滴衣裾。
>
> 倚几身弥困，吟诗意稍舒。
>
> 清风忽然至，一快满堪舆。⑤

---

① [朝] 李奎报：《东国李相国全集》卷二十二《论诗中微旨略言》，载《韩国文集丛刊》
第 1 册，第 524 页。

② [朝] 林椿：《西河先生集》卷三《访兴严寺》，载《韩国文集丛刊》第 1 册，第 231 页。

③ [朝] 林椿：《西河先生集》卷三《和眉叟》，载《韩国文集丛刊》第 1 册，第 232 页。

④ [朝] 林椿：《西河先生集》卷六《上吴郎中启》，载《韩国文集丛刊》第 1 册，第 265 页。

⑤ [朝] 李穑：《牧隐诗稿》卷二十九《午热》，载《韩国文集丛刊》第 4 册，第 422 页。

溪声僧立处，山色鸟啼时。

野兴悠悠甚，丹青定是诗。

芳草荣枯日，浮云起灭时。

操心似金石，寄向数篇诗。

有意倾千古，无心盖一时。

抽毫书晋字，炼句学唐诗。①

　　李穑认为意是创作的价值所在，认为创作的过程即舒意的过程，怀意之作倾倒千古，无意之作仅能悦人于一时。

　　高丽后期诗人往往把意作为品评汉诗的标准。陈澕评诗："'三年旅枕庭闱月，万里征衣草树风'未若'草堂三年笛里关山月，万国兵前草木风'语峭意深。"②陈澕认为，前作仅是写出了常年的战争给征人带来的痛苦，而后作写出了战事持续的时间长，征人思乡，及连年战事中老百姓流离失所不堪的生活，蕴有不满战争之意，较前作更深刻。《补闲集》曰："陈补阙初直玉堂时，孙翰林得之。李史馆允甫、李同文百顺、前翰林尹于一，六官才俊，皆在席上。评李同文诗：'品因飞燕重，画自季龙先。绣幕摇翻浪，琅庖鼓扬烟。摆冷醒炎鼠，扬清饫洁蝉。'尹云：'月圆今似古，诗对后连前。飘拂身无垢，凄凉意欲仙。画宜留顾绝，书不要张颠。'座曰：'摆冷扬清之句，辞意清新。'评李东观诗：'风生绅史地，月动演纶天。制作羲轩下，炎凉象帝先。信疏松柏后，功小粃糠前。轻却携长拂，凉于戏半仙。鬝蕉疑凤雨，挥羽扫狼烟。破热肌如濯，扬冷手似颠。籔腰摇带凤，拂首侧冠蝉。愿借真清力，驱除俗臭钱。'曰：'此诗之意，先深后浅，是为倒格。'"③通过这段记载可以看出当时诗人有明确的"诗以意为主"的观念，往往

---

　　① [朝]李穑：《牧隐诗稿》卷十七《偶吟》，载《韩国文集丛刊》第4册，第211页。

　　② [朝]陈澕：《梅湖遗稿·失题》，载《韩国文集丛刊》第2册，第280页。

　　③ [朝]崔滋：《补闲集》，载陈澕《梅湖遗稿》，《韩国文集丛刊》第2册，第281页。

以辞意清俗、深浅为标准来品评汉诗优劣。

陈澕不仅常用意来品评他人汉诗，在创作诗歌时，也往往把"出意"作为自己的创作追求。

《补闲集》曰：陈玉堂澕、李蓬山允甫，同夜直禁林。时有前入金书状官某言："广宁府道傍有十三山，往来客子题咏颇多，皆浅近未能破的，请两君赋之。"陈即援笔云："巫山十二但闻名，驿路偷闲午枕凉。剩骨一峰云雨恼，傍人应笑梦魂长。"李云："六七山抽碧玉簪，葱笼佳气射朝骖。从今嵩岳嘉名减，只数奇峰二十三。"又云："少年蜡屐好登山，踏尽衡巫岱华间。五老八公游未遍，不知藏此此中悭。"陈诗以意，李诗以言。两首之言，不如一首之意。①

陈澕和李山甫同写巫山诗，陈诗暗用巫山神女典故，李诗仅描形，崔滋认为李诗仅在语言上下功夫不如陈诗以意取胜、别有韵味。

高丽后期诗人认为文以意为主，意符合创作本质要求，是诗人最应该着力的对象。把意作为创作的追求及评判作品的标准，说明高丽后期诗人更倾向于接近汉诗创作的本质。

第二节　立意之标准

高丽后期诗人看重意的设立，意成为诗人的主要追求。对于作品之意应具有什么样的特点，诗人进行了深入的探讨。

一、意新

高丽和宋朝文化往来频繁，宋诗成为高丽诗人模仿的对象，这也使高丽朝的

---

① [朝]陈澕：《梅湖遗稿·咏广宁府十三山》，载《韩国文集丛刊》第2册，第277页。

汉诗创作陷入了摹写的怪圈，题材、手法等都带有鲜明的中国特色。拿学习苏轼来说，高丽诗人对其创作多亦步亦趋。崔滋有记："近世尚苏轼，盖爱其气韵豪迈，意深言富，用事恢博，庶几效得其体也。今之后进，读苏轼集非欲仿效以得其风骨，但欲证据以为用事之具。"① 李奎报言："夫文集之行乎世，亦各一时所尚而已，然古晋以来，未若苏轼之盛行，尤为人所嗜者也。"② 高丽人对苏轼的喜爱到了一种狂热的程度，时人甚至"或有七字五字从苏轼集来"或"无四五字夺苏轼语"的抄袭，这一方面反映了高丽诗人对苏轼的推崇，另一方面反映了高丽诗人创造力的缺乏；并且在这一时期应制雕琢之文的大行其道也使高丽汉诗缺少创新性。模仿及应制创作使高丽汉诗的发展陷入瓶颈，李仁老等诗文大家认为高丽汉诗只有抛弃丽靡菱弱、刻意模仿雕琢，呈现出自己的个性特色才会具有永久的生命力。求新奇，成为这一时期高丽诗人的追求。

李奎报在与友人全履之的书信中曾专门就出新意谈了自己的看法。"足下以为世之纷纷效东坡而未至者，已不足导也。虽诗鸣如某某辈数四君者，皆未免效东坡。非特盗其语，兼攘取其意，以自为工。独吾子不袭蹈古人，其造语皆出新意，足以惊人耳目，非今世人比，以此见褒抗仆于九霄之上，兹非过当之誉耶。独其中所谓之创造语意者，信然矣。然此非欲自异于古人而为之者也，势有不得已而然耳。"③ 李奎报指出高丽后期对苏轼的模仿近乎狂热，时人从内容到形式，从立意到用语，皆选择蹈袭苏轼，这并不利于朝鲜诗歌的健康发展。他指出，在创作上应努力求新意，并力图以自己富有新意的创作纠偏补正。

　　然古之诗人，虽造意特新也，其语未不圆熟者，盖力读经史百家古圣贤之说，未尝不熏炼于心，熟习于口，及赋咏之际，参会商酌，左抽右取，以

---

① ［朝］崔滋：《补闲集》，载《韩国诗话全编校注（一）》，第112页。
② ［朝］李奎报：《东国李相国全集》卷二十一《全州牧新雕苏轼文跋尾》，载《韩国文集丛刊》第1册，第515页。
③ ［朝］李奎报：《东国李相国全集》卷二十六《答全履之论文书》，载《韩国文集丛刊》第1册，第557—559页。

相资用。故诗与文虽不同，其属辞使字，一也，语岂不至圆熟耶。仆则异于是，既不熟于古圣贤之说，又耻效古诗人之体，如有不得已及仓卒临赋咏之际，顾干涸无可以费用，则必特造新语，故语多生涩可笑。古之诗人，造意不造语，仆则兼造语意无愧矣。由是，世之诗人，横目而排之者众矣，何吾子独过美若是之勤勤耶。①

时人学习东坡乃至古人，在雕琢中意有却陈旧，语熟却不新，抄袭模仿使得创作时时处处受限，作品篇篇似曾相识，李奎报认为这是不健康的汉诗创作行为，强调后人可以揣摩学习古人之意，但不应拘于古人之意，作品应多呈现带有诗人个性色彩的意，自造才是创作的正道。如崔滋所言："文顺公率不好用事，盖尚新意耳。"② "眉叟诗言禅甚详，文顺公言简意新。"③ 新意成为李奎报主要的创作追求，也成为其创作上的突出特色。如其《咏雪》：

> 今古形容语已陈，欲裁新意倒前人。
>
> 岂知尔反令心苦，不入诗来入鬓新。
>
> 入鬓新痕都是雪，不劳譬况此相同。
>
> 唯余一葭未同处，鬓上难融汝易融。
>
> 融成流水冻成冰，变化无穷独尔能。
>
> 作雪争吾双鬓白，为冰学我一心澄。④

在这首诗中，李奎报叙述了《咏雪》这首诗的创作过程。落笔之前，李奎报

① [朝] 李奎报：《东国李相国全集》卷二十六《答全履之论文书》，载《韩国文集丛刊》第 1 册，第 557—559 页。

② [朝] 崔滋：《补闲集》，载《韩国诗话全编校注（一）》，第 95 页。

③ [朝] 崔滋：《补闲集》，载《韩国诗话全编校注（一）》，第 98 页。

④ [朝] 李奎报：《东国李相国全集》卷十六《咏雪》，载《韩国文集丛刊》第 1 册，第 460 页。

认为古往今来，雪已被古人写尽，循前人之路创作难免会落入俗套，于是求自出新意以别于古人，经历了一番苦思冥想后忽得出"作雪争吾双鬓白"之句，以求新意而出的白鬓和白雪争胜为意表达了立新意的艰辛，意出卓然，出人意表。李奎报用《咏雪》这首诗道出了自己出新意的过程，表现出了鲜明的求新意识，而对新意的追求也使其作品卓尔不群，为时人称赏。

崔滋在《补闲集》中品评林椿和李奎报写春眠的诗：林耆之《茶店昼睡》云"颓然卧榻便忘形，午枕风来睡自醒。梦里此身无处着，乾坤都是一长亭"，文顺公《春眠》云："睡乡偏与醉乡邻，两地归来只一身。九十日春都是梦，梦中还做梦中人"。林椿诗仅是记述旅途的艰辛及自然睡醒的过程，略显平淡。李奎报诗写春天里惬意自得的生活，每天都像做着美梦，赞了春天和春睡的美好，以"梦中还做梦中人"起意而赞，精警超凡。崔滋赞"林、李两诗意专睡起，李诗尤可警"①。崔滋认为李奎报的诗立意精警，更胜一筹。

在高丽后期，对汉诗个性化的追求使新意成为诗人关注的重点，也成为诗人品评汉诗的一个标准。"古今诗集中，罕见有如此新意，近得李学士春卿诗稿，见之，警绝心意颇多。其长篇中气至末句而愈壮，如千里骥足，方展走通衢，未半途而勒止也。"②李春卿诗多警绝意，崔滋认为在其时诗人中难能可贵。"文顺公新意入妙，李学士主语清婉。……文烈公诗，如言七八月开花，文安公诗虽止言春及冬，其意已尽。文顺公具言而辞趣深劲，贞素公亦言四时，尚有新意。"③李奎报与几个同年席上和诗，崔滋评论各家作品时，用得最多的一个标准是意新。

按部之行东韩重临境也，乡先生率生徒，述献诗启者尚矣。然阅前代之作，皆蹈袭陈言，而不能表出新意，故皆不足观也。近者，起居注李公，自

---

① [朝]崔滋：《补闲集》，载《韩国诗话全编校注（一）》，第97页。
② [朝]崔滋：《补闲集》，载《韩国诗话全编校注（一）》，第98页。
③ [朝]崔滋：《补闲集》，载《韩国诗话全编校注（一）》，第93页。

中朝登第而还，士夫赋诗赠行，各占三韩异迹为题，语意不类，真奇作也。①

安轴认为承袭前人之意的创作味同嚼蜡不足为观，有价值的创作需能别出新意、与众不同。

鹤浦县亭有安谨斋诗，其末句云："若为添得东溟水，没尽奇观免此劳。"盖以游观者劳民故也。余反其意作一绝云："瘦马羸童路更长，孤村破驿正荒凉。若为富庶关东路，每遇奇观醉一场。"②

鹤浦县亭可谓水边奇景，安轴的题诗写出了建亭人的辛劳，有别于一般的只写清风明月的隐逸之作，李穀认为汉诗立意大可不必如此雅正，特意别其意作诗，用自己的诗抒发了见到鹤浦县亭美景欣喜若狂大醉一场的兴奋。且不论两诗的水平，就两人别意之为，就体现出了高丽后期诗人的创作心态：力求汉诗有鲜明的个性特色，能够出新出奇。

在新意和深意上，有的诗人把出新意看得比深意要重。《补闲集》曾记："问余曰，孰胜，余曰，莺诗浅近，鱼诗雄深，且有比兴之趣，此为绝胜，状元曰，不然，今古莺咏者不及此意，唯公新凿，夫意虽雄深，已陈则常也，虽浅近，新凿则可警。"③在状元看来，新意之作精警，比雄深老作更能吸引读者。

对于新奇之意的获取，高丽后期诗人也有一些探讨。一些诗人认为佛家语可以帮助诗人出新意。《东人诗话》曰："古人诗多用佛家语，以骋奇气。如陈翰林澕诗。"④陈澕诗胜在意新语奇，对于如何使创作有新意，陈澕选择了用佛家语骋

---

① [朝]安轴：《谨斋先生集》卷二《白文宝按部上谣》，载《韩国文集丛刊》第2册，第471页。

② [朝]李穀：《稼亭先生文集》卷十九《登鹤浦元帅台》，载《韩国文集丛刊》第3册，第220页。

③ [朝]崔滋：《补闲集》，载《韩国诗话全编校注（一）》，第96页。

④ [朝]徐居正：《东人诗话》，载陈澕《梅湖遗稿》，《韩国文集丛刊》第2册，第278页。

奇气的方式，并且在使用佛家语时做到了有己创见，不拾人牙慧，徐居正认为正是他选择的这种方式使他的创作避免了索然寡味，从而给人耳目一新之感。

李穑推崇儒学，认为儒学修习应贯穿诗人的一生，并认为诗人精深的儒学修养可以使创作出奇制胜。《录笔语》载：

> 人呼我笔如长杠，意气颖脱无由降。
>
> 留踪石崖势炭炭，摩顶海水声春撞。
>
> 天心渊微尽张皇，力所未到唯苍苍。
>
> 典谟训诰暨风雅，焕乎似有其文章。
>
> 上从画卦作书契，下至万世明纲常。
>
> 圣主贤臣溢简策，嘉言善政何洋洋。
>
> 周之弊也邪说兴，异端藏教堆丘陵。
>
> 泥金黄白光射天，海内海外皆相誊。
>
> 国家设官重吏事，舞文弄法称才能。
>
> 名我作阵吾所耻，借我以耕吾所憎。
>
> 纷纷至今可流涕，儒学久矣如秋蝇。
>
> 周程上遡洙泗流，写出正学无□留。
>
> 笔于是自庆曰幸，仲尼绝我予何忧。
>
> 秦汉群阴自消散，白日明明照九州岛。
>
> 三韩只有一知己，愿得相从保终始。
>
> 吟风弄月非偶然，欲与鲁颂同流传。①

李穑师从大儒李齐贤，推崇朱子学，是高丽后期性理学派的代表人物，在创作上以寓比兴、附风雅为己任，因而作品厚重而有新意，为时人称赏。李穑认为

---

① [朝]李穑：《牧隐诗稿》卷二十八《录笔语》，载《韩国文集丛刊》第 4 册，第 392 页。

自己作品精警的内容、颖脱的意气与自己业儒关联密切。

> 盖因夫子水哉水哉而发也，吾儒以格致诚正而致齐平，则释氏之澄念止
> 观，以见本源，自性天真佛，度人于生死波浪而归之寂灭。①

> 数年中道山如画，今日南溪草似茵道。
>
> 眼纵然通宿命，应嗔老牧不如人。
>
> 闻说当年土地神，也能分别住持身。
>
> 慈恩领袖瑜伽法，肯把丝毫笑与嗔。
>
> 柳洞沉沉远市尘，天场房释自天真。
>
> 肯嫌酤酒频相引，况是南溪又近邻。②

高丽后期，"天真"成为诗人清修的目标。一是因为高丽后期佛教思想流行，其时诗人受佛家思想的影响认为天真的东西是最不落俗套的，"天真偏禀受，人物最清修"③，诗人常常以参禅的方式取天真。二是因为高丽后期陶渊明田园作品流播广泛，诗人认为隐居生活成就了陶渊明不染尘俗的天真之心："金锁曾縻九色麟，归来绿野养天真。"④"偷闲十载养天真，余事诗篇动绝伦。"⑤"况有碧波山岌蔼，可堪栖隐养天真。"⑥与陶渊明相似的处境与心态使高丽诗人非常欣赏陶渊明

---

① [朝]李穑：《牧隐文稿》卷三《澄泉轩记》，载《韩国文集丛刊》第 5 册，第 26 页。
② [朝]李穑：《牧隐诗稿》卷十八《克聪首座新入南溪院》，载《韩国文集丛刊》第 4 册，第 215 页。
③ [朝]洪贵达：《虚白亭文集》卷一《挽延原君李君崇元》，载《韩国文集丛刊》第 14 册，第 33 页。
④ [朝]李奎报：《东国李相国全集》卷十七《次韵金枢密仁镜哭琴相国》，载《韩国文集丛刊》第 1 册，第 469 页。
⑤ [朝]柳方善：《泰斋先生文集》卷二《挽许判事》，载《韩国文集丛刊》第 8 册，第 616 页。
⑥ [朝]金时习：《梅月堂诗集》卷十《山中有田禅老》，载《韩国文集丛刊》第 13 册，第 254 页。

隐逸养天真的生活状态，对天真十分看重。

在"天真"与立意的关系上，高丽后期诗人认为天真与立意关系密切，秉天真之心的诗人往往能立意新奇。"诗句清新不惹尘，因形赋物夺天真。"① "凤翥鸾翔笔意新，端知奇妙出天真。"② 金九容（1338—1384）和李穑认为天真和新意二者之间有着必然的联系。"得句时时破鬼胆，逃禅往往见天真。"③ 李承召（1422—1484）所论更为直接地指出了禅、天真、创作之间的密切联系。

除此之外，喜欢放笔的诗人认为纵意驰骋文笔可使作品呈现新奇之意。高丽后期诗人因在学习模仿中国诗歌上尺寸没把握好，在声韵法则上过度穿凿附会，而使汉诗创作陷入桎梏，作品气象狭小。

> 务为雕刻穿凿，令人局束不得肆意，故作之愈难矣。就此绳检中，莫不欲创新意臻妙极。④

> 天末秋回尚未归，孤城落照不胜悲。
>
> 曾陪元鹭趋文陛，今向江湖理钓丝。
>
> 骨自雕谏成大瘦，诗因放意有新奇。
>
> 明珠薏苡终须辨，只恐难调长者儿。⑤

李奎报、李崇仁等诗人认为过度穿凿法则只会限制诗人的灵感和创造力，诗人在创作时应能打破束缚，任意驰骋文笔，使创作完全处于自在的状态，这样才

---

① [朝]李穑:《牧隐诗稿》卷十六《山水屏风》，载《韩国文集丛刊》第4册，第181页。

② [朝]金九容:《惕若斋先生学吟集》卷下《奉题上书赢庵二大字卷子》，载《韩国文集丛刊》第6册，第41页。

③ [朝]李承召:《三滩先生集》卷七《送专上人归庆尚》，载《韩国文集丛刊》第11册，第442页。

④ [朝]李奎报:《东国李相国全集》卷二十六《答全履之论文书》，载《韩国文集丛刊》第1册，第557页。

⑤ [朝]李崇仁:《陶隐先生诗集》卷二《秋回》，载《韩国文集丛刊》第6册，第561页。

能凸显出作者的个性，创作出令人耳目一新的佳作。

李仁老、李奎报等注重积学的诗人还认为积学可帮助诗人获取新奇之意。

> 李仁老言："吾杜门读黄苏两集，然后语道然韵锵然，得作诗三昧。文顺公曰：吾不袭古人语，创出新意。"时人闻此言，以为两公所入不同，非也。其壶奥难异，所入皆一门。何也？学者读经史百家，非得意传道而止，将以习其语效其体，重于心熟于工。及赋咏之际，心与口相应，发言成章，故动无生涩之辞。其不袭古人而出自新警者，唯构意设文耳。两公所云不同者，殆此而已。[①]

李仁老主张学习苏黄，时人以为他只注重传承，和喜构新意的李奎报在创作上的追求不同，崔滋认为这种观点欠妥，他认为李仁老学习苏黄的目的在于用，李仁老追求的是把前人作法、体式烂熟于心，进而自然达到语熟意新的境界。崔滋认为李仁老、李奎报二者作法看似不同，却都是以出新意为自己的创作追求。

对中国诗歌的亦步亦趋使得高丽汉诗处于尴尬的发展境地，在个性化创作目标的驱使下，求新奇成了高丽诗人的追求。这一时期诗人对如何获取新意进行了细致、深入的探讨，这充分表明了高丽后期诗人对新意的看重和对个性化创作的看重。

二、意深

"唐诗以韵胜，故浑雅，而贵蕴藉空灵；宋诗以意胜，故精能，而贵深折透辟。"[②]"诗以意为主，文词次之。或意深义高，虽文词平易，自是奇作。"[③]"近世尚东坡，盖爱其气韵豪迈，意深言富，用事恢博，庶几效得其体也。今之后进，读

---

① [朝] 崔滋：《补闲集》，载《韩国诗话全编校注（一）》，第 111 页。
② 缪钺：《诗词散论》，上海古籍出版社，1982，第 36 页。
③ 刘攽：《中山诗话》，载何文焕辑《历代诗话（下）》，中华书局，1981，第 285 页。

东坡集非欲仿效以得其风骨，但欲证据以为用事之具。"① 宋诗意以透辟精警而著称，高丽后期诗人在立意上同样追求意深义高，以求纠正汉诗存在的弊端，满足汉诗转型的需求。

安轴为儒学大家，忠肃王被元扣留时，他曾秉着"主忧臣辱，主辱臣死"② 的决心为忠肃王请命开脱。其"忠君爱亲之诚，仁民济物之意"在《关东瓦注》中有着集中的表现，"《关东瓦注》，措辞典雅，命意深邃，蔼然自见于言表。令人读之，悚然激仰，其有功于斯人伦世教者，夫岂浅浅哉"③。安轴后人安崇善认为，高深的儒学修养使安轴关注社会民生，其作品因此命意深邃，而可称之为务实创作的典范。

高丽后期，儒学兴盛，文教兴盛，大儒多强调绍孔孟之统，认为讲儒论道的创作才是意深义高、满足社会需要的创作。

> 诸老虽闲用意深，苍颜白发共丹忱。
>
> 风云庆会匡时略，金石同坚爱主心。
>
> 电绕虹流回令节，翚飞鸟革跨层阴。
>
> 书筵正直莲花沼，给札何当对御吟。④

李穑是高丽后期著名的性理学家，崇尚儒家的忠义节操，也常以作品是否参儒作为意深与否的标准。"予儒者也，道听竺教，不敢发于口，姑以所学言。心在天地曰明命，赋之物均矣，而人最灵。然其气禀拘于前，物欲蔽于后，三品之说所由起也。圣人忧之，立教以明伦，克己以复礼。于是，上下四方，均齐方正

　　① ［朝］崔滋：《补闲集》，载《韩国诗话全编校注（一）》，第 112 页。

　　② ［朝］郑麟趾：《高丽史》，第 3336 页。

　　③ ［朝］安崇善：《谨斋先生集》卷二《跋》，载《韩国文集丛刊》第 2 册，第 477 页。

　　④ ［朝］李穑：《牧隐诗稿》卷三十二《圣诞日也》，载《韩国文集丛刊》第 4 册，第 467 页。

矣。"① 诸儒之作合乎儒道，李穑对于圣诞日参会诸儒的作品大加赞赏，认为这些立意深邃的作品堪称典范。通过其评述倾向，可以看出其在创作立意上对大道的重视与推崇。

李穑欣赏杜甫，颇为看重其忠君爱国之志，视杜甫的儒家品格为典范。徐居正曰："自有诗家以来，推杜甫为首，骚人雅士皆祖而尚之。惟其词深意奥，病于难读，不得无待于郑箫虞律之精选也。今先生之诗，不深奥亦至，文烈之勤于精选者，得非郑箫虞律之遗意耶？呜呼！先生诗书之泽流及者远，文烈以文章事业鸣国家之盛，府尹早擢黄甲，遍历台阁，将有斯文之责之重，能不堕乃家箕裘之业，传文章之正印也必矣。噫，盛矣哉！"② 李穑在乱世中效杜甫忠君忧国，对国家君主一腔赤诚，表现在创作上，其诗简古高雅立意深奥，徐居正认为是其秉承大道所致。

高丽后期儒学兴盛，来自韩、柳、欧、苏的文以载道的观点比较流行，郑摠曾言："公之心，必欲尧舜君民而后已，其行道也一壶不尽，则其中固有慊然者矣，此公之所以著书之意也欤。"③ 其时受儒学浸润的诗人普遍认为文需有为而发，只有这样的创作立意才会深邃，而所谓的"为"就是以儒治世。

用儒立深意之外，当时诗人在苏轼的影响下认为人情也有助于诗人深刻立"意"。"儒者之病，多空文而少实用"④，苏轼虽主"文以载道"，但对于道却有着不同于韩、欧的一些认识。他认为感于心者之思，同样为"道"的内涵，主张在创作中表现作者真实的情绪和感受。

"东人文数卷，拙翁手所撰。观其用意深，奚啻比骚选。"⑤ 闵思平赞郑谏议诗

---

① [朝]李穑：《牧隐文稿》卷六《平心堂记》，载《韩国文集丛刊》第 5 册，第 44 页。
② [朝]徐居正：《牧隐集》附录《牧隐诗精选序》，载《韩国文集丛刊》第 5 册，第 178 页。
③ [朝]郑摠：《复斋先生集》下《经济文鉴序》，载《韩国文集丛刊》第 7 册，第 484 页。
④ 孔凡礼点校：《苏轼文集》卷四十九《与王庠书》，中华书局，1986，第 1422 页。
⑤ [朝]闵思平：《及庵先生诗集》卷一《送郑谏议之官金海》，载《韩国文集丛刊》第 3 册，第 58 页。

用意深，认为其创作可以与《离骚》《文选》相媲美。屈原"二十五篇之骚，无非发于情者"①，萧统《文选》"事出于沈思"，屈原骚作和《文选》选文皆表现了作者实实在在的情感，为闵思平所欣赏的郑谏议之"意"实际上是指诗人在现实生活基础上有感而生出的意。

高丽后期汉诗有着个性化的转型需求，在作品立意上，诗人的思想情感认识也慢慢成为诗人关注的一个内容。李穑虽为大儒，创作多从儒学入意，但其实际上非常注重抒写生活中的感受，认为现实感受和认识同样有助于作品深刻立意。如其《偶题》：

> 双犬色如墨，有时堂上眠。
> 守门常自卧，无肉有谁怜。
> 烟巷共岑寂，月庭相折旋。
> 题诗意不浅，可以保青毡。②

这首诗通过家中双犬的日常表现突出生活的闲适，用平常的话语娓娓道出生活的清静悠闲，表现出了作者对闲适生活的喜爱，也道出了平常的生活才是幸福生活的立意。尾联"题诗意不浅"之句虽过于自白突儿，但作者对深意的看重，对这首小诗所立之意的满意自得也是一目了然的。

高丽后期诗人在创作上为求深意"明物理，达人情"，明代张溥评价陶隐李宗仁："古之君子，和顺积中而发为文章，形于咏歌，皆足以明物理达人情，有关于世教，后代之竞葩藻者，自以为得诗人流丽之家法，于理之精粗，情之邪正，不遑论也。余奉使至高丽国，其提学李公子安示余陶隐齐啥稿一峡，爱其吐辞精确于浑成之中，命意深远于雅淡之际。"③张溥认为，有深意的作品既要论理

---

① 吴纳著、于北山校点：《文章辨体序说》，人民文学出版社，1962，第21页。
② [朝]李穑：《牧隐诗稿》卷二十二《偶题》，载《韩国文集丛刊》第4册，第303页。
③ 张溥：《陶隐集跋》，载《韩国文集丛刊》第6册，第519页。

之精，又要言情之正，情理兼具方凸显作品的深意，而陶隐的创作既明物理又达人情，其诗水平已经堪和中国优秀诗歌相媲美。

诗人的"意深"实践对于高丽后期的雕琢浮靡创作起着一个很好的纠补作用，而在立意深邃上情理兼具的这种认识也在一定程度上推动着诗人关注现实，在创作中抒发真实的情感，从而促进了高丽后期汉诗的健康发展。

三、意清

"清"是来自中国哲学的一个概念，气有清浊人有高下，至魏晋成为审美艺术中的一个概念。清意具有清静、清雅及清空三个内涵。

"清静"指的是在自然的状态中，涤除了尘俗污秽的"清"，以及摒弃了凡世喧闹的"静"。

其一

不须尘世巧推移，风月双清若有期。

自喜静中无俗累，杜门深坐便裁诗。

其四

雨晴台榻土生香，溪柳摇风送晚凉。

此是静中清意味，每邀诗客好相将。①

李穑《自咏》两首强调清静而居能让自己摆脱俗务的烦扰，与自然浑融为一，身心放松。李穑认为，静让自己远离了世俗的喧嚣，回归自然，自在闲适。

林下茅茨古，盘中瓜果凉。

---

① [朝]李穑：《牧隐诗稿》卷九《自咏》，载《韩国文集丛刊》第 4 册，第 328 页。

童童松挺色，翁翁酒生香。

心静青山近，身闲白日长。

祗今清意味，仿佛想陶唐。①

朴兴生（1374—1446）这首诗以近乎直白之笔写了青山松林中瓜果美酒相伴的不染世俗尘埃的生活，在静居的描写中表现自己对俗世纷扰生活的厌弃和对简单幽静生活的喜爱，清静的立意表现出的是作者脱俗的品格，高丽后期描写静居生活的作品往往含有此种立意。

关于"清雅"，《文心雕龙·体性》言："典雅者，熔式经诰，方轨儒门者也。"②刘勰认为合乎儒道的创作带有典雅的特点。高丽后期诗人所言清雅即指儒家的端正、典雅，思想上和于"无邪"。李穑曰："予观雪谷之诗，清而不苦，丽而不淫，辞气雅远，不肯道俗下一字。就其得意，往往与予所见中州才大夫相上下，置之唐姚薛诸公间不愧也。"③郑道传曰："而镇抚任先生常在军旅，不废讲学，尤邃于濂、洛性命之学。其雅意澹泊，志行纯洁，一代之高士也。"④高丽后期诗人认为儒家主流精神温柔敦厚，中正、典雅是"清雅"的主要内涵。

在高丽后期理学初盛的时代，有时以真指雅。"公晚年屏居田庐，尝赋诗一绝曰：矮屋萧条十肘余，焚香静读圣人书。自从人爵生天爵，情欲秋林日渐疏。诗意清真，真有道者言。其安分穷理之学，湛虚纯一之象。于此足以想见矣。"⑤白文宝的老师彝斋先生精通理学，经常用汉诗书写自己习理心得，其"灭情欲"的认识深得白文宝推崇。白文宝认为彝斋先生穷理之学，其诗立意清真，为有道

① [朝]朴兴生：《菊堂先生遗稿》卷一《即事》，载《韩国文集丛刊》第 8 册，第 328 页。
② 刘勰著、周振甫注：《文心雕龙注释·体性》，人民文学出版社，1981，第 308 页。
③ [朝]李穑：《雪谷诗稿序》，载《韩国文集丛刊》第 3 册，第 245 页。
④ [朝]郑道传：《三峰集》卷三《赠任镇抚诗序》，载《韩国文集丛刊》第 5 册，第 337 页。
⑤ [朝]白文宝：《淡庵先生逸集》卷二《文宪公彝斋先生行状》，载《韩国文集丛刊》第 3 册，第 317 页。

者之言。"东风知我欲寻春,小雨蒙蒙洒路尘。匹马昌华溪路滑,谁教病骨尚酸辛。年来罕出少来人,坐卧南窗意自真。孔孟下风吹坠绪,羲皇上世接芳邻。"① 李穑在诗中同样用意真指称自己的儒学认识。

立足于儒学的意或真或雅,在高丽后期诗人看来,都属于他们所认可的"清雅"范畴。

关于"清空",《维摩诘经》言:"若离一切数,则心如虚空,以清净慧,无所碍者,是为入不二法门。"② "色即是空,非色灭空,色即自空。"③ 佛家强调的清空是指去除世俗的欲望,心灵纯净,这同样是高丽后期诗人所言清意的范畴。

> 《补闲集》曰:陈补阙因王事,行过雉岳西,杉松荫密水石幽奇,心爱之。入洞中,有草屋两三,隐映林间,一老僧带儿子坐溪石。陈下马与语,气韵不凡,遂偶坐。见一纸扇画蟠松,陈取扇书其背云:"老僧长伴苍髯叟,何更移真入扇团。"僧即和云:"春风不到峨眉岭,扑地蛟龙翠作团。"陈郎惊愕叹服,又赠十韵,语意俱清绝,不知何许人。④

《补闲集》中的这段记载,崔滋强调了三点:一是老僧居住之处与世俗隔绝,常人不易找到;二是老僧无世俗之心,与子在幽居之处尽享天伦之乐;三是老僧和诗不染尘俗气息,写出了幽居生活的自适与宁静。老僧隐居林间,悠然自乐,清绝之意由脱却尘俗的清净心地而得,幽居老僧的生活及见地符合高丽后期诗人心中渴求的清,也是高丽后期备受煎熬的诗人安顿人生、超越现实痛苦的精神上的典范。

---

① [朝]李穑:《牧隐诗稿》卷十五《即事》,载《韩国文集丛刊》第4册,第165页。
② 鸠摩罗什译、道生注译:《维摩诘经今译》,中国社会科学出版社,2003,第113页。
③ 鸠摩罗什译、道生注译:《维摩诘经今译》,中国社会科学出版社,2003,第115页。
④ [朝]崔滋:《补闲集》,载陈澕《梅湖遗稿》,《韩国文集丛刊》第2册,第277页。

渔舟一叶泛中流，山雨丝丝晚未收。

谁识老仙清意味，把诗长咏立江头。

山上花红水亦红，芳辰共醉与谁同。

簿书堆案令人醉，早晚休官作研翁。①

朴兴生认为，李达的诗描写了打鱼的隐者放达超旷的生活。远离了官场的嘈杂和烦扰，与自然同醉，在诗书中任意驰骋神思，既有道家远离尘世喧嚣的静，又有儒家的独善其身的雅，也有佛家去除功利世俗之心的空。这首诗比较全面地诠释了高丽后期清意的内涵，也是对高末李初儒释道精神合流的一个最好的诠释。

第三节　得意之途径

"物感"是中国古代文论中的一个重要概念，此说源于先秦物与人通的思想："凡音之起，由人心生也。人心之动，物使之然也。感于物而动，故形于声。……乐者，音之所由生也，其本在于人心之感于物也。"② 在艺术活动中，人感于物心动而后进行艺术创作，《乐记》道出了物对于艺术活动的积极作用。到了魏晋南北朝，物与人感的观念逐渐成熟："遵四时以叹逝，瞻万物而思纷。悲落叶于劲秋，喜柔条于芳春。"③ 陆机认为，外物可以影响人的情绪和认识，外物是触动主体情感思绪的主要因素。

春秋代序，阴阳惨舒，物色之动，心亦摇焉。盖阳气萌而玄驹步，阴律凝而丹鸟羞，微虫犹或入感，四时之动物深矣。若夫珪璋挺其惠心，英华秀

---

① [朝]朴兴生：《菊堂遗稿》卷一《次县倅李韵》，载《韩国文集丛刊》第8册，第332页。

② 孙希旦撰，沈啸寰、王星贤点校：《礼记集解》，中华书局，1989，第976页。

③ 陆机著、张少康集释：《文赋集释》，人民文学出版社，2002，第20页。

其清气，物色相召，人谁获安？是以献岁发春，悦豫之情畅；滔滔孟夏，郁陶之心凝；天高气清，阴沉之志远；霰雪无垠，矜肃之虑深。岁有其物，物有其容；情以物迁，辞以情发。一叶且或迎意，虫声有足引心，况清风与明月同夜，白日与春林共朝哉！ ①

刘勰则把物与情结合得更紧密，强调自然与人相通，人各种各样的主观情思无不受外物的刺激，并且认为物的多少会影响触动人的程度。他认为一物尚且摇荡心灵，更不用说景物组合成的景观所产生的影响了，主体身处其中更是会受到感染和刺激，产生各式各样的意。陆机和刘勰认为在创作准备中，物发挥出的作用巨大，没有外物对人的触发及触发结果，诗人就不可能进行真正意义上的创作。到了宋代，苏洵强调物对人的审美自然而然的作用："是其为文也，非水之文，非风之文也。二物者非能为文，而不能不为文也，物之相使而出于其间也，故曰：此天下之至文也。今夫玉非不温然美矣，而不得不以为文；刻镂组绣，非不文矣，而不可与论乎自然。故夫天下之无营而文生之者，唯水与风而已。"② 苏洵认为，在外物的刺激下人会自然而然生"意"作文，强调了外物的刺激对自然而然成文所发挥的作用。

夫昔之为文者，非能为之为工，乃不能不为之为工也。山川之有云雾，草木之有华实，充满勃郁，而见于外，夫虽欲无有，其可得耶！自少闻家君之论文，以为古之圣人有所不能自己而作者。故轼与弟辙为文至多，而未尝敢有作文之意。己亥之岁，侍行适楚，舟中无事，博弈饮酒，非所以为闺门之欢，而山川之秀美，风俗之朴陋，贤人君子之遗迹，与凡耳目之所接者，杂然有触于中，而发于咏叹。盖家君之作与弟辙之文皆在，凡一百篇，谓之

---

① 刘勰著、周振甫注：《文心雕龙注释·物色》，人民文学出版社，1981，第493页。
② 苏洵著，曾枣庄、金成礼笺注：《嘉祐集笺注》，上海古籍出版社，1993，第412—413页。

《南行集》。将以识一时之事，为他日之所寻绎，且以为得于谈笑之间，而非勉强所为之文也。[1]

苏轼发展了苏洵的观点，所言强调了三点：一是创作应具有自然而然水到渠成的特点；二是作文之意并非诗人刻意所能得到；三是外物能作用于诗人，使其自然而然生出作文之意。对于立意而言，苏轼认为物是最重要的触发体，并且他认为能使诗人生"意"的外物既包括自然景物，又包括社会人事。

高丽后期的李奎报推崇苏轼，在意的获取上，继承了苏轼的观点。"冻泒潺湲出，春风料峭寒。得年颜欲改，感物意难安。"[2] 李奎报认为意的产生多是受了外物的影响。

> 竹色绿环阶，月华清漏箔。
> 得意各相忘，遣怀聊浅酌。[3]

> 春暖鸟声软，日斜人影长。
> 小园山意足，随意自倘佯。[4]

上面李奎报的两首小诗写出了自己获取诗意的过程。春天园子里竹月相映、鸟语花香，置身清幽的环境中，不由生出物我两相忘的闲逸之心。"意本得于天，

---

[1] 孔凡礼点校：《苏轼文集》卷十《南行前集叙》，中华书局，1986，第323页。

[2] ［朝］李奎报：《东国李相国全集》卷十三《癸酉孟春十七日酬唱》，载《韩国文集丛刊》第1册，第431页。

[3] ［朝］李奎报：《东国李相国全集》卷九《次韵赵亚卿冲见和》，载《韩国文集丛刊》第1册，第383页。

[4] ［朝］李奎报：《东国李相国全集》卷十六《绝句》，载《韩国文集丛刊》第1册，第462页。

难可率尔致。"① 李奎报还认为得意带有自然纯粹的特点，非刻意所能造就，并且认为意不可一蹴而得。

"岩势远回犹未了，物华生意不能休。"② 李崇仁认为物是意的源泉，外物作用于人可以让诗人生出各式各样的意。他提出的"物华生意"也是高丽后期诗人的普遍认识。

"鸟声起人意，游眺喜欲狂。"③ "山色雨余生野意，春光醉里起衰身。"④ "惹起牧翁无限意，夕阳西去水东流。"⑤ 置身于自然，李穑认为萌生的喜意、野意及难以道说的自适无限意皆来自外物的刺激，充分肯定了外物对意的感发作用。

一些诗人认为意与景会，主观之意与外物浑融是生"意"的第二种途径。"早起看晓色，客心还惨凄。湖明波激激，月落气凄凄。意适与景会，诗因着字迷。舟人忽相唤，摇棹各东西。"⑥ "意适与景会"，郑梦周所言道出了景对意的触发，意与景的相合，二者浑融，而诗人在创作中自然倾泻意的创作规律。

　　　　花开玉树静无风，顷刻春光满海东。

　　　　记得烂银堆上月，五云深处访壶公。

　　　　晚来江上数峰寒，片片斜飞意思闲。

　　　　白发渔翁青箬笠，岂知身在画图间。⑦

---

① [朝] 李奎报：《东国李相国后集》卷一《论诗》，载《韩国文集丛刊》第 2 册，第 135 页。

② [朝] 李崇仁：《陶隐先生诗集》卷二《浮碧楼次韵》，载《韩国文集丛刊》第 6 册，第 565 页。

③ [朝] 李穑：《牧隐诗稿》卷三《自勉》，载《韩国文集丛刊》第 3 册，第 536 页。

④ [朝] 李穑：《牧隐诗稿》卷十一《天阴》，载《韩国文集丛刊》第 4 册，第 96 页。

⑤ [朝] 李穑：《牧隐诗稿》卷二十五《题权少尹庐墓诗卷》，载《韩国文集丛刊》第 4 册，第 355 页。

⑥ [朝] 郑梦周：《圃隐先生文集》卷一《范光湖晓景》，载《韩国文集丛刊》第 5 册，第 572 页。

⑦ [朝] 洪侃：《洪崖遗稿·雪》，载《韩国文集丛刊》第 2 册，第 431 页。

洪侃（? —1304）的《雪》中，渔翁的闲钓及雪花的漫天飞舞相映成趣，让追求闲适的诗人感受到了别样的清闲与自在。景与意会，带有闲适情趣的意自然而然流出，富有极强的感染力。

才疏无术救斯民，众责纷纷在此身。

解负今朝归意迫，雨师那得少留人。

二载劬劳但为民，岂曾求媚自谋身。

寒松片月知吾意，时逐征鞍远送人。①

以救世济民为己任的李穑被朝廷重新启用，征鞍后的寒松片月，让作者生出归朝的迫切与喜悦，松月之悦即诗人之悦，全诗用物意相融的意境强化了诗人归朝的喜悦。

高丽后期重视立意的诗人认为物情相融而能自然触发诗人之意，多注重在诗中表现主观之意与外物的浑融。

昔携吕太守，弭节上秋楼。

坐我烹仙掌，无人洗玉舟。

烟花今烂熳，山树故清幽。

自有如伤意，更分宵盱忧。②

在《次韵寄公州朴使君》一诗中，病中的诗人在清幽的环境中生出诸多物是人非的感慨和忧伤，清幽的山林与诗人忧伤的心境浑融一体，强化突出了病中诗

---

① [朝]安轴：《谨斋先生集》卷一《七月雨中发江陵府》，载《韩国文集丛刊》第 2 册，第 465 页。

② [朝]成石璘：《独谷先生集》卷上《次韵寄公州朴使君》，载《韩国文集丛刊》第 6 册，第 78 页。

人的落寞与感伤。

> 寂历春山里，逍遥意味多。
> 穿林晨采药，烧竹夜煎茶。
> 幽鸟弄迟日，轻风吹落花。
> 从今数来往，促席共吟哦。[1]

《赠虚上人》中，在林间鸟、日、风、花等物的触发下，游历春山的诗人有难掩的闲适和兴奋，物有作者之喜悦，诗人之情洒于物中，物情相融，而把作者的闲意展现得淋漓尽致。

高丽后期诗人不仅认为自然景观能触发诗人之意，还认为社会人事同样可以帮助生"意"，把社会人事的触发作为生"意"的第三种途径。社会人事即人在社会中的活动。高丽后期诗人认为社会人事作用于人，同样可以触发诗人的感受，使其生出丰富的意。

"簿书颠倒二年强，解绶归来梦一场。道直谁怜元似矢，鬓斑争奈渐成霜。满山寒雪懒回首，一路斜阳空断肠。千里远来深有意，为吟长句示韩湘。"[2]生"意"而后成文，李奎报认为意与成文之间有种必然的联系，诗人意产生后，往往会选择用创作来表现意，对于意的产生与确立，李奎报认为有时是建立在一定的阅历基础和生活基础上的。"此游真可夸，得意聊自纵。"[3] "邂逅忘形聊得意，不

---

① [朝]李原：《容轩先生文集》卷二《赠虚上人》，载《韩国文集丛刊》第7册，第586页。

② [朝]李奎报：《东国李相国全集》卷十《路上有作》，载《韩国文集丛刊》第1册，第395页。

③ [朝]李奎报：《东国李相国全集》卷六《会客旅舍》，载《韩国文集丛刊》第1册，第356页。

惭当日老庞公。"① "相逢得意真些子，莫是他年作梦看。"② 李奎报喜与友人聚会，认为与志同道合之人把酒言欢，可以尽情释放自我而生"意"。

> 犁锄尽入五侯家，搔首登临古意多。
>
> 千载分明殷鉴甚，固知天命失奢华。③

赵浚（1346—1405）在诗中指出登临的行为对激发古意的作用，认为古迹景观遭遇作者的学养和认识后，可以触动作者思考，使其生出无限的"意"，而带有鲜明个性特色的诗意也会在创作中尽数凸显。

高丽诗人认为生"意"的第四种途径为"静中取意"。老子曰："致虚极，守静笃；万物并作，吾以观其复。夫物云云，各归其根，归根曰静，静曰复命。复命曰常，知常曰明。"④ "五色令人目盲，五音令人耳聋，五味令人口爽，驰骋田猎，令人心发狂，难得之货，令人行妨。"⑤ 静乃道家主要哲学范畴。老子认为虚静为万物根本，要想把握万物的本源与变化，必须回归虚静。反之则会令人狂躁，参悟不透道的本质。庄子曰："至道之精，窈窈冥冥；至道之极，昏昏默默。无视无听，抱神以静，形将自正。必静必清，无劳女形，无摇女精，乃可以长生。目无所见，耳无所闻，心无所知，女神将守形，形乃长生。慎女内，闭女外，多知为败。我为女遂于大明之上矣，至彼至阳之原也。"⑥ 庄子继承了老子的

---

① [朝]李奎报:《东国李相国全集》卷七《复和》，载《韩国文集丛刊》第1册，第363页。

② [朝]李奎报:《东国李相国全集》卷七《复和》，载《韩国文集丛刊》第1册，第366页。

③ [朝]赵浚:《松堂集》卷一《次鸡林倚风楼诗韵其二》，载《韩国文集丛刊》第6册，第408页。

④ 朱谦之:《老子校释·十六章》（新编诸子集成），中华书局，1984，第64—66页。

⑤ 朱谦之:《老子校释·十二章》（新编诸子集成），中华书局，1984，第45—46页。

⑥ 郭庆藩撰、王孝鱼点校:《庄子集释·在宥》（新编诸子集成），中华书局，1961，第381页。

观点，认为虚静致明，不静则认识不了万物的本质。

宋代的苏轼以一种有容的姿态兼通儒释道思想，把哲学中的"静"引入文艺创作活动。

> 欲令诗语妙，无厌空且静。
>
> 静故了群动，空故纳万境。
>
> 阅世走人间，观身卧云岭。
>
> 咸酸杂众好，中有至味永。
>
> 诗法不相妨，此语当更请。①

此论发于评参廖作品之时，苏轼借鉴道家的"虚静"说和释家的"空静"观，认为创作主体必须处在静的环境中，做到空、虚，摒弃尘俗杂念及世俗的羁绊，才能达到精神世界的空灵、自由；只有在这种状态下才能心通万物，认识万物的真谛，进而创作出真正意义上的文学作品，这是苏轼对文学创作活动本质及规律的认识。高丽后期是一个儒释道合流的时代，许多诗人也是认可苏轼的这种创作心理学说的，如李奎报："天籁初无声，散作万窍鸣。孤桐本自静，假物成搅琤。我爱素琴上，一曲流水清。不要知音闻，不忌俗耳听。只为写我情，聊弄一再行。曲终又静默，夐与古意冥。"② 李奎报认为，万物的真谛在于静，欲把握事物的本质，认知物道，必须能独坐静思。又如《有感》：

> 着意殷勤犹未见，送春寂寞空含悲。
>
> 何如草堂李居士，意外逢花对酌酒一卮。

---

① 王文诰辑注、孔凡礼点校：《苏轼诗集》卷十七《送参廖师》，中华书局，1982，第906—907页。

② [朝]李奎报：《东国李相国全集》卷三《草堂三咏素琴》，载《韩国文集丛刊》第1册，第319页。

寓物托深意，静坐复深思。

若此非独花，凡物亦如之。

欲见明月珠，先漉泥沙淄。

欲求后妃贤，无使宠嬖随。

欲择人材秀，先去谗邪欺。

此诗有深味，莫教儿辈知。[①]

蔷薇花因人的扶植而由弱致盛，诗人静思而悟出有助乃盛的道理，认为此乃万物共性。又如《次韵高先生抗中献廉察尹司业威》：

昨投江郡僻，独倚客轩吟。

云末惊寒雁，林间叫雪禽。

县胥传喜语，使旆度前岑。

街卒鸣钟鼓，厨人溉釜鬵。

仁瞻行色至，忽及晚光侵。

见句髯浑断，含毫喙尽黔。

幽怀空悃悃，独坐静愔愔。

地狭将谁语，情深反似暗。

感时频脉脉，怀旧忽喑喑。[②]

李奎报在这首诗中谈论自己的作诗体会。李奎报不仅言作诗的艰辛，专于苦吟致须断喙黔，同时又言作诗的状态，空怀独坐静思，在独静的环境中寻找作诗

---

① [朝]李奎报：《东国李相国全集》卷五《有感》，载《韩国文集丛刊》第 1 册，第 345 页。

② [朝]李奎报：《东国李相国全集》卷九《次韵高先生抗中献廉察尹司业威》，载《韩国文集丛刊》第 1 册，第 390 页。

的灵感及物对自己思想的触发，充分肯定了静与意的密切关系。

之后的元天锡、郑揔等皆认可静对确立诗意所发挥的作用。"苦热仍逢苦病侵，百般疼痛总难禁。悲欢既已休关念，生死犹能不动心。无效古方愁里掷，可题新律静中吟。"① 元天锡认为静是创作必备的环境，在静的环境中，诗人才有可能顺利进行创作。"静观生物意，块圠溢堪舆。"②"静中观物象，此意与谁论。"③郑揔认为物与意通，物触发作者对自然、社会的认识，而在物作用于人的过程中，静是一个不可缺少的催化剂，静能让人远离世俗喧嚣，放掉世间的俗念浊想，成为一个自由的审美主体。郑揔认为诗人在这种状态下才可领悟物的真谛，而诗意在这种状态中也会自然而然地流露出来。

在高丽后期这个重儒的时代，一些诗人认为儒家学养也有助于确立儒意。河崙在《圃隐郑先生诗集序》中言：

> 受而读之，辞语豪放，意思飘逸，和不至于流，丽不至于靡。忠厚之气，不以进退而异。义烈之志，不以夷险而殊。可见其存养之得其正，而发见于声律之间者亦然矣。则思之无邪，岂系于诗之正变也哉？他日中国，有采诗侯国之举，则此篇当与牧隐、陶隐二先生之集，并传于中国。而使中国之士，知海东有邦文学之盛矣。④

郑梦周诗意中正平和，河崙认为与其深厚的儒家学养不无关系，其论强调了儒家学养对于确立儒意的作用。

对意的重视使得高丽诗人对于生"意"的途径探讨细致深入。对于生"意"

---

① [朝] 元天锡：《耘谷行录》卷五《病中吟》，载《韩国文集丛刊》第 6 册，第 216 页。
② [朝] 郑揔：《复斋先生集》上《铁谷村中早春》，载《韩国文集丛刊》第 7 册，第 472 页。
③ [朝] 郑揔：《复斋先生集》上《偶吟》，载《韩国文集丛刊》第 7 册，第 473 页。
④ [朝] 河崙：《浩亭集》卷二《圃隐郑先生诗集序》，载《韩国文集丛刊》第 6 册，第 454 页。

的多样途径，诗人不仅结合汉诗的内在创作规律进行探讨，而且在社会时代背景和思潮的影响下结合自己的创作实践与认识进行总结，这一时期的生"意"论因有着鲜明的时代特征而别具个性特色。

第四节　意的表现方式

"子曰：圣人立象以尽意，设卦以尽情伪，系辞焉以尽其言。"[1] 在孔子看来，象并不是卜卦的核心，仅是表意的手段，象是为意服务的，孔子认为圣人立象的目的是尽意。魏晋人认为万物皆有真谛，且物能与人相感，使人生出对社会、人生、生命本质的看法。"物色之动，心亦摇焉。"[2] "是以诗人感物，联类不穷。流连万象之际，沉吟视听之区；写气图貌，既随物以宛转；属采附声，亦与心而徘徊。"[3] "四序纷回，而入兴贵闲"[4] 物摇人心，诗人感于物，必然心旌摇荡，思绪纷纭，生出些许感慨，刘勰认为诗人必须具备足够的敏感，才能为物所感，为境所动，进而在感物的基础上思索领悟万物真谛及自然社会规律。从刘勰的物感说来看，刘勰虽重外物，但更看重主体所发挥的作用。刘勰看重外物作用于人所触发的联想，认为这反映着诗人洞察力的高低。"人禀七情，应物斯感，感物吟志，莫非自然。"[5] 刘勰还认为，创作的目的在于展露物所触发的作者的内心世界、精神品格，这表明刘勰在感物的基础上，对更高水平创作的要求，即托物言志、托物寓意。

托物言志的诗论观不认可纯粹的咏物论，摒弃了纯粹写物的创作理念，强调意隐于物与境和含蓄吐意的创作方式，这种认识在宋代被以苏轼为首的文艺创作者发扬光大，被普遍应用于文艺创作的各个领域。

---

① 周振甫译注：《周易译注·系辞上》，中华书局，1991，第250页。
② 刘勰著、周振甫注：《文心雕龙注释·物色》，人民文学出版社，1981，第493页。
③ 刘勰著、周振甫注：《文心雕龙注释·物色》，人民文学出版社，1981，第493页。
④ 刘勰著、周振甫注：《文心雕龙注释·物色》，人民文学出版社，1981，第494页。
⑤ 刘勰著、周振甫注：《文心雕龙注释·明诗》，人民文学出版社，1981，第48页。

苏轼继承韩、欧以来"文道统一"的观念，认为文学要"归合于大道"①，诗应该有为而作，强调"托事以讽，庶几有补于国"②，认为这样的创作才是立意深刻的创作。为了表现深刻立意，比兴讽喻之外，用物、境显意是苏轼经常使用的手法。苏轼一生创作咏物诗约200首，多数作于贬谪期间，他多用物抒发自己的认识、看法、情感，托物寓意是苏轼咏物诗的特征，也是苏轼推崇的主要创作方式。根据姚菊的归纳，苏轼的咏物诗主要有两类，第一种"旨在借物申述道理、发表议论，论说精警、饶有理趣，多从物的生存处境及社会属性引发开去，抽绎出自然人生之理"；第二种是"借物抒情、兴会高骞，寄托遥深，格力千古"。③在苏轼的咏物诗中，物仅仅是传意的方式和手段，苏轼主张托物寓意。

高丽后期是一个尚意的时代，在中国物意说的影响下，高丽后期诗人对于意的表现有着多种多样的追求。在借境显意上，李穑为其中代表。

> 冬深雪方作，驱马冻生袜。
>
> 落日野桥危，寒云山路滑。
>
> 非关有召征，亦岂事干谒。
>
> 政可返尔居，明窗烧榾柮。④

李穑一生宦途大起大落，突然而至的雨和雪带来的泥泞和寒冷使他深感宦途险恶，渴望日出神京、政治清明。《途中雪》这首诗描画了诗人立于风雪中的情景，看似写景，实则以途中所见风雪之景表现现实的险恶及对美好未来的渴望。

> 古之诗人有拟古之作矣，未有追和古人者也。追和古人，则始于东坡。

---

① 孔凡礼点校:《苏轼文集》卷四十九《答陈师仲主簿书》，中华书局，1986，第1428页。

② 苏辙:《东坡先生墓志铭》，载龙榆生笺《东坡乐府笺》，商务印书馆，1958，第3页。

③ 姚菊:《从苏轼咏物诗词比较看词与诗的分流》，《文史天地》2014年第9期。

④ [朝]李穑:《牧隐诗稿》卷三《途中雪》，载《韩国文集丛刊》第3册，第540页。

吾于诗人，无所甚好，独好渊明之诗。渊明作诗不多，然其诗质而实绮，癯而实腴。自曹、刘、鲍、谢、李、杜诸人皆莫及也。吾前后和其诗凡百数十篇，至其得意，自谓不甚愧渊明。今将集而并录之，以遗后之君子。子为我志之。然吾于渊明，岂独好其诗也哉？如其为人，实有感焉。渊明临终，疏告俨等：'吾少而穷苦，每以家贫，东西游走。性刚才拙，与物多忤，自量为己必贻俗患，黾勉辞世，使汝等幼而饥寒。'渊明此语，盖实录也。吾真有此病而不早自知，平生出仕，以犯世患，此所以深服渊明，欲以晚节师范其万一也。①

陶渊明的诗纯用白描描画田园风光，而其逍遥优游之意也在田园风光中娓娓道出，诗歌意境浑融自然天成。苏轼一生最爱诗人陶渊明，欣赏其诗境中的哲理与意趣，一生作《和陶诗》100 余首，其和陶诗"极平淡而有深味，神似陶公"②。高丽后期诗人李穑受苏轼的影响对陶渊明也比较推崇，其在创作上经常借鉴陶渊明以境道意的手法，表现自己对田园生活的热爱与向往。如其《山路》：

> 眼底林峦活画开，试登高岭兴悠哉。
> 浓阴满地日三丈，细路盘空云几堆。
> 山带烟光青点点，溪涵天影碧洄洄。
> 人间到处多佳境，卜筑吾将归去来。③

这首诗用浓阴、细路、远山、清溪构设了一个远离世俗尘嚣的山境，于其中忘却尘俗的悠然扑面而来，借此景境，作者表达了迫切的归隐之意。

① 陈宏天、高秀芳点校：《苏辙集·子瞻和陶渊明诗集引》，中华书局，1990，第1110页。
② 王文诰辑注、孔凡礼点校：《苏轼诗集》卷三十九《和陶归园田居六首》，中华书局，1982，第2105页。
③ [朝] 李穑：《牧隐诗稿》卷二《山路》，载《韩国文集丛刊》第3册，第528页。

李穑身为名儒，注重诗的理趣，用物境表达对理的认识是其论理的主要方式。如其《临流有感》：

> 临流发长叹，亦复嗟蹭蹬。
>
> 逝者如斯夫，往来由感应。
>
> 而吾眇然身，乘此不浅兴。
>
> 读书皆陈迹，何用三十乘。
>
> 为理岂多言，妙处谁见赠。
>
> 仲尼亟称水，此理乃吾证。①

这首诗记录了作者观流、感流、书流的创作过程。在诗中，作者构设了诗人独立江头观江水东流而沉思的画面，传达物华易逝的道理。

比兴手法强调意蕴于物，主体投射于物而成物之意蕴。比兴也是高丽诗人经常采用的表意手法。

> 马局促自效辕下驹，俯首低徊莫纵驰。
>
> 逐日霜蹄何处展，追风逸气无由施。
>
> 布袍童子牵且去，傍睐碧草行何迟。
>
> 画工画此岂无谓，中有妙意人谁知。
>
> 不唯贱畜乃尚尔，男儿穷达一如斯。
>
> 用之腾跃九天衢，不用或自沈泥途。②

李奎报认为文艺创作应有妙意，对于如何吐露作者之意，李奎报认为意莫直

---

① [朝]李穑:《牧隐诗稿》卷二《临流有感》，载《韩国文集丛刊》第 3 册，第 533 页。
② [朝]李奎报:《东国李相国全集》卷九《闵常侍令赋双马图》，载《韩国文集丛刊》第 1 册，第 383 页。

显应含蓄。在《闵常侍令赋双马图》这首诗中，李奎报认为《双马图》以马喻人，以马拘于辕下比附人沉于泥途，以马的纵驰喻人之发达，以马之牵纵喻人之穷达，指出人生如此般起起落落，强调机会对于人生的重要性。图虽仅画马，却富有深刻的哲理，李奎报对其呈现的深远意境赞不绝口，比兴寓意是这幅《双马图》的特色，这也是李奎报在诗歌创作上颇为推崇的写意法。

> 详味韩之意，以龙而喻人，喻人而不及人，欲令意有所蓄而不直泄也。夫粲乎文章，郁乎词气，皆人之所自吐也。绚焉为锦绣罗縠，峭焉为高峰绝岸，舒也卷也彤也青也，皆类云之纷纭翕霍千状万态也，则可谓灵怪矣。其灵也，乃人之所自为，而非文章才艺之能灵人也。然人不凭文章才艺，亦无以神其灵也。且乖龙不能兴云，唯神龙然后兴之，则非云之灵其龙审矣。然龙不乘云，无以神其灵。庸人不能吐文章词气，唯奇人然后吐之，则文章之不能灵人亦审矣。然人不凭文章，亦无以神其灵。则神龙与诗人之变化一也，请以此泄韩之微也。[1]

读了韩愈论云龙的文章，李奎报认为文章妙处在于韩愈婉转蓄其意于文章中，借云龙言文章与才艺之关系的构思，迂徐披露，别有韵味。李奎报推崇这种作法，认为这样的文章有深度和情致，而非无病呻吟的干瘪之作。

> 又载李山甫览《汉史》诗曰："'王莽弄来曾半没，曹公将去便平沈'，予意谓之此佳句也。"有高英秀者讥之曰："是破船诗也。"予意以为凡诗有言物之体者，有不言其体而直言其用者。山甫之寓意，殆必以汉为之船，而直言其用曰，半没平沈也。若其时山甫在而言曰："子以吾诗为破船诗，然也。予以汉拟之船而言之也，而善乎子之能知也。"则为英秀者，其何辞以

---

① [朝]李奎报：《东国李相国全集》卷二十二《书韩愈论云龙杂说后》，载《韩国文集丛刊》第 1 册，第 522 页。

答之耶。①

李山甫以船比汉天下，高英秀不识李山甫诗意而讥笑李山甫写了一首破船诗，李奎报认为写物诗有直写其物的，也有借物寓意的，对于别有寓意的诗，读者应在理解了物的寓意后再做评判，否则会像高英秀一样闹笑话。对于李山甫的诗，李奎报认为因其关联历史、别有寓意而言之有物，为可圈可点之作。

> 意本得于天，难可率尔致。
>
> 自揣得之难，因之事绮靡。
>
> 以此眩诸人，欲掩意所匮。
>
> 此俗寖已成，斯文垂堕地。
>
> 李杜不复生，谁与辨真伪。
>
> 我欲筑颓基，无人助一篑。
>
> 诵诗三百篇，何处补讽刺。
>
> 自行亦云可，孤唱人必戏。②

高丽前期诗人看重绮靡的形式之作，为文肤浅，缺少新意，李奎报感叹诗风不古，为汉诗比兴手法缺失，缺少深厚意蕴而慨叹，主张作品立足于社会现实，充分发挥讽喻的功能，以恢复古代的儒学道统，改革社会文风。

李奎报之外，崔滋等也推崇用比兴手法含蓄吐意言理。"大抵体物之作，用事不如言理，言理不如形容。然其工拙，在乎构意造辞耳。"③崔滋评李仁老《重九后》诗："莫将残艳怨居诸，一掬秋香久尚余。人意不随时自变，龙阳何苦泣

---

① [朝] 李奎报：《东国李相国后集》卷十一《李山甫诗议》，载《韩国文集丛刊》第 2 册，第 245 页。

② [朝] 李奎报：《东国李相国后集》卷一《论诗》，载《韩国文集丛刊》第 2 册，第 135 页。

③ [朝] 崔滋：《补闲集》，载《韩国诗话全编校注（一）》，第 93 页。

前鱼"，言"眉叟用龙阳事，此诗家意外之喻，最警"①，认为李仁老的这首诗看似写菊花，实则用龙阳泣鱼之事写菊花傲然不屈，别有取意，立意精警。李穑曾言："我初学为诗，只以求性情。善恶所劝戒，足求吾道精。比兴意自深，铺陈心自明。"②认为创作不仅要重视书写性情，更要能使用比兴讽喻，使作品立意深刻，言之有物。

受时代环境及盛行儒风的影响，高丽后期诗人多用委婉含蓄的方式表现社会变动和大济苍生的愿望，使得此期诗风更加质朴刚健。

第五节　言意之辩

一、对意的看重

高丽后期诗人普遍持有"文以意为主"的观点。对于意与辞的关系，高丽后期诗人有两种观点：一种认为应辞意兼美，一种认为意重于辞。

（一）辞意兼美

高丽后期诗人往往辞意相提并论，如"辞意绝妙"③"奇辞妙意"④"辞意清旷"⑤"语峭意深"⑥"语意深远，末句尤妙"⑦"朴致安诗语意雄深，真杰作也"⑧"后句言远而意深，离亲仕宦者知小愧矣"⑨……在高丽后期诗人看来，使辞构意对于创作来说是诗人必须做好的两个工作，辞和意是优秀的诗人在创作时应关注的两个重点。其时诗人也往往以辞、意是否工巧为标准来品评作品。

① ［朝］崔滋：《补闲集》，载《韩国诗话全编校注（一）》，第 94 页。
② ［朝］李穑：《牧隐诗稿》卷二十三《古风》，载《韩国文集丛刊》第 4 册，第 319 页。
③ ［朝］崔滋：《补闲集》，载《韩国诗话全编校注（一）》，第 92 页。
④ ［朝］崔滋：《补闲集》，载《韩国诗话全编校注（一）》，第 94 页。
⑤ ［朝］崔滋：《补闲集》，载《韩国诗话全编校注（一）》，第 95 页。
⑥ ［朝］崔滋：《补闲集》，载《韩国诗话全编校注（一）》，第 120 页。
⑦ ［朝］徐居正：《东人诗话》，载《韩国诗话全编校注（一）》，第 217 页。
⑧ ［朝］徐居正：《东人诗话》，载《韩国诗话全编校注（一）》，第 225 页。
⑨ ［朝］徐居正：《东人诗话》，载《韩国诗话全编校注（一）》，第 232 页。

"俞文安公升旦，语劲意淳，用事精简。"① 俞升旦的创作诗意醇厚，用词颇有张力，深受时人喜爱。"观君之作辞意妙绝，虽使李杜作之，无以复加也。"② 李奎报评崔滋诗仅从辞、意两个方面来评赏，可见其在重意的同时对辞的严格要求。"作诗尤所难，语意得双美。含蓄意苟深，咀嚼味愈粹。意立语不圆，涩莫行其意。就中所可后，雕刻华艳耳。华艳岂必排，颇亦费精思。揽华遗其实，所以失诗旨。迩来作者辈，不思风雅义。外饰假丹青，求中一时嗜。"③ 李奎报认为对于诗歌创作来说，意和辞二者应双美，意做到含蓄有味，辞做到圆熟而不华艳。"金诗语工而意浅，天水诗意深而语滞，好诗者当辩之。"④ 徐居正认为辞与意都是创作不可或缺的部分，二者相辅相成。就意而言，徐居正推崇意深；就言而言，徐居正推崇语工，认为优秀的创作既要做到意深，又要语工。

（二）意重于辞

高丽后期一些诗人认为意是创作的核心，意决定着作品的成败。崔滋虽认为辞与意对于创作同样重要，但是就具体创作而言，在不能双美的情况下，他更偏重意。《补闲集》记载陈澕和李允甫同作巫山诗，陈诗："巫山十二但闻名，驿路偷闲午枕凉。剩骨一峰云雨恼，旁人应笑梦魂长。"李诗："六七山抽碧玉簪，葱茏佳气射朝骖。从今嵩岳佳名减，只数奇峰二十三。""少年蜡屐好登山，踏尽衡巫岱华间。五老八公游未遍，不知藏此此中悭。"崔滋评两人的诗："陈诗以意，李诗以言，两首之言不如一首之意。"⑤ 认为陈诗看似写景，实有深刻寓意，有规劝世人不要贪图欢逸之意，而李虽作了两首诗，但仅是用圆熟语言描绘巫山风景，在立意精警上略逊一筹，通过对陈澕诗歌的肯定也可以看出崔滋对意的偏重。

---

① [朝]崔滋：《补闲集》，载《韩国诗话全编校注（一）》，第89页。

② [朝]崔滋：《补闲集》，载《韩国诗话全编校注（一）》，第92页。

③ [朝]李奎报：《东国李相国后集》卷一《论诗》，载《韩国文集丛刊》第2册，第135页。

④ [朝]徐居正：《东人诗话》，载《韩国诗话全编校注（一）》，第180页。

⑤ [朝]崔滋：《补闲集》，载《韩国诗话全编校注（一）》，第107页。

"眉叟用事，必以辞语清新，然槿花事语新而意不切。"①崔滋推崇文辞清新，但认为仅做到"辞语清新"是不够的，仅求辞语的清新而不顾诗歌立意，"语新而意不切"的做法并不可取，崔滋认为辞语陈俗和浅显对创作无关痛痒，最重要的是诗歌在设意上应做到新和深，崔滋的观点类似于李奎报的"文以意为主"的观点，其评李奎报的诗"数篇诗句闲中迫，一局棋声静里喧""朝暮鸟声门外树，古今人影路旁潭"，言："'古今人影'辞虽已陈，属意则新。'闲中迫'联辞浅而意不浅。"②认为两首诗辞语方面虽略有不足，但在意的新和深上却有过人之处，李奎报的诗歌妙就妙在其意做到了既深又新。

> 高兆基诗句法不及唐诗远甚，然先之以思念之深，信书之勤，继之以征戍之慎，饮食之谨，卒勉之于功名事业之盛，无一语及乎燕昵之私，隐然有《国风》之遗意。诗可以工拙论乎哉！③

徐居正认为论诗不应以用语工与否为标准，作品的深刻立意远比用语重要，他认为高兆基的诗歌从用语上来看，虽与唐诗相差甚远，但其创作无关风月，着意于表现经国济世之心，立意深远，仅此就应予以肯定。

二、用语辅助表现意

高丽后期诗人认为语影响意的表现。"辞若不精强，虽有逸情豪气，无所发扬，而终为拙涩之诗文也。"④崔滋虽重意甚于辞，但认为辞有时会影响意的表达，不可以辞害意。

① [朝]崔滋：《补闲集》，载《韩国诗话全编校注（一）》，第107页。
② [朝]崔滋：《补闲集》，载《韩国诗话全编校注（一）》，第117页。
③ [朝]徐居正：《东人诗话》，载《韩国诗话全编校注（一）》，第195页。
④ [朝]崔滋：《补闲集》，载《韩国诗话全编校注（一）》，第112页。

（一）语圆莫涩

李奎报认为用语会影响到意的表现："意立语不圆，涩莫行其意。"[①]认为语涩不利于构意。"凡作诗，莫善于借字为喻。然老手用之，则语熟而意巧；新学用之，则语生而意疏。"[②]崔滋认为语与意关系密切，语圆熟有利于精巧构意，而语生涩则会妨害意的设立。如评李奎报创作：

> 诗文以气为主，气发于性，意凭于气，言出于情，情即意也。而新奇之意，立语尤难，辄为生涩。虽文顺公遍阅经史百家，熏芳染彩，故其辞自然富艳，虽新意而微难状处，曲尽其言而皆精熟。……虽使古人幸出此新意，其立语殆不能至此工也。[③]

崔滋看重新意，也看重语对新意的表现，认为新意最难用语表述，若用语不当，语言容易流于生涩。他认为造语表新意的典范诗人是李奎报，李能够用圆熟的语言表新意，在创作中使语与意完美结合。

> 日改物自改，事移人又移。
> 鹤添新岁子，松老去年枝。
> 院院古非古，僧僧知不知。
> 悠然登水阁，重验早题诗。[④]

吴学麟在《重游九龙山兴福寺》中用日改、事移、鹤添新子、松老旧枝突出岁月的流逝，用寺院的今非昔比、僧人学识的增进突出万象更新的立意。"吴学

---

① [朝]李奎报：《东国李相国后集》卷一《论诗》，载《韩国文集丛刊》第2册，第135页。
② [朝]崔滋：《补闲集》，载《韩国诗话全编校注（一）》，第105页。
③ [朝]崔滋：《补闲集》，载《韩国诗话全编校注（一）》，第111页。
④ [朝]吴学麟：《重游九龙山兴福寺》，载《东文选》卷九，第166页。

麟出语圆滑，曲尽重游之意。"① 吴学麟用工熟圆滑的语言帮助表现了自己对宇宙自然生生不息的认识，语言畅快淋漓而立意精警深刻，深得崔滋赞赏。

（二）语清勿艳

"辞意清旷。"② "老人隐居，气韵不凡，语意俱清绝。"③ "学者但取韵语清婉，而忘其意。"④ 除了强调语圆莫涩外，高丽后期诗人还推崇语清勿艳。

语清指清新平淡不加雕饰之语。崔滋认为佛家寒山拾得的诗歌看似平易，实则能寄意深远。"语若疏易，而寄意高深，殆寒拾之流欤。"⑤ 僧人无己的诗歌《无住庵》阐释无我的佛理，平易中见深刻，崔滋认为这才是真正的好诗。

> 就中所可后，雕刻华艳耳。
>
> 华艳岂必排，颇亦费精思。
>
> 揽华遗其实，所以失诗旨。
>
> 迩来作者辈，不思风雅义。
>
> 外饰假丹青，求中一时嗜。⑥

> 先生诗似淡而非浅，似丽而非靡，措意良远，愈读愈有味，其亦超然妙悟之流欤，其传也必矣。⑦

李奎报认为语言若追求华艳，则风雅尽失，失掉意旨，对于诗人来说，清语有利于意的表达。

---

① [朝]崔滋:《补闲集》，载《韩国诗话全编校注（一）》，第83页。
② [朝]崔滋:《补闲集》，载《韩国诗话全编校注（一）》，第95页。
③ [朝]李齐贤:《栎翁稗说》，载《韩国诗话全编校注（一）》，第131页。
④ [朝]崔滋:《补闲集》，载《韩国诗话全编校注（一）》，第97页。
⑤ [朝]崔滋:《补闲集》，载《韩国诗话全编校注（一）》，第127页。
⑥ [朝]李奎报:《东国李相国后集》卷一《论诗》，载《韩国文集丛刊》第2册，第135页。
⑦ [朝]李穑:《及庵诗集·及庵诗集序》，载《韩国文集丛刊》第3册，第47页。

（三）言不尽意

《六一诗话》载:"圣俞尝语余曰:'诗家虽率意,而造语亦难。若意新语工,得前人所未道者,斯为善也。必能状难写之景,如在目前,含不尽之意,见于言外,然后为至矣。……'余曰:'语之工者固如是。状难写之景,含不尽之意,何诗为然?'圣俞曰:'作者得于心,览者会以意,殆难指陈以言也。虽然,亦可略道其仿佛:若严维"柳塘春水漫,花坞夕阳迟",则天容时态,融和骀荡,岂不如在目前乎?又若温庭筠"鸡声茅店月,人迹板桥霜",贾岛"怪禽啼旷野,落日恐行人",则道路辛苦,羁愁旅思,岂不见于言外乎?'"① 宋代梅圣俞认为真正的语工应做到含不尽之意,见于言外。对于梅圣俞的见解,应从两个层面来理解:于意而言,意有韵味,难以穷尽;于言而言,语言表达能力有限,不能尽,但对于文学创作来说正是言不尽意才使得创作余音绕梁,意味深远,含味不尽,具有独特的美感。

> 孔子曰:"言之不文,行而不远。"又曰:"辞,达而已矣。"夫言止于达意,即疑若不文,是大不然。求物之妙,如系风捕影,能使是物了然于心者,盖千万人而不一遇也,而况能使了然于口与手者乎?是之谓辞达。辞至于能达,则文不可胜用矣。②

苏轼认可孔子的"辞,达而已"的观点,认为意高深莫测,很难用语言穷尽,千万人中找不出来一个能做到使言意绝对相称的诗人,认为语言表达只要能做到把意表述清楚就已经不错了,表明了他对言难以穷尽意观点的认可。高丽后期一些诗人也认为言无法穷尽意,但同时也认为正是言的局限性才使得意能涵咏不

---

① 欧阳修:《六一诗话》,载何文焕辑《历代诗话（上）》,中华书局,1981,第267页。
② 苏轼:《答谢民师书》,载吕晴飞主编《唐宋八大家散文鉴赏辞典》,中国妇女出版社,1991,第1407页。

尽。李穑认为："言有尽兮意无极也。"① 李齐贤认为："古人之诗，目前写景，意在言外，言可尽而味无穷。若陶彭泽'采菊东篱下，悠然见南山'，陈简斋'开门知有雨，老树半身湿'之类是也。"② 徐居正认为："然上人自性寂照。物物不物之妙。有不可以言语尽之矣。"③ 对于深远意味的推崇，使得其时一些诗人认可"辞，达而已"的观点，认为正是言的不足，才使得创作韵味无穷。

（四）言穷意尽

和推崇意在言外的创作所不同的是，其时也有一些诗人认为酣畅淋漓的语言可以穷尽意，认为这类诗歌写得兴味盎然，畅快淋漓，别有趣味。《补闲集》记："外王父题高城客楼云：'闭窗犹海气，欹枕亦涛声。冠盖四仙迹，江湖三日名。'此联格高意尽。吴秘丞世文《题绿杨驿》云：'有花村价重，无柳驿名孤。乔木日先照，枯桑风自呼。'此联高淡有味，有味不如意尽。"④ 外王父的诗歌白描出海边高楼上观赏到的临海美景，崔滋认为这首诗直接写出了高楼的气势和周边的美景，突出了风景"胜"的特点，诗歌酣畅淋漓非常尽兴。

吴学麟《重游九龙山兴福寺》这首诗写出了斗转星移、春去秋来的自然变迁万象更新之意，作者从自己认知的各个方面反复强化，直白吐露，崔滋认为作者"出语圆滑，曲尽重游之意"⑤。

文顺公与诸同年席上和诗，其中文安公诗云："曾随姚魏媚和风，一例看为幻色空。他日雪中开最好，知渠不是时红。"崔滋评："文安公诗虽止言春及冬，其意已尽。"⑥ 认为作者有意用繁复的语言写尽赞美之意，使得作品淋漓畅快，富有很强的感染力。

———————————

① [朝]李穑：《牧隐诗稿》卷一《送大司成郑达可奉使日本国》，载《韩国文集丛刊》第 3 册，第 519 页。

② [朝]李齐贤：《栎翁稗说》，载《韩国诗话全编校注（一）》，第 143 页。

③ [朝]徐居正：《四佳文集》卷一《默轩记》，载《韩国文集丛刊》第 11 册，第 201 页。

④ [朝]崔滋：《补闲集》，载《韩国诗话全编校注（一）》，第 84 页。

⑤ [朝]崔滋：《补闲集》，载《韩国诗话全编校注（一）》，第 83 页。

⑥ [朝]崔滋：《补闲集》，载《韩国诗话全编校注（一）》，第 93 页。

　　宋代诗人的优越生活及对文艺创作本质的认识使得尚意之风流行，苏轼是其中的代表。以苏轼为代表的宋诗人主张人生放意、创作放意，形成了宋代别具特色的放意论。高丽后期以李奎报为代表的诗人推崇苏轼，在接触到苏轼的放意论后，在创作上积极实践放意，以为高丽汉诗寻找一条健康的发展道路。在李奎报等诗人的推广下，朝鲜半岛的尚意之风也颇流行。

　　虽然高丽后期放意论和宋代尚意论有着诸多相似之处，但是朝鲜诗人喜欢钻研中国诗人创作的习惯使得他们在尚意方面的认识颇为细致、深入，对意的内涵的认识更为丰富，对得"意"之道的探索更为细致，而具有较强的实践指导意义。

第六章　诗法论

在模仿基础上成长起来的诗人，往往会比较重视探讨创作法则。"仆观近世，东坡之文大行于时，学者谁不服膺呻吟。"[①] 李仁老在创作上推崇杜甫、苏黄，并且对江西诗派研究颇深，他认为杜甫、苏黄、江西诗派以规范创作为目的，讲究法度、体式，诗人应学习这种做法，从诗法入手寻找有效的方法，以提升高丽后期汉诗创作水平。高丽后期诗人普遍有着明确的诗有作法的意识。"牧老少游中原，与诗人才士劼颃争雄，为诗文一字一句法度森严，无愧于古之作者。"[②] 李穑诗文法度森严，僧朱涧认为李穑在创作法则的运用上已经到了炉火纯青的地步。

这一时期的诗人对于诗法有着两种不同的认识：一种观点认为是指字句、声韵、对偶、用典方面的具体法则，如林椿看重苏黄字句炼琢方面的具体法则，深谙苏黄炼琢之道，其诗带有鲜明的苏黄字句特点。"西河先生少有诗名于世，读书初若不经意……字字皆有根蒂，真得苏黄之遗法，雄视词场，可以

---

① [朝]林椿:《西河先生集》卷四《与眉叟论东坡文书》，载《韩国文集丛刊》第1册，第242页。

② [朝]徐居正:《东人诗话》，载《韩国诗话全编校注（一）》，第212页。

穿杨叶于百步矣。"① 林椿的诗字字皆有出处，李仁老认为是学习苏黄字句法则所致，此外李奎报、李穑也比较注重学习和使用具体的法则："子是诚悬孙，字法夙熏习。"②"落笔生风句法新，妙龄才过十三春。"③ 二人在字句炼琢等方面比较讲究。

另一种观点认为是指融会贯通各种具体法则的创作方法。益斋先生每叹曰："及庵诗法，自得天趣。"④ 闵思平的创作做到了自然天成，李齐贤认为他的创作因此别有一番自然的趣味。

> 竹斋别有春，心赏何多门。
>
> 开堂名友贤，设酒不算巡。
>
> 时时曳轻策，细履而绕园。
>
> 当蹊花枝亚，戴土药苗新。
>
> 露笋龙鳞折，风松石籁喧。
>
> 境静多异鸟，关清无杂宾。
>
> 归来对画壁，俨若昔贤存。
>
> 潇洒嗳嚅翁，野装非荐绅。
>
> 诗法纵难问，神交则可论。
>
> 真趣固有在，亲朋况牲牲。
>
> 相将倒素蕴，雄辩犹雷奔。
>
> 小子挂世网，未拂衣上尘。

---

① [朝] 李仁老：《西河先生集序》，载《韩国文集丛刊》第 1 册，第 207 页。

② [朝] 李奎报：《东国李相国全集》卷十一《观柳绅乞米书》，载《韩国文集丛刊》第 1 册，第 407 页。

③ [朝] 李穑：《牧隐文稿》卷二《题惕若斋学吟后》，载《韩国文集丛刊》第 3 册，第 532 页。

④ [朝] 李穑：《牧隐文稿》卷十三《题惕若斋学吟后》，载《韩国文集丛刊》第 5 册，第 109 页。

　　　　幸因开客席，一洗平生懵。①

　　韩修（1333—1384）认为诗法难问，只可意会神交，其所言诗法并非直观具体的形式法则，而是指讲究意、趣、神、句等和谐融合的创作方式，这是一种更高层次的诗法追求，要求诗人能由直观入神韵，在创作上基于法而又能摆脱具体法则的束缚。

　　　　诗法医方见得明，出奇往往使人惊。
　　　　满腔豪气难韬尽，对酒频倾磊落情。②

　　在李穑看来，诗法为良方，能使诗人化腐朽为神奇，提升诗人的创作质量。杨碧云的诗出奇制胜，李穑认为是其能恰当地运用诗法所致，在诗法的掌握和使用上做到了游刃有余。
　　不论是哪种认识，不可否认的是这一时期的诗人对于汉诗创作有着鲜明的自觉意识，承认诗法的存在并在创作中注重运用诗法，也只有在这种普遍认可法的时代，诗人才会专注于法的钻研和实践。

第一节　诗法盛行的风气

　　高丽后期诗人普遍有着诗有作法的意识，重视学习、切磋、运用法，高丽后期探讨诗法的风气比较浓厚。

一、以文会友切磋交流的风气

　　"海东有国，承平四百年，人物风流盖侔于中华。神王戊午，崔靖安公始解

---

① [朝] 韩修：《柳巷诗集·奉和》，载《韩国文集丛刊》第 5 册，第 260 页。
② [朝] 李穑：《牧隐诗稿》卷三十二《绝句》，载《韩国文集丛刊》第 4 册，第 465 页。

珪组，开双明斋于灵昌里中。癸亥，集士大夫老而自逸者，日以诗酒琴棊相娱，好事者传画，为海东耆老会图。"① 高丽有着以文会友的良好风气，据《海东后耆老会序》记载，诗人模仿以唐白居易为首的"洛中九老会"，宋文彦博为首的耆英会而组"海东耆老会"，唱和论谈，进行文艺交流。高丽后期还有包括李仁老、林椿在内的"竹林高会"，诗人在诗酒唱和中结下深厚情谊，也经常书信往来探讨汉诗作法。"昨于梁君之庐，得足下所撰乐章六篇。手披目睹，反复成诵，且欣且庆，辄用叹服。"② 林椿在与皇甫若水书信中谈到两人经常书信往来，交流读书体会之事，可以说是当时诗人创作交流的缩影。

李奎报经常与诗友互寄作品交流创作体会。"某启。昨醉未醒，忽奉手简，惊起披阅，则索予近所著诗文者已。予比来所著，皆昏眊及深醉中所作也，不足以观之也。况今皆乱稿，如丝之棼然，未得成秩，故未敢即寄耳。若要之，当使儿子缉之成秩，然后寄之未晚也。草草不宣，再拜谨白。"③ 友人索要书稿，李奎报打算整理好再寄给友人，从信中内容可以看出其与师友经常互呈作品交流切磋。

> 某启，辱书教，并示古赋一首，古诗十首。噫！风雅楚词不作久矣，不意复见于今矣。非惟格韵警绝，其所讽兴，足以激时俗反之正者已。仆短于文，不为时所推许，虽后生莫有袖其文而来赘者。足下于仆，颇有一日之长，可谓先辈也。过自贬损，垂示所著，以至求相磨琢，是何卑逊下人若是之多耶。足下之辞，较古人罕比，仆得见为荣，更敢磨琢之是冀耶。④

---

① [朝]崔瀣：《拙稿千百》卷一《海东后耆老会序》，载《韩国文集丛刊》第 3 册，第 3 页。

② [朝]林椿：《西河先生集》卷四《与皇甫若水书》，载《韩国文集丛刊》第 1 册，第 242 页。

③ [朝]李奎报：《东国李相国后集》卷十二《寄李学士小简》，载《韩国文集丛刊》第 2 册，第 250 页。

④ [朝]李奎报：《东国李相国全集》卷二十七《答李允甫手书》，载《韩国文集丛刊》第 1 册，第 573 页。

此外，高丽后期诗人还乐于亲携作品与友交流，李允甫虽年长于李奎报，却经常携作品拜访李奎报，与其交流创作体会，请其帮助打磨文章。

予友李史馆允甫，以尝所著诗赋杂著五十余篇，袖而来示之。予读既，将还之曰：彬彬乎文彩之备也。诗挟风人之体，赋含骚客之怀，其若无肠公子传等嘲戏之作，若与退之所著毛颖下邳相较，吾未知孰先孰后也。子不尔则吾何以与之友也，予不知子，则子已回首辈驰，虽一日十过吾门，终不一枉顾也。虽然，宁不与子交，其文可盖耶。①

李允甫诗尚古雅、文有怀抱，李奎报赞赏其创作，也很赞同其交流创作的习惯。李奎报认为正是李允甫坚持这种交流习惯，让自己也从中受益。李奎报视其为挚友，也非常珍惜两人之间的交流机会。

"鸡林金可行以其所作诗稿见示。造语雅驯，寄兴深远，忠君爱亲尊师亲友，有开于世教者十之八九，予读之悚然敛衽曰：有是哉，有是哉。"②李崇仁在读了金可行的作品后，极为赞赏其对语、意的掌控能力，认为其创作做到了语雅兴远，抓住了汉诗创作的真谛。"河直讲千旦，诵白云子吴廷硕《游八巅山》诗：'水长山影远，林茂鸟啼深。倦仆莫鞭马，徐行得入吟。'因曰：'林茂鸟啼深'句最为绝唱。予曰：'此诗遣意闲远，连吟四句而后得嘉味，何独一句为绝？如"林茂鸟啼深"之句，是剥杜子美"隔竹鸟声深"也。以林茂之言，比隔竹之语，若泾渭然，清浊自分。'"③讲千旦诵吴廷硕诗，认为"林茂鸟啼深"之句最佳，崔滋认为这句诗缺少创意，为剥杜甫诗而来，且不如杜甫诗有韵味。对于讲千旦独赞此句，崔滋略有微词，认为这句和其他三句合在一起才凸显了整首诗闲远的意

---

① [朝]李奎报：《东国李相国全集》卷二十一《李史馆允甫诗跋尾》，载《韩国文集丛刊》第 1 册，第 514 页。

② [朝]李崇仁：《陶隐先生文集》卷五《题金可行诗稿后》，载《韩国文集丛刊》第 6 册，第 609 页。

③ [朝]崔滋：《补闲集》，载《韩国诗话全编校注（一）》，第 81 页。

境，单独看这句诗，并非绝好佳句。通过这些记载，可以看出高丽后期诗人切磋诗句的习惯，而诗人们对炼句的认识也在诗句切磋交流中逐渐强化。

对于高丽后期炼琢交流的风气，《东人诗话》中也有相关记载："古人诗，炼格炼句炼字，又就师友，求其疵而去之。曾吉甫赠汪彦章诗'白玉堂中曾草诏，水晶宫里近题诗'，先示韩子苍，子苍改两字云'白玉堂深曾草诏，水晶宫冷近题诗'，迥然与前句不侔。双梅李状元詹，与郊隐郑文定公以吾，论诗自诧，尝得句云'烟横杜子秦淮夜，月白坡仙赤壁秋'，郊隐吟玩再三，但曰'笼''小'，李初不认，郑许吟曰'烟笼杜子秦淮夜，月小坡仙赤壁秋'，'笼''小'二字，比前精彩百倍。"① 通过这段记载可以看出当时诗人交流最多的是字句炼琢，交流的对象或诗或友，倾心于交流的原因是希望借助于师友之力找到作品瑕疵以完善创作。当时诗人往往选用交流的方式炼琢品评诗句，帮助提升创作水平。

通过高丽后期以文会友的风气不难看出，高丽后期诗人在汉诗创作上有着明确的法则意识，在语、意、趣、风格等创作规范方面有着明确的认知，并且认为在切磋交流中对汉诗技巧的把握会越来越熟练，进而帮助诗人提高创作水平。

二、诗人用多种文学样式探讨诗法

通常把《破闲集》《白云小说》《补闲集》《栎翁稗说》四部诗话作为高丽诗学的代表，但是高丽后期的诗学成就不仅仅局限于四部诗话所论。事实上，高丽后期诗人普遍关注汉诗创作法则，在这一时期的书信、序跋、诗文中，有大量的文字论及汉诗创作法则。

崔滋《补闲集》曾记录了一段无名氏评论当下诗人创作特色的言论：

> 俞文安公升旦，语劲意淳，用事精简。金贞肃公仁镜，凡使字必欲清新，故每出一篇动惊时俗。李文顺公奎报，气壮辞雄，创意新奇。李学士仁老，

---

① [朝]徐居正：《东人诗话》卷上，载《韩国诗话全编校注（一）》，第187页。

言皆格胜，使事如神，虽有蹑古人畦畛处，炼琢之巧，青于蓝也。李承制公老，辞语遒丽，尤长于演诰对偶之文。金翰林克己，属辞清旷，言多益富。金谏议君绥，辞旨和裕。吴先生世材、安处士淳之，富赡浑厚。李史馆允甫、林先生椿，简古精隽。陈补阙澕，清雄华靡，变态百出，此皆一时宗匠也。①

在这段文字中，对于各家特色的评析甚为详细，以辞的特征而言，认为李奎报"辞雄"，李仁老"格胜"，李公老"遒丽"，金克己"清旷"，金君绥"和裕"，吴世材、安淳之"富赡"，林椿"精隽"，等等，无名氏对于用辞的认识细致全面，由其对高丽后期各家作法的品评，可见当时诗坛已经形成较为浓厚的诗法品评风气。

李穑是继李奎报、李齐贤之后的诗文大家，其对于创作法则有着自己细致深入的认识。"不嫌蔬笋尚充肠，坐到钟声出景阳。诗法自深应刻骨，肯教双胁更沾床。"②李穑认为诗法与苦吟紧密联系在一起，用法往往需要苦吟。"诗法医方见得明，出奇往往使人惊。满腔豪气难韬尽，对酒频倾磊落情。"③李穑还认为诗法如同药方，诗人若明了诗法，可以在创作上轻而易举地出新出奇。

及庵闵先生诗，造语平淡，而用意精深。其时，益斋先生、愚谷先生与竹轩政丞居同里，号铁洞三庵。及庵，竹轩壻也。竹轩仙去，而及庵又来居其第，三庵之称未绝，一世宗之。予晚生，幸及平时，皆得接其道德之辉，以为终身山斗之仰，盖幸之幸也。益斋先生每叹曰：及庵诗法，自得天趣。又言拙翁彦明父性放达，少许可，独爱及庵甚。游联骑，宿对床，不问家人有无生产。又同嗜酒，又同乐也。予之往来及庵之门也，及庵年已衰矣，而温温闲雅，俯引后进惟恐后。一日，狂高轩陋巷，坐树荫移日而去，予至

① [朝]崔滋：《补闲集》，载《韩国诗话全编校注（一）》，第89页。
② [朝]李穑：《牧隐诗稿》卷十一《又赋》，载《韩国文集丛刊》第4册，第105页。
③ [朝]李穑：《牧隐诗稿》卷三十二《绝句三首》，载《韩国文集丛刊》第4册，第465页。

今未敢忘。外孙金敬之氏生长于及庵先生之家，及志学，又学于及庵，得以亲炙益斋、愚谷。故其蓬生麻中，不扶而直。势所必至，又况生质粹美，侪辈莫敢齿乎。今观学吟，益知诗法绝类及庵。人乐有贤父兄，讵不信然，鸣呼！诗岂易言哉？文章云乎哉，学问云乎哉。鸣呼！诗岂易言哉。①

闵思平的创作语浅而意深，并且自然天成，其外孙跟随他长大，深得其诗法真传，创作同样为时人所称道。针对外孙对闵思平诗法的发扬光大，李穑强调前人的诗法在教诲后人、提高创作水平方面能发挥出巨大的作用，诗人应看重诗法传承。

李穑一生创作颇丰，对于诗法有着细致深入的认识，但他并没有专门的诗学论著，其对诗法的总结和归纳以及系统的诗学观多散落在诗文中，了解其诗文中论诗的内容有助于我们认识他的诗学观，认识高丽后期诗学的特色，而若忽略其诗文中论诗的内容，我们的认识可能会流于片面，而且在把握高丽后期诗学特征方面也会失去一个重要参考。

高丽后期汉诗创作呈现繁荣景象，这一时期诗集大量刊刻，请名家作序跋的风气很盛。在诗序中，作者谈论最多的是集主的创作特色及自己对创作的认识和看法。

及读及庵先生之诗益信，先生诗似淡而非浅，似丽而非靡，措意良远，愈读愈有味，其亦超然妙悟之流欤，其传也必矣。②

予观雪谷之诗，清而不苦，丽而不淫，辞气雅远，不肯道俗下一字，就其得意。往往与予所见中州才大夫相上下，置之唐姚薛诸公间不愧也。③

---

① [朝] 李穑：《牧隐文稿》卷十三《题惕若斋学吟后》，载《韩国文集丛刊》第5册，第109页。

② [朝] 李穑：《及庵诗集序》，载《韩国文集丛刊》第3册，第47页。

③ [朝] 李穑：《雪谷诗稿序》，载《韩国文集丛刊》第3册，第245页。

观其简洁冲澹，高出意表，如闻玉声，清越以长。多乎哉，不多也。①

受而读之，辞语豪放，意思飘逸。和不至于流，丽不至于靡。忠厚之气
不以进退而异，义烈之志不以夷险而殊。可见其存养之得其正，而发见于声
律之间者亦然矣。②

牧隐先生学于中国，卓尔有高明之见，其于东人之诗，少有许可者，独
于先生之作，有所叹赏曰："平澹精深，绝类及庵。诗而至于平澹精深，亦
岂易哉。"又于众作之中，尝举先生一句曰："可谓顶门上一针。"信乎先生
之诗格高出于一时，非他作者所能仿佛也。则此若干篇宜亟刊行，使夫学者
有所矜式也，故不以文拙辞。③

综观以上几段诗文集序中的品评文字，在字句炼琢上诗人推崇丽、淡、清、远
的融合，主张在词语上先以丽冲击读者的视觉，并且要把握好度，做到明丽实淡，
此外音韵上应有清越的美妙，韵味上有雅远的蕴藉。通过集序中的评述可知对于辞
语的炼琢，此期诗人已经形成了较为系统的认识。李穑评价金九容诗平淡精深、句
法讲究，河崙颇为赞同李穑的评价，主张作为典范加以推广学习，河崙在序中从指
导创作的角度肯定汉诗法则，充分肯定了诗法对于创作的积极指导意义。

诗法虽有助于创作，但对于诗法发挥的作用，一些诗人并非一味肯定，而是
在序跋中表明了自己的看法。白文宝《及庵集序》曰：

彼以言辞而已者，以夸多斗靡，英华其词，不至于观感，不近于性情，

---

① ［朝］权近：《柳巷诗集序》，载《韩国文集丛刊》第 5 册，第 257 页。
② ［朝］河崙：《圃隐先生诗卷序》，载《韩国文集丛刊》第 5 册，第 566 页。
③ ［朝］河崙：《惕若斋学吟集序》，载《韩国文集丛刊》第 6 册，第 3 页。

则乃无用之赘言也。故世之人，有专务章句，悦人耳目，虽苦心觅好，不能胸次悠然而得，万一索句妍滑，其志局于此者，才读过数十篇，心已倦于再览矣。余于及庵之诗，读之不觉。吟咏之不足，所谓可以兴可以观者皆得其义矣。惜乎！全章之不得传于世也！姑以所见，告夫类书者，为之序。[①]

白文宝的这篇序道出了当时雕琢的风气，也指出了当时在字句雕琢上存在的问题。白文宝认为诗人只注重雕琢字句，易使创作流于浅显，雕琢字句之外诗人应求取性情、道义，形式与立意结合才算是优秀的汉诗创作，他对于如何用法指出了学诗者应努力的方向。

> 自雅颂废，骚人之怨悲兴。昭明之选行，而其弊失于纤弱。至唐律声作，诗体遂大变，李太白、杜子美尤所谓卓然者也。宋兴，真儒辈出，其经学道德，追复三代。至于声诗，唐得是袭，则不可以近体而忽之也。然世之言诗者，或得其声而遗其味，有其意而无其辞，果能发于性情，兴物比类，不戾诗人之志者几希，在中国且然，况在边远乎？[②]

郑道传在为金九容诗集作的序中强调，汉诗创作固然应重情义、韵味，但声与味、意与辞的统一并非易事，中国能做到的优秀诗人很少，更不用说高丽了，他要求对于诗人用法中出现的过度炼琢持一种包容态度。

运用多种多样的文学样式探讨诗法，发表自己的认识和见解，充分说明了这一时期诗人的诗法自觉。并且对于用法的度的问题，高丽后期诗人也通过各种文体做了一些辨析，这些都说明了高丽后期自觉探讨诗法风气的逐步形成。

---

① [朝] 白文宝：《及庵集序》，载《韩国文集丛刊》第 3 册，第 311 页。
② [朝] 郑道传：《惕若斋学吟集序》，载《韩国文集丛刊》第 6 册，第 4 页。

三、看重诗法传承

"学有师友渊源之正，乃为可传也。"① 高丽后期诗人比较看重诗法传承："子是诚悬孙，字法夙熏习。谓君继家声，立朝冠岌岌。侍书清燕阁，文彩敷晔晔。乃反学真卿，而作乞米帖。食粥虽云穷，鲁公犹可袭。"② "年十八，连中进士科，及第科，喜从鸡林崔拙翁游，得其语法。"③ "稼亭、牧隐父子相继中皇元制科，文章动天下，今二集盛行于世。牧隐之于稼亭，犹子美之于审言，子瞻、子由之于老泉。自有家法。"④ 诗人所言的诗法传承包括两种，一种是指家法传承，传统意义上的具有家族关系的子承祖、父辈的创作传统；一种是诗人之间没有血缘亲戚关系，而是师友关系，所谓师友，是指"恩门及尝所受业学文者与同年及僚友乡党也"⑤，师友以探讨诗法为主要目的结成亲密关系，而使得学者与被学者二者之间有了相近的创作风格。

在诗法承继上，杜甫曾言"吾祖诗冠古"（《赠蜀僧闾丘师兄》），"例及吾家诗，旷怀扫氛翳"（《八哀诗·赠秘书监江夏李公邕》）。强调自己的诗法有家学渊源，自己的作法和祖父诗法是一脉相承的，杜甫还赞赏南北朝时期庾信等人的凌云健笔，主张转益多师，兼收并蓄，学习前人的诗法技巧，在《戏为六绝句》中明确强调应重视对前人诗法的仿效学习。他还经常告诫儿子宗武要擅长学习前人诗法，"熟精《文选》理"⑥。对于诗法传承，朝鲜半岛诗人同样有着明确的认识。

　　　　光岳之气，钟于人而为文章。文章者，间世而或作，作则魁然杰然，卓

---

　　① [朝]李崇仁：《陶隐先生文集》卷四《大古语录序》，载《韩国文集丛刊》第6册，第600页。

　　② [朝]李奎报：《东国李相国全集》卷十一《观柳绅乞米书》，载《韩国文集丛刊》第1册，第407页。

　　③ [朝]李穑：《牧隐文稿》卷二十《郑氏家传》，载《韩国文集丛刊》第5册，第174页。

　　④ [朝]徐居正：《东人诗话》，载《韩国诗话全编校注（一）》，第213页。

　　⑤ [朝]田禄生：《埜隐先生逸稿》卷六《尊慕录附》，载《韩国文集丛刊》第3册，第430页。

　　⑥ 杜甫著、仇占鳌注：《杜诗详注》卷十七《宗武生日》，中华书局，1979，第1478页。

尔不群矣。汉之文，盛于贾、董、马、班。唐之文，极于李、杜、韩、柳。宋有欧、苏、黄、王。元有杨、虞、揭、范，此皆魁然杰然，间世而卓立者也。吾东方古称诗书之国，以文章鸣世者，代不乏人。乙文德鸣于高句丽，薛聪、崔致远鸣于新罗。高丽氏开国，文治大兴，金文烈富轼、郑谏议知常唱之于前，陈补阙澕、李大谏仁老、李学士奎报、金员外克己、林上舍椿齐名一时，一诗道之中兴也。益斋李文忠公复起而振之，稼亭李文孝公继之。先生，稼亭之子，益老之门弟，其文章有家法渊源之正。①

高丽诗人的创作热情使得高丽后期文学中兴，蔚为大观。李穑的创作，"本之以六经，参之以史汉，润色之以诸子。鼓舞动荡，滃然而为云雷，烂然而为星斗，霈然而为江河，跃然而为龙虎，变态无穷，如晴际终南，众皱前陈，不暇应接者矣。一时诗人才士洽然宗之，熏然浸郁，雄峻如郑圃隐、简洁如李陶隐、豪迈如郑三峰、典雅如权阳村，皆不出先生范围之内，岂非魁然杰然，间世而卓立者乎"②，在高丽后期诗坛可算得上是"间世而卓立者"。李穑之所以成为高丽后期极具代表性的诗人，一方面来自他的兼收并蓄，对各家法则的融会贯通；另一方面和其家学渊源深厚有关，其在创作上受其父李穀影响比较大。李穑之子李种学（1361—1392）又继承了其诗法衣钵："我先祖麟斋公早承牧隐公庭训，诗礼传家，忠孝立身，余事文章。"③李穀、李穑、李种学的创作形成了鲜明的家族风格，这和他们注重家法传承不无关系。

权近曰："先君雪谷，节义甚高，学问甚邃。其为诗，亦臻高妙，不幸早世。公乃能业而接之，弘而大之，气雄而词赡，清高而浏亮，殆轶前光而可为后观矣。公之二子，又以文学克绍先绪，俱为盛朝开国元勋，而其文章之高妙雄赡，

① [朝] 徐居正：《牧隐诗精选序》，载《韩国文集丛刊》第 5 册，第 178 页。
② [朝] 徐居正：《牧隐诗精选序》，载《韩国文集丛刊》第 5 册，第 178 页。
③ [朝] 李泰渊：《麟斋遗稿跋》，载《韩国文集丛刊》第 7 册，第 524 页。

亦皆谨守其家法也。"① 河崙曰："予尝读雪谷先生集，以谓东人之诗，少有其比。今观圆斋此集，可谓得其家法矣。"② 权近和河崙认为郑枢（1333—1382）诗法上承雪谷郑誧，下传二子，郑氏一门汉诗有鲜明的家族特色。

> "十载趋朝得一回，邻翁挈榼慰余来。直将润色丝纶手，能倒山村麦酒杯。" 先生外祖政丞复斋韩文节公宗愈，晚年退卧汉阳，尝游褚子岛一绝云："十里平湖细雨过，一声长笛隔芦花。直将殷鼎调羹手，还把渔竿下晚沙。" 先生此诗，盖用其语法也。复斋文章，大为樵牧两先生敬服，而本集不传，幸此一绝得于季父提学公传编，又恐湮没，附著于此云。③

韩宗愈（1287—1354），字师古，自号复斋，谥文节，汉阳人。权近门人认为权近《到阳村》这首诗的语法和其外祖韩宗愈的语法接近，这也表明了权近在用语法则上对祖辈的继承和学习。"忽忆复斋子，离愁正渺然。道情惟我共，诗法是家传。迹寄青云里，身归碧海边。何当更相对，啸咏一灯前。"④ 李种学把郑揔视作志同道合的朋友，两人经常在一起吟咏切磋汉诗作法，李种学对于复斋郑揔的创作颇为熟悉，认为家学传承成就了其别具特色的创作。

高丽后期诗人讲究诗法出处、派系、源流，诗人往往通过血缘、姻亲、同门、师友关系交流传承诗法，诗人就此认为正是由于后裔对前人诗法的发扬光大，才使得高丽汉诗日臻成熟，佳作迭出，家法承继在高丽后期成为普遍的风气。

> 铁城联芳集者，平斋李文敬公、容轩李相国所著也。平斋事高丽恭愍

---

① [朝] 权近：《圆斋先生文稿序》，载《韩国文集丛刊》第 5 册，第 183 页。
② [朝] 河崙：《圆斋稿序》，载《韩国文集丛刊》第 5 册，第 184 页。
③ [朝] 权近：《阳村先生文集》卷二《到阳村》，载《韩国文集丛刊》第 7 册，第 26 页。
④ [朝] 李种学：《麟斋遗稿·有怀郑复斋》，载《韩国文集丛刊》第 7 册，第 503 页。

王，大被眷遇，官至密直副使。公有经济器，王欲大用，不幸早逝，不大厥施，旧例，枢密无谥，恭愍悼念，特赠文敬。容轩事太祖、太宗、世宗三朝，历判诸曹，三长宪司，进宅百揆，为时贤相。二公功名事业之盛，文章特余事耳。今嗣孙工曹参议陆、集二诗，编为一帙，示居正。居正外舅阳村权文忠公。平斋之壻，是铁城于居正，为外家。居正内兄吉昌权翼平公，容轩之壻。翼平尝语居正曰：平斋、容轩诗法，出于杏村李文贞公。容轩又早孤，鞠于阳村，得师友渊源之正。诗至于平斋、容轩二老，亦足不朽矣。今观平斋之平淡温醇，容轩之清新雅丽，正有家法，足以传后。翼平之言，盖有所见矣。予尝见古之人以文章名家者，必有家法焉，又必有师友渊源之资焉。杜陵之诗，祖于审言。东坡之文，宗于老泉。涪翁以文章鸣，未必不资于苏家。今杏村即平斋之审言，平斋即容轩之老泉。阳村之于容轩，即涪翁之东坡也。呜呼！文章箕裘，岂不难哉！求之于古，仅得苏、杜二家。今吾铁城父子，袭美传芳，续杏村之遗馥，亦何多让于古人哉。工曹将嘱庆尚道监司尹公壕镂诸梓以寿其传，求予序。监司，容轩之外孙。居正亦平斋之曾孙，文拙不能张皇先美，姑书铁城传世之略，以弁其首。杏村讳岩，字古云，初名君侅，相恭愍，再入岩廊，功名事业，冠冕一时。真、草、行三法。与赵子昂相埒，文章高古简洁，大为元朝翰林诸学士所叹赏。平斋讳冈，字思卑。容轩讳原，字次山。工曹亦甲申大魁，将趾铁城之美者，亦斯人矣。①

　　我出杏村门，视君如弟昆。

　　忠清来有种，恭俭独超群。

　　谓答苍生望，何违日者言。

　　① [朝]徐居正：《四佳文集》卷五《铁城联芳集序》，载《韩国文集丛刊》第11册，第255页。

从今合坐所，高论更难闻。①

恭愍王（1351—1374）时期，杏村文贞公李岩一派诗人较为有名，这一派诗人之间往往有着血缘姻亲关系。平斋李冈、容轩李原（1368—1429）、韩方信等诗法皆出于杏村李岩，李冈是李岩的儿子，而权近是李冈的女婿，李原和权近经常在一起切磋交流诗法，权近的儿子权翼平又是李原的女婿。诗人之间千丝万缕的关系使诗人有着便利的条件和宽松的环境来探讨诗法，这为诗法的传承推广提供了便利的条件。诗法传承成为高丽后期诗坛风尚后，师友录的撰写非常流行，《尊慕录》以录后裔对先生的"尊尚之心，景慕之诚"②为指导，以列举各派家法传承及创作风尚为主要内容，之后《师友名行录》等同类著作陆续出现，佐证了这种风气的盛行。

诗法传承逐渐成为高丽后期诗学发展的一个主要动力及提升创作水平的重要手段，这种风气一直延续到李朝初期。

余于晋山姜先生，信之矣。先生，天资卓越，涵养既久，积学能文……与先生周旋馆阁，终始凡四十年，知先生最深。先生之于文章，虽天分至高，亦有家法渊源之正。先祖通亭先生，以文名显于前。先大夫戴愍公，趾美于后。先生与伯氏仁斋，齐名一时，蔼然有苏家之风。居正，尝论通亭之端丽，戴愍之简洁，仁斋之冲澹，各有所长，而先生集众长而一之者也。③

文良公姜希孟（1424—1483）与其兄仁斋公姜希颜（1418—1465）齐名，二人在创作上皆受了其父戴愍公姜硕德（1395—1460）的教诲，而姜硕德诗法源头

① [朝]韩方信：《哭平斋李文敬公冈》，载《东文选》卷十，第188页。
② [朝]田万英：《垫隐先生逸稿》卷六《尊慕录附》，载《韩国文集丛刊》第3册，第430页。
③ [朝]徐居正：《私淑斋集·私淑斋集旧序》，载《韩国文集丛刊》第12册，第3页。

可溯至姜希孟祖父姜淮伯（约 1346—约 1392）。姜淮伯"字伯父，号通亭，高丽门下赞成事蓍之子。自幼聪警绝人，读书史，一过辄记，发为词藻，天趣自高，不落寻常窠臼，时辈推服。辛禑初，郑摠榜登第，从阳材先生，受性理之学，益覃研精思，大为阳村所称赏"①。姜淮伯诗天趣甚高，不落寻常窠臼，有自己的用法特色，而为时人推许。三代人中，姜希孟集家族创作长处于一身，"攻文章，浑涵浸郁，大放以肆，为时辈所推"，"应世酬答之文，亦极奥妙，汪洋乎大篇，舂容乎短章，汲汲有大雅之音矣"②。姜希孟在前人的基础上把家传诗法发扬光大，姜氏家族的文学成就及诗法传承充分说明了高丽后期到李朝初期诗法传承的浓厚风气。

对于祖先诗法的琢磨与传承，使得高丽后期诗人的法则意识更为强烈，诗人对用法要求得越来越严格，而粗糙的创作逐渐被诗人抛弃，精细成为诗人的追求。精致创作对于字句的要求更高，对于炼琢也愈加看重，家法传承的风气可以看作高丽后期炼琢盛行的一个催化剂。

第二节　重法之缘起

一、学古之风盛行

由于中国诗歌的压倒之势，高丽后期诗人强调向中国诗歌学习，认真研读中国诗人优秀作品以积累创作方法和技巧。

"盖力读经史百家古圣贤之说，未尝不熏炼于心，熟习于口。及赋咏之际，参会商酌，左抽右取，以相资用。故诗与文虽不同，其属辞使字，一也。"③李奎报认为学诗有助于创作，并指出学的目的在于用。他认为由学到创作，诗人会反

① [朝] 姜希孟：《私淑斋集》卷七《通亭先生姜公行状》，载《韩国文集丛刊》第 12 册，第 88 页。

② [朝] 徐居正：《私淑斋集·私淑斋集旧序》，载《韩国文集丛刊》第 12 册，第 3 页。

③ [朝] 李奎报：《东国李相国全集》卷二十六《答全履之论文书》，载《韩国文集丛刊》第 1 册，第 557 页。

复地摹习总结优秀诗人的创作法则，在这个过程中对于法则的认识会逐渐全面、细致和深入。"学诗者，对律句体子美，乐章体太白，古诗体韩苏。若文辞，则各体皆备于韩文，熟读深思。可得其体。"① "虽然李杜古不下韩书，而所云如此者，欲使后进泛学诸家体耳。"② 崔滋有着鲜明的文体意识，认为各体皆有自己的创作规范，也有相应的代表诗人，应注重学习经典，在具体的学习方法上，主张熟读深思前人作法。

"溪声僧立处，山色鸟啼时。野兴悠悠甚，丹青定是诗。芳草荣枯日，浮云起灭时。操心似金石，寄向数篇诗。有意倾千古，无心盖一时。抽毫书晋字，炼句学唐诗。"③ 高丽后期诗人多有用诗不朽的意识，中国诗歌在唐代发展至顶峰，高丽诗人重视向唐诗学习。

弃庵居士安淳之服膺白居易的诗，对《乐天集》揣摩颇深。"纵横和裕而无锻炼之迹，似近而远，既华而实，诗之六义备矣。"④ 崔滋对于白乐天的和易之风也推崇备至，认为"若搢绅先觉，闲居览阅，乐天忘忧，非白诗莫可"⑤。

> 白公诗，读不滞口，其辞平澹和易，意若对面谆谆详告者，虽不见当时事，想亲睹之也，是亦一家体也。古之人或以白公诗，颇涉浅近，有以嘤嚅翁目之者，此必诗人相轻之说耳。何必尔也，其若《琵琶行》《长恨歌》，当时已盛传华夷，至于乐工倡妓，以不学此歌行为耻，若涉近之辞，能至是耶。⑥

李奎报认为，白居易的诗看似平淡实则有深味，似近实远，认为正是其语言

---

① [朝]崔滋:《补闲集》，载《韩国诗话全编校注（一）》，第81页。
② [朝]崔滋:《补闲集》，载《韩国诗话全编校注（一）》，第81页。
③ [朝]李穑:《牧隐诗稿》卷十七《偶吟》，载《韩国文集丛刊》第4册，第211页。
④ [朝]崔滋:《补闲集》，载《韩国诗话全编校注（一）》，第100页。
⑤ [朝]崔滋:《补闲集》，载《韩国诗话全编校注（一）》，第100页。
⑥ [朝]李奎报:《东国李相国后集》卷十一《书白乐天集后》，载《韩国文集丛刊》第2册，第244页。

淡而有味，创作才深受诗人的喜爱。

白居易之外，高丽后期的诗人也注重学习唐代其他诗人作品。"兹诗苦深峻，谅非吾辈知。"① 杜牧诗苦、深、峻兼具，李奎报读了杜牧的诗赞赏不已。

"少年诗句学樊川，襟袖好风吹飒然。"② 早年的李穑也非常欣赏杜牧的创作，一度把杜牧的诗作为典范加以模仿学习。随着年龄的增长、阅历的加深，晚年的李穑转向学习杜甫雅正的创作，其《论学杜》曰：

> 诗章权舆舜南风，史法隐括太史公。
>
> 以诗为史继三百，再拜杜鹃少陵翁。
>
> 遗芳剩馥大雅堂，如闻异味不得尝。
>
> 如知其味欲取譬，青天白眼宗之觞。
>
> 律吕之生始于黍，舍黍议律皆虚语。
>
> 食芹而美是野老，盛馔那知王一举。
>
> 为诗必也学斯人，地位悬隔山难因。
>
> 圆齐肯我一句语，只学少陵无取新。③

李穑认为《诗经》《史记》之后，堪称儒家典范之作的只有杜甫的作品。针对当时肤浅的文风，李穑主张诗人应丢弃刻意的雕琢而去学习杜甫的诗歌，以使创作立意深远、意味醇厚。

> 天然八妙我心降，笔力从他鼎可扛。
>
> 所欲沾芳杜工部，何妨学瘦贾长江。

---

① [朝] 李奎报：《东国李相国全集》卷十《读杜牧诗》，载《韩国文集丛刊》第 1 册，第 401 页。

② [朝] 李穑：《牧隐诗稿》卷十六《即事》，载《韩国文集丛刊》第 4 册，第 187 页。

③ [朝] 李穑：《牧隐诗稿》卷二十一《论学杜》，载《韩国文集丛刊》第 4 册，第 285 页。

浑身雨露花如海，对面江山酒满缸。

得意大平吟啸处，不论华丽与凉庑。①

李穑所学诗人范围极广，杜牧、杜甫之外，贾岛等各家皆是其学习的对象，在学的过程中，李穑认识到厚积薄发才能创作出真正优秀的作品，因此注重广收博取，各家皆学。李穑的创作文笔收放自如、自然流畅，和他重视学习中国优秀作品不无关系。

一生迂拙且贫寒，偃蹇然非志学干。

高帽寒驴从濩落，佳山胜水爱宽闲。

诗寒酷似孟东野，吟苦多惭陈后山。

…………

莫学宗元文乞巧，直从潘岳赋居闲。

…………

工部高吟夸上巳，右军胜迹说稽山。

年年愧负寻春兴，暎鼓朝钟了世间。②

到了李朝初期，积学之风依然很盛，面对中国诗歌，徐居正最为青睐盛唐诗歌，并且主张兼收并蓄："晚学唐诗犹涩癖，老楷晋字辄生疏。"③ "白傅文章闲处妙，欧公声价谤来增。"④ "多惭章句归东汉，赖有诗篇学盛唐。"⑤ 强调文从潘岳、

---

① [朝]李穑：《牧隐诗稿》卷三十五《咸昌吟》，载《韩国文集丛刊》第 4 册，第 510 页。

② [朝]徐居正：《四佳诗集》卷八《再和前韵》，载《韩国文集丛刊》第 10 册，第 328 页。

③ [朝]徐居正：《四佳诗集》卷二十一《十四用前韵》，载《韩国文集丛刊》第 10 册，第 458 页。

④ [朝]徐居正：《四佳诗集》卷三十《有感》，载《韩国文集丛刊》第 11 册，第 4 页。

⑤ [朝]徐居正：《四佳诗集》卷五《诸君子奉酬诗》，载《韩国文集丛刊》第 10 册，第 301 页。

王羲之、柳宗元，诗从杜甫、白居易、孟郊、陈师道。

中国是一个诗的国度，诗人、作品多如牛毛，应该学习中国哪些诗人的作品，高丽后期一些诗人划定了应读经典的范围。文安公言："凡为国朝制作，引用古事，于文则六经三史记。诗则《文选》、李杜、韩、柳，此外诸家文集，不宜据引为用。"①"张胆曾陈洛阳策，苦心方学杜陵诗。"②文安公强调应多读李、杜、韩、柳的作品。

宋诗在朝鲜半岛流播广泛，对于宋诗的学习，高丽后期诗人也比较重视，中举诗人因学习苏轼，诗赋作品往往带有鲜明的东坡特色。李仁老推崇苏黄，认为在琢句方面，"及至苏黄，则使事益精，逸气横出，琢句之妙可以与少陵并驾"③；在用事方面，"近者苏黄崛起，虽追尚其法，而造语益工，了无斧凿之痕，可谓青于蓝矣"④，主张学习苏黄臻于完美的创作法则。"余昔读梅圣俞诗，私心窃薄之，未识古人所以号诗翁者，及今阅之，外若萧弱，内含骨鲠，真诗中之精隽也。知梅诗然后可为知诗者也。"⑤李奎报则对于宋代梅圣俞的诗歌作法推崇备至。高丽后期诗人认真研读中国诗人作品，总结揣摩中国诗歌作法，这些都充分说明了此期诗人对学习中国诗歌法则的重视。

在多阅读揣摩中国优秀诗人的作品之外，高丽后期诗人还主张多阅读中国的诗学著作："读惠弘《冷斋夜话》，十七八皆其作也。清婉有出尘之想，恨不得见本集。近者以《筠溪集》示之者，大率多赠答篇，玩味之皆不及前诗远甚。"⑥从这段记载来看，李仁老对宋诗作法及宋诗话颇有研究。李奎报同样熟悉宋代诗话著作，欧阳修质疑"黄昏风雨瞑园林，残菊飘零落地金"两句诗不合常理，王安石责其不知《楚辞》"夕餐秋菊之落英"，是不学之过也。李奎报读了《西清诗话》

① 邝健行、陈永明、吴淑钿：《韩国诗话中论中国诗资料选粹》，中华书局，2002，第9页。
② [朝]李穑：《牧隐诗稿》卷十《感怀》，载《韩国文集丛刊》第4册，第90页。
③ [朝]李仁老：《破闲集》，载《韩国诗话全编校注（一）》，第12页。
④ [朝]李仁老：《破闲集》，载《韩国诗话全编校注（一）》，第29页。
⑤ [朝]李奎报：《白云小说》，载《韩国诗话全编校注（一）》，第53页。
⑥ [朝]李仁老：《破闲集》，载《韩国诗话全编校注（一）》，第4页。

中的这段记载认为王安石"以兴所见拒欧公之言未免太过武断"①。通过高丽后期诗人文章中提及的诗话著作可以看出，中国诗话著作在高丽后期流播范围极广，诗人对中国诗话著作研讨颇深。

高丽后期诗人普遍重视学古，一些诗人因此误入创作歧途，针对如何学古，一些学者也提出了自己的看法。

> 东坡，近世以来，富赡豪迈，诗之雄者也。其文如富者之家金玉钱贝，盈帑溢藏，无有纪极。虽为寇盗者所尝攘取而有之，终不至于贫也，盗之何伤耶？……盖力读经史百家古圣贤之说，未尝不熏炼于心，熟习于口，及赋咏之际，参会商酌，左抽右取，以相资用。故诗与文虽不同。其属辞使字。一也。……今世之人，眩惑滋甚，虽盗者之物，有可以悦目，则第贪玩耳，孰认而诘其所由来哉。至百世之下，若有人如足下者，判别其真赝，则虽善盗者，必被擒捕，而仆之生涩之语，反见褒美。②

全履之不认同学古，李奎报却不以为然，认为学古有助于诗人提升创作水平，但对于高丽诗人学而至于窃的过激做法却非常不满，认为这种做法危害甚大，一则大家抱着剽窃的目的习读诗书容易使诗人缺乏创新意识，创作雷同；再则即使剽窃得再巧妙，百年之后，容易为人诟病。针对当时愈演愈烈的模仿抄袭之风，李奎报表达了自己的担忧，建议诗人改变学古以模仿的做法，努力在学古的基础上发挥出自己的创造力。

> 把笔当年学作文，巧偷豪夺竞云云。
>
> 如今流出胸中耳，早识艰深独子云。

---

① [朝]李奎报：《白云小说》，载《韩国诗话全编校注（一）》，第53页。
② [朝]李奎报：《东国李相国全集》卷二十六《答全履之论文书》，载《韩国文集丛刊》第1册，第557页。

> 子思当日述中庸，极口称杨乃祖风。
>
> 世美韩山文字耳，只今诗句尚难工。[①]

李穑同样注重学古，在《自咏》这首诗中谈了自己的学古体会。早年自己对前人优秀作品多是"巧偷豪夺"，致使自己的诗缺少个性特色；如今在积累的基础上注重个性发挥，诗能从胸中自然流出。李穑结合自己的创作实践，充分肯定了学古的作用，并总结出了学古与发挥个性相结合的方法。

> 自辞章兴，学徒以某工赋某工诗而之也。奚子之之焉，父诏子兄教弟，朋友之相劝勉，无出声律对偶外，其有志经学者哉。呜呼！……予惟古人之学为己，其进修之序如门阶堂室，等级斩截，不可欲速而有所躐焉，不可不及而有所废焉，循循焉勉勉焉，由门而堂而室。道德之实，弸彇于中，则文章之发，不能不焕然矣，初岂有意于薪人用为哉。虽然，己修而人不用者鲜矣。生往而思之，当自得于吾言之表矣，若雕章刻句，以徇有司之三尺，惟速化之务焉，岂学古者志哉。[②]

李生就如何学古请教李崇仁，李崇仁在给李生的信中谈到了当时的学古风气，指出时人学古仅注重声律对偶且有急功近利的思想，他告诫李生学习前人应循序渐进，并且应注重加强自身道德修养，认为厚积才能真正提高自己的创作水平。

高丽后期是一个注重学古的时代，在学古上也出现了很多问题，对于如何学古，诗人结合自己的创作实践做了一些探讨。正是诗人专注于学古，热衷钻研汉诗创作法则，探讨学古用法的途径，才使得高丽后期对于汉诗创作法则的认识越来越深入。

---

① [朝]李穑：《牧隐诗稿》卷十五《自咏》，载《韩国文集丛刊》第 4 册，第 164 页。
② [朝]李崇仁：《陶隐先生文集》卷四《赠李生序》，载《韩国文集丛刊》第 6 册，第 598 页。

二、苦吟之风与炼琢的盛行

"唐人皆苦思作诗"①，苦吟是唐人作诗的一种习惯，晚唐五代苦吟成风。《蔡宽夫诗话》言："流俗以诗自名者……大抵皆宗贾岛辈，谓之贾岛格。"②唐末，以贾岛苦吟作法为典范的"贾岛格"形成，贾岛等人的苦吟看重的是字句的雕琢，当时追随者甚多。至宋，宋人有较强的诗法意识，对苦吟同样非常热衷，欧阳修曾称赞晚唐诗人周朴苦吟的作法："时人称朴诗'月锻季炼，未及成篇，已播人口'，其名重当时如此。"③认为苦吟乃是写出佳句的最好方式，两宋从宋初九僧至江湖诗派，皆曲心苦思，致力于五、七言短律的创作。

高丽后期汉诗在学习中国诗歌的基础上发展起来，这一时期诗人醉心于对诗法的钻研与实践，并且在唐宋名家的影响下对于苦吟比较看重，高丽后期也是苦吟之风盛行的一个时代。

苦吟对于创作反复掂量，而字句也在苦吟中得到锤炼。在高丽后期诗人看来，苦吟和炼琢相互配合对创作发挥了积极的作用，苦吟使诗人养成了精细作诗的习惯，借助苦吟，诗人炼琢日盛，创作愈加精致；诗人在不断的炼琢中对于法则的认识也越来越深入，相应地会在字句等的审定上锱铢必较，这使得苦吟自然而然成为诗人的选择。

炼，《说文》解作"铄治金也"④，有锤炼技艺之意。琢，《说文》解作"治玉也"⑤。"炼琢"合在一起有精心修饰之意，在文学创作上指撰文时的修改加工，有"锤炼""推敲""琢磨"之意。自近体诗出现，诗歌规则设定，炼琢就随之而生。

---

① 张象魏：《诗说汇》卷 2，复旦大学图书馆藏，乾隆三十年乙酉本，第 38 页。
② 蔡启：《蔡宽夫诗话》，载郭绍虞辑《宋诗话辑佚》，中华书局，1980，第 410 页。
③ 欧阳修：《六一诗话》，载何文焕辑《历代诗话（上）》，中华书局，1981，第 267 页。
④ 臧克和、王平校订：《说文解字新订》，中华书局，2002，第 668 页。
⑤ 臧克和、王平校订：《说文解字新订》，中华书局，2002，第 17 页。

"终朝索一句，吟苦寒蛩悲。"① 苦吟炼琢出好诗，推崇放意而作的李奎报有时也选择在苦吟中寻觅好句，虽呕心沥血，造句的过程无比痛苦，但是对于高水平汉诗及佳句的追求使得这一时期诗人乐于苦吟。李穑道："骚雅相承远，江山独往难。看云吊形影，琢句呕心肝。"② 元天锡道："春郊一十咏，如琢复如磨。新作诗如此，曾篘酒若何。壶中日月永，物外云烟多。聊以对花饮，光阴一任过。"③ 李穑、元天锡都曾言苦吟炼琢是自己喜欢的作诗方式。

以李穑为例，其直言苦吟炼琢作诗体验的诗有十多首，他经常在诗里言其苦吟炼琢之实践。

> 风尘蓟门起，古句传至今。江淮又阶乱，今我多沈吟。
>
> 在德不在险，一句如精金。百炼益刚烈，鄙哉彼孔壬。
>
> 善柔败大业，良由蚀君心。得志必难制，爝火方可熠。④

> 尽日高吟下笔迟，非缘锻炼欲新奇。浮生酷似长流水，流到天东回几时。
>
> 壮岁繁华纷满目，残年寂寞独支颐。悠悠今古皆如此，遣兴开怀只有诗。⑤

> 新诗改又改来休，病里光阴白尽头。百炼因于厌尘奋，一吟亦足识风流。
>
> 江山渺渺灯前雨，鬓发萧萧镜里秋。谁念此间心更苦，独将千首拟封侯。⑥

> 骨酸难卧卧难眠，灯在窗间风在毡。忽听一声鸡报晓，宛如当死得延年。

---

① [朝] 李奎报：《东国李相国全集》卷十四《醉后走笔》，载《韩国文集丛刊》第 1 册，第 437 页。

② [朝] 李穑：《牧隐诗稿》卷十七《遣兴》，载《韩国文集丛刊》第 4 册，第 200 页。

③ [朝] 元天锡：《耘谷行录》卷四《春郊旧酒》，载《韩国文集丛刊》第 6 册，第 190 页。

④ [朝] 李穑：《牧隐诗稿》卷三《蓟门》，载《韩国文集丛刊》第 3 册，第 545 页。

⑤ [朝] 李穑：《牧隐诗稿》卷二十四《偶题》，载《韩国文集丛刊》第 4 册，第 332 页。

⑥ [朝] 李穑：《牧隐诗稿》卷二十六《改诗》，载《韩国文集丛刊》第 4 册，第 372 页。

白发萧萧皆欲鲐，无由血海浸灵台。虽然不复周公梦，赢得诗家锻炼才。^①

迂叟居仙洞，乘槎海上巡。一身为说客，六字表功臣。

典故牢笼尽，诗联锻炼新。有时过陋巷，发语有精神。^②

　　李穑创作注重精雕细琢、反复吟咏，他认为苦吟炼琢既可以使诗人才情展露，又可以使创作不断出新出奇，是诗人能成就一家特色的极佳途径。

　　高丽后期诗人选择苦吟的方式作诗，只偏重于形式技巧的雕琢而不论其他，这也使得诗格局越来越小，越来越偏离创作的正轨。李穑有言："诗道衰来久，谁回已倒澜。何辞琢句苦，只恨著题难。风暖柳村暗，月明松榻寒。吟来兴不浅，况是对龙恋。"^③金宗直曰："今之所谓文章者，不过雕篆组织之巧耳。"^④对于苦吟导致的过度雕琢之风，时有学者批评，这也从侧面凸显了当时的苦吟炼琢风气之盛。

　　对苦吟炼琢的重视使诗人倾向于精致的汉诗创作，对诗法的探讨越来越深入、细致。苦吟使诗人重视学习和实践诗法，也使高丽后期的汉诗创作越来越规范。

三、对先天不足的认识

　　徐居正曰："牧隐之诗雄豪雅健，天分绝伦，非学可到；稼亭之诗精深平淡，优游不迫，格律精严，自有优劣，具眼者辨之。"^⑤李穑的诗靠着天分超凡卓绝，李穀的诗擅长炼琢，精深平淡。李穀、李穑父子的创作特色实际上代表了高丽后期诗人对于创作的两种认识。一种观点认为作诗靠天赋，诗人没有创作天赋是写不出好的作品的，推崇挥意自在的创作；另一种观点认为诗人先天不足的情况可以用后天的炼琢润色努力弥补，进而提升创作水平。

----

① [朝]李穑：《牧隐诗稿》卷二十七《枕上吟》，载《韩国文集丛刊》第4册，第387页。
② [朝]李穑：《牧隐诗稿》卷三十《迂叟见访》，载《韩国文集丛刊》第4册，第431页。
③ [朝]李穑：《牧隐诗稿》卷二十二《即事》，载《韩国文集丛刊》第4册，第301页。
④ [朝]金宗直：《别洞先生集序》，载《韩国文集丛刊》第8册，第251页。
⑤ [朝]徐居正：《东人诗话》，载《韩国诗话全编校注（一）》，第213页。

　　李仁老认为天赋才华并不能满足诗人创作的全部需要。"人之才如器皿，方圆不可以该备。而天下奇观异赏，可以阅心目者甚伙。苟能才不逮意，则譬如驽蹄临燕越，千里之途，鞭策虽勤，不可以致远，是以古之人，虽有逸才，不敢妄下手，必加炼琢之工，然后足以垂光虹蜺，辉映千古。"① 他认为诗人的才华再多也总有局限，在诗才难以满足创作需求的情况下，炼琢有弥补先天不足之效。

　　"况汝聪明天赋，学问日新，妙句丽词，颂在人口，清才美行。"② 李奎报认为，对于优秀诗人来说，天赋是重要的，但也要注重后天的修养炼琢。"诗之道亦难矣哉，魏晋而上，作者去古未远，然其不违于三百篇之意者鲜矣。诗止于唐，而唐人之音亦有始正变之异，其入于正音者亦不为多矣，况吾东方，地与中国相远，风气不同，言语亦异，苟非天之赋与高出于众人者，安能变其固滞而近于正音哉。"③ 河崙认为作出好诗的诗人往往天赋出众，但也指出了天赋出众的诗人数量极少的事实；认为高丽后期诗人在文化氛围不如中国的情况下，在汉诗创作上先天就存在着一些不足，诗人应正视不足，努力从后天弥补。

　　高丽后期诗坛，存在两种对立的创作观，一种强调以气为主，认为一气呵成为佳作；另一种注重炼琢，认为精细出佳作。不少诗人难以把握两者间关系，或使诗流于粗疏，或使诗雕琢太甚，正如崔滋所指出的："今世之为警句者，殆未免辛苦之病也。然庸才率意立成，则其语俚杂。俚杂之捷，不如善琢之为迟也。"④ 他针对高丽一些诗人一味追求率意而语言粗疏的现实，提出炼琢作诗法，认为对于没有天分的诗人而言，率意而作并非最好的选择，炼琢反而是较佳的创作方式。

　　高丽后期诗人结合高丽汉诗现状，认为在创作上若先天有缺憾，那么就需要后天的努力来弥补，在先天不足论的影响下，高丽后期诗人看重炼琢，主张通过炼琢来润色汉诗提高创作水平。

---

　　① [朝]李仁老：《破闲集》，载《韩国诗话全编校注（一）》，第12页。
　　② [朝]李奎报：《东国李相国全集》卷三十三《崔球让守司空柱国不允教书》，载《韩国文集丛刊》第2册，第41页。
　　③ [朝]河崙：《惕若斋学吟集·惕若斋学吟集序》，载《韩国文集丛刊》第6册，第3页。
　　④ [朝]崔滋：《破闲集》，载《韩国诗话全编校注（一）》，第105页。

第三节 炼琢之追求

高丽后期的诗人认为无炼琢不成诗，真正的好句好诗多是经由炼琢而出。"弄琴弹渌水，琢句觅清琪。绿竹环阶砌，青松荫栟榈。"[①]"电手掀名惊鬼胆，云斤琢句出天心。"[②]"古今作者云纷纷，调戏草木骋豪气。磨章琢句自谓奇，到人牙颊甘苦异。"[③]李奎报推崇挥洒自在的创作，但是对于炼琢又非常重视。

自东晋开始，中国诗人审美意识觉醒，普遍认同丽辞秀句是诗文成败的关键。陆机《文赋》言："石韫玉而山辉，水怀珠而川媚"，"立片言而居要，乃一篇之警策"。[④]诗人普遍重视雕琢锤炼功夫，使得六朝诗作中出现了大量的骊对佳句。初唐诗风承续六朝，诗人雕琢佳句秀句的风气依然很盛，杜甫的祖父杜审言便是其中的代表。《诗薮》有言："审言'楚山横地出，江水接天回''飞霜遥度海，残月迥临也'等句，闳逸雄浑。"[⑤]"审言'风光新柳报，宴赏落花催'，摩诘'兴阑啼鸟换，坐久落花多'，皆佳句也。"[⑥]杜甫受其祖父影响较深，同样看重诗句的炼琢。比如："穿花蛱蝶深深见，点水蜻蜓款款飞。"[⑦]"落花游丝白日静，鸣鸠乳燕青春深。"[⑧]"竹送清溪月，苔移玉座春。"[⑨]杜诗中的这些佳句秀句为历代诗人称

① [朝]李奎报：《东国李相国全集》卷五《次韵吴东阁世文呈诰院诸学士三百韵诗》，载《韩国文集丛刊》第 1 册，第 338 页。

② [朝]李奎报：《东国李相国全集》卷五《呈内省诸郎》，载《韩国文集丛刊》第 1 册，第 344 页。

③ [朝]李奎报：《东国李相国全集》卷十三《次韵寄孙翰长》，载《韩国文集丛刊》第 1 册，第 426 页。

④ 陆机著、张少康集释：《文赋集释》，人民文学出版社，2002，第 145 页。

⑤ 胡应麟：《诗薮》，上海古籍出版社，1979，第 67 页。

⑥ 胡应麟：《诗薮》，上海古籍出版社，1979，第 67 页。

⑦ 杜甫著、仇兆鳌注：《杜诗详注》卷六《曲江二首》，中华书局，1979，第 447 页。

⑧ 杜甫著、仇兆鳌注：《杜诗详注》卷六《题省中壁》，中华书局，1979，第 441 页。

⑨ 杜甫著、仇兆鳌注：《杜诗详注》卷十五《谒先主庙》，中华书局，1979，第 1354 页。

道，至今传诵不息。"词人取佳句，刻画竟谁传。"① 杜甫不仅把佳句秀句作为诗的有机组成部分，还从传播的角度认可佳句秀句的作用，认为一些作品之所以流播久远，与诗中诗人精心炼琢出的佳句秀句直接相关。有时候整体来看一首诗，其未必是佳作，但如果其中的一二佳句能触动读者心弦，引起读者情感共鸣，这样的诗作往往也能流传久远。"不见高人王右丞，蓝田丘壑蔓寒藤。最传秀句寰区满，未绝风流相国能。"② 杜甫认为王维的诗句"蓝田丘壑"，放下心情，仰天俯地，体悟生机，秀句迭出而传唱久远。

在中国佳句秀句观的影响下，获取佳句秀句成为高丽后期诗人的创作追求。李仁老推崇杜甫的佳句秀句炼琢观，认为锤炼出了佳句，创作才达到圆满境地，还认为佳句秀句发挥的作用如"珠草不枯，玉川自美"③，李仁老对炼琢的看重使其创作出了许多脍炙人口的佳句秀句。李奎报也比较看重佳句秀句的炼琢，品评诗作时往往把是否有佳句秀句作为一个主要标准，碰到好句经常吟不离口。"昼关门作锁闱，麻衣犹向壁间窥。偶逢佳句沈吟久，自惜微疵落下迟。欲把直弦分枉正，可堪昏镜混妍媸。诸君亦各量才分，榜出休喧谤主司。"④ 其他如李穑、郑樞、河演等皆好佳句秀句。"岂有雄才足惊世，颇惭佳句少全篇。"⑤ "秀句直千金，可为传家宝。"⑥ "若也登临留胜迹，请题佳句记吾州。"⑦ "清范壁间多胜迹，应题秀句傲前贤。"⑧ "舞仙峰下酒池深，拟向重阳共一吟。却被头风苦相恼，迟公佳句

---

① 杜甫著、仇占鳌注：《杜诗详注》卷十五《白盐山》，中华书局，1979，第1352页。
② 杜甫著、仇占鳌注：《杜诗详注》卷十七《解闷》，中华书局，1979，第1516页。
③ [朝]崔滋：《破闲集》，载《韩国诗话全编校注（一）》，第13页。
④ [朝]李奎报：《东国李相国后集》卷一《乙酉年监试考阅次有作》，载《韩国文集丛刊》第2册，第139页。
⑤ [朝]李穑：《牧隐诗稿》卷三十二《秋日》，载《韩国文集丛刊》第4册，第469页。
⑥ [朝]郑樞：《复斋先生集》上《溪堂李茂芳赠宗伯李诚中诗卷》，载《韩国文集丛刊》第7册，第471页。
⑦ [朝]河演：《敬斋先生文集》卷一《寄监司南公》，载《韩国文集丛刊》第8册，第432页。
⑧ [朝]河演：《敬斋先生文集》卷一《复用前韵》，载《韩国文集丛刊》第8册，第432页。

似镄金。"①"山畔门庭贫寂寞，头边岁月老侵寻。上人若不传佳句，何处得闻金玉音。"②高丽后期诗人普遍认为，无佳句秀句的诗算不上好诗，汉诗创作需要佳句秀句，是佳句秀句使得汉诗创作具有分量。高丽后期诗人还把佳句秀句分为新警、含蓄、婉丽、清峭、俊壮等21种，认为对"雄深奇妙古雅宏远之词"应反复详阅，"久而后得其味"。③在佳句秀句的创作上，诗人有着明确的自觉追求意识。

在高丽后期诗人怀才不遇的世情中，诗人认为创作可以延续自身的价值，佳句秀句能让自己青史留名，为此特别看重佳句秀句的创作。"衰迟吾已甚，烁子如前。佳句世皆诵，沈痾谁复怜。凄凉翦烛话，寂寞对床眠。想得鸡鸣客，今宵定惘然。"④"九斋佳句至今传，老去高吟健似前。日日典衣谋痛饮，朝朝染翰记新联。商山洛水闲中地，鹄岭龙峦梦里天。应恨同年渐零落，几人能赴柏亭筵。"⑤"春风骢马着金鞭，邻好交修使者旋。白发书生愧无用，红莲幕客孰非贤。壮怀却向辽东去，佳句唯应海外传。闻道梁河有双鲤，莫忘尺素寄天边。"⑥高丽后期诗人往往从个体不朽的角度在立德、立功不得之时，希图通过佳句秀句的创作、传播实现作为诗人的价值。

对于如何获取佳句秀句，诗人结合创作实践，总结出多种寻觅办法。认为其可以倏忽获取：

> 黄鸟音圆绿树凉，风吹小雨入虚堂。
> 眼明偶尔得佳句，心净依然闻妙香。
> 名利有时终烂熳，江山到处转苍茫。

---

① [朝]李穑：《牧隐诗稿》卷十一《呈韩签书》，载《韩国文集丛刊》第4册，第109页。
② [朝]元天锡：《耘谷行录》卷四《复次三首》，载《韩国文集丛刊》第6册，第200页。
③ [朝]崔滋：《补闲集》，载《韩国诗话全编校注（一）》，第113页。
④ [朝]李穑：《牧隐诗稿》卷六《呼灯题诗》，载《韩国文集丛刊》第4册，第24页。
⑤ [朝]李穑：《牧隐诗稿》卷十一《忆蔡大司成涟》，载《韩国文集丛刊》第4册，第108页。
⑥ [朝]郑梦周：《圃隐先生文集》卷二《送程百户与还辽东》，载《韩国文集丛刊》第5册，第586页。

即今多病犹难退，始信当时姓库仓。①

可以从诗酒生活中寻求：

应为姮娥劝霞液，醉吟佳句桂花间。②

载醪从学固多益，醉后况闻佳句新。③

酒酣往往有佳句，气压崔郎鹦鹉洲。④

何日醉闻佳句妙，坐看亭外雨疏疏。⑤

可以从湖光山色中寻求：

作郡多遗爱，观风要采诗。
客来题满壁，佳句世应知。⑥

冰崖纤莘确，云岭耸嶙峋。

① ［朝］李穑：《牧隐诗稿》卷二十二《晨兴》，载《韩国文集丛刊》第 4 册，第 301 页。
② ［朝］李齐贤：《益斋乱稿》卷四《悼一斋权政丞汉功》，载《韩国文集丛刊》第 2 册，第 534 页。
③ ［朝］郑枢：《圆斋先生文稿》卷中《奉呈韩山君》，载《韩国文集丛刊》第 5 册，第 203 页。
④ ［朝］郑梦周：《圃隐先生文集》卷二《次林副令孝先韵》，载《韩国文集丛刊》第 5 册，第 597 页。
⑤ ［朝］权近：《阳村先生文集》卷十《闻雨亭赵公璞来问而惠蕙苡》，载《韩国文集丛刊》第 7 册，第 114 页。
⑥ ［朝］李穀：《稼亭先生文集》卷十七《次郑仲孚韵》，载《韩国文集丛刊》第 3 册，第 206 页。

偃卧想高会，如闻佳句新。^①

山曙云移树，江寒月照滩。
早行高兴发，佳句满征鞍。^②

寻奇选胜得佳句，山绿湖光溢锦囊。^③

可以从体悟禅理，于禅僧生活处寻求：

莫嫌冬暖室如冰，居在西南喜得朋。
雅有野怀思买鹤，久无秀句拟寻僧。^④

可以从饱满的情绪中寻求：

原城幽且僻，崔子偶来寻。
邂逅发新喜，怡愉论旧心。
清樽连北海，斜日挂西岑。
长啸吐佳句，铮然金玉音。^⑤

　　但高丽后期诗人更多地认为佳句秀句的获取，须经苦吟炼琢，在苦吟炼琢而

<hr>

① ［朝］李集：《遁村杂咏》附录《遁村来过》，载《韩国文集丛刊》第 3 册，第 363 页。
② ［朝］李穑：《牧隐诗稿》卷三《公州早发》，载《韩国文集丛刊》第 3 册，第 540 页。
③ ［朝］闵思平：《及庵先生诗集》卷一《送崔德成史官晒史海印寺》，载《韩国文集丛刊》第 3 册，第 58 页。
④ ［朝］李穀：《稼亭先生文集》卷十七《遣兴五首》，载《韩国文集丛刊》第 3 册，第 202 页。
⑤ ［朝］元天锡：《耘谷行录》卷五《用前韵呈江陵崔生员安獜》，载《韩国文集丛刊》第 6 册，第 212 页。

出佳句秀句上，诗人下的功夫最多。

　　　　金黄掩映锦筵中，花下排盘与昔同。

　　　　玉醴酿分天上圣，琼章琢出笔端工。

　　　　几唇嚼吟三条雪，一噫争声万窍风。

　　　　倘可此身叨此会，别天甄造恃吾公。①

　　　　终朝高咏又微吟，苦似披沙欲炼金。

　　　　莫怪作诗成太瘦，只缘佳句每难寻。②

　　　　爱君自昔日，佳句见今朝。

　　　　病为吟诗瘦，书仍吃酒浇。③

　　　　高梧一叶落，白发数茎增。

　　　　秀句频吟出，聊堪托怨兴。④

　　　　白发忘生产，朝昏只咏诗。

　　　　击蒙多达宦，奉使蹈危机。

　　　　佳句儒林诵，高标海国知。

------

　　① [朝]李承休:《动安居士行录》卷二《次韵俞内相蔷薇宴诗》，载《韩国文集丛刊》第 2 册，第 406 页。

　　② [朝]郑梦周:《圃隐先生文集》卷一《吟诗》，载《韩国文集丛刊》第 5 册，第 578 页。

　　③ [朝]卞季良:《春亭先生诗集》卷三《题尹上将》，载《韩国文集丛刊》第 8 册，第 55 页。

　　④ [朝]李集:《遁村杂咏五言四韵律·立秋日寄敬之》，载《韩国文集丛刊》第 3 册，第 355 页。

　　愿公宜用力，丛录近来稀。①

　　高丽后期诗人认为佳句秀句并非能轻易吟出，主张通过苦吟炼琢求取。在佳句秀句的炼琢上，高丽后期诗人受汉诗转型需求的影响也有了自己的一些追求。

一、炼新

　　高丽后期诗人清楚朝鲜汉诗渊源于中国诗歌，也清楚汉诗只有在中国诗歌的基础上出新出奇才是真正的出路。"磨章琢句自谓奇，到人牙颊甘苦异。"②"典故牢笼尽，诗联锻炼新。有时过陋巷，发语有精神。"③李奎报、李穑等诗人认为锻炼字句可以帮助创作出新出奇，并以此作为朝鲜汉诗实现新奇的一条途径。"始觉钓衡下，珠玑句法新。"④"知君此日多新句。"⑤在字句炼琢上，高丽后期一些诗人对于"新奇"有着执着追求。

　　李穑倾慕中国文化，注重从中国诗文中汲取营养，但是又不愿拘囿于中国诗文而止步不前，往往会用一种发展的眼光来看待创作，他认为创作可以不断地出新出奇："绝意右军笔，留心工部诗。字形从古变，句法逐时移。"⑥力求从王右军书法中取得突破，在杜工部句法的基础上创出自己的特色，不断地推陈出新，《即事》这首诗道出了李穑在创作上对新奇的追求。诗句是否新奇也往往是李穑品评他人创作优劣的一个标准。"落笔生风句法新，妙龄才过十三

---

　　① [朝]李穑:《牧隐诗稿》卷二十三《寄罗判书》，载《韩国文集丛刊》第4册，第322页。

　　② [朝]李奎报:《东国李相国全集》卷十三《次韵寄孙翰长》，载《韩国文集丛刊》第1册，第426页。

　　③ [朝]李穑:《牧隐诗稿》卷三十《迂叟见访》，载《韩国文集丛刊》第4册，第431页。

　　④ [朝]朴兴生:《菊堂先生遗稿》卷一《谢县守李》，载《韩国文集丛刊》第8册，第327页。

　　⑤ [朝]李穀:《稼亭先生文集》卷十七《寄郑仲孚》，载《韩国文集丛刊》第3册，第205页。

　　⑥ [朝]李穑:《牧隐诗稿》卷九《即事》，载《韩国文集丛刊》第4册，第70页。

春。棘园前日如相遇，知我难为第一人。"① 虽然闵庆生才十三岁，但在句法上不落俗套，李穑毫不掩饰对他诗句的喜爱与赞赏。"丹丘先生笔法妙，竹礀老禅诗语新"②，"诗癖砭不去，吐句皆清新"③，在创作上他有着强烈的创新意识，如其《忆梅花》：

> 彭殇虚诞任倾培，江水东流不复回。
>
> 素节丹心天地阔，白云青嶂画图开。
>
> 田园正好悠然逝，门巷何曾显者来。
>
> 怪底眼昏春更甚，只缘不见一枝梅。④

诗中的"田园正好悠然逝，门巷何曾显者来"化用了半山诗"一水护田将绿绕，两山排闼送青来"⑤ 的句法模式。半山的两句诗精于用典，"护田""排闼"之语出自《汉书》，诗句看似写景，实则暗含两则典故。这两句虽是王半山的有心炼琢之语，但句法圆熟巧妙，和全诗意境吻合，丝毫不见炼琢的痕迹。李穑的两句诗虽法有古式，由半山而来，却也别具匠心，其中"悠然逝""显者来"出自《孟子》语，化用典故上同样不留痕迹。李穑虽然学习王半山句法特点炼琢语句，但语意、用典皆不落俗套，堪为炼新的典范。

高丽后期许多诗人像李穑一样注重揣摩学习中国优秀诗人作品，主张在学习中国诗歌的基础上出新出奇。"花间置酒爱清香，牛背哦诗野趣长。谷口高人旧相得，座中仁者永难忘。皆言古法新非古，自恨狂谈老更狂。怕黜苦吟还可惜，

---

① [朝]李穑：《牧隐诗稿》卷二《次闵童子诗韵》，载《韩国文集丛刊》第 3 册，第 532 页。

② [朝]李穑：《牧隐诗稿》卷三《寿安方丈》，载《韩国文集丛刊》第 3 册，第 548 页。

③ [朝]李穑：《牧隐诗稿》卷五《次韵伯宣诗》，载《韩国文集丛刊》第 4 册，第 11 页。

④ [朝]李穑：《牧隐诗稿》卷八《忆梅花》，载《韩国文集丛刊》第 4 册，第 50 页。

⑤ 王安石：《临川先生文集·书湖阴先生壁》，中华书局，1959，第 327 页。

诸公更议代深觞。"①成石璘（1338—1423）是一个喜欢推陈出新的人，他认为骑牛诗人的字句虽多由学习前人而来，有出处源头，但是诗人多能通过苦吟炼琢出新意，这是难能可贵的。

还有一些诗人比较注重自炼新语，其中比较具有代表性的是李奎报。"仆则异于是，既不熟于古圣贤之说，又耻效古诗人之体，如有不得已及仓卒临赋咏之际，顾干涸无可以费用，则必特造新语，故语多生涩可笑。古之诗人，造意不造语，仆则兼造语意无愧矣。"②李奎报看不惯一味拾古人牙慧的做法，在创作上追求出新。"故作新词博一笑，狂言忽发众皆惊。"③"新词"是李奎报在创作上的追求，也是其衡量他人创作常用的标准。"一编新诗风雨快，万丈雄气江海隘。"④李眉叟的儿子才十二岁，以意气行文，文笔洒脱，有别于时人刻意模仿的创作，李奎报视其为奇才。"多喜新诗堪咀嚼，泠然洗我笔头尘。"⑤"况有新诗清似玉，解教尘眼冷于冰。"⑥李奎报认为令人耳目一新的东西往往能涤净俗庸而别具感染力，此类创作也往往最有韵味。

"新诗似着剪刀裁，老眼惊看锦缎开。"⑦在炼琢上，李奎报看重的是新和奇。

---

① [朝]成石璘：《独谷先生集》卷上《寄呈骑牛子》，载《韩国文集丛刊》第6册，第82页。
② [朝]李奎报：《东国李相国全集》卷二十六《答全履之论文书》，载《韩国文集丛刊》第1册，第559页。
③ [朝]李奎报：《东国李相国全集》卷十二《以长篇赠徐学录陵》，载《韩国文集丛刊》第1册，第416页。
④ [朝]李奎报：《东国李相国全集》卷二《赠李内翰眉叟子》，载《韩国文集丛刊》第1册，第313页。
⑤ [朝]李奎报：《东国李相国全集》卷十《次韵朴上人》，载《韩国文集丛刊》第1册，第397页。
⑥ [朝]李奎报：《东国李相国全集》卷十一《陈澕见访》，载《韩国文集丛刊》第1册，第404页。
⑦ [朝]李奎报：《东国李相国全集》卷十三《复次前韵》，载《韩国文集丛刊》第1册，第431页。

"句法清新辄惊众，三师于予若昆仲。"①"珠玑落处目一寓，句法清新字体古。"② 他认为只有句法清新的创作才能与众不同，体现出诗人个性的一面，炼新也是其创作上的一个追求，如其《送春吟》：

> 春向晚送将归，杳杳悠悠适何处。
>
> 不唯收拾花红归，兼取人颜渥丹去。
>
> 明年春回花复红，丹面一缬谁借与。
>
> 送春去春去忙，空对残花频洒涕。
>
> 问春何去春不言，黄莺似代春传语。
>
> 莺声可闻不可会，不若忘情倒芳醑。
>
> 好去春风莫回首，与人薄情谁似汝。③

这首惜春诗满含对即将逝去的春天的不舍和伤感，但并非凄凄惨惨地直抒伤感，也没有直接描绘晚春残景，作者精心挑选了春颜丹面的"取"与"予"，莺语的可闻不可会，用对情人埋怨的语气抒发自己的不满与不舍，写出了不忍春天逝去的惆怅。整首诗语言新奇圆熟而不露雕琢的痕迹，堪称这一时期惜春诗中的佳作。

李奎报的友人陈澕在句法上也如李奎报一样追求不落俗套，其作品"清新而有致，隽永而有味"④。

李相国诗："轻衫小簟卧风棂，梦断啼莺三两声。密叶翳花春后在，薄

① [朝]李奎报：《东国李相国全集》卷八《赠觉公兼简玄公》，载《韩国文集丛刊》第 1 册，第 372 页。

② [朝]李奎报：《东国李相国全集》卷十二《次韵赠崔君东国》，载《韩国文集丛刊》第 1 册，第 418 页。

③ [朝]李奎报：《东国李相国全集》卷二《送春吟》，载《韩国文集丛刊》第 1 册，第 311 页。

④ [朝]闵钟显：《梅湖遗稿跋》，载《韩国文集丛刊》第 2 册，第 292 页。

云漏日雨中明。"陈司谏诗："小梅零落柳傲垂，闲踏清岚步步迟。渔店闭门人语少，一江春雨碧丝丝。"两诗清新幼妙，闲远有味，品藻韵格，如出一手，虽善论者，未易伯仲也。①

同样是写春雨，李奎报的诗选择词语如"轻衫小簟"，"三两声"莺啼、"薄云漏日"形容雨中春景的柔婉，清新的气息扑面而来；陈澕的诗选择清爽幼软的词语如零落小梅、"清岚"、"人语少"、"碧丝丝"的春雨形容春雨后江边景物细微的变化，语言清新幼妙，令人涵咏不尽。两诗皆写春雨中景色的惹人怜爱，但在景物取舍和用语上各有特色。

语新句奇是渴望推陈出新的高丽后期诗人在创作上的普遍追求。"相公诗律多新巧，催却繁开笑一场。"②"更得新诗入囊褚，剑南人识汝南评。"③"谩留空自多新句，独饮如何放旧狂。"④"自从相国留新句，无价奇观价更加。"⑤"问学吾门藻思新，题名榜眼少年春。"⑥"偃卧想高会，如闻佳句新。"⑦"吟余直欲题新句，姓字还惭板上留。"⑧ 这也使得高丽后期的汉诗用语愈加精致和富有个性化。

二、炼警

高丽后期诗人重视佳句秀句的炼琢，并认为句子炼琢的关键在于句眼，刘熙

① [朝] 徐居正：《东人诗话》，载陈澕《梅湖遗稿》，《韩国文集丛刊》第2册，第276页。
② [朝] 李承休：《动安居士行录》卷三《题中书省未开芍药》，载《韩国文集丛刊》第2册，第412页。
③ [朝] 李齐贤：《益斋乱稿》卷一《奉和元复初学士赠别》，载《韩国文集丛刊》第2册，第506页。
④ [朝] 崔瀣：《次李正夫赠别诗韵》，载《东文选》卷十五，第271页。
⑤ [朝] 李穀：《稼亭先生文集》卷十五《次金简斋诗韵》，载《韩国文集丛刊》第3册，第189页。
⑥ [朝] 郑梦周：《遁村杂咏》附录《次李太常韵》，载《韩国文集丛刊》第3册，第362页。
⑦ [朝] 李集：《遁村杂咏》附录《守岁灵隐寺》，载《韩国文集丛刊》第3册，第363页。
⑧ [朝] 李原：《容轩集》卷二《次甫州板上韵》，载《韩国文集丛刊》第7册，第580页。

载《艺概》谓:"所谓眼者,仍不过某字工,某句警耳。"① 句眼乃句子中的新妙凝练之字,也称为警字。"诗要炼字,字者眼也。如老杜诗:'飞星过水白,落月动檐虚。'炼中间一字。'地坼江帆隐,天清木叶闻。'炼末后一字。'红入桃花嫩,青归柳叶新。'炼第二字,非炼'归''入'字,则是儿童诗。又曰'暝色赴春愁',又曰'无因觉往来',非炼'赴''觉'字便是俗诗。"② 炼字可谓杜甫创作佳句秀句的主要途径,在精要之字的炼琢上,杜甫极尽推敲之能事,其诗句中的字往往具有精警凝练的特点。"至若'穿花蛱蝶深深见,点水蜻蜓款款飞','深深'字若无'穿'字,'款款'字若无'点'字,皆无以见其精微如此。然读之浑然,全似未尝用力。"③ 高丽后期的李仁老比较推崇杜甫的炼字法,重视并经常学习杜甫的单字炼琢技巧,其诗句中的字也往往带有精妙凝练的特点,崔滋曾评李仁老诗"学士诗警于眼"④。如其《拾栗》诗:

霜余脱实赤斓斑,晓拾林间路未干。

唤起儿童开宿火,烧残玉殻迸金丸。⑤

这首诗从写栗子脱落到拾取栗子再到烧熟栗子,整首诗一气呵成。尤其为人所称道的是诗虽只有短短四句,每句诗皆借单字自出意境,令人玩味不尽。首句以"赤"字突出了栗子掉落洒满树下的景象,从视觉上来冲击读者感受栗子满地的景观。二句"拾"字引出拾栗人,并且用此字道出不可言说的闲情逸致。三句的"开"字含蕴了丰富的生活气息。尾句的"迸"字写出了栗子烧熟的模样,也把栗子烧熟时的刹那瞬间形象地表现出来。整首诗生动形象,单字

---

① 刘熙载:《艺概》,上海古籍出版社,1978,第 116 页。
② 杨载:《诗法家数》,载何文焕辑《历代诗话(上)》,中华书局,1981,第 737 页。
③ 蔡梦弼:《杜工部草堂诗话》,载丁福保辑《历代诗话续编》,中华书局,1983,第 201 页。
④ [朝] 崔滋:《补闲集》,载《韩国诗话全编校注(一)》,第 97 页。
⑤ [朝] 崔滋:《补闲集》,载《韩国诗话全编校注(一)》,第 97 页。

精警传神。"一字一句，巧琢清玩。"①崔滋所论道出了李仁老诗在警字炼琢上的过人之处。

"观其诗语，精致清警。"②"近体短章，诚清警绝妙。"③李奎报同样欣赏警字，"辞清语警，助之以妍丽，皎然若冰壶之映月，晔然如春林之敷花"④。"今复蒙足下所著，多至七首，押韵既得优闲，吐辞又复警绝，末章杂以楚词，足以继古体，甚善甚善。"⑤通过对崔宗裕诗句中用字警绝的评价，可以看出李奎报在造语上对于警字炼琢的重视，他认为对于近体诗来说，警字是衡量创作高下的一个重要标准。"或有以后句救前句之弊，以一字助一句之安，此不可不思也。"⑥他认为句子或败于警字，或为警字所救，警字的使用在创作中至关重要，往往会影响诗句的成败，若作者善用警字，有时能让陈腐涩滞的诗句变得自然灵动。李奎报在自己的创作中也非常重视炼琢警字，如其《柳絮语意》：

> 不是玄冬寒裂面，终疑柳絮起漫漫。
>
> 若言老瞩迷难辨，道蕴应将镜眼看。⑦

这首诗从苏轼的《柳絮》诗翻出新意，单字的运用传神精炼。本是写初春

---

① [朝]崔滋：《补闲集》，载《韩国诗话全编校注（一）》，第 97 页。

② [朝]李奎报：《东国李相国后集》卷五《和前所寄诗》，载《韩国文集丛刊》第 2 册，第 189 页。

③ [朝]李奎报：《梅湖遗稿》附录《陈君复和次韵赠之》，载《韩国文集丛刊》第 2 册，第 288 页。

④ [朝]李奎报：《梅湖遗稿》附录《陈君复和次韵赠之》，载《韩国文集丛刊》第 2 册，第 288 页。

⑤ [朝]李奎报：《东国李相国全集》卷二十七《与崔宗裕学谕书》，载《韩国文集丛刊》第 1 册，第 577 页。

⑥ [朝]李奎报：《东国李相国全集》卷二十二《论诗中微旨略言》，载《韩国文集丛刊》第 1 册，第 524 页。

⑦ [朝]李奎报：《东国李相国后集》卷八《柳絮语意》，载《韩国文集丛刊》第 2 册，第 214 页。

柳絮纷飞的景象，首句料峭之春寒以一"裂"字道出，给予读者的视觉和神经以强烈的冲击，而料峭之寒意也不由得生出。二句写纷飞的柳絮，不是沿用传统以物作比或以絮写情，而是直接描述纷飞的景象，以白描求真朴极易使诗句落入俗套，但是李奎报选择了一个"起"字，突出了柳絮的漫飞，给读者呈现出一幅空间无限延伸的画面；又用此字突出了柳絮的源源不断、数量之多；并且用这个字突出了纷飞的柳絮的势头之猛。"起"字虽普通，但运用到这首诗中，诗句立刻变得不同凡响。李奎报常用特意炼琢出的精妙单字使语句变得不落俗套，而其炼琢之功力也由此可见。

高丽另外一个比较青睐炼警的诗人是李穑，其对于警字的炼琢到了痴迷的地步："强刮昏花训小儿，七言警句采唐诗。"①李穑经常从唐诗中采摘警句学习揣摩，教习后生。"病废数年吟更苦，时时警句即良方。"②并且认为好诗难作，而炼警是作出好诗的良方。李穑不仅喜欢吟诵警句、学习警句，更是喜欢炼琢警句。《咏雪》诗："松山苍翠暮云黄，飞雪初来已夕阳。入夜不知晴了未，晓来银海冷摇光。"③写雪，用"摇"字突出了雪后拂晓窗外耀眼的雪光，阵阵袭来的寒意也以此字道出，自然清警。《雨》诗："一春知几雨，岸帻从衣湿。自喜农有事，时哉要须及。花间新水生，柳外残虹立。忽得晚晴诗，茅檐暝痕集。"④雨过天晴，以"新"字道出春雨对大地的浇灌，以"残"字言花间柳外远处若隐若现的彩虹，春雨过后作者的喜悦之情也蕴含在这两字中，精警奇妙。

此外李齐贤、陈澕、崔滋、李崇仁等诗人皆比较注重警语的炼琢。"草动霜飘袂，冰穿水迸鞍。"⑤李齐贤以"穿"字写刺骨的寒冷。"东君试手染群芳，先点寒梅作澹妆。"⑥陈澕以"染"字突出初春景色细微的变化，"点"字突出梅花的与

---

① [朝]李穑：《牧隐诗稿》卷十《即事》，载《韩国文集丛刊》第4册，第83页。
② [朝]李穑：《牧隐诗稿》卷十八《自咏》，载《韩国文集丛刊》第4册，第224页。
③ [朝]李穑：《牧隐诗稿》卷四《咏雪》，载《韩国文集丛刊》第3册，第564页。
④ [朝]李穑：《牧隐诗稿》卷五《雨》，载《韩国文集丛刊》第4册，第10页。
⑤ [朝]李齐贤：《北上》，载《东文选》卷九，第172页。
⑥ [朝]陈澕：《梅花》，载《东文选》卷十四，第255页。

众不同、傲然不群，看似随意的两字，却将春梅不与众花同的特色道出，炼字精妙而传神。

在炼琢上对于警的追求，使得高丽后期的汉诗创作越来越精致，越来越具有个性特色。这既标志着诗人创作水平的提高和汉诗文学性的强化，同时也表现出了高丽后期诗人对个性化创作的追求。

三、炼清

"珠玑落处目一寓，句法清新字体古。"[1] "嘉州句法亦清新，剩馥余芳丐后人。净几明窗时一读，浑如啖蔗味津津。"[2] 高丽后期诗人推崇清句，认为清句往往能出人意表，给人新鲜之感，并且余味悠长，因此清新成为这一时期句法的一个主要评判标准。"况有新诗清似玉，解教尘眼冷于冰。"[3] 清具体是指远离尘俗的清远意境。李奎报对于清新句法颇为赞赏，也是写清句的高手。其《赠觉公兼简玄公》曰：

> 南宗老宿僧中凤，一入寒溪金碧洞。
> 酌泉卧石猿鸟共，空岩唯有月迎送。
> 浪翁洼樽应复弄，摩挲苍苔窥蟠缝。
> 山磨水激洗烦冗，故应道韵转清耸。
> 玄公落落继佛陇，结茅月城三四栋。
> 玄往西京永唱寺，浮碧楼高鹤可控。
> 逸想凌霞欻飞动，走浪春风鸣铁瓮。
> 寒流泻月摇银汞，归来作诗似泉涌。

---

① [朝]李奎报：《东国李相国全集》卷十二《复次韵赠崔君》，载《韩国文集丛刊》第 1 册，第 418 页。

② [朝]徐居正：《四佳诗集》卷五十二《读岑嘉州集》，载《韩国文集丛刊》第 11 册，第 137 页。

③ [朝]李奎报：《东国李相国全集》卷十一《用苏轼诗赋》，载《韩国文集丛刊》第 1 册，第 404 页。

句法清新辄惊众，三师于予若昆仲。

裴休与黄叶哙法为昆仲，相逢一笑恍如梦。

故人情深别难勇，留连剧饮何辞痛。①

李奎报欣赏玄公等高士清雅不俗的品格及清幽的居住环境，认为是这些因素使他们的创作与众不同、句法清新。《赠觉公兼简玄公》这首诗在叙述玄公等高士清幽的居住环境时，选择洞、泉、石、猿、岩、月等物象先给人视觉上的清幽，再使用寒、碧、空等清冷色调的词语强化清幽的程度，这些句子既表现了高士们的拔尘脱俗，同时又凸显了李奎报诗句的清雅特色。

陈澕在高丽后期诗坛同样以清句著称。

陈翰林澕与李文顺齐名，诗甚清邵。其“小梅零落柳僛垂，闲踏清岚步步迟。渔店闭门人语少，一江春雨碧丝丝”清劲可咏。②

李相国诗：“轻衫小簟卧风棂，梦断啼莺三两声。密叶翳花春后在，薄云漏日雨中明。”陈司谏诗：“小梅零落柳僛垂，闲踏清岚步步迟。渔店闭门人语少，一江春雨碧丝丝。”两诗清新幼妙，闲远有味，品藻韵格，如出一手，虽善论者，未易伯仲也。③

李奎报的《夏日即事》用轻衫、小簟、三两声莺啼这些轻巧之语着力突出清幽、绝俗的生活。陈澕的《野步》用小梅、柳丝、春雨、少人语突出江边的幽静，自然营造出一种清远的韵味，两首诗在用词上力求清雅进而雕琢出清淡闲远的意境。

---

① [朝] 李奎报：《东国李相国全集》卷八《赠觉公兼简玄公》，载《韩国文集丛刊》第 1 册，第 372 页。

② [朝] 许筠：《惺叟诗话》，载《韩国诗话全编校注（二）》，第 1475 页。

③ [朝]徐居正：《东人诗话》，载陈澕《梅湖遗稿》，《韩国文集丛刊》第 2 册，第 276 页。

"胜国之文，世推李文顺为大家，梅湖陈公，富丽少逊，而清新殆过之。"①李
奎报和陈澕虽都为写清句的高手，但在词句清新上，一些诗人认为陈澕似更胜一
筹。"金文贞台铉曰：'陈补阙澕尝谓余诗当以清为主，如《题山寺》诗曰：'雨
余庭院簇莓苔，人静双扉昼不开。碧砌落花深一寸，东风吹去又吹来。' 其言信
然。"②陈澕为高丽后期诗人中写清最尤者，其《春晚题山寺》选择山中莓苔、门
扉、落花等意象，用"簇"突出莓苔之深和庭院的幽静；用"静"突出人迹罕至
和山寺之离俗；用"落花深一寸"突出山寺的幽僻、别致。诗在幽静的程度上着
意刻画，山寺的僻静、清幽，与世俗的隔绝也凸显出来。用清新的字句刻画山寺
的幽静，诗如清风扑面、清远脱俗，自有一番意境，陈澕的诗多类此。

对于清句的看重使得这一时期诗人往往以诗句是否"清"作为品评诗的标准。

李秘书云：碧月谈筵上，清风孝枕前。丹竈催龙火，青楼用麝烟。盘蝇
随影散，野马触风颠。画好安芦鸭，词宜谢柳蝉。韩留院云：蝶舞横霞外，
鱼跳细浪前。地还清暑殿，人即广寒仙。蛾暮遮兰焰，风朝护蕙烟。座曰：
李诗芦鸭，岂宜图于小扇，三句皆用虫鸟，唯碧月一联，句法清胜，韩蝶鱼
赋月倾扇失实，清暑一联，直举人地，言事疏远。③

众人认为，李秘书的诗句"碧月谈筵上，清风孝枕前"选择传统的"月""风"
意向构造清远不俗的意境，用"碧"和"清"冲击读者的清冷感受，堪为绝妙好句。
这首诗把特意选择出的景物浑融在一起，用巧妙构设的清境激发读者的感受，引
导读者细味诗句的清胜，堪称绝妙。

综观这一时期诗人的此类创作，多用带有清味的事物、语言和清幽的环境
以达到诗清的效果，在清的炼琢上多是此类句法模式。成石璘则是另辟蹊径来

① [朝]李英裕:《梅湖遗稿序》，载《韩国文集丛刊》第 2 册，第 269 页。
② [朝]陈澕:《梅湖遗稿·春晚题山寺》，载《韩国文集丛刊》第 2 册，第 274 页。
③ [朝]陈澕:《梅湖遗稿·与诸公占韵赋扇》，载《韩国文集丛刊》第 2 册，第 281 页。

求"清":"明正庵中闲道人，无心句法更清新。谷翁伎俩尤难料，方寸能容万斛尘。"① 成石璘从个人心境的角度探究清新句法的获取方式，认为诗人心境超凡脱俗自然会精于清新句法，强调清心是清新句法炼成的关键所在。不论选择何种方式求"清"，这一时期诗人在诗句炼琢上追求"清"是毋庸置疑的。

第四节　法而至于无法

高丽后期诗人重诗法，但并不唯法独尊。"心之发，气之充，辞之达，读其诗，可以知其人。今是编，气雄以放，词赡而丽，不屑于雕篆，精彩烂然可喜，非他诗人词士安一字下一句，苦心捻须者之比也。抑因是概见公道德之高，勋业之盛，文章之富，而能鸣一代之盛者矣。"② 反倒认为一味遵循法则，仅看重雕琢，不及诗本质的创作未必是优秀诗作。其时有一批诗人追奉唐宋诗法，亦步亦趋，使得诗病凸显，对此崔滋颇为不满。"今世之为警句者，殆未免辛苦之病也。"③ 崔滋指出在佳句秀句的炼琢上，不乏一些蹩脚的诗人刻意用法而拘于诗法，导致创作格局狭窄。"今之后进，尚声律章句。琢字必欲新，故其语生；炼对必以类，故其意拙。熊杰老成之风，由是丧矣。"④ 崔滋认为诗人过度炼琢不仅无助于提升创作质量，反而会使作品硬涩刻意，和熊杰老成的创作追求背道而驰。

　　夫诗以意为主，设意尤难，缀辞次之。意亦以气为主，由气之优劣，乃有深浅耳。然气本乎天，不可学得，故气之劣者，以雕文为工，未尝以意为先也。盖雕镂其文，丹青其句，信丽矣，然中无含蓄深厚之意，则初若可玩，至再嚼则味已穷矣。虽然，凡自先押韵，似若妨意，则改之可也。唯

① [朝]成石璘:《独谷先生集》卷下《忆明正庵主》，载《韩国文集丛刊》第6册，第114页。
② [朝]徐居正:《独谷先生集序》，载《韩国文集丛刊》第6册，第55页。
③ [朝]崔滋:《补闲集》，载《韩国诗话全编校注（一）》，第105页。
④ [朝]崔滋:《补闲集》，载《韩国诗话全编校注（一）》，第61页。

于和人之诗也，若有险韵，则先思韵之所安，然后措意也，至此宁且后其意耳，韵不可不安置也。句有难于对者，沉吟良久，想不能易得，则即割弃不惜，宜矣。何者？计其间傥足得全篇，而岂可以一句之故，至一篇之迟滞哉。有及时备急则窘矣。方其构思也，深入不出则陷，陷则着，着则迷，迷则有所执而不通也，惟其出入往来，左之右之，瞻前顾后，变化自在，而后无所碍而达于圆熟也。或有以后句救前句之弊，以一字助一句之安，此不可不思也。①

　　李奎报认为，诗人一味守法会使诗人为法所拘，影响全篇的立意行文，而使诗文出现不通不畅的毛病，主张诗人自由出入诗法，即实践江西诗派所谓的"活法"。活法是江西诗派吕本中提出来的，强调用法不拘于法，进行个性的发挥而又不背离法，既认可法的存在，在法的运用方面又忌呆板；既强调诗人创作上的自由，又承认法的存在和指导作用，就如同空中飞舞的风筝，能在空中自由摆动，但始终有一根线牵系着。"文顺公家集行于世，观其诗文，如日月不足誉。近代律诗于五七字中有声韵对偶，故必须俯仰穿凿以应其律。虽宏才伟器，不得肆意放言披露妙蕴，故例无骨气。公自妙龄走笔，皆创出新意，吐辞渐多，骈气益壮，虽入于声律绳墨中，细琢巧构，犹毫肆奇峭。然以公为天才俊迈者，非谓对律，盖以古调长篇强韵险题中，纵意奔放，一扫百纸，皆不践袭古人，卓然天成也。"②崔滋认为，李奎报在创作上主张纵意驰骋文笔，作品毫肆奇峭、新意颇多，但其并非不讲究创作法则，而是在用法上做到了不露痕迹、个性用法。

　　"凡诗炼琢如工部，妙则妙矣，彼手生者欲琢弥苦，而拙涩愈甚，虚雕肝肾而已，岂若各随才局，吐出天然，无礪错之痕，今之事锻炼者，皆师贞肃公。"③

---

　　①［朝］李奎报：《东国李相国全集》卷二十二《论诗中微旨略言》，载《韩国文集丛刊》第 1 册，第 524 页。

　　②［朝］崔滋：《补闲集》，载《韩国诗话全编校注（一）》，第 91 页。

　　③［朝］崔滋：《补闲集》，载《韩国诗话全编校注（一）》，第 120 页。

崔滋认为，对于生手而言，过度雕琢只会将创作引入歧路，诗人应能打破亦步亦趋的法则束缚，自然灵活运用法则。他实际上指出了高丽后期汉诗创作存在的弊端和出路。

在灵活用法的认识方面，一些诗人提出了在学习法则的基础上融会贯通而无法的做法，即诗人前期兼收并蓄学习各家诗法，后期能做到妙悟，从法则中圆熟跳脱，遵循汉诗的规律自然进行创作。

李仁老推崇自然为文，认为有束缚的创作和设定框架的创作多带有艰涩的特点，并不能使诗人充分施展自己的才华。李仁老认为继人之韵和诗是最难的，因为诗人要在前人设定的韵脚基础上进行创作，难免会造作牵强。"唱者优游闲暇而无所迫，和之者未免牵强坠险，是以继人之韵，虽名才往往有所不及。"① 李仁老认为无物所迫是创作的最高境界，创作最可贵的是诗人能摆脱掉各样诗法的束缚。楚老欲和眉山《赋雪》诗，虽在奇险方面极尽苦思雕琢，"用事愈奇，吐字愈险"②，力图超越眉山，但李仁老认为楚老在"迫"的状态下作诗，汉诗雕琢的痕迹太过浓重，他的作品称不上是真正意义上的佳作。

林椿对苏轼推崇备至。"东坡惠我老松烟，妙法应非世所传。"③ "君得东坡法，油烟收几掬。"④ 林椿对于苏轼的句法颇为推崇，以与东坡句法相似为评判佳作的标准。"仆观近世，东坡之文大行于时，学者谁不伏膺呻吟，然徒玩其文而已，就令有挦扯窃窃，自得其风骨者，不亦远乎。然则学者但当随其量以就所安而已，不必牵强横写，失其天质，亦一要也。唯仆与吾子虽未尝读其文，往往句法已略相似矣，岂非得于其中者闇与之合耶。近有数篇，颇为其体，今寄去，幸观之以赐

---

① [朝] 李仁老：《破闲集》，载《韩国诗话全编校注（一）》，第 11 页。

② [朝] 李仁老：《破闲集》，载《韩国诗话全编校注（一）》，第 11 页。

③ [朝] 林椿：《西河先生集》卷一《谢人以笔墨见惠》，载《韩国文集丛刊》第 1 册，第 208 页。

④ [朝] 林椿：《寄湛之乞墨》，载《韩国文集丛刊》第 1 册，第 211 页。

指教，不具。"① 林椿认为"天"是东坡句法的精髓，东坡句法指在熟谙汉诗作法的基础上灵动自然的诗句抒写方式，林椿所言的这种行云流水的创作方式即无法之法。他认为诗人学习模仿中生硬的锤炼反而失去了东坡句法固有的神韵，林椿常以自己和李仁老的创作抓住了东坡句法的精髓与东坡句法暗合而得意不已。

"天下之名能文辞者也，而于诗道有慊，识者恨之，则诗之为诗，又岂可以巧拙多寡论哉。予之颂此言久矣，及读及庵先生之诗益信，先生诗似淡而非浅，似丽而非靡，措意良远，愈读愈有味，其亦超然妙悟之流欤。"② 李穑认为，诗人水平不能以诗作数量的多少及能否使用诗法技巧作为评判标准，优秀诗人应做到法而无法自然天成。《樊隐先生逸稿》卷六附录《尊慕录附》记载："成士达号易庵，官至大提学，昌山府院君，谥文贞。李牧隐挽曰：'笔锋劲直光如射，诗法平和味自醇。'与先生同应制录功，诗在《东文选》。"③ 李穑主张诗人既要习法，同时又要能挣脱法的束缚，圆熟而有个性地开展创作，认为这样的创作才是自然醇厚的创作。"敬之外祖及庵闵公善词学，尤长于唐律，与益斋、愚谷诸公相唱和，敬之朝夕侍侧，目濡耳染，观感开发，而自得为尤多。道传尝见敬之作诗，其思之也漠然若无所营，其得之也充然若自乐，其下笔也翩翩然如云行鸟逝，其为诗也清新雅丽，殊类其为人。敬之之于诗道，可谓成矣。客曰然，卒书以为序，洪武丙寅秋八月既望。"④ 郑道传指出创作时的"自得"是诗人必须具备的一个素质，他认为金九容自幼随外祖学习诗法，长久濡染，自得颇多，反映到行文上，诗句皆流畅、自然，毫无刻意之为。此外，郑梦周、李崇仁等皆注重在创作中实践无法之法。

---

① [朝]林椿:《西河先生集》卷四《与眉叟论东坡文书》，载《韩国文集丛刊》第 1 册，第 242 页。

② [朝]李穑:《及庵诗集·及庵诗集序》，载《韩国文集丛刊》第 3 册，第 47 页。

③ [朝]田万英:《樊隐先生逸稿》卷六附录《尊慕录附》，载《韩国文集丛刊》第 3 册，第 430 页。

④ [朝]郑道传:《惕若斋学吟集·惕若斋学吟集序》，载《韩国文集丛刊》第 6 册，第 4 页。

古之君子，和顺积中而发为文章，形于咏歌，皆足以明物理达人情，有关于世教，后代之竞葩藻者，自以为得诗人流丽之家法，于理之精粗，情之邪正，不遑论也。余奉使至高丽国，其提学李公子安示余陶隐斋唫稿一帙，爱其吐辞精确于浑成之中，命意深远于雅淡之际，往往绝类唐人，视彼之沾丐膏泽，规规摹仿者，不可同日语矣。①

通过张溥对李崇仁的评价可以看出，学识渊博善于积累的李崇仁在创作上与时人亦步亦趋的模仿做法不同，他不喜用成法，喜欢纵笔创作，诗浑然天成而命意雅远，且韵味悠长。李崇仁并非不熟悉前人法则，而是主张在精通前人诗法的基础上丢掉成法进行创作。

高丽后期诗人推崇的"无法"，并非无视法的存在，恰恰相反，诗人认为"无法"实现的前提是先熟习成法。学而熟，熟而精，最终用最自在的状态让诗自然流出，在高丽后期诗人看来这是创作的最高境界，也是最高水平的创作法则。"青门寂寞邵平家，事业年年谩种瓜。自是野人无所遗，为君摘此献清衙。笔法诗篇自一家，琼琚好报卫人瓜。须知独擅风骚句，屈宋还应合作衙。不到城中苏小家，此身堪恨系如瓜。红颜别后今何处，要觅殷勤古押衙。"②由法而无法，诗人看重的是对法的融会贯通和作者个性的发挥，这种观点也影响到了李初一些诗人。"茆檐长扫净无埃，花落花开客不来。香饼已传邻舍麦，酸浆又报后园梅。自怜衫袖风尘污，无乃功名造物猜。老做世间无可一，颇知诗法自安排。"③徐居正认为创作应具个性，习法基础上自成格调能帮助诗人凸显创作个性。"客言诗可学，余对不能传。但看其妙处，莫问有声联。山静云收野，江澄月上天。此时如得旨，探我句中仙。客言诗可学，诗法似寒泉。触石多呜咽，盈潭静不喧。屈庄多慷慨，魏晋

---

① 张溥:《陶隐集跋》，载《韩国文集丛刊》第6册，第519页。
② [朝]林椿:《西河先生集》卷三《摘瓜寄洪书记》，载《韩国文集丛刊》第1册，第235页。
③ [朝]徐居正:《四佳诗集》卷二十八《谩题》，载《韩国文集丛刊》第10册，第480页。

渐拏烦。剿断寻常格，玄关未易言。"① 金时习在《学诗》中同样强调了用法的个性特色，认为在创作时，诗人应能跳出法则限定，自由灵活地用法。

无法是最能体现出诗人的个性创作特色的，此期诗人虽然以无法为最高境界，但并非摒弃了对所有法则的学习，相反地，此期诗人主张要先认真学习诗法，然后在此基础上融会贯通诗法，认为只有这样，才能使创作做到圆熟而富有个性，这是高丽后期诗人推崇的用法路径。以法为本、"法而无法"是最高境界的创作法则，"法而至于无法"的流行也说明了高丽后期诗人对诗法认识的深入和诗学观的渐趋成熟。

对汉诗的推崇及创作上的先天缺陷使得高丽后期诗人重视学习中国诗法，在高丽后期有着浓厚的讲论诗法的风气，这一时期诗人尤其重视字句的炼琢，有着新、警、清的炼琢追求。对于法的重视，使得高丽后期的诗创作趋于规范，也使高丽后期的创作出现了刻意雕琢的弊端。针对创作中存在的问题，诗人提出了法而无法的主张，既不抛弃对前人诗法的学习，同时又重视作者个性的发挥。在熟习法则的基础上融会贯通诗法进而个性用法，这是高丽后期诗人结合创作实践总结出的用法之道。

① [朝]金时习:《梅月堂诗集》卷四《学诗》，载《韩国文集丛刊》第 13 册，第 163 页。

第七章　风格论

风格是指作品思想内容和情感表现的艺术性，其与诗人的个性、才华及表达技巧等关联密切，是诗人个性及创作技能的载体，只有创作上成熟的诗人，才会在风格上凸显出个性特色，高丽后期诗人在创作上力求标新立异，看重个性风格的树立。

第一节　诗人鲜明的风格意识

高丽后期，随着在创作上自觉意识的增强，诗人对个性化的追求异常强烈，注重在创作中凸显个性风格特色。

俞文安公升旦，语尽意淳，用事精简。金贞肃公仁镜，凡使字必欲清新，每出一篇动惊时俗。李文顺公奎报，气壮辞雄，创意新奇。李学士仁老，言皆格胜，使事如神，虽有蹑古人畦畛处，琢炼之巧，青于蓝也。李承制公老，辞语遒丽，尤长于演诰对偶之文。金翰林克己，属辞清旷，言多益富。金谏议君绥，辞旨和裕。吴先生世材、安处士淳之，富赡浑厚。李史馆允甫、林先生椿，简古精隽。陈补阙澕，清雄华靡，变态百出。此皆一时宗匠也。①

通过崔滋《补闲集》中的这段记载，可以看出当时的创作百花齐放，诗人的个性风格尤其突出。

> 李大谏仁老潇湘八景绝句，清新富丽，工于模写；陈右谏澕七言古诗，豪健峭壮，得之诡奇，皆古今绝唱，后之作者，未易伯仲，惟益斋李文忠公绝句乐府等篇，精深典雅，舒闲容与，得与二老颉颃上下于数百载之间矣。②

> 盖先生之文，本之以六经，参之以史汉，润色之以诸子，鼓舞动荡，瀚然而为云雷，烂然而为星斗，霈然而为江河，跃然而为龙虎，变态无穷，如晴跻终南，众皱前陈，不暇应接者矣。一时文人才士洽然宗之，熏然浸郁，雄峻如郑圃隐，简洁李陶隐，豪迈如郑三峰，典雅如权阳村，皆不出先生范围之内，岂非魁然杰然，间世而卓立者乎，况先生功名道德之盛，冠冕一时，独文章乎哉。③

徐居正的评价道出了高丽后期诗人在创作上风格迥异的情况，他认为当时的一些汉诗大家，不仅在创作上有着鲜明的风格追求，并且用自己独树一帜的汉诗风格引领了一时诗风。

崔滋在《补闲集》中曾罗列出了时人针对当时创作归纳出的21种风格：新警、含蓄、婉丽、清峭、俊壮、富贵、精彩、飘逸、清远、奇巧、志寓、优游、感怀、豪易、清驶、幽博、明媚、爽惑、华艳、佼壮、壮丽。一方面可以看出当时汉诗的个性化发展，时人对汉诗风格的区分；另一方面可以看出当时对风格分

---

① [朝] 崔滋：《补闲集》，载《韩国诗话全编校注（一）》，第89页。

② [朝] 徐居正：《东人诗话》，载《韩国文集丛刊》第2册，第283页。

③ [朝] 徐居正：《牧隐诗精选序》，载《韩国文集丛刊》第5册，第178页。

类过细，对风格的探讨略显肤浅，没有形成深入系统的认识。

在风格的追求上，李奎报不仅主张诗人形成自己鲜明的个性风格特色，还主张诗人的风格多样化："纯用清苦为体，山人之格也。全以妍丽装篇，宫掖之格也。唯能杂用清警、雄豪、妍丽、平淡，然后体格备，而人不以一体名之也。"① 往往以诗人能否驾驭多种风格来评判诗人水平高低。

对风格的看重，常使诗人从风格的角度品评创作，归纳诗人的创作特色。李仁老《破闲集》论诗，评紫薇鸡林寿翁诗为"骏秀"②，评崔致远诗为"超逸"，评金子仪诗为"豪迈"，评戒膺诗为"优游闲淡"，评黄存益诗为"俊逸"。李奎报《白云小说》论诗，"新罗真德女主，其诗高古雄浑"，"濮阳吴世才德全，为诗遒迈劲俊"，"禅师惠文，得山人体，幽致自在"。③ 李齐贤《栎翁稗说》论诗，评崔滋诗为"慷慨"，评吴世才诗为"老健"。

高丽后期诗人有着明确的风格意识，也有着鲜明的风格追求。《补闲集》曰：'气尚生语欲熟。衿学之气生然后壮气逸。壮气逸然后老气豪。'无衣子为太学生时野行云：臂筐桑女盛春色，顶笠蓑翁戴雨声。陈补阙云：触石树腰成磊磈，入池泉脚失潺湲。臂筐之句，气与语俱生，为时俗所尚。触石联，气虽生语犹熟，虽诗老亦惊。"④ 高丽后期诗人在创作上推崇生气："欲返不尽，相期与来。明漪绝底，奇花初胎。青春鹦鹉，杨柳楼台。碧山人来，清酒深杯。生气远出，不着死灰。妙造自然，伊谁与裁。"⑤ "生气"即生机盎然之气。传统诗学认为，作品如同人一样，应是栩栩如生、生机勃勃、富有生命力的，应有着充满活力的精神面貌。崔滋认为，壮逸之气和豪迈老气是"生气"的主要风格内涵。壮逸之作，往往指那些气韵飘逸流动的创作而言；而对于老练豪放之作，崔滋则认为是善于养气的诗人气充沛豪壮的结果。崔滋指出了对于诗来说壮逸、老豪两种不同风格的

① [朝] 李奎报：《白云小说》，载《韩国诗话全编校注（一）》，第58页。
② [朝] 李仁老：《破闲集》，载《韩国诗话全编校注（一）》，第41页。
③ [朝] 李奎报：《白云小说》，载《韩国诗话全编校注（一）》，第46、49、54页。
④ [朝] 陈澕：《梅湖遗稿·失题》，载《韩国文集丛刊》第2册，第280页。
⑤ 司空图：《二十四诗品》，载何文焕辑《历代诗话（上）》，中华书局，1981，第41页。

妙处，也指出了诗人之气与风格的密切关系。

第二节　壮逸之气丰富的风格内涵

"逸"，《说文解字》兔部云："逸，失也，从辵、兔，兔谩驰善逃也。"① 有散漫不拘的内涵，今人认为"逸气"有"超逸不群"的特点②，强调其超尘拔俗的内涵。"白也诗无敌，飘然思不群。清新庾开府，俊逸鲍参军。"③ 在中国诗史上，李白被视为逸气创作的代表，世人欣赏其俊逸旷放的人格及诗风，高丽后期诗人同样推崇李白的逸气。

"身老病复攻，不奈胸沈郁。时时颇自慰，唯是杯中物。尚未足豁然，只此手端一笔奔腾天地如骥逸。"④ 李奎报所言"逸"借用了逸的原意，指出了自己在创作上不拘一格、自由腾挪的追求。安淳之评李奎报诗"发言成章，顷刻百篇。天纵神授，清新俊逸。人以公为李太白，盖实录云"⑤，认为他的创作似李白天纵神授、清新俊逸，既洒脱不拘，而又有着别致的清韵。

李奎报一生追求放旷。"幽谷一宵中酒宿，聊城半日解骖留。归来阮籍空长啸，寂寞相如故倦游。邮吏送迎何日了，使华来往几时休。唯予幸是闲行者，来不烦人去自由。"⑥ 他向往相如的远游、阮籍的洒脱，渴望摆脱世俗俗务的羁绊，在自在清闲中寻求生活的乐趣。如其《沙平江泛舟》：

江远天低衬，舟行岸趁移。

---

① 臧克和、王平校订：《说文解字新订》，中华书局，2002，第651页。

② 成复旺主编《中国美学范畴辞典》，中国人民大学出版社，1995，第161页。

③ 杜甫：《春日忆李白》，载萧涤非、程千帆等撰写《唐诗鉴赏辞典》，上海辞书出版社，1983，第435页。

④ [朝]李奎报：《东国李相国后集》卷十《次韵李侍郎需复和郁怀诗》，载《韩国文集丛刊》第2册，第234页。

⑤ [朝]陈澕：《梅湖遗稿》，载《韩国文集丛刊》第2册，第289页。

⑥ [朝]李奎报：《聊城驿壁上韵》，载《东文选》卷十四，第251页。

薄云横似素，疏雨散如丝。

滩险水流疾，峰多山尽迟。

沉吟费回首，正是望乡时。^①

诗人顺水流而下，远处的江天一色，缓缓行进的小舟，横在天边的云，柔如细丝的稀疏小雨，如梦如幻、空灵洁净，表现出了一种超然尘外的明净心境。诗一气呵成，洒脱清逸。又如《黄骊江泛舟》：

桂棹兰舟截碧涟，红妆明媚水中天。

钉盘才见团脐蟹，挂网还看缩颈鳊。

十里烟花真似画，一江风月不论钱。

沙鸥熟听渔歌响，飞渡滩前莫避船。^②

这首诗更能见出诗人对自在泛舟生活的喜爱。"兰舟""红妆"定下了全诗明丽清新的基调，蟹、鳊、绕着渔人小舟的沙鸥，衬着清亮的渔歌，表现了诗人飘然尘外，独游江上的乐趣，诗独特的俊逸爽朗也由此凸显。李奎报的此类作品很多，不论是状物还是写景，多为一气呵成的自然之作。"庾岭侵寒拆冻唇，不将红粉损天真。莫教惊落羌儿笛，好待来随驿使尘。带雪更妆千点雪，先春偷作一番春。玉肌尚有清香在，窃药姮娥月里身。"^③"为避人间谤议腾，杜门高卧发鬅鬙。初如荡荡怀春女，渐作寥寥结夏僧。儿戏牵衣聊足乐，客来敲户不须鹰。穷通荣辱皆天赋，斥鹦何曾羡大鹏。"^④《梅花》《杜门》两首诗，没有过多的修饰，也没

① [朝]李奎报：《沙平江泛舟》，载《东文选》卷九，第 166 页。

② [朝]李奎报：《黄骊江泛舟》，载《东文选》卷十四，第 253 页。

③ [朝]李奎报：《东国李相国全集》卷一《梅花》，载《韩国文集丛刊》第 1 册，第 301 页。

④ [朝]李奎报：《东国李相国全集》卷十《杜门》，载《韩国文集丛刊》第 1 册，第 395 页。

有技巧的炫耀，而是用诗人的放逸风神贯穿平常的事物，表现景观的美及洁净不拘的心灵，有着远离世俗烟火的超然和洒脱，语言清淡潇洒而又韵味深远，而清朗俊逸的情韵也由之涵咏不尽，李奎报这种风格和其自身的逸气不无关系。"少放旷，自号为白云居士。酣饮赋诗为事，人不以经济待之。无何，名振海外，独步三韩。"① 李奎报本为放旷不拘世俗之人，正是其放旷脱俗成就了其诗独有的清逸风格。

其时梅湖公同样以清旷风格著称，在逸气风格上和李奎报不分伯仲。如其《春晚题山寺》：

> 雨余庭院簇莓苔，人静双扉昼不开。
> 碧砌落花深一寸，东风吹去又吹来。②

这首诗以簇生的莓苔、久闭不开的双扉、一寸深的落花构筑清雅的意境，而主人的闲淡心境和放逸不俗的气质也扑面而来。陈澕这首诗写出了诗人的清逸脱俗，诗也因清雅的意境而有种别致的清旷意韵。"公以疏爽出俗之姿，词华才猷为一世冠冕。"③崔粹翁所言道出了陈澕诗清旷超尘的特色，也指出了其飘逸不群之气对这种风格的影响。"端坐萧然肖衲僧，爱君闲话更挑灯。人呼白日无双客，身到青云第几层。况有新诗清似玉，解教尘眼冷于冰。少年气逸应欺我，沈约衣宽渐不胜。"④李奎报认为诗人逸气有清逸绝俗的内涵，而这影响着诗的清旷风格，在这一方面梅湖公远胜于自己。

逸气又常常被高丽诗人视为隐逸之气，往往用田园生活表现闲逸之风。"清

---

① [朝]李需：《东国李相国文集序》，载《韩国文集丛刊》第 1 册，第 283 页。
② [朝]陈澕：《梅湖遗稿·春晚题山寺》，载《韩国文集丛刊》第 2 册，第 274 页。
③ [朝]崔粹翁：《梅湖公小传》，载《韩国文集丛刊》第 2 册，第 270 页。
④ [朝]李奎报：《东国李相国全集》卷十一《陈澕见访赋诗》，载《韩国文集丛刊》第 1 册，第 404 页。

琴横床，浊酒半壶"①，陶渊明归隐田园后，一生琴酒相伴，"吾爱陶靖节，有琴常自随"②，"有酒不肯饮，但顾世间名"③，陶渊明喜抚无弦琴，喜欢开怀畅饮放飞自我，琴和酒在陶诗意象中是闲适、无拘无束的象征。李奎报推崇陶渊明："平生唯酷好琴酒诗三物，故始自号三酷好先生。"④ "三酷好先生"的自称表现出了他对陶渊明隐逸生活的喜爱，其作品也多具隐逸之风。

> 杜门无客到，煮茗与僧期。
>
> 荷耒且学圃，归田当有时。
>
> 贫甘老去早，闲厌日斜迟。
>
> 渐欲成衰病，疎慵不营兹。⑤

> 寓兴抚桐孙，虚心对竹君。
>
> 林深鸦哺子，园静鸟呼群。
>
> 坐石吟移日，开窗卧送云。
>
> 尘喧即咫尺，闭户不曾闻。⑥

李奎报不仅向往锤炼陶渊明似的闲淡心境，还喜欢有些疏慵的农耕生活。幽居之处竹柳成行，农闲下来闲手抚琴，山野中坐看日出日落，窗前随意卧送白云，其诗时时透露出隐者的闲逸乐趣，有着不言自明的"采菊东篱下，悠然见南山"的闲

---

① 陶潜著、陶澍评注：《陶渊明全集·时运》，中央书店，1935，第2页。

② 欧阳修著、李逸安点校：《欧阳修全集·夜坐弹琴有感》，中华书局，2001，第129页。

③ 陶潜著、陶澍评注：《陶渊明全集·饮酒》，中央书店，1935，第39页。

④ [朝]李奎报：《东国李相国全集》卷二十《白云居士语录》，载《韩国文集丛刊》第1册，第503页。

⑤ [朝]李奎报：《东国李相国全集》卷十《和子美新赁草屋韵其一》，载《韩国文集丛刊》第1册，第398页。

⑥ [朝]李奎报：《东国李相国全集》卷十《和子美新赁草屋韵其二》，载《韩国文集丛刊》第1册，第398页。

适和轻松。

　　高丽后期动乱使多数诗人选择退隐山林，出现了一批隐逸诗人，如牧隐、松隐、圃隐、陶隐等。这些诗人向往陶潜的隐逸生活，选择在田园生活中陶冶自己的闲适心境，作品也往往带有闲淡隐逸之气，牧隐李穑为其中代表。"凡为文章操笔即书，如风行水流。"① 李穑早年意气风发气势充沛，而晚年遭遇离乱流配，处境困窘不堪，回味跌宕起伏的一生，其觉隐逸生活更能使己归于心灵的安宁，晚年创作也呈现出了鲜明的隐逸之风。如其《偶吟》：

> 桑海真朝暮，浮生况有涯。
> 陶潜方爱酒，江总未还家。
> 小雨山光活，微风柳影斜。
> 勾回还游意，独坐赏年华。②

　　这首诗用酒、雨、风、柳营造出独特的隐逸意境，更选择"独"字道出了幽静之处独有的闲淡感受，虽不言逸，但闲逸扑面而来，极富感染力。高丽后期风行的隐逸风格一直延续到了李朝初期，高丽后期李朝初期相似的社会环境使得李朝初期诗人有着如同高丽后期诗人般的创作取向。"先生京第在南山下，尝就高燥，葺茅为亭。每公退，幅巾藜杖，啸咏其中，萧然若遗世者。……凤去朝阳龙在田，风骚为地酒为年。满前形胜浑堪画，回首英雄定是仙。逸气可凌飞鸟外，高词准拟落霞边。嗒然隐几心如镜，万窍千喁总属天。"③ 虚白先生归隐之后，与山水诗酒为伴，过着逍遥自在神仙般的生活，诗中"凌""高"词语的选用突出了诗人的超然洒脱，也使诗呈现出一种异于常人的荒野田园乐趣。

---

　　① [朝]权近：《阳村先生文集》卷四十《牧隐先生李文靖公行状》，载《韩国文集丛刊》第 7 册，第 345 页。

　　② [朝]李穑：《牧隐诗稿》卷二十二《偶吟》，载《韩国文集丛刊》第 4 册，第 291 页。

　　③《虚白亭年谱》，载洪贵达《虚白亭集续集》，《韩国文集丛刊》第 14 册，第 210 页。

"逸"在高丽后期的一些诗人看起来又指儒家的洒脱气质。"纵横逸气骋廉隅，华岳峰高一鹗秋。载酒时时迎好事，题诗日日有何虞。"① "满床书史身无事，在巷箪瓢味有余。更著名缰须似雪，一衣尘土久蹰躇。"② 闵思平认为创作中应驰骋的逸气是指儒家的方正人格，即儒家独善其身的自得与洒脱。"崔郎年少最能文，泮水优游咏采芹。逸气可曾凌点瑟，高才真握郢人斤。嘤嘤谷鸟初迁木，矫矫天驹欲蹑云。愿展平生稽古力，须将尧舜致吾君。"③ 权近也认为逸气有儒家式的洒脱内涵，诗人运其于文中，有助于形成一种飘然不群的风格特色。曾点向往儒家大同世界的和睦与超然："暮春者，春服既成，冠者五六人，童子六七人，浴乎沂，风乎舞雩，咏而归。"④ 权近认为崔博士诗文中的逸气能与曾点相媲美，是一种高雅清华式的洒脱。

诗之逸，李奎报认为和诗人气之优劣有密切的关系。他认为自身气劣的诗人，其创作生硬刻意，"盖雕镂其文，丹青其句，信丽矣。然中无含蓄深厚之意，则初若可玩，至再嚼则味已穷矣"⑤，作品往往缺少含蓄蕴藉的意味，而气足的诗人"意既优闲，语亦自在，得不至局束也"⑥，无所拘碍地驰骋文笔，创作往往气脉贯通，洒脱俊逸，韵味无穷。李奎报的创作，因其身气足，往往逸气充足。如其《晚望》：

李杜嘲啾后，乾坤寂寞中。

---

① [朝] 闵思平：《及庵先生诗集》卷四《次沈佐郎诗韵其一》，载《韩国文集丛刊》第 3 册，第 81 页。

② [朝] 闵思平：《及庵先生诗集》卷四《次沈佐郎诗韵其四》，载《韩国文集丛刊》第 3 册，第 81 页。

③ [朝] 权近：《阳村先生文集》卷四《伐崔博士》，载《韩国文集丛刊》第 7 册，第 48 页。

④ 杨伯峻译注：《论语译注》，中华书局，2012，第 167 页。

⑤ [朝] 李奎报：《东国李相国全集》卷二十二《论诗中微旨略言》，载《韩国文集丛刊》第 1 册，第 524 页。

⑥ [朝] 李奎报：《东国李相国全集》卷二十二《论诗中微旨略言》，载《韩国文集丛刊》第 1 册，第 524 页。

江山自闲暇，片月挂长空。^①

《晚望》这首诗精心选取江、山、月、空意象，赋予景色以清与闲，构造的意境清朗闲逸，也呈现出李奎报诗常有的清旷、闲淡风格。李奎报的诗之所以逸气充足而又不同于一般，可以说和李奎报自身气足有着密切关系。崔滋曾评李奎报"文顺公以逸气豪才，驱文辞必弘长"^②，认为李奎报在逸气的驱使下，其作品既有气势，又蕴藉深远，风格别致。

对于诗中逸气的获取，陈澕、崔滋等又主气吞象外之说。《补闲集》曾记："陈补阙读李春卿诗云：'啾啾多言费楮毫，三尺啄长只自劳。谪仙逸气万象外，一言足倒千诗豪。'及第吴芮公曰：'逸气一言，可得闻乎？'陈曰：'苏子瞻品画云：摩诘得之于象外，笔所未到气已吞，诗画一也。杜子美诗虽五字，中尚有气吞象外。李春卿走笔长篇，亦象外得之，是谓逸气。'谓一语者，欲其重也。夫世之嗜常惑凡者，不可与言诗，况笔所未到之气也。"^③陈澕认为，气是平庸诗人创作中所缺乏的，而王维、杜甫做到了气吞象外，因此创作逸气横出。他认为在高丽诗人中唯有李春卿注重象外取逸，堪与王、杜两人媲美。以李奎报《过龙潭寺》为例：

水气凄凉袭短衫，清江一带碧于蓝。

柳余陶令门前五，山胜禺强海上三。

天水相连迷俯仰，云烟始卷占东南。

孤舟暂系平沙岸，时有胡僧出小庵。^④

---

① [朝] 李奎报：《东国李相国全集》卷一《晚望》，载《韩国文集丛刊》第 1 册，第 301 页。

② [朝] 崔滋：《补闲集》，载《韩国诗话全编校注（一）》，第 123 页。

③ [朝] 崔滋：《补闲集》，载陈澕《梅湖遗稿》，《韩国文集丛刊》第 2 册，第 277 页。

④ [朝] 李奎报：《东国李相国全集》卷六《过龙潭寺》，载《韩国文集丛刊》第 1 册，第 351 页。

《过龙潭寺》写李奎报过龙潭寺时所见，首联用水气、清江突出了龙潭寺与众不同的地理位置，之后颔联用陶令之柳和禺强三山突出了其远离世俗的特点，颈联中连天水和云烟卷进一步强化了龙潭寺环境的迷离和缥缈，前三联虽只是选取了写景诗中普通的山、水、云、烟、江柳这些意象，但是经过作者精心的排列却突出了龙潭寺环境的清幽及远离世俗让人向往的特点，龙潭寺的与众不同及僧人远俗的生活也在诗人的叙述中得到强化，尾联的岸边系舟和小僧出庵的意境突出了作者对隐逸生活的肯定和赞赏，整首诗逸气满溢且令人咀嚼不尽，而一切皆由象中得之。

"逸"是高丽后期带有鲜明时代特征的一个概念，高丽后期诗人因身处困境而形成独有的清旷、隐逸和洒脱气质，对于注重呈现诗人生活状态的高丽后期汉诗来说，其因诗人个性参与而有了独特的逸气追求，是诗人的处境和独特气质影响着此期诗人关注探讨"逸"这种风格。

第三节　老豪之气与豪放风格

"夫文非气不立。"① 气决定着创作的成败，文气是中国古代文论颇为看重的一个命题，传统观点认为诗人的文气应贯注在创作中，作品之气应充足、多样。在中国文论史上，从曹丕开始，明确地把气与诗人风格联系起来。曹丕认为诗人各有各的气质，也影响着他们形成各自不同的创作风格。

宋兴七十余年，民不知兵，富而教之，至天圣、景祐极矣，而斯文终有愧于古。士亦因陋守旧，论卑气弱。自欧阳子出，天下争自濯磨，以通经学古为高，以救时行道为贤，以犯颜纳说为忠。长育成就，至嘉祐末，号称多

---

① 章学诚著、仓修良编注：《文史通义新编新注·史德》，浙江古籍出版社，2005，第 266 页。

士。欧阳子之功为多。①

晚唐靡弱诗风使得宋初诗人在创作上眼界狭小、古风尽失、气格萎弱，欧阳修力图改变这种局面。欧阳修强调士大夫的儒道责任，认为士大夫应关注时事民生，以积极的态度处世行文。在宋代，以欧苏为代表的有社会责任感的文人士大夫，希望诗人能激昂其气，以主动积极的姿态来承担社会责任，创作出具有时代品格的作品。

宋代士大夫的优渥地位使诗人不由得生出诸多的优越感和自豪感，诗人也乐意把自己的此类情感倾泻在创作中，在以上这些因素的作用下，宋诗逐渐呈现出了豪放雄健的气格。"欧阳文忠公诗始矫'昆体'，专以气格为主。"② "苏豪以气轹，举世徒惊骇。"③ "辱公诗答极爱重，气骨雄健凌风骚。"④ 雄、豪成为宋代诗人在创作上的追求。

高丽后期诗人为了避难保身专写修身养性之诗，并专注于形式的穿凿，作品气骨萎弱，并且随着科举的推行，高丽汉诗堆砌雕琢之风愈来愈盛，深受中国传统诗学影响的高丽诗人对于高丽汉诗发展的现状极为不满，在宋代豪健诗论的影响下推崇诗中的阳刚之气，主张"雄豪"创作。

一、诗人的豪放风格追求

"文以豪迈壮逸为气，劲峻清驶为骨，正直精祥为意，富赡宏肆为辞，简古倔强为体，若局生涩琐弱芜浅，是病。若诗则新奇绝妙、逸越含蓄、险怪俊

---

① 孔凡礼点校：《苏轼文集》卷十《六一居士集叙》，中华书局，1986，第316页。
② 叶少蕴：《石林诗话》，载何文焕辑《历代诗话（上）》，中华书局，1981，第407页。
③ 欧阳修著、李逸安点校：《欧阳修全集·水谷夜行寄子美圣俞》，中华书局，2001，第28页。
④ 韩琦：《谢并帅王仲仪端明惠葡萄酒》，载北京大学古文献研究所编《全宋诗》，北京大学出版社，1992，第3983页。

迈、豪壮富贵、雄深古雅。上也。"① "幼知读书，稍长为诗有豪气，有名侪辈间。"② "我爱东坡诗，豪气超尘寰。"③ "病中悲蹇运，闲里谢清朝。岁岁栽花看，时时抱瓮劳。形容尽憔悴，词气尚雄豪。何日乞骸骨，乡山千里遥。"④ "少年观国际文明，赠别新诗句句清。自笑病夫甘闭户，笔端豪气谩纵横。"⑤ 高丽后期诗人所言豪气多指作品豪放的气势和风格，认为作品呈现出豪壮之风才可以称得上上等的汉诗创作。"李大谏仁老潇湘八景绝句，清新富丽，工于模写。陈右谏澕七言古诗，豪健峭壮……"⑥ 此类创作代表诗人有李仁老、李奎报、陈澕、李穑、柳方善等。

这些诗人认为体现诗人自身气质的雄豪奇伟之气是豪壮诗的源头。"昔司马太史尝游会稽，窥禹穴以穷天下之壮观，故气益奇伟，而其文颇疏荡而有豪壮之风。"⑦ 林椿认为司马迁注重培养奇伟之气，其文自有一股豪壮之风。"提举先生义更高，新诗往往带雄豪。也应对酒团圞语，笑杀朝天雪满袍。"⑧ 李穀认为洪阳坡豪义满怀，因此作品自带豪壮。"拙翁豪气自无敌，拾尽三韩高律格。"⑨ "豪气凌云不得□，满天光焰吐文章。"⑩ 李穑认为豪气是诗人应该具有的一种气质，具有凌云豪气的诗人往往能创作出光焰万丈豪放的作品。"寂历青山路，山中胜事繁。疏狂端自负，穷达果何论。晓色明林表，虫声咽草根。洞云含宿雨，海雾放

---

① [朝]崔滋：《补闲集》，载《韩国诗话全编校注（一）》，第 121 页。

② [朝]李穑：《牧隐文稿》卷十九《乌川君谥文贞郑公墓志铭》，载《韩国文集丛刊》第 5 册，第 165 页。

③ [朝]李穑：《牧隐诗稿》卷三十三《述怀》，载《韩国文集丛刊》第 4 册，第 476 页。

④ [朝]李穑：《牧隐诗稿》卷十二《即事》，载《韩国文集丛刊》第 4 册，第 117 页。

⑤ [朝]卞季良：《春亭先生诗集》卷三《次金参知奉使诗韵》，载《韩国文集丛刊》第 8 册，第 44 页。

⑥ [朝]陈澕：《梅湖遗稿·宋迪八景图》，载《韩国文集丛刊》第 2 册，第 283 页。

⑦ [朝]林椿：《西河先生集》卷五《东行记》，载《韩国文集丛刊》第 1 册，第 259 页。

⑧ [朝]李穀：《稼亭先生文集》卷十九《寄洪阳坡》，载《韩国文集丛刊》第 3 册，第 216 页。

⑨ [朝]李穑：《牧隐诗稿》卷十七《短歌》，载《韩国文集丛刊》第 4 册，第 207 页。

⑩ [朝]李穑：《牧隐诗稿》卷三十五《读李白诗》，载《韩国文集丛刊》第 4 册，第 509 页。

初暾。古树经残驲，孤烟认远村。诗成更高咏，豪气满乾坤。"① 柳方善自负疏狂豪放，认为自己创作也是充满了豪壮之气。"莫叹崎岖蜀道行，风流豪气尚峥嵘。雄文已见腾天焰，妙句时闻掷地声。人说才名能独步，自知心迹本双清。美如曲逆能长屈，不日宣招荷圣情。"② 熟谙高丽后期汉诗创作的徐居正认为，风流豪气与妙句雄文有着密切的关系，豪气之人自然会生出雄壮之文。

李奎报是高丽豪健创作的代表。"东坡，近世以来，富赡豪迈，诗之雄者也。"③ 李奎报推崇苏轼的豪壮之风，因文笔雄健奔放、风格豪壮，被时人称为"诗豪"。《高丽史》记载："性豁达，不营生产，肆酒放旷，为诗文不蹈古人畦径，横鹜别驾，汪洋大肆。"④ 徐居正曰："文顺援笔步韵，韵愈强而思愈健，浩汗奔放，虽风樯阵马未易拟其速。"⑤ 李奎报放旷不拘小节，不喜蹈袭古人，在创作上强调运笔走气，作品多一气呵成气势恢宏。在诗人之气与作品豪气的关系上，李奎报认为诗人之气应充盈，气势充沛才能运笔豪壮写出雄豪之文。"多才负气欻成诗，战笔雄豪壮旆旗。嘉叹信君钟宿曜，古今超出一人奇。"⑥ 李奎报自认自己豪气充沛，因此下笔雄豪，创作有着他人不及的豪气。

> 陈郎年少气尤雄，指麾电母鞭雷公。斗胆可吸江湖空，有如跨天万里饮海之长虹。金钟行酒日日醉，吟诗作赋浑闲事。袖携联珠数百字，扣门为访狂居士。居士老矣霜欺眉，造物以我将安为。一生独把穷途悲，他人脚底大行巫峡犹平夷。炼石五色空自苦，天固不缺何所补。子亦于吾何异笑百步，

---

① [朝]柳方善：《泰斋先生文集》卷一《途中》，载《韩国文集丛刊》第 8 册，第 586 页。

② [朝]徐居正：《四佳诗集》卷四十四《次韵武灵见寄》，载《韩国文集丛刊》第 11 册，第 44 页。

③ [朝]李奎报：《东国李相国全集》卷二十六《答全履之论文书》，载《韩国文集丛刊》第 1 册，第 557 页。

④ [朝]郑麟趾：《高丽史》，第 3130 页。

⑤ [朝]徐居正：《东人诗话》，载《韩国诗话全编校注（一）》，第 166 页。

⑥ [朝]李奎报：《东国李相国后集》卷九《又次绝句回文韵》，载《韩国文集丛刊》第 2 册，第 226 页。

虽侧金门满腹琅玕犹未吐。相逢共幕刘伶天，醉倒况有只头砖。是时白雪舞檐前，轻薄柳絮飞狂颠。个中风流不落李杜后，洒翰飞文皆老手。莫词促席留连久，此会人间信难有。诸公举酒属先生，共导先生胸中何物以为精。自君之生，天不圣地不灵，山失其秀水失清，宦路高高千万层，期君稳稳上头登，苍生重望非子复谁胜。①

对于体现诗人气质的雄豪之气，李奎报认为其在不同阶段有着相应的增减变化，陈澕雄豪之气最盛在少年，其时陈澕胆识过人、狂放不羁，其作品风流洒脱、豪健峭壮。李穑也认为诗人的豪气在外界因素的作用下会有变动增减，甚至会消失。"病余词气尤荒落，光焰谁云万丈长。"②李穑认为老弱会使诗人元气大伤，豪气尽损，使诗人不能在创作中驰骋文笔，而使作品失却雄豪之风。对于诗人豪气与诗的豪壮风格，此期诗人认为二者关系密切。

二、李奎报的豪放实践

李奎报曾以白云居士自居，关于此名号的由来，李奎报在《白云居士语录》中道出缘由："或曰：'子将入青山卧白云耶，何自号如是。'曰：'非也。白云，吾所慕也，慕而学之，则虽不得其实，亦庶几矣。夫云之为物也，溶溶焉，泄泄焉。不滞于山，不系于天，飘飘乎东西，形迹无所拘也。变化于顷刻，端倪莫可涯也。'"③白云飘飘悠悠、无所拘系、变幻无穷，李奎报看重的正是云的这份洒脱不羁，反映到创作上，其作品因其独特的人格气质而潇洒奔放，崔滋曾如此评价他的创作："观其诗文，如日月不足誉。近代律诗，于五七字之中，有声韵对偶，故必俯仰穿凿以应其律，虽宏材伟器，不得肆意放言，披露妙蕴，故例无骨

---

① [朝]李奎报：《东国李相国全集》卷十一《次韵答陈君》，载《韩国文集丛刊》第1册，第406页。

② [朝]李穑：《牧隐诗稿》卷十九《诗有感》，载《韩国文集丛刊》第4册，第247页。

③ [朝]李奎报：《东国李相国全集》卷二十《白云居士语录》，载《韩国文集丛刊》第1册，第502页。

气。公自妙龄，走笔皆创出新意。吐辞渐多，骈气益壮，虽入于声律绳墨中，细琢巧构，犹豪肆奇峭。然以公为天才俊迈者，非谓对律。盖以古调长篇强韵险题中，纵意奔放，一扫百纸，皆不践袭古人，卓然天成也。"① 崔滋认为李奎报以古体创作见长，擅长以气运文，骈气、豪肆是其突出的特点。对于豪健洒脱之气的涵养，李奎报在《白云居士语录》中言：

> 油然而舒，君子之出也。敛然而卷，高人之隐也。作雨而苏旱，仁也。来无所着，去无所恋，通也。色之青黄赤黑，非云之正也。惟白无华，云之常也。德既如彼，色又如此，若慕而学之，出则泽物，入则虚心，守其白处其常，希希夷夷，入于无何有之乡，不知云为我耶？我为云耶？若是则其不几于古人所得之实耶。②

诗人渴望像云一样舒展，像雨一样敛卷；像云一样施仁，像云一样通道。在这段语录中，李奎报强调了自己儒家的入世和道家的出世思想兼具，儒、道是自身之气的源泉。在儒道的滋润下，旷放洒脱、自信进取、疾恶如仇等气质成了李奎报豪气的主要内涵，而在创作中运行此气，形成了独特的豪放风格。

李奎报主张以气运笔，在创作上不愿受任何的羁绊，更不屑于形式技巧的雕琢，其古体诗创作尤其如此，句式长短不一，韵脚随意变换，诗往往一泻千里，有着不可遏抑的豪放气势。如其《醉中走笔赠李清卿》：

> 去年园上落花丛，今年园上依旧红。
> 唯有去年花下人，今年花下白发翁。
> 花枝不减年年好，应笑年年人渐老。

---

① [朝]崔滋：《补闲集》，载《韩国诗话全编校注（一）》，第91页。
② [朝]李奎报：《东国李相国全集》卷二十《白云居士语录》，载《韩国文集丛刊》第1册，第502页。

春风且暮又卷归，慎勿对花还草草。

我歌君舞足为欢，人生行乐苦不早。

颠狂不顾旁人欺，要使千钟如电釂。

君不见刘郎饮酒趁芳菲，解导风情敌年少。

又不见东坡居士簪花老不羞，醉行扶路从人笑。

古来得意只酒杯，莫辞对月倾金罍。

荣华富贵一笑空，请看魏虎铜雀台。①

岁易逝、人易老，面对不可避免的迟暮，作者有着"人生得意须尽欢，莫使金樽空对月"的旷达豪情。从行文上来看，句式讲究押韵，但并非整齐划一，韵句韵脚不停变换，配合着作者翻腾跳跃的思维和放旷的情感，整首诗痛快淋漓，有着不可遏抑的旷达豪放。

李奎报自信、进取、洒脱不羁，崔忠献曾评其为"高亢之士"。"海左七贤"为当时名士，经常在一起饮酒赋诗，李湛之去世后，时人劝李奎报补入，李奎报对此不屑一顾，调侃道："七贤岂朝廷官爵而补其缺耶？未闻嵇、阮之后有承乏者。"② 其不羁不拘别于常人由此可见。在创作上他不赞同亦步亦趋地模仿前人，认为能凸显出个性特色的才是优秀诗人，对于创作他有着极端的自信，他的自信在创作中也往往化作强烈并富有感染力的情感而使作品豪健有力。

日无胫又无翼，胡为劫劫飞走不少息。

日来日去暮复朝，使我鬓发如银颜如墨。

吾欲东走扶桑看日上，西入蒙氾观日匿。

日上时遮拥金乌拉翼坠，日匿处牵挽羲和使沉醉。

---

① [朝]李奎报：《东国李相国全集》卷二《醉中走笔赠李清卿》，载《韩国文集丛刊》第 1 册，第 304 页。

② [朝]郑麟趾：《高丽史》，第 3129 页。

是时日未行，留待羲和醒酒乌生翅。

三百六十日三千，一百年作一千年。

使我两颊更赤双鬓玄，日换美酒醉倒放颠狂，问君能有几多钱。①

　　这首诗写了诗人意欲阻止岁月脚步，癫狂醉酒的逍遥生活。流年似水、光阴易逝，为了绊住岁月的脚步，作者不辞辛苦日夜兼程。愿意日上东走扶桑拽金乌的翅膀使其坠落，日匿西入蒙汜陪羲和畅饮使其沉醉。诗人视世间万物如浮云，只愿一百年作一千年日日醉酒不羁。这首诗想象大胆新奇，由容颜易老转入神游仙境，忽又回到现实，作者的癫狂豪放于实虚转换中凸显，意境雄奇壮伟，诗尾的"问君能有几多钱"更是把之前的狂放不拘推到极致。转承开合，气势一泻千里，诗的豪迈气概充分展示出主体豪放自信的人格风采。

　　李奎报曾献诗崔忠献，尽心替王制陈情表退蒙古兵，是一个积极入世、善恶分明的诗人。李奎报的诗对于社会百态嬉笑怒骂信手拈来，诗也往往于自由抒泄情感中凸显满溢的豪气。如《望南家吟》：

南家富东家贫，南家歌舞东家哭。

歌舞何最乐，宾客盈堂酒万斛。

哭声何最悲，寒厨七日无烟绿。

东家之子望南家，大嚼一声如裂竹。

君不见石将军日拥红妆醉金谷，不若首山饿夫清名千古独。②

　　武人之乱使武人愈加跋扈，文人受难困苦，诗人无所顾忌地对比将军府的歌

---

　　① [朝] 李奎报：《东国李相国全集》卷一《醉歌行赠全履之》，载《韩国文集丛刊》第 1 册，第 302 页。

　　② [朝] 李奎报：《东国李相国全集》卷一《望南家吟》，载《韩国文集丛刊》第 1 册，第 301 页。

舞升平和寒士的困苦无助生活，对于武人的批判愈加猛烈，作者的疾恶如仇的情感也是喷涌而出。对于人生的价值，诗人在诗中道出外在的繁华其实不如充实的内心，用"清名千古独"一句道出了武人的一时得意远远不如文士扬名千古的深刻认识。受难期的文人对政治往往避而远之，李奎报并没有如一般诗人那样无视现实，如隐者那般吟风弄月无关痛痒地吟诗，而是选择直面现实，其诗对于受难的诗人现状的描述，没有悲切的控诉，也没有失望消沉，而是以文士千古扬名表明了文士高尚的人格和自豪感，而作品的大格局，积极进取、明朗乐观的调子也在对比中得到强化。

李奎报生活的时代，周边小国屡次入侵高丽。对于入侵者，作者有着满腔的愤怒和蔑视。"自闻群犬吠高声，匣剑无端白日鸣。 阙下牵来应有士，官家何惜一长缨。"[1] "残胡猷窜逃，已入圈牢内。得肉幸平分，万人甘共脍。"[2] 诗人对侵略者恨之入骨，曾把外族入侵者比作恶狗，希望侠义之士砍其头，分其肉，万人共脍，豪言壮语中透露着希图击败入侵者的自信和民族自豪感。诗人盈怀的豪气也使得他的此类作品豪情满溢，以古律诗《闻达旦入江南》为例：

> 北俗不习南，胡为入炎洲。忍令万民食，肥泽一邦雠。
>
> 婴城虽首策，清野亦良筹。安得天上铫，一时堕胡头。
>
> 尽随白刃落，跳转如圆球。不然大海水，倾注使漂流。
>
> 化为鱼与鳖，作脍我民喉。此言亦迂阔，天意非人谋。
>
> 但愿皇上帝，悔祸无尽刘。乌呼何更陈，流泪纷难收。[3]

---

① [朝]李奎报：《东国李相国全集》卷二《闻江南贼起》，载《韩国文集丛刊》第 1 册，第 307 页。

② [朝]李奎报：《东国李相国全集》卷十四《闻胡种入江东城自保》，载《韩国文集丛刊》第 1 册，第 441 页。

③ [朝]李奎报：《东国李相国全集》卷十八《闻达旦入江南》，载《韩国文集丛刊》第 1 册，第 483 页。

外族屡屡入侵，高丽朝廷因抗敌不力屡战失利，作者对此"流泪纷难收"，有着悲愤、不平、惋惜的纷杂情感。民族虽处劣势，但诗人抗击外敌的决心和痛快杀敌的信心并未减弱。诗人对于入侵的胡人恨之入骨，觉得仅"堕胡头"还不够，用奇异的想象写胡人头被砍落后跃入大海，变成鱼和鳖，后变成高丽人的盘中餐，国人食之而后快的情景，头、球、水、鱼鳖、民喉一系列的奇幻想象一气呵成，把对胡人的恨也宣泄得痛快淋漓，整首诗以豪壮凸显悲愤，悲豪夹杂而酣畅痛快。

李奎报关注社会现实，有着独立自信的人格，也有着诗人常秉持的建功立业的愿望，在特殊的时代背景中，其气激于现实而愈加刚劲，而形成其独特的豪健人格气质，同时也正是其独特的气质成就了其诗豪放的风格。对于急需转型的高丽后期汉诗来说，李奎报的豪气创作符合这一时期诗人探索豪健之风的需求，也为高丽汉诗树立起了豪健的旗帜。

第八章　批评论

汉诗发展数量和质量的严重失调及对诗歌发展民族性的追求，使高丽后期诗人渴望在创作上取得突破，也使得诗人对创作的关注有了自己的倾向，并形成了自己的批评特色，成就了高丽后期诗学的独特个性之处。

第一节　比兴论诗

比兴论诗最早可追溯到古代先秦的设象取意。"子曰：圣人立象以尽意，设卦以尽情伪，系辞焉以尽其言。"[1] 古人认为语言在表达上有不可克服的局限性，人往往不能够尽致地表意，而象能帮助克服语言表达上的这些不足，帮助准确表意，因此圣人偏重象的设立。借象表意，弥补了语言表达的不足，也使语言表达呈现出了幽深婉曲的美感。自《诗经》始，"比兴"逐渐成为文学创作的追求和传统。在中国古代，多数文人由于处境艰难，在创作时倾向采用比兴的方式委婉表达心志，在创作上形成的比兴言意的习惯，影响了他们在批评领域的表达方式，古代文人推崇用婉曲的手法表达自己的创作认识，《诗品》的"意境言诗"，《沧浪

---

[1] 周振甫译注：《周易译注·系辞上》，中华书局，1991，第250页。

诗话》的"以禅喻诗"，江西诗派的"夺胎换骨""点铁成金"的论诗表述，等等，皆带有婉曲批评的特点。

朝鲜真正意义上的汉诗批评始于高丽后期，对中国文化的依附使得高丽后期的汉诗创作及诗学批评带有鲜明的中国印记。高丽后期诗人在汉诗创作方面推崇以物言意、托物言志的比兴手法，同样在汉诗批评领域，论诗也经常使用这种手法。

对于用事之法，李仁老多以比喻论说："诗家作诗多使事，谓之'点鬼簿'。"① 用"点鬼簿"打比方，形象道出了诗人在用事上险僻的追求。"近者苏黄崛起，虽追尚其法，而造语益工，了无斧凿之痕。"② 苏黄用事多带有自然天成浑融的特点，李仁老用"斧凿无痕"这个比喻简洁地道出了苏黄用事"无迹"的特色。"陶潜诗恬然和静，如清庙之瑟，朱弦疏越，一唱三叹，余欲效其体，终不得其仿佛。"③ 陶渊明的诗清雅悠长、淡而有味，李奎报用"清庙之瑟"喻之，形象而易感知。李齐贤评王安石《天童寺》："溪水清涟树老苍，行穿溪树踏春阳。溪深树密无人处，惟有幽花度水香。"用"一字一句，如明珠走盘"④ 言之，形象道出了王安石诗句清新、婉转可爱的特点。

　　　　《补闲集》曰：陈补阙漢评诗，以文顺公《杜门》云："初如荡荡怀春女，渐作寥寥结夏僧。"如牙齿间置蜜，渐而有味。李由之和耆老相国诗云："睡倚乍容青玉案。醉扶聊遣绛纱裙。"如咀冰嚼雪，令人心地爽然无累。置蜜之辞，未若咀冰之语，仆于此评未服。彼咀冰之语，虽新进辈，月炼日琢，则万有一得。真蜜之辞，深得杜门之意，非老手，固不可道。⑤

李奎报和李由之诗歌风格完全不同，李奎报的诗往往因为有醇美的味道而余

---

① [朝]李仁老：《破闲集》，载《韩国诗话全编校注（一）》，第 29 页。
② [朝]李仁老：《破闲集》，载《韩国诗话全编校注（一）》，第 29 页。
③ [朝]李奎报：《白云小说》，载《韩国诗话全编校注（一）》，第 53 页。
④ [朝]李齐贤：《栎翁稗说》，载《韩国诗话全编校注（一）》，第 146 页。
⑤ [朝]崔滋：《梅湖遗稿》附录《评品》，载《韩国文集丛刊》第 2 册，第 289 页。

味不断，而李由之的诗则是以情感的冲击力见长，在《补闲集》中，陈澕认为两家的诗一为"置蜜"，一为"咀冰"，仅用两个比喻就道出了两家在创作上不同的追求，而且陈澕又从比喻的角度借口味的不同道出自己的创作喜好，通俗而又形象。要求诗歌老练、醇美，对于学诗者来说，这种认识抽象而难解，"牙齿间置蜜，渐而有味"的比喻则是从平时进食的感受解说此种认识，形象而通俗。

"李文顺奎报，以硬韵急倡自多，每倚半酣，援笔立就，疾如风樯，人莫不瞠若乎后。"① 李奎报讲究以文使气，在创作上往往能一气呵成，和炼琢的作家相比，其成文速度之快令人瞠目，崔粹翁的"疾如风樯"之喻形象道出了李奎报成文快的特点。

> 若予者，性本躁急，移之于走笔，又必于昏醉中乃作，故凡不虑善恶，唯以拙速为贵，非特乱书而已，皆去傍边点画，不具字体，若其时不有人随所下辄问别书于旁，则虽吾亦莽莽不复识也，其格亦于平时所著，降级倍百，然后为之，不足以章句体裁观之，实诗家之罪人也。初不意区区此戏之闻于世矣，乃反为公卿贵戚所及闻知，无不邀饮，劝令为之，则有或不得已而赋之者，然渐类倡优杂戏之伎，或观之者如堵墙，尤可笑已。方欲罢不复为，而复为今相国崔公所大咨赏，则后进之走笔者，纷纷踵出矣，但此事初若可观，后则无用，且失其诗体，若寝成风俗，乌知后世有以予为口实者耶。②

速成之作可以显现人之气，也可以使人之气得以倾泻，气通过文来激昂，文在气的驱使下运作，畅快淋漓。李奎报为人狂放，非常推崇以气运文此类创作。在公卿贵戚看来，使气创作的观赏性非常强，他们常常去围观李奎报创作，公卿贵戚的欣赏帮助扩大了李奎报此种创作的影响力，引得高丽后期许多诗人纷纷效

---

① [朝]崔粹翁：《梅湖公小传》，载《韩国文集丛刊》第2册，第270页。
② [朝]李奎报：《东国李相国全集》卷二十二《论走笔事略言》，载《韩国文集丛刊》第1册，第524页。

仿，但多数诗人在以气运笔进行创作时，因自身能力有限，作品多粗糙不堪，再则以气运文虽然过程畅快淋漓，但精致不足，久而久之李奎报深感此类创作类于滑稽娱乐表演，对诗的发展不利，他用"倡优杂戏之伎"这个比喻道出了自己对快速走笔方式的不满与反思，说理通俗易懂。

> 东方磊落多英雄，文章气焰摩苍穹。
> 遗芳剩馥沾后人，爪留泥上如飞鸿。
> 名家全集不易得，良金美玉沙石中。
> 孤云以来多作者，笔战有如龙斗野。
> 中原歆羡小中华，日星晃朗光相射。
> 况有益斋集大成，千百五七皆精英。
> 骈俪四六亦得体，陈情颂德和而平。
> 拙翁豪气自无敌，拾尽三韩高律格。
> 同时诸贤不入选，似重耳闻轻目击。
> 晚年留与骊江翁，直与江水流无穷。
> 老者仙去少者继，我爱阁门追古风。
> 阁门学力有余地，身如蠹鱼寄文字。
> 旁求博采如云屯，惊我老目迷同异。
> 我今病余心力衰，不分菽麦成白痴。
> 敢从管中窥豹斑，气息不绝如抽丝。
> 且待秋风凉满天，精神爽快兴居便。
> 便当执笔略批点，君家更肯谋流传。[①]

高丽汉诗通过后期诗人的积极创作实践取得了耀目的成就，各家形成了各自

---

① ［朝］李穑：《牧隐诗稿》卷十七《短歌》，载《韩国文集丛刊》第 4 册，第 207 页。

鲜明的特色，一些诗人的创作水平和宋朝诗人相比毫不逊色，闵安仁为其中一个代表。闵安仁好学食古，在创作中尤好引经据典，李穑以"身如蠹鱼寄文字，旁求博采如云屯"之语道出其创作上因渊博的学识而致的厚重，而李穑厚积薄发的诗学认识也借此比喻形象道出。

"以喻言法"用形象的方式道出诗人的诗学见解和认识，含蓄蕴藉、余味深婉，让人回味不尽，也使得高丽诗学具有了较强的艺术性。

比兴论诗还有一种类型是，论诗时用唐宋诗人创作法则作类比，委婉道出对诗歌创作规律的认识。

由于中朝汉诗的渊源关系，朝鲜诗人对于中国诗歌有着特别的亲近，学习模仿中国诗歌也成为众多诗人创作的起点。就唐宋诗歌而言，高丽后期诗人喜欢模仿唐宋诗歌，虽然模仿之中，受自身才力所限多数诗人创作出来的汉诗谈不上优秀，但高丽的汉诗创作却呈现出了辨识度极高的唐宋特色，甚至一些诗人的创作跟唐宋诗人的创作风格非常接近，近乎可以以假乱真。脱胎于唐宋诗歌的创作方式加上高丽后期诗人对唐宋诗歌的熟谙，使得诗人多从类于唐宋某某之家的角度去品评高丽各家创作，多会以中国诗法去品评高丽汉诗，总结诗学认识。

李仁老强调诗法的传承性，认为高丽汉诗学习借鉴了唐宋诗歌，所以在其诗论中经常把唐宋诗法作为品评诗作的标准，如他论时人诗作："秋阳暖融若春阳，竹叶巴蕉映粉墙。莫向此君夸叶大，此君应笑近经霜。""春慵所失与谁云，时或闻莺谓误闻。堪笑物情如我困，牡丹头重午风熏。"所下的评语是："语法与唐宋人无异。"[1]李仁老认为唐宋诗歌的结构用词有其绝妙法则，而这两首汉诗模仿了唐宋诗歌的写法，达到惟妙惟肖的程度，堪称佳作。

李仁老把唐宋诗法作为朝鲜汉诗的正宗和标准来看待，体现了根深蒂固的以中土诗法为源头和标杆的观念，他经常主动地取中土之法评朝鲜之诗。比如《破闲集》评华严月师诗歌特色，李仁老以"作诗有贾岛风骨"[2]一语评价，借

---

① [朝] 李仁老：《破闲集》，载《韩国诗话全编校注（一）》，第 22 页。
② [朝] 李仁老：《破闲集》，载《韩国诗话全编校注（一）》，第 23 页。

文人熟知的贾岛诗风概括出了华严月师清诗健笔的创作特色。林椿和李仁老同是"海左七贤"成员，两人经常在一起诗酒唱和。李仁老对林椿学苏黄诗法的成功赞不绝口，经常称其"真得苏黄之遗法"①。林椿诗歌用事精当，李仁老仅用李贺作诗之法"蹙金结绣而无痕迹"一语便道出其用典精当的特点。"蹙金结绣而无痕迹"这句话出自五代王定保的《唐摭言》："赵牧，不知何许人。大中、咸通中，学李长吉为短歌，可谓蹙金结绣，而无痕迹。"②李贺诗歌语言精美，结构细密，赵牧深谙李贺诗这种"蹙金结绣"笔法，学其长诗而化作短歌，其凝练出彩的笔法与李贺毫无二致。用肇于唐人李贺的"蹙金结绣"笔法赞赏高丽朝的林椿，表现了李仁老对唐代诗法的充分认可和对本朝汉诗的高度自信。

中朝汉诗的渊源关系加上中国诗歌的压倒之势，使以中国诗人的创作特色品评朝鲜汉诗成为朝鲜汉诗批评的一种常用方式，高丽后期诗学批评的形象性由此增强，比兴批评的内涵也变得更加丰富。

第二节　以诗证法

"以诗证法"这种方式是中国古代诗学批评中既有的一种方式，也是北宋诗话论诗的主要方式。唐代诗歌到达巅峰后，宋人希望在唐人的创作中寻求突破，开始认真地研读唐人的作品，总结创作法则，但是宋人系统探讨诗学的愿望并不强烈，论诗时选择了诗话这种以资闲谈轻松的方式。诗学批评虽深奥抽象，但在宋诗话中宋诗人多用例举作品的直观方式来表达诗学见解，这影响了引入宋诗话的高丽诗学的表达方式。

林椿擅长用典，且能做到妙化无痕。对于林椿的精炼用典特色及收到的良好艺术效果，李仁老并没直接作评述，仅以林椿流播甚广的两句诗"岁月屡惊羊胛

---

① [朝] 李仁老：《西河先生集序》，载《韩国文集丛刊》第 1 册，第 207 页。
② 王定保撰、姜汉椿校注：《唐摭言校注》，上海社会科学院出版社，2003，第 204 页。

熟，风骚重会鹤天寒"①，"腹中早识精神满，胸次都无鄙吝生"②道出其"播在人口，真不愧于古人"③的类于苏黄的精妙用典特色。学士彭祖逊作诗奇险，"读者至于难句"④，李仁老仅举其两句诗"君子人君子继得英才，门生下门生共陈礼谢"言之，形象可知。

对于创作，李仁老认为个性心灵的参与是最重要的，他认为创作是诗人心灵的展示，创作的灵动来自诗人的个性发挥。因为高丽诗人热衷模仿中国诗歌，诗人个性化的一面往往淹没在汗漫无边的中国式雕琢中，创作出的作品过于呆板、生硬，毫无个性可言，创作自然而然就变成了一种刻意的行为，而要去除弊病，做到"无迹"，必须激发出诗人的个性自我，李仁老认为只有愿意用作品表现自己，发乎真情的诗人才能跳出刻意的雕琢，创作出无迹动人的作品，即其提倡的"诗源乎心"。在论述"诗源乎心"的诗学主张时，李仁老举出吴廷硕弃儒冠和林椿失意游江南的遭遇及两人闻莺啼而流露心声的两篇作品："自矜绛嘴黄衣丽，宜向红墙绿树鸣。何事荒村流落地，隔林时送两三声。"⑤"田家甚熟麦将稠，绿树时闻黄栗留。似识洛阳花下客，殷勤百啭未能休。"⑥并言："流落天涯，羁游旅泊之状，了了然皆见于数字间，则所谓诗源乎心者，信哉！"⑦李仁老认为两位诗人遭遇厄境时感受强烈，并自然而然地用诗表现独特的感受，这时诗人创作的重点在于心境的书写，而对于刻意的雕琢淡化了，而"无迹"也在这个过程中完成，既用具体作品贴切诠释出了"诗源乎心"的诗学认识，同时又使诗学认识形

①　[朝]林椿：《西河先生集》卷三《与眉叟同会湛之家》，载《韩国文集丛刊》第1册，第230页。

②　[朝]林椿：《西河先生集》卷三《作诗谢眉叟》，载《韩国文集丛刊》第1册，第227页。

③　[朝]李仁老：《破闲集》，载《韩国诗话全编校注（一）》，第31页。

④　[朝]李仁老：《破闲集》，载《韩国诗话全编校注（一）》，第33页。

⑤　《东文选》卷十四为"自矜丹口金衣丽，宜向红墙绿树鸣。何事山村寥落地，隔林时送两三声"。

⑥　[朝]林椿：《西河先生集》卷三《暮春闻莺》，载《韩国文集丛刊》第1册，第234页。

⑦　[朝]李仁老：《破闲集》，载《韩国诗话全编校注（一）》，第35页。

象通俗。

用作品表现诗学认识，既阐述理论，同时又提供创作示范，这种形式和侧重理论阐述的艰深诗论相比，在指导创作这一方面更具有推广和实践意义。

诗学认识本身具有抽象性，往往很难找到合适的语言准确表达，以诗证法能用形象直观的方式充分诠释诗人的诗学见解，克服了语言表达上的不足，这种批评方式既是对中国传统批评手法的继承，同时又因带有朝鲜地域色彩诗歌的加入而注入了新鲜血液，朝鲜诗人的"以诗论法"充实并完善了源于中国的这种批评方式。

第三节　诗贵气骨

"诗总六义，风冠其首，斯乃化感之本源，志气之符契也。是以怊怅述情，必始乎风；沉吟铺辞，莫先于骨。故辞之待骨，如体之树骸，情之含风，犹形之包气。结言端直，则文骨成焉；意气骏爽，则文风清焉。若丰藻克赡，风骨不飞，则振采失鲜，负声无力。是以缀虑裁篇，务盈守气，刚健既实，辉光乃新，其为文用，譬征鸟之使翼也。"① 风乃志气的体现，源自作者气质禀赋；骨乃表现志气的笔力，明朗轻快。"风清骨峻，篇体光华"②，高丽后期诗人追慕中国诗学，奉风骨为汉诗写作典范。"仆观近世，东坡之文大行于时，学者谁不伏膺呻吟，然徒玩其文而已，就令有掊扎窜窃，自得其风骨者，不亦远乎。然则学者但当随其量以就所安而已，不必牵强横写，失其天质，亦一要也。唯仆与吾子虽未尝读其文，往往句法已略相似矣，岂非得于其中者闇与之合耶。"③ 林椿非常反感呆板的摹写及形式雕琢，认为这样的创作风骨缺失，远离了创作的本质，是违背创作的自然

---

① 刘勰著、周振甫注：《文心雕龙注释·风骨》，人民文学出版社，1981，第320页。

② 刘勰著、周振甫注：《文心雕龙注释·风骨》，人民文学出版社，1981，第321页。

③ [朝]林椿：《西河先生集》卷四《与眉叟论东坡文书》，载《韩国文集丛刊》第1册，第242页。

规律的，林椿的创作因风骨并重而为李仁老推许，被称"诗有骚雅之风骨。自海而东，以布衣雄世者一人而已"①。

事实上对于高丽后期大多数的诗人而言，在作品风骨的求取上由于功力不够或走样或回避而问题迭出。高丽诗人仅注重对唐宋诗歌形式法则的模仿而使创作缺少灵性和新意，这种情况长期未能改观，以至于高丽后期诗坛生硬艰涩之作层出不绝。"今人之诗，虽源出于毛诗，渐复有声病、俪偶、依韵、次韵、双韵之制，务为雕刻穿凿，令人局束，不得肆意，故作之愈难矣。"②李奎报认为看似精雕细刻，注重形式美的汉诗创作，实则呆板拘谨并失去了深厚意蕴，这种作诗方式实不可取。李奎报推崇苏轼才气奔放、挥洒自在的诗作，赞赏自然率性并有深意的作法，认为这样的创作才能文质兼美、风骨并立。但高丽朝后期多数诗人没有像李奎报那样的天分和功力，盲目学其率性赋诗，反而使创作粗糙庸俗。"今世之为警句者，殆未免辛苦之病也。然庸才率意立成，则其语俚杂。俚杂之捷，不如善琢之为迟也。"③高丽后期，过分注重形式雕琢的艰涩之作与粗率随意的浅陋之作充斥诗坛，使得高丽汉诗的发展形成瓶颈，以李仁老、崔滋为代表的一批有见识的汉诗人，在高丽汉诗亟须改革转变的时代背景中，审视高丽汉诗创作的利弊得失，以求找到一条风骨并行可以让汉诗健康发展的道路。

崔滋言："先以气骨意格，词以辞语声律。"④格外看重气骨，权适的诗因"率尔出语，不欲惊人，尤长于文辞，富艳体中有清驶之骨"⑤而为时人称道。

李奎报拒绝朝廷所授官职，请皇帝收回成命时言："如臣者，学本涉猎而未析毫芒，文亦浮影而略无气骨。"⑥从此表可以看出李奎报认为作品是否有气骨是

---

① [朝]李仁老：《西河先生集序》，载《韩国文集丛刊》第1册，第207页。

② [朝]李奎报：《东国李相国全集》卷二十六《答全履之论文书》，载《韩国文集丛刊》第1册，第557页。

③ [朝]崔滋：《补闲集》，载《韩国诗话全编校注（一）》，第105页。

④ [朝]崔滋：《补闲集》，载《韩国诗话全编校注（一）》，第121页。

⑤ [朝]崔滋：《补闲集》，载《韩国诗话全编校注（一）》，第73页。

⑥ [朝]李奎报：《东国李相国全集》卷三十一《让宝文阁待制表》，载《韩国文集丛刊》第2册，第22页。

衡量一个人才华的重要标准，李奎报以自己文章无气骨，不符合时代的创作要求为由言说自己才华缺失，请求辞官。通过此表中李奎报请辞的理由可以看出当时对文学作品气骨的看重，否则李奎报也不会以自己作品缺少气骨为由拒绝朝廷的任命。李齐贤评高丽太祖作品"气吞象外""雄深伟丽"，同样看重的是太祖作品中的气骨。

　　气骨有否不仅是品评作品的重要标准，在高丽后期还成了品评文人的主要标准，如李奎报评晋阳公"朝日排云兮不足况其明丽，鸾腾凤骞兮未足比其联翩。妍莫妍兮中有强，强莫强兮还有妍。气骨风流，惟公兼焉，天符神契，得乎自然"[①]，认为晋阳公气骨并立而能成为一时风流人物。

　　创作立意是否清新爽朗、笔力是否雄健是创作成败的关键，对于学诗者来说，关键要掌握影响气质禀赋的因素及养气的手段，这样才能圆熟运气走笔，达到风清骨峻的目标。在风骨论的指引下，高丽诗人看重养气，推崇豪逸风格，也看重汉诗立意。

---

　　① ［朝］李奎报：《东国李相国后集》卷十一《东国诸贤书诀评论序》，载《韩国文集丛刊》第 2 册，第 240 页。

第九章 诗学概念的自觉形成——以"清"为例

武人之乱前,诗人并无明确的诗学观念,到了高丽后期,随着诗人对创作的关注与深入探讨,朝鲜诗学轮廓初具,一些诗学概念在这一时期基本确立,其中诗人比较关注、论述较多的有"清"这个概念。关于"清",蒋寅认为:"在诗学的历史语境中,它既是构成性概念,又是审美性概念。当人们从本质论的角度来谈论清时,它是诗之所以成立的基本条件。……而当人们从创作论的角度来谈它时,它又是作者必具之素质。"① 高丽后期诗人认为清气是创作的基本构成,"要使诗脾清气入,满笺挥笔任欹斜"②,认为唯有清气才能使创作成立,使创作富有感染力,这是从本质的角度来认识清这个概念。但是对于清,此期诗人更多的是从创作论的角度来看待。

第一节 "清"气与"清"才

文论史上,最早论及诗人清浊的是曹丕。曹丕认为作品的个性气质源于诗人

---

① 蒋寅:《古典诗学中"清"的概念》,《中国社会科学》2000 年第 1 期。
② [朝]权近:《阳村先生文集》卷十《雪中吟》,载《韩国文集丛刊》第 7 册,第 112 页。

之气，而诗人的气是先天而生的，曹丕曾言："气之清浊有体，不可力强而致……虽在父兄，不可能移子弟。"① "应玚和而不壮，刘桢壮而不密，孔融体气高妙。"② 曹丕认为诗人气质先天有清浊之分，因此建安诗人人各一貌，优秀的诗人往往具有清气并影响其诗歌风格特色，曹丕在文论史上第一次把"清"作为创作者必备的素质，充分肯定了"清"在创作中所发挥的重要作用。

曹丕的文气论影响了高丽后期诗人，李奎报认为作品的成败取决于"意"，而"意"由气主宰，"气"主要指诗人的个性、才情，是先天赋予的，后天不可得、不可学，这种观点和曹丕的观点如出一辙。李奎报为己作传时，言己"性放旷无检"，自己在创作上的追求是"天地所不囿，将与气母游于无何有乎"③，"卓然天成"，这是以自己为例来说明诗人的天性、气质和创作风格有密切的关系。李仁老也认为诗人的先天气质会影响诗人的创作风格，认为"文章得于天性"④。之后的崔滋同样认可气质对创作的重要性，言"诗以气为主，气发于性"⑤。崔滋所言的气指诗人本来固有的不同于他人的气质、才情，认为人的气性和创作是一致的。

高丽后期，程朱理学为社会主流思潮，此期许多诗人都是程朱理学的积极传播者。李齐贤、郑梦周、李穑、郑道传、权近皆是高丽后期理学家代表。

　　　　朱子曰：天地之性，专指理而言。气质之性，则以理杂气而言。只是此性，本然之性，在气质之中，故随气质而自为一性。气质之性，性譬之水，本皆清也。以净器盛之则清，以污器盛之则浊。澄治之，则本然之清，未尝不在。⑥

---

① 曹丕：《典论·论文》，载萧统编、李善注《文选》，上海古籍出版社，1986，第371页。
② 曹丕：《典论·论文》，载萧统编、李善注《文选》，上海古籍出版社，1986，第371页。
③ [朝]李奎报：《东国李相国全集》卷二十《白云居士传》，载《韩国文集丛刊》第1册，第505页。
④ [朝]李仁老：《破闲集》，载《韩国诗话全编校注（一）》，第37页。
⑤ [朝]崔滋：《补闲集》，载《韩国诗话全编校注（一）》，第111页。
⑥ 张伯行辑订：《朱子语类辑略》（丛书集成初编），商务印书馆，1936，第25页。

程子曰：性出于天，才出于气。气清则才清，气浊则才浊。才则有善有不善，性则无不善。又曰：论性不论气，不备。论气不论性，不明。二之则不是。①

朱熹认为人本性为清，但后天环境、能否长久修习理学会影响人气质发生变化，使人的气质产生清浊之别。二程在朱熹观点的基础上进一步把气清和才清联系起来，认为气清则才清，气清的诗人在创作上往往有着先天的优势。程朱对于清气、才华、创作关系的见解对于熟习程朱理学的高丽后期诗人是一种很好的启发，高丽后期诗人普遍认可从清气的角度看待诗人与创作的关系。

第二节　"清"格与"清"诗

《说文》曰："清，朖也。澄水之貌。"② 高丽诗人认为"清"指诗人超尘拔俗的人格气质。"与人不肯趁姿媚，自夸老硬天骨清。辞工墨妙兼得诗，鸣与草圣旋令观者空嗟惊。"③ "公天资清婉，诗语似之，可谓表里水澄，尘不能点者，岂为权要所累也矣。"④ "密直副使李谷，清介无华，端方有守。"⑤ "崔宣肃公宗峻，天性清介。"⑥ "汝在李世，既为人臣，忠则竭力，其为清净之节。"⑦ "又春亭，高尚之气，桐江之类。清净之节，浔阳之士。功著北藩，道明东土。生生气质，凛凛威

---

① [朝]李珥：《栗谷全书》卷二十《圣学辑要修己》，载《韩国文集丛刊》第44册，第430页。

② 臧克和、王平校订：《说文解字新订》，中华书局，2002，第734页。

③ [朝]林椿：《西河先生集》卷二《次韵李相国》，载《韩国文集丛刊》第1册，第218页。

④ [朝]崔滋：《补闲集》，载《韩国诗话全编校注（一）》，第90页。

⑤ [朝]安轴：《谨斋集》卷四《附录》，载《韩国文集丛刊》第2册，第490页。

⑥ [朝]崔滋：《补闲集》，载《韩国诗话全编校注（一）》，第122页。

⑦ [朝]黄喜：《松隐先生文集》卷二附《墓表》，载《韩国文集丛刊》第5册，第233页。

仪。千载之宗，百世之师。学溯濂洛，门成邹鲁。秉彝好德，理学之祖。精粹文章，于千百祀。"① "清婉"指高洁出尘的气质，"清介""清净"指正直不阿的气质品格。"清净"由指气质品格，后来又延伸出佛家"清净"心地之意，佛家所谓清净："戒行无亏，清净心地。余事为诗，下笔不怠，至其得意，清警可爱。"② "夫以清净心居清净地，是即神仙也。"③ "欲学盖公清净处，自怜衰老负吾初。"④ "人间只是求声色，清净何须更远寻。"⑤ 指去除俗务的心无旁骛的纯净心灵。概言之，高丽后期诗人从气质的角度所言"清"有绝于凡俗平庸、超尘拔俗之意。

高丽后期诗人在创作上推崇清。"端坐萧然肖衲僧，爱君闲话更挑灯。人呼白日无双客，身到青云第几层。况有新诗清似玉，解教尘眼冷于冰。少年气逸应欺我，沈约衣宽渐不胜。"⑥ 在李奎报看来，清诗似玉，为富有新意的清新脱俗之诗。李齐贤也比较推崇清诗："二诗俱是不遇感伤之作，然文清气节慷慨，非林之比。"⑦ 林椿《闻莺》诗和崔滋《夜直闻采真峰鹤唳》选材相近，在李齐贤看来，虽皆是咏物抒怀之作，但崔滋的咏鹤诗借境遇的清冷突出鹤的超世独立，清中有慷慨之意，有种独特的审美和韵味，更值得玩味。"遇景真似画，得诗清绝尘。"⑧ "予观雪谷之诗，清而不苦，丽而不淫，辞气雅远，不肯道俗下一字。"⑨ 李穑认为郑誧的诗淡雅不媚尘俗，李穑所下评语中的"清"和缛丽相对，有清淡雅

---

① [朝] 林翀：《松隐集》卷二《冶隐画像赞》，载《韩国文集丛刊》第 5 册，第 232 页。

② [朝] 李奎报：《东国李相国全集》卷三十七《文禅师哀词》，载《韩国文集丛刊》第 2 册，第 85 页。

③ [朝] 李奎报：《东国李相国后集》卷十一《朴枢府有嘉堂记》，载《韩国文集丛刊》第 2 册，第 242 页。

④ [朝] 李穑：《牧隐诗稿》卷十九《有感》，载《韩国文集丛刊》第 4 册，第 233 页。

⑤ [朝] 李穑：《牧隐诗稿》卷三十《代书奉答惠文兄》，载《韩国文集丛刊》第 4 册，第 441 页。

⑥ [朝] 李奎报：《东国李相国全集》卷十一《用苏轼诗赋》，载《韩国文集丛刊》第 1 册，第 404 页。

⑦ [朝] 李齐贤：《栎翁稗说》，载《韩国诗话全编校注（一）》，第 155 页。

⑧ [朝] 郑誧：《雪谷集·寄族叔》，载《韩国文集丛刊》第 3 册，第 251 页。

⑨ [朝] 李穑：《雪谷诗稿序》，载《韩国文集丛刊》第 3 册，第 245 页。

致省净之意。"论齿君为长，相交我最亲。江山十载别，书剑一身贫。政简民安业，诗清世共珍。遥知铃阁闭，昼永岸乌巾。"① 郑道传则是从立意的角度认为清诗应脱离对风花雪月的低吟浅唱，关注社稷民生。"使星临海国，万里耀光华。相对凭风阁，如乘贯月槎。诗清神有助，兴逸意无涯。莫谓三韩迥，乾坤属汉家。"② 李穑认为清有清逸之意，作品意境应清爽美妙并蕴含作者的逸兴雅趣。高丽后期的"清"概念，是高丽后期诗人独特的审美意味与生活情趣的写照，内涵囊括诗人的人格、作品的立意、言辞、风格、意境乃至创作上的创新追求等多方面，是高丽后期诗学中涉猎范围较广的一个概念。

虽说"清"概念涉猎范围广泛，但在高丽后期有它突出的美学内涵——超尘拔俗、不落俗套。高丽后期诗人对"清"情有独钟，和他们的处境及心态有着密切的关系。武人之乱后诗人艰难的境遇、远离尘俗的生活、遗世独立不愿流于时俗的品格是"清"概念广泛接受的基础。"清"是独特时代背景下诗人心灵与境遇交会自然而生出的独特的审美感受，可以说是时代赋予了"清"独特的美学精神及内涵，时代也促成了诗人在创作中自觉地追求"清"的特色。诗人在追求"清"的过程中，创作的各个部分自觉地向"清"靠拢，使这一时期汉诗的意、辞、骨、气、境以"清"为核心形成了自己的标准。这个概念在时代的基础上产生，又在创作实践的追求中被赋予丰富的内涵，影响着高丽后期的汉诗创作，成为一个富有活力有且无限包容性的概念。

第三节　"清"的子概念发展

高丽后期诗人喜欢用"清"来评诗，在评论时，清往往延伸成具体的概念，

---

① [朝]郑道传:《三峰集》卷二《次宁州康中正韵》，载《韩国文集丛刊》第 5 册，第 312 页。

② [朝]李穑:《亨斋先生诗集》卷二《次章寺丞题安定聚星楼诗韵》，载《韩国文集丛刊》第 7 册，第 538 页。

如"清雄""清雅""清华""清艳"等，这些概念中的"清"是高丽后期诗人所推崇的超尘拔俗淡雅的审美意境，而"雅""雄""华""艳"等字道出了以"清"为中心辐射出的概念类别。

如时人论陈澕："陈补阙华，清雄华靡，变态百出。"[①]"公诗清雄华靡，变态百出，信一代宗匠也。"[②]"清雄"道出了陈澕的创作清而壮的特色，雄壮的风格是其特色。成伣论友人诗："其诗清颖苕发，无红尘鄙习，真可谓能诗者也。"[③]颖，《说文》解作："禾末也。从禾，顷声。"[④]"清颖"指诗人的创作拔尖，不类于世俗凡庸之作。"子诗清硬如强兵，往往力拔愁城破。樽前颠倒白纶巾，未省归来车上堕。"[⑤]林椿的"清硬"之言，强调诗的力度和气势。"其所著述，词教得体，诗清艳可爱。"[⑥]崔瀣所言"清艳"指诗语言的明朗特色。这些由"清"延伸出的概念对于创作的评论范围更为明确。

随着对创作法则的细致探究，创作观念的日益自觉，高丽后期诗人对于"清"诗的要求越来越精细。从诗人评论时界定的范围及特色可以看出"清"概念在这一时期的快速发展。

崔滋曾言："文以豪迈壮逸为气，劲峻清驶为骨。"[⑦]对诗歌内容的表现，崔滋主"清驶"。权适《安北寺咏竹》："大雪漫天万木摧，琅玕相映一枝梅。不如六月炎蒸酷，呼召清风分外来。"[⑧]这首诗意境清爽而笔力干净，给人以明快之感，这也是权适为诗的一贯风格，崔滋评价权适的创作"率不事章句，如有和答之作，

① [朝]崔滋：《补闲集》，载《韩国诗话全编校注（一）》，第89页。
② [朝]崔粹翁：《梅湖公小传》，载《韩国文集丛刊》第2册，第270页。
③ [朝]成伣：《虚白堂文集·题道壤守松都诗后》，载《韩国文集丛刊》第14册，第487页。
④ 臧克和、王平校订：《说文解字新订》，中华书局，2002，第463页。
⑤ [朝]林椿：《西河先生集》卷二《对月有怀》，载《韩国文集丛刊》第1册，第223页。
⑥ [朝]崔瀣：《拙稿千百·金文正公墓志》，载《韩国文集丛刊》第3册，第15页。
⑦ [朝]崔滋：《补闲集》，载《韩国诗话全编校注（一）》，第121页。
⑧ [朝]权适：《安北寺咏竹》，载《东文选》卷十九，第361页。

率尔出语，不欲惊人。尤长于文辞，富艳体中有清驶之骨"①。崔滋所言"清驶"有不事雕琢、笔力干净畅快之意。

在立意上，高丽诗人推崇"清壮""清峻""清熟""清绝""清婉"等。"清壮"，《补闲集》言："立语神奇，措意清壮，有雄伟不常之韵。"②崔滋认为是一种不落俗套的有着雄伟特色的立意。

> 《补闲集》曰：李史馆允甫夜直，与陈玉堂澕，赋游月宫篇云："月驾长风转虚碧，斫出琉璃作飞辙。广寒宫殿千里圆，玉女乘鸾庭下列。天高仙乐咽笙箫，风动霓裳响环玦。白兔捣药经几秋，药成不被姮娥窃。调和沆瀣供仙直，爵下天喉若冰雪。仙居天上得长生，噢向人间除酷热。妙手修宫八万条，玉斧森罗守扁镉。逍遥各饱青冥游，厌饫天瓢白玉屑。美他公远缘银桥，扪参陟过北斗舌。星河下拍牛郎肩，踏撷琼华亲手撷。清都可望不可攀，夜夜转头心断绝。"馆阁诸君，以陈诗清壮为优。李诗语虽清寒，琐屑为劣，陈诗逸。③

陈李二诗意境皆清寒，李诗繁缛琐屑，为时人所弃；陈诗逸。综合以上文字推断，崔滋言陈诗"清壮"，应指与李诗完全不同的一种立意，即阔大雄伟。

高丽诗人认为意与语特征一致，往往把意与语放在一起论述创作特色。"予尝爱其辞意清绝，时时吟玩。"④"气韵不凡，语意俱清绝。"⑤"清绝"指创作超尘拔俗的程度。"辞意清熟，颇带风骚"⑥，"清熟"指优秀诗人的圆熟创作。"其外孙

---

① [朝]崔滋：《补闲集》，载《韩国诗话全编校注（一）》，第73页。

② [朝]崔滋：《补闲集》，载《韩国诗话全编校注（一）》，第88页。

③ [朝]陈澕：《梅湖遗稿·诗逸》，载《韩国文集丛刊》第2册，第285页。

④ [朝]崔滋：《补闲集》，载《韩国诗话全编校注（一）》，第80页。

⑤ [朝]崔滋：《补闲集》，载《韩国诗话全编校注（一）》，第131页。

⑥ [朝]崔滋：《补闲集》，载《韩国诗话全编校注（一）》，第96页。

古鼎昌禅师，得其诗文一秩读之，思致不尘，语意清峻，有飘然世外之趣。"① "清峻"指作品立意、语言深刻别致。

高丽后期诗人好炼琢，对于"清诗"，在言辞上颇多讲究。"清辞浩汗，酌而不穷，诚富赡之才华也。"② 认为"清"诗的言辞丰富多变，最能显现出诗人的才华和功力。诗人在言辞上有"清华""清婉""清爽""清警"等追求。"清华"，华，《说文》解作"荣也"③，由树木开花引申出光采之意，崔滋认为郑知常的诗和陈澕的诗皆有"清华"的特点，如其评郑知常诗"语韵清华，句格豪逸，读之使烦襟昏眼洒然醒悟，但雄深巨作乏耳"④。评陈澕诗"胜国之文，世推李文顺为大家，梅湖陈公，富丽少逊，而清新殆过之。……其为诗清华雄迈，变态溢媚，巨构长篇，蕴藉赡畅，漫咏短韵，丰神警绝。若公者，可谓杰然名世欤"⑤。根据其表述，其所言"清华"指语言的光彩省净、富有感染力。

崔滋在言辞上也尚"清婉"，在《补闲集》中曾例举一诗《赠桧谷独居僧》："除却松风耳不喧，结茅深倚白云根。世人知路应翻恨，石上莓苔污屐痕。"称之为"清婉可爱"⑥。婉，《说文》解作"顺也"⑦，有婉顺、美好之意。崔滋所言"清婉"有幽婉美好之意。高丽后期诗人讲究韵味，认为婉语更能表现出清的意境与韵味，因此推崇婉约含蓄的语言。"雅尚出尘，诗语清婉。"⑧ "文顺公新意入妙，李学士主语清婉。"⑨ "学者但取韵语清婉，而忘其意。"⑩ "李诗华艳，未若金诗清

① [朝]李承休：《动安居士集·上蒙山和尚谢赐法语》，载《韩国文集丛刊》第2册，第390页。

② [朝]崔滋：《补闲集》，载《韩国诗话全编校注（一）》，第95页。

③ 臧克和、王平校订：《说文解字新订》，中华书局，2002，第405页。

④ [朝]崔滋：《补闲集》，载《韩国诗话全编校注（一）》，第73页。

⑤ [朝]李英裕：《梅湖遗稿序》，载《韩国文集丛刊》第2册，第269页。

⑥ [朝]崔滋：《补闲集》，载《韩国诗话全编校注（一）》，第79页。

⑦ 臧克和、王平校订：《说文解字新订》，中华书局，2002，第822页。

⑧ [朝]崔滋：《补闲集》，载《韩国诗话全编校注（一）》，第88页。

⑨ [朝]崔滋：《补闲集》，载《韩国诗话全编校注（一）》，第93页。

⑩ [朝]崔滋：《补闲集》，载《韩国诗话全编校注（一）》，第97页。

婉。"① "尝味其诗，意虽清婉不及幽独君，亦出尘语也。"② 金仁镜、李仁老、李奎报等皆好"清婉"言辞。

关于"清新"，杜甫曾言"诗清立意新"③。创新之语契合清的超尘拔俗的内涵，诗人在求清的过程中，必然会注意言辞的新鲜独创，"清新"自然而然成为清诗言辞的一个主要特色，尤其在高丽后期这个诗人希图创新的阶段，诗人对辞语"清新"的要求是普遍的。"金贞肃公仁镜，凡使字必欲清新，故每出一篇动惊时俗。"④ "弃庵居士安淳之以旷世大手，于文章慎推许。序文顺公文稿云：'发言成章，顷刻百篇。天纵神授，清新俊逸。人以公为李太白，盖实录云。'"⑤ "眉叟用事，必以辞语清新。"⑥

由对"清新"的追求又延伸出对"清奇"的青睐。"吾诗安小成，而不如惠夷。缅愧古作者，聊抒心所之。君诗淡如水，微风生沦漪。公余佳山水，有句皆清奇。如何不一寄，益愧吾芜辞。"⑦ "清奇"乃奇特而与众不同之意，可以说是对"清新"内涵的一个具体延伸。

此外，李允甫曾言杜甫诗"天然遒紧"，"（雪堂）语格清紧则同，遣意闲远过之"，⑧ "清紧"此处指放达紧凑的语言表达。"属辞清旷"指语言迂阔；"语格清爽"指干净明朗的言辞；"清峭"指语言的雄健不俗；"近体短章，诚清警绝妙"⑨指语言的明晰练达；"一字一句，巧琢清玩"⑩指语言的精雕细琢和技巧的娴熟。

---

① [朝] 崔滋：《补闲集》，载《韩国诗话全编校注（一）》，第 133 页。
② [朝] 崔滋：《补闲集》，载《韩国诗话全编校注（一）》，第 136 页。
③ 杜甫著、仇占鳌注：《杜诗详注》卷十一《奉和严中丞西城晚眺十韵》，中华书局，1979，第 893 页。
④ [朝] 崔滋：《补闲集》，载《韩国诗话全编校注（一）》，第 89 页。
⑤ [朝] 崔滋：《补闲集》，载《韩国诗话全编校注（一）》，第 100 页。
⑥ [朝] 崔滋：《补闲集》，载《韩国诗话全编校注（一）》，第 107 页。
⑦ [朝] 李穑：《牧隐诗稿》卷五《寄鸡林田判官》，载《韩国文集丛刊》第 4 册，第 5 页。
⑧ [朝] 崔滋：《补闲集》，载《韩国诗话全编校注（一）》，第 120 页。
⑨ [朝] 李奎报：《东国李相国全集》卷十一《次韵赠陈君》，载《韩国文集丛刊》第 1 册，第 406 页。
⑩ [朝] 崔滋：《补闲集》，载《韩国诗话全编校注（一）》，第 97 页。

　　高丽后期诗人由对"清"气的关注而重视"清"诗创作。诗人在对这一概念的探讨中不断从风格、意境、语言等多个角度进行丰富、完善，高丽后期以"清"为核心辐射出丰富的子概念，这些子概念的出现使"清"诗的创作法则更加精细，"清"诗的手法更丰富多样，子概念组合成了别具时代特色的"清"概念内涵，子概念也使"清"概念细化，使其在创作中的可操作性、实践性增强。可以说，包容性极广的"清"概念的确立标志着高丽后期诗学发展的自觉程度和诗学观念的日益丰富与成熟。

结　语

　　在东亚汉字体系中，汉诗体系包括中国本土诗歌、朝鲜汉诗、日本汉诗、越南汉诗等在内。高丽诗人以学习中国诗歌起步，以中国诗论为研习对象，在某种程度上可以把高丽汉诗视为中国诗歌的一个延伸，其诗学发展可视为中国诗学接受的组成部分。中国本土的诗学接受往往是学者从历史的角度对之前的诗学进行总结概括，其中不乏有识见的诗人悟透中国诗歌的创作精髓而生出的精辟见解，中国本土诗学接受涵盖面广，并且往往是精致的、高深的，这是其在东亚接受诗学中有其不可撼动位置及登峰造极的原因。

　　高丽后期诗学和同期的元明诗学同为中国诗学接受的一部分，但是与元明诗人主唐宗宋全面总结诗学成果不同，和中国本土诗学接受讲究"大而全"的发展路径不同，高丽后期诗学具有鲜明的个性发展特色。中国诗歌强，朝鲜汉诗弱，朝鲜诗学发展极易陷入抄袭性的总结而缺乏创造性和生命力，但是当富有创造力的朝鲜民族把诗歌刚健文风和民族个性置于首位时，高丽后期诗学有了自己重点筛选的内容，也有了为了满足自身创作需求对个别诗学问题的深入的探讨。虽然高丽后期专论诗学的诗人不多，诗学看起来比较粗糙，不够系统，也不尽完美，但是以满足创作需求为目的来探讨诗歌作法却使这一时期的诗学内容丰富，并初步构建了具有个性特色的诗学体系。

高丽后期重时效、个性化的诗学追求使诗学具有了鲜明的朝鲜民族个性及时代特色，在一定程度上丰富了中国诗学的内容。从接受中国诗学的角度来看，高丽后期诗学成就比不过元明诗学，但从探讨诗学的方式和蕴含的精神气质方面来看似乎又胜过元明的诗学接受，元明的诗学接受虽然更精致、全面、系统，但在诗学的个性发展上似乎有着一定的欠缺，而根据需要有选择的"拿来"成就了同期作为中国诗学接受一部分的高丽后期诗学的个性特色，它的存在丰富了中国的诗学接受，同时对东亚汉字体系内各国对中国诗学民族化的接受、个性化的发展起到了一定的示范作用。

朝鲜诗学发展的两个重要阶段分别是高丽和李朝，高丽后期是朝鲜诗学发展的重要阶段，这一时期的诗学范畴概念也并非能囊括朝鲜诗学中所有范畴概念，但是通过这一时期诗人对诗歌创作的零星散论，我们可以看到诗人逐渐强化的诗学意识和初步建构出的诗学体系。

这一时期诗人对于中国诗学勇于发表自己的看法，有自己的理解和选择，甚至在一些方面形成了系统的认知，如养气与文风，生意与立意，学法与用法，等等，逐渐把朝鲜诗学拉入了自觉发展的轨道。正是此期诗人自觉探讨诗学风气的引领作用，才使得之后的李朝诗人能够重视诗学探讨，进而丰富发展高丽后期诗学中的范畴、概念。李朝诗学由高丽后期的"尚宋"转为"尚唐"、由高丽后期的"以事论诗"的形式转为"就诗论诗"、由高丽后期"笼统的概括"到具体评析总结，皆表明了李朝诗学的渐趋成熟及完善，也表现出了李朝诗学发展的个性与创造性，而这种诗学发展的气质源于高丽后期诗学。从发展的角度来看，高丽后期诗学跟李朝诗学相比略显肤浅和不够完善，但是在高丽后期诗学发展的过程中，高丽诗人探讨诗歌的热情——诗人自觉积极参与探讨；探讨诗歌的角度——作家、创作、风格、批评；探讨诗歌的方式——结合现实及创作实践需求，对李朝诗学发展的启示，皆帮助确立了它在朝鲜诗学史中的地位。

高丽后期诗学的发展在创作内在规律及外在发展环境的影响下，有了自己的偏好和侧重点，也确立了朝鲜诗学中的一些基本范畴概念。它的发展有着鲜明的地域、时代特征，而这也成就了高丽后期诗学的个性化特色。高丽后期诗学可以说是东亚汉字体系中同期发展比较好的，其指导诗歌创作的目的，其对诗学问题往纵深方向的挖掘，其在诗学上的取舍，其初步构建出的诗学体系，都可以称得上同期东亚各国诗学发展的典范。高丽后期诗学从时间的维度上和李朝诗学相比，从经度上和中国诗学横向对比，虽不是最好的，但是其发展的路径，其研讨的范畴和概念有着鲜明的个性时代特色。高丽后期诗学是在中国诗学影响下的朝鲜半岛诗学发展的一个缩影，也是东亚诗学发展的一个缩影，同时也显示出了中国诗学的共性指导和在发展中的包容特色，因此我们不能仅从对中国诗学继承的角度看待高丽后期诗学乃至东亚诗学，通过它的存在和构建，我们可以看到古代中国诗学虽为东亚诗学的源头，但东亚各国诗学在中国诗学这个大范围内，受时代、环境等因素的影响，又自成许多富有个性化的诗学体系，了解了高丽后期的诗学体系构建，东亚诗学发展的路径就不难把握了。

参考文献

一、著作

[1] 袁珂.山海经全译[M].贵阳：贵州人民出版社，1991.

[2] 朱谦之.老子校释[M].北京：中华书局，1984.

[3] 杨伯峻.论语译注[M].北京：中华书局，2012.

[4] 黎翔凤.管子校注[M].梁运华，整理.北京：中华书局，2004.

[5] 郭庆藩.庄子集释[M].王孝鱼，点校.北京：中华书局，1961.

[6] 臧克和，王平.说文解字新订[M].北京：中华书局，2002.

[7] 司马光.涑水纪闻[M].上海：上海书店，1990.

[8] 黄晖.论衡校释[M].北京：中华书局，1990.

[9] 班固.汉书[M].北京：中华书局，1964.

[10] 王弼.老子道德经[M].北京：中华书局，1985.

[11] 陆机.文赋集释[M].张少康，集释.北京：人民文学出版社，2002.

[12] 沈约.宋书[M].北京：中华书局，1974.

[13] 萧统.文选[M].李善，注.上海：上海古籍出版社，1986.

[14] 刘勰.文心雕龙注释[M].周振甫，注.北京：人民文学出版社，1981.

[15] 杜甫.杜诗详注[M].仇兆鳌，注.北京：中华书局，1979.

[16] 屈守元，常思春.韩愈全集校注[M].成都：四川大学出版社，1996.

[17] 柳宗元.柳宗元集[M].北京：中华书局，1979.

[18] 杜牧.樊川文集[M].上海：上海古籍出版社，1978.

[19] 二十五别史[M].刘晓东等，点校.济南：齐鲁书社，2000.

[20] 王定保.唐摭言校注[M].姜汉椿，校注.上海：上海社会科学院出版社，2003.

[21] 欧阳修. 欧阳修全集 [M]. 李逸安, 点校. 北京: 中华书局, 2001.

[22] 何薳. 春渚纪闻 [M]. 上海: 商务印书馆, 1936.

[23] 苏轼文集 [M]. 孔凡礼, 点校. 北京: 中华书局, 1986.

[24] 苏轼. 东坡易传 [M]. 上海: 商务印书馆, 1936.

[25] 缪钺. 诗词散论 [M]. 上海: 上海古籍出版社, 1982.

[26] 苏轼诗集 [M]. 王文诰, 辑注. 孔凡礼, 点校. 北京: 中华书局, 1982.

[27] 苏辙集 [M]. 陈宏天, 高秀芳, 点校. 北京: 中华书局, 1990.

[28] 黄庭坚全集 [M]. 刘琳等, 点校. 成都: 四川大学出版社, 2001.

[29] 唐圭璋. 词话类编 [M]. 北京: 中华书局, 1986.

[30] 秦观. 淮海集笺注 [M]. 徐培均, 笺注. 上海: 上海古籍出版社, 1994.

[31] 沈括. 梦溪笔谈 [M]. 北京: 中华书局, 2009.

[32] 徐兢. 宣和奉使高丽图经 [M]. 朴庆辉, 标注. 长春: 吉林文史出版社, 1986.

[33] 吕晴飞. 唐宋八大家散文鉴赏辞典 [M]. 北京: 中国妇女出版社, 1991.

[34] 郭绍虞. 宋诗话辑佚 [M]. 北京: 中华书局, 1980.

[35] 陆游. 陆放翁全集 [M]. 北京: 中国书店, 1986.

[36] 北京大学古文献研究所. 全宋诗 [M]. 北京: 北京大学出版社, 1992.

[37] 张伯伟. 稀见本宋人诗话四种 [M]. 南京: 江苏古籍出版社, 2002.

[38] 朱熹. 朱子语类 [M]. 黎靖德, 编. 北京: 中华书局, 1986.

[39] 唐宋八大家集 [M]. 天津: 天津古籍出版社, 1999.

[40] 严羽. 沧浪诗话校笺 [M]. 张健, 校笺. 上海: 上海古籍出版社, 2012.

[41] 魏庆之. 诗人玉屑 [M]. 北京: 中华书局, 2007.

[42] 刘克庄. 后村先生大全集 [M]. 上海: 上海书店, 1985.

[43] 影印文渊阁《四库全书》[M]. 台北: (台湾) 商务印书馆, 1986.

[44] 张伯行. 朱子语类辑略 [M]. 上海: 商务印书馆, 1936.

[45] 朱熹. 朱子全集 [M]. 上海: 商务印书馆, 1936.

[46] 朱熹. 晦庵先生朱文公文集 [M]. 戴扬本, 曾抗美, 校点. 上海: 上海古籍出版社, 2002.

[47] 朱熹.四书章句集注 [M].北京：中华书局，1983.

[48] 脱脱等.宋史 [M].北京：中华书局，1977.

[49] 刘玑.正蒙会稿 [M].上海：商务印书馆，1936.

[50] 吴讷.文章辨体序说 [M].于北山，校点.北京：人民文学出版社，1962.

[51] 何文焕.历代诗话 [M].北京：中华书局，1981.

[52] 刘熙载.艺概 [M].上海：上海古籍出版社，1978.

[53] 章学诚.文史通义新编新注 [M].仓修良，编注.杭州：浙江古籍出版社，2005.

[54] 赵翼.瓯北诗话 [M].北京：人民文学出版社，1963.

[55] 徐松.宋会要辑稿 [M].北京：中华书局，1957.

[56] 孙希旦.礼记集解 [M].沈啸寰，王星贤，点校.北京：中华书局，1989.

[57] 丁福保.历代诗话续编 [M].北京：中华书局，1983.

[58] 全唐诗 [M].上海：上海古籍出版社，1986.

[59] 蔡美花，赵季.韩国诗话全编校注 [M].北京：人民文学出版社，2012.

[60] 韩国文集丛刊 [M].首尔：景仁文化社，1990.

[61] 东文选 [M].马山：朝鲜古书刊行会，1994.

[62] 郑麟趾.高丽史 [M].重庆：西南师范大学出版社，2014.

[63] 赵钟业.修正增补韩国诗话丛编 [M].首尔：太学社，1996.

[64] 洪万宗.诗话丛林笺注 [M].赵季，赵成植，笺注.天津：南开大学出版社，2006.

[65] 蔡镇楚，龙宿莽.比较诗话学 [M].北京：北京图书馆出版社，2006.

[66] 蔡镇楚.域外诗话珍本丛书 [M].北京：北京图书馆出版社，2006.

[67] 成复旺.中国美学范畴辞典 [M].北京：中国人民大学出版社，1995.

[68] 葛荣晋.韩国实学思想史 [M].北京：首都师范大学出版社，2002.

[69] 郭绍虞.中国文学批评史 [M].上海：上海古籍出版社，1979.

[70] 何劲松.韩国佛教史 [M].北京：社会科学文献出版社，2008.

[71] 金宽雄，金东勋.中朝古代诗歌比较研究 [M].牡丹江：黑龙江朝鲜民族出版社，2005.

[72] 金京振.朝鲜古代宗教与思想概论 [M].北京：中央民族大学出版社，2006.

[73] 邝健行,陈永明,吴淑钿.韩国诗话中论中国诗资料选粹 [M].北京:中华书局,2002.

[74] 邝健行.韩国诗话探珍录 [M].北京:学苑出版社,2013.

[75] 李仙竹.古代朝鲜文献题解 [M].北京:北京大学出版社,1997.

[76] 李岩.朝鲜文学的文化观照 [M].北京:商务印书馆,2015.

[77] 李岩.中韩文学关系史论 [M].北京:社会科学文献出版社,2003.

[78] 李岩.朝鲜中古文学批评史研究 [M].北京:人民文学出版社,2015.

[79] 刘强.高丽汉诗文学史论 [M].厦门:厦门大学出版社,2008.

[80] 马金科.朝鲜诗学对中国江西诗派的接受 [M].北京:民族出版社,2006.

[81] 闵丙秀.韩国汉诗史 [M].首尔:太学社,1996.

[82] 莫砺锋.江西诗派研究 [M].济南:齐鲁书社,1986.

[83] 任范松,金东勋.朝鲜古典诗话研究 [M].延吉:延边大学出版社,1995.

[84] 孙卫国.大明旗号与小中华意识 [M].北京:商务印书馆,2007.

[85] 屠明珠.中韩关系史 [M].北京:社会科学文献出版社,1998.

[86] 王晓平.亚洲汉文学 [M].天津:天津人民出版社,2001.

[87] 韦旭升.朝鲜文学史 [M].北京:北京大学出版社,1986.

[88] 徐远和.儒学与东方文化 [M].北京:人民出版社,1994.

[89] 严明.东亚汉诗研究 [M].北京:中国书籍出版社,2013.

[90] 杨昭全.韩国文化史 [M].济南:山东大学出版社,2009.

[91] 杨挺.宋代心性中和诗学研究 [M].成都:巴蜀书社,2008.

[92] 张伯伟.清代诗话东传略论稿 [M].北京:中华书局,2007.

[93] 张玄平.中韩文学思潮比较研究 [M].延吉:延边大学出版社,1997.

[94] 郑判龙.韩国诗话研究 [M].延吉:延边大学出版社,1997.

[95] 赵润济.韩国文学史 [M].张琏瑰,译.北京:社会科学文献出版社,1998.

[96] 朱云影.中国文化对日韩越的影响 [M].桂林:广西师范大学出版社,2007.

[97] 邹志远.李晬光文学批评研究 [M].延吉:延边大学出版社,2007.

[98] 金台俊.朝鲜汉文学史 [M].张琏瑰,译.北京:社会科学文献出版社,1996.

[99] 李家源．韩国汉文学史 [M]．赵季，刘畅，译．南京：凤凰出版社，2012．

[100] 柳晟俊．中韩诗学研究的历程 [M]．北京：新星出版社，2005．

[101] 赵东一．韩国文化论纲 [M]．周彪等，译．北京：北京大学出版社，2003．

[102] 赵钟业．中韩日诗话比较研究 [M]．台湾：学海出版社，1984．

[103] 全鎣大．韩国古典诗学史 [M]．首尔：麒麟社，1988．

二、期刊

[1] 姚菊．从苏轼咏物诗词比较看词与诗的分流 [J]．理论月刊，2014（9）：84-88．

[2] 李圣华．论韩国诗人对明诗的接受与批评：以韩国诗话为中心 [J]．中州学刊，2007（4）：201-204．

[3] 蒋寅．古典诗学中"清"的概念 [J]．中国社会科学，2000（1）：146-157，207-208．

[4] 林贞玉．李白诗与李奎报诗审美意识之比较 [J]．延边大学学报（社会科学版），1998（4）：77-82．

[5] 刘顺利．高丽文人的诗学意识形态建构 [J]．天津师范大学学报（社会科学版），2011（1）：58-63．

[6] 刘艳萍．韩国高丽文学对苏轼及其诗文的接受 [J]．延边大学学报（社会科学版），2008，41（4）：70-74．

[7] 栾先吉．从中国诗学"朝鲜化"看西方文论"中国化"[J]．汉语言文学研究，2015，6（3）：86-87．

[8] 马金科．试论《东人诗话》在朝鲜诗话史上的意义 [J]．东北亚论坛，2001（2）：92-94．

[9] 朴锋奎．杜牧诗文在朝鲜半岛的流传及其影响：以李奎报为例 [J]．延边大学学报（社会科学版），2009，42（1）：74-78．

[10] 任范松．论朝鲜古典诗话理论的东方美学特征 [J]．延边大学学报（社会科学版），2001，34（2）：84-88．

[11] 任范松. 论朝鲜古典诗学的东方美学特征:东西方古典诗美学的比较研究 [J].
     延边大学学报（哲学社会科学版）, 1991, 24（1）: 53-59.

[12] 孙德彪. 中韩诗论研究的设想 [J]. 东疆学刊, 2004（3）: 57-60.

[13] 王红霞, 唐斌. 韩国高丽诗人李仁老对李白的接受[J]. 天府新论, 2010(6): 154-157.

[14] 许连军. 论唐五代唐诗学与诗歌创作的离合 [J]. 吉首大学学报（社会科学版）,
     2004（4）: 67-71.

[15] 严明. 东亚国别汉诗特征论 [J]. 安徽师范大学学报（人文社会科学版）, 2014,
     42（3）: 299-307.

[16] 张伯伟. 韩国历代诗学文献总说 [J]. 文献, 2000（2）: 220-243.

[17] 张伯伟. 域外汉籍与中国文学研究 [J]. 文学遗产, 2003（3）: 131-139.

[18] 张峰屹. 儒学东渐与韩国汉诗 [J]. 中国文化研究, 2007（2）: 125-136.

[19] 邹志远. 李晬光性理学文学思想 [J]. 东疆学刊, 2008（2）: 24-29.

[20] 左江. 朝鲜文人许筠的诗论研究 [J]. 中国比较文学, 2002（3）: 64-77.

后 记

  本书是在我的博士论文《高丽后期诗学研究》基础上修改完成的，读博期间，有幸拜于上海师范大学教授严明先生门下。严老师博学多闻，学贯中西，主持国家社科重大项目、国家社科重点项目多项，关心学生，桃李满天下。我天资不敏，承蒙严师教诲，在严师的指导下，搜集整理了大量的韩国文集文献，慢慢熟悉了高丽后期的诗歌创作状况，高丽后期诗学研究思路也逐渐清晰。感谢严师教会了我严谨的治学态度，在老师的启发和指导下，我对于如何开展研究慢慢掌握了门径。严师在论文写作中的关键点拨，也往往能让我中断的研究柳暗花明逐渐深入。在此，特向严师致敬！

  感谢父母对我的支持和鼓励，感谢爱人朱庆祥在我论文撰写修改过程中停下自己的研究承担家务专心带小孩的付出，感谢小朋友的天真可爱，让我有了进取的动力，小朋友有时候古灵精怪，让我疲劳顿解。

  感谢我的同学朱艳丽，总是在关键时刻伸出援手帮我渡过难关，无比想念在大学一起奋斗的岁月。

  感谢读博时期的各位老师、同学和朋友及工作期间为我提供帮助的各位老师和朋友，有了你们，我的生活才更加精彩。

  本书得到教育部人文社科青年基金项目"朝鲜汉诗学"（15YJC751024）资助，

阜阳师范大学 2018 人才项目（2018KYQD0011）资助。

本书的编辑出版得到了郑州大学出版社的大力支持，谨致谢忱！

孔英民

2021 年 12 月 18 日